Sherlock Holmes

6

The Memoirs of Sherlock Holmes

셜록 홈즈 전집 6
셜록 홈즈의 회고록

초판 1쇄 펴냄 2012년 7월 10일
개정판 4쇄 펴냄 2020년 5월 25일

지은이 아서 코난 도일
옮긴이 바른번역
감수 박광규
펴낸이 하진석
펴낸곳 코너스톤
주소 서울시 마포구 독막로3길 51
전화 02-518-3919
ISBN 979-11-956573-6-0 04840

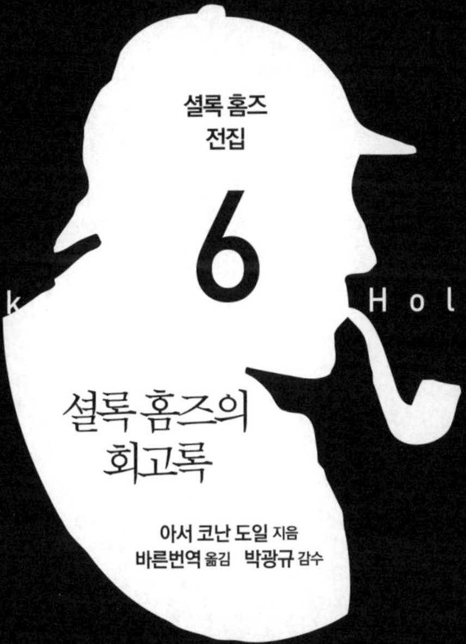

셜록 홈즈 전집

6

Sherlock Holmes

셜록 홈즈의 회고록

아서 코난 도일 지음
바른번역 옮김 박광규 감수

코너스톤
Cornerstone

Contents

셜록 홈즈의 회고록

셜록 홈즈의 회고록

The Memoirs of Sherlock Holmes

Sherlock
Holmes

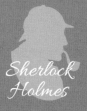

1
실버 블레이즈

"미안하네만, 왓슨, 내가 가봐야겠어."

어느 날, 홈즈는 나와 함께 아침 식사를 하려고 식탁에 앉아 있다가 이렇게 말을 꺼냈다.

"가다니? 어디를 말인가?"

"다트무어. 킹스 파일랜드 말이야."

나는 놀라지 않았다. 실은, 잉글랜드 전역에서 화젯거리가 되고 있는 기이한 사건에 아직까지 홈즈가 관여하지 않았다는 사실이 오히려 놀라울 따름이었다. 내 친구 홈즈는 어제 온종일 고개를 숙이고 이마를 찌푸린 채 방 안을 서성거리면서 담배 파이프에 제일 독한 검은 담배를 연신 채워 넣기만 했다. 내 말이나 질문에 귀를 기울이지도 않았다. 발간되자마자 신문 배달꾼이 갖다 주는 각종 신문들을 대충 훑어보더니 구석에 내던져 버렸다. 홈즈가 아무 말을 하지 않아도 무슨 생각에 잠겨 있는지 나는 잘 알고 있었다. 지금 세상에서 홈즈의 추리 능력에 도전 의식을 북돋우는 과제는 한 가지밖에 없었다. 웨식스 컵 경마 대회의 우승 후보인 경주마가 기이하게 사라지고, 불행하게도 조련사까지 살해당한 사건이 발생한 것이었다. 그래서 홈즈가 느닷없이 그 드라마 같은 사건 현장에 가보겠다고 했을 때, 그 말은 내가 기대하고 바라는 바였다.

"방해가 안 된다면 자네와 함께 가보고 싶군." 내가 말했다.

"이보게, 왓슨. 자네가 동행해준다면 내게 큰 호의를 베푸는 거야. 자네한테도 시간 낭비는 아닐 거라고 생각하네. 이번 사건의 특징들을 보니 유례없는 사건이 될 것 같으니까 말이야. 마침 패딩턴 역에 기차를 타러 갈 시간이 됐군. 자세한 사건 내용은 기차 안에서 이야기하겠네. 자네의 멋진 쌍안경을 좀 챙겨줘."

한 시간쯤 후 나는 엑서터를 향해 날아가듯 달리는 열차의 일등석 객차 안에 앉아 있었다. 귀덮개가 달린 여행 모자는 날카롭고 진지한 홈즈의 얼굴을 감싸고 있었고, 홈즈는 패딩턴 역에서 구한 방금 나온 신문들을 서둘러 훑어보았다. 레딩을 지난 뒤에야 마지막으로 읽은 신문을 의자 아래로 밀어 넣더니 나에게 시가 케이스를 내밀었다.

"별 탈 없이 잘 가고 있군." 홈즈는 창밖을 내다보다가 시계를 힐끗 쳐다보며 말했다. "시속 약 85킬로미터로 달리고 있다네."

"4분의 1 지점 이정표를 못 봤네만." 내가 말했다.

"나도 못 봤어. 하지만 선로에 전신주가 약 55미터마다 서 있으니까 간단히 계산했어. 자네도 존 스트레이커가 살해당하고 경주마 실버 블레이즈가 실종된 이번 사건을 알아봤을 거라고 생각하는데, 어떤가?"

"〈텔레그래프〉와 〈크로니클〉에 실린 기사는 읽어봤지."

"이런 사건은 새로운 증거를 수집하기보다는 기존 증거들을 선별해 추리가의 능력을 발휘해야 하는 사건이야. 아주 보기 드문 사건이고, 수법도 완벽한 데다 많은 사람들이 직접적으로 영향을 받는 참사야. 그러니 억측이나 어림짐작 혹은 가정이 넘쳐나서 상황이 나빠지고 있네. 이론가들과 기자들이 꾸며낸 말에서 사실의 기본 틀, 그러니까 의심의 여지가 없는 절대적인 사실을 선별하기란 어려운 일이지. 따라서 확고한 근거를 세우고 나서 어떤 추리 결과를 이끌어낼 수 있는지, 미궁에 빠진 사건 전체가 좌지우지되는 특이한 사항은 무엇인지를 찾아내는 게 우리가 할 일이야. 화요일 저녁에 실버 블레이즈의 주인인 로스 대령과 이번 사건을 맡은 그레고리 경위 두 사람 모두에게서 협조 요청 전보를 받았다네."

"화요일 저녁이라고?" 나는 큰 소리로 말했다.

"지금은 목요일 오전이잖아. 왜 어제 출발하지 않은 거야?"

"내가 터무니없는 실수를 했어, 왓슨. 그러니까 유감스럽게도 자네가 쓴 회고록으로만 나를 아는 사람들이 생각하는 것보다 나는 더 자주 실수를 하지. 사실 잉글랜드에서 가장 주목받는 말을 그렇게 오랫동안 숨길 수 있을 줄은 몰랐어. 더구나 다트무어 북부처럼 주민들도 드문드문 거주하는 지역에서 말이야. 어제 줄곧 말이 발견되었다는 소식이 들려오기만 기다렸어. 말을 훔친 자가 존 스트레이커를 살해한 범인이라는 게 밝혀지길 기다린 거야. 그런데 오늘 아침이 되어도 피츠로이 심슨이라는 젊은이를 체포한 것 말고는 아무런 진전이 없어서 이제 내가 나설 차례라는 생각이 든 거야. 하지만 어느 면에서 보면 어제 하루를 낭비한 건 아니라네."

"가설을 세운 거로군. 그래서 어땠나?"

"적어도 사건의 핵심이 되는 사실들은 파악했지. 하나하나 말해주겠네. 다른 사람에게 사건에 대해 이야기해주는 것만큼 사건 해결에 도움이 되는 방법도 없으니까. 게다가 어디서부터 시작할지 알려주지 않고서는 자네의 협조를 기대할 수도

없고 말이야."

홈즈는 몸을 앞으로 기울인 채 길고 가는 오른쪽 집게손가락으로 왼쪽 손바닥을 짚어가며 우리를 여행길로 이끈 사건의 개요를 들려주었다. 나는 홈즈의 이야기를 들으면서 쿠션에 기대어 시가를 피웠다.

"'실버 블레이즈'는 유명한 경주마인 '소모미'의 후손인데, 그에 뒤지지 않는 뛰어난 기록을 보유하고 있는 5년차 경주마야. 상을 차례대로 휩쓸어 로스 대령에게 안겨줬지. 참 운 좋은 마주야. 이번 사건이 일어나기 전까지 웨식스 컵 대회의 가장 유력한 우승 후보였고, 배당률은 3대 1이었어. 경마 애호가들에게 언제나 인기가 최고인 데다 한 번도 기대를 저버린 적이 없다네. 그래서 낮은 배당률이라도 거액을 거는 거지. 그러니까 다음 화요일 경마에 실버 블레이즈가 나오지 못하도록 훼방 놓고 싶은 사람이 많다는 건 분명해.

물론 로스 대령의 경마 훈련장이 있는 킹스 파일랜드에도 이미 알려진 사실이었지. 그래서 우승 후보인 실버 블레이즈를 보호하려고 가능한 모든 조치를 취했다네. 조련사인 존 스트레이커는 로스 대령의 말을 탔던 기수로, 체중이 불어나는 바람에 은퇴했다더군. 대령 밑에서 5년 동안 기수로, 7년 동안 조련사로 일하면서 항상 열심히 믿음직스럽게 일하는 고용인이었어. 그곳 시설이 말 네 필만 수용할 수 있는 작은 규모라 존 스트레이커 밑에서 일하는 마부는 세 사람뿐이었어. 그중 한 명씩 마구간에서 매일 밤 경계를 서고, 나머지 두 사람은 다락방에서 잠을 잔다더군. 세 사람 모두 착실하고 말이야. 결혼한 존 스트레이커는 마구간에서 약 200미터쯤 떨어진 작은 전원주택에 살고 있었지. 아이는 없이 하녀만 한 명 두고 아쉬운 것 없이 살았어. 주변은 인적이 드물지만 북쪽으로 대략 800미터 떨어진 곳에 깨끗한 다트무어 공기를 즐기고 싶어 하는 이들과 요양 중인 환자들을 위해 태비스톡의 한 건축업자가 지은 별장들이 모여 있지. 태비스톡은 서쪽으로 3킬로미터 정도 떨어져 있고, 황무지를 가로질러 또다시 3킬로미터가량 가면 규모가 더 큰 케이플턴 경마 훈련장이 있다네. 그곳은 백워터 경의 소유인데, 사일러스 브라운이라는 사람이 관리하고 있지. 그 밖에 다른 쪽은 완전히 버려진 땅이고 떠돌아다니는 집시들만 몇몇 살고 있을 뿐이야. 여기까지가 참사가 일어난 지난 월요일 밤의 전반적인 상황이야.

그날 저녁, 평소처럼 훈련 후 말들에게 물을 주었고 9시에는 마구간 문단속을 했어. 네드 헌터라는 마부가 경계를 서는 사이, 다른 마부 두 명은 걸어서 조련사의 집으로 가 저녁을 먹었지. 9시가 조금 지나자, 하녀인 에디스 백스터가 저녁 식사로 양고기 카레 요리를 마구간에 가져다주러 갔지. 마구간에 수도 시설도 있었고, 근무 중인 마부는 물 말고는 아무것도 마시지 않는 게 규칙이라 술은 가져가지 않았다고 하더군. 아주 어두웠던 데다 탁 트인 황무지에 난 길을 따라 걸어야 했기 때문에 하녀는 랜턴을 들고 갔다고 했어.

마구간까지 약 30미터쯤 남았을 때 어둠 속에서 한 남자가

나타나 에디스에게 멈추라고 소리쳤어. 랜턴에서 나오는 둥그렇고 노란 불빛 안으로 들어온 남자는, 회색 트위드 정장에 납작한 천 모자를 썼고 행동은 신사다워 보였지. 자세히 살펴보니 구두에 각반을 덧대고 손잡이가 달린 묵직한 지팡이를 들고 있었어. 하지만 무엇보다 창백한 얼굴과 초조한 듯한 태도가 인상 깊었다고 하네. 나이는 서른을 넘어 보였다더군.

'여기가 어딘지 알려줄 수 있소?' 남자가 물었지. '황무지에서 잘 수밖에 없겠다고 마음먹은 차에 우연히 랜턴 불빛을 보았습니다.'

'여긴 킹스 파일랜드 경마 훈련장 근처예요.' 에디스가 대답했지.

'정말입니까? 거참, 뜻밖의 행운이로군!' 그 남자가 외쳤어. '마부가 훈련장에서 매일 밤 혼자 잔다고 들었습니다. 손에 든 건 아마도 그 사람에게 가져다주는 저녁거리겠군요. 새 드레스 값을 벌 수 있는 기회를 날려버릴 정도로 도도한 건 아니시겠죠?' 남자는 이렇게 말하더니 조끼 주머니에서 접혀 있는 흰 종이 한 장을 꺼냈어. '이걸 오늘 밤 마부에게 확실히 전해주기

만 하면 최고로 예쁜 드레스를 살 수 있을 겁니다.'

남자가 심각한 투로 말하자, 에디스는 겁을 먹고 재빨리 마구간의 항상 음식을 넣어주는 창문을 향해 달렸어. 창문은 이미 열려 있었고, 헌터는 안쪽에 놓인 작은 테이블에 앉아 있었지. 에디스가 조금 전 일을 이야기하려는 순간 그 낯선 남자가 다시 나타났어.

'안녕하시오.' 남자는 창문 너머로 안을 들여다보며 말했지. '잠깐 이야기 좀 하고 싶습니다만.' 하녀가 단언하길 남자가 황무지에서 자신에게 주려던 종이 뭉치를 여전히 손에 쥐고 있어서 비어져 나온 귀퉁이가 보였다더군.

'무슨 일 때문에 그러시죠?' 헌터가 물었어.

'자네 주머니가 두둑해질 수 있는 일이지.' 상대방이 말했어. '여기 웨식스 컵에 출전할 말 두 필이 있잖나. 실버 블레이즈와 베이어드 말일세. 믿을 만한 정보를 알려주면 손해 보는 일은 없을 걸세. 부담 중량을 조정하면 베이어드가 실버 블레이즈보다 약 1킬로미터에 100미터를 앞선다던데, 그래서 여기 마구간 사람들은 베이어드에게 돈을 걸었다는 게 사실인가?'

'됐어. 당신도 그 빌어먹을 경주마 염탐꾼이군!' 헌터가 소리쳤어.

헌터는 '킹스 파일랜드에서 당신 같은 사람들을 어떻게 대접하는지 보여드리지' 하고 말하고는 의자에서 벌떡 일어나 개를 풀어놓으려 마구간으로 뛰어갔어. 하녀 에디스는 집으로 피했지. 그런데 달려가다가 뒤를 돌아보니 그 수상한 남자가 창문 쪽으로 몸을 숙이고 있었다더군. 하지만 잠시 뒤 헌터가 사냥개를 데리고 달려 나오니 그 남자는 벌써 사라지고 없었어. 훈련장 건물들 주변을 다 돌아봤는데 어떤 흔적도 찾을 수 없었지."

"잠깐, 마부 청년이 마구간에서 개를 끌고 달려 나올 때 문을 잠그지 않았나?" 내가 물었다.

"대단해, 왓슨. 훌륭해!" 내 친구 홈즈가 중얼거렸다.

"그 부분이 중요하다는 생각이 들어서 의문을 풀려고 어제 다트무어로 특별 전보를 띄웠어. 마부 청년은 문을 잠갔다고 하더군. 게다가 말이야, 창문도 사람이 드나들 수 있을 만큼 크지는 않다고 하는군.

헌터는 동료 마부들이 돌아오기를 기다렸다가 조련사 스트레이커에게 전갈을 보내 이 일을 보고했지. 스트레이커는 이야기를 듣고 흥분했지만 심각한 일임을 깨닫지는 못한 것 같아. 하지만 어쩐지 마음이 놓이지 않았나 봐. 스트레이커 부인이 새벽 1시에 일어나 보니 남편이 옷을 갈아입고 있더라는 거야. 아내가 무슨 일이냐고 묻자, 스트레이커는 말들이 걱정돼 잠이 오지 않는다며 마구간에 가서 문제가 없는지 살펴보고 오겠다고 대답했지. 창문을 두드리는 빗소리가 들려 스트레이커 부인은 집에 있으라며 남편을 말렸어. 그렇게 아내가 애원해도 커다란 방수 외투를 입고 집을 나섰다고 하더군.

스트레이커 부인은 아침 7시에 일어나 보니 남편이 그때까지도 돌아오지 않은 걸 알았네. 부인은 허둥지둥 옷을 챙겨 입고 하녀를 불러 마구간으로 가봤어. 마구간 문은 열려 있고, 안에 들어가 보니 헌터는 의자 위에 웅크린 채 완전히 인사불성 상태였지. 실버 블레이즈가 있어야 할 자리는 텅 비어 있었고, 조련사 또한 어디에도 없었어.

여물을 써는 다락에서 잠자고 있던 마부 두 사람을 서둘러 깨웠어. 둘 다 깊이 잠드는 편이라 간밤에 아무것도 듣지 못했다고 해. 헌터는 아무리 봐도 독한 약에 취한 게 분명했어. 의식이 돌아오지 않자 휴식을 취해 회복하게 놔두고, 두 마부와 두 여인이 사라진 조련사와 말을 찾으러 달려나갔지. 네 사람은 그때까지도 조련사가 아침 일찍 말을 훈련시키려고 끌고 나갔을 거라는 희망을 품고 있었어. 하지만 주변 황무지가 전부 내려다보이는 집 근처의 작은 언덕에 올라가 봐도 사라진 말의 흔적은 어디서도 찾을 수 없었지. 도리어 자신들이 참사가 일어난 현장에 있음을 예고하는 뭔가를 보게 되었지.

마구간에서 약 400미터가량 떨어진 곳에서 존 스트레이커의 외투가 가시금작화 덤불에 걸려 나부끼고 있었지. 바로 그 너머의 사발 모양으로 움푹 꺼진 땅에서 불쌍한 조련사가 시체로 발견됐어. 피해자는 무거운 흉기로 잔혹하게 가격당해 두개골이 부서졌고 허벅지에도 부상을 입었어. 길고 예리하게 잘린 상처로 보아 아무래도 아주 날카로운 무기에 베인 게 분명하다고 하더군. 하지만 스트레이커는 가해자들에게 격렬하게 저항한 게 틀림없어. 오른손에 쥐고 있던 작은 칼은 칼자루에까지 피가 엉겨 붙어 있었고, 왼손에는 빨간색과 검은색

이 섞인 실크 넥타이를 움켜쥐고 있었거든. 하녀는 그 넥타이가 전날 밤 마구간을 찾아온 수상한 남자가 매고 있던 거라고 기억해냈어. 혼수상태에서 깨어난 헌터도 그자가 넥타이 주인임이 확실하다고 했다네. 그러면서 그 수상한 남자가 창가에 서 있다가 양고기 카레에 약을 타 경비를 느슨하게 만든 거라고 확신했지. 그리고 사라진

말은, 운명을 가른 구덩이 밑바닥의 진흙에 남은 많은 증거로 보아 몸싸움이 일어났을 때 그곳에 있었어. 하지만 그날 아침부터 실종 상태인 건 여전하지. 거액의 현상금을 내걸었고, 다트무어의 모든 집시들이 빈틈없이 수색하고 다니지만 들려오는 소식은 없는 상태야. 마지막으로, 마부가 남긴 저녁 식사에서 상당량의 아편 분말이 검출되었다는 분석 결과가 나왔어. 그날 밤 조련사 집에서 같은 음식을 먹은 다른 사람들은 아무런 이상이 없었는데 말이야.

이상이 이번 사건의 핵심적인 사실들이네. 억측은 전부 배제하고, 가능한 한 있는 사실 그대로 말한 거야. 이제 경찰이

어떻게 수사하고 있는지를 요약해서 설명할게.

이번 사건을 담당한 그레고리 경위는 대단히 유능한 경찰관이야. 상상력을 갖추기만 했다면 고위직에도 오를 수 있었을 걸세. 그레고리 경위는 현장에 도착하자마자 당연히 혐의가 짙은 그 수상한 남자를 즉시 체포했지. 그자를 찾아내는 건 어렵지 않았어. 조금 전에 말했던 별장촌에 사는 사람이었거든. 피츠로이 심슨이라는 자였지. 훌륭한 집안에서 태어나 좋은 교육을 받았지만 경마에 거금을 탕진하고, 현재는 런던의 도박 클럽에서 다소 점잔 빼며 조용히 마권을 팔면서 먹고살았다더군. 심슨의 도박 장부를 조사해보니 5000파운드에 달하는 돈을 우승 후보인 실버 블레이즈의 상대 경주마에 걸었다는 게 밝혀졌지. 피츠로이 심슨은 체포되자마자, 킹스 파일랜드의 경주마들에 대한 정보를 얻으려고 다트무어에 갔다고 자진해서 진술했어. 케이플턴 마구간에서 사일러스 브라운이 맡고 있는 2위 우승 후보인 데즈버러에 대해서도 알아보려 했다고 하더군. 전날 밤 목격자들이 증언한 자신의 행적을 부인하지는 않았지만, 악의는 없었다면서 그저 자기가 직접 정보를 얻으려고 했을 뿐이라고 강조했어. 넥타이를 눈앞에 들이대자 얼굴이 창백하게 질렸고, 살해된 남자가 왜 자신의 물건을 손에 쥐고 있었는지 전혀 설명하지 못했지. 심슨의 젖은 옷은 전날 밤 폭풍우가 부는데도 밖에 있었다는 사실을 알려주었어. 손잡이를 납으로 묵직하게 만든 심슨의 페낭로이어(손잡이 부분에 봉을 박은 보행용 지팡이로, 말레이 반도에서 들여온 야자나무로 만든 것—옮긴이) 지팡이는 여러 차례 내리치면 조련사를 죽게 할 정도로 치명적인 부상을 입힐 만한 무기라고 하네. 그런데 말이지, 스트레이커의 칼 상태로 보면 가해자들 중 적어도 한 명에게는 상처가 남았을 텐데 심슨의 몸에는 아무런 외상이 없었어. 간략하게 다 말한 거야, 왓슨. 실마리가 될 만한 생각을 말해준다면 대단히 고맙겠네."

홈즈가 특유의 알아듣기 쉬운 설명으로 들려준 이야기를 나는 굉장히 흥미롭게 들었다. 대부분은 알고 있던 사실들이었지만, 나는 각각이 가진 상대적 중요성이나 서로 간의 연관성을 충분히 이해하지 못했다.

"그럴 가능성은 없을까?" 내가 넌지시 말했다. "스트레이커의 몸에 있는 날카롭게 베인 상처는 뇌 손상으로 인한 발작으로 몸부림을 치다 자신의 칼에 베인 것일 수도 있지 않나?"

"충분히 있을 법한 일이야. 개연성이 있어"라고 홈즈가 말했다. "그럴 경우 피의자를 변호할 유리한 증거 하나가 사라지는 거지."

"아직까지도 경찰이 어떤 가설을 세우고 있는지를 통 모르겠군." 내가 말했다.

"유감스럽게도 우리가 어떤 가설을 설명해도 반대에 부딪힐 걸세." 내 친구가 대답했다. "내가 보기엔 피츠로이 심슨이 분명 오로지 말을 훔칠 작정으로 마부에게 약을 먹이고, 어떻게 해서든 여벌 열쇠를 구해서 마구간 문을 열고 말을 끌고 갔다고 경찰은 믿고 있는 것 같아. 실버 블레이즈의 말굴레도 없어졌는데, 경찰은 틀림없이 심슨이 씌웠다는 거지. 그러고 나서 마구간 문을 열어둔 채 말을 황무지로 끌고 나가다가 조련사와 맞닥뜨렸거나 뒤따라온 조련사에게 붙잡혔다는 거야. 당연히 싸움이 벌어졌겠지. 심슨은 묵직한 지팡이로 조련사의 머리를 내리쳤어. 스트레이커가 자신을 보호하기 위해 사용한 작은 칼에 상처 하나 입지 않고 말이지. 그다음 심슨은 말을 비밀 장소로 끌고 가 숨겼거나, 그게 아니면 몸싸움 도중에 말이 달아나 지금쯤 황무지를 헤매고 있을 거야. 이상이 경찰이 생각하는 사건의 전말이야. 이건 전혀 있음직하지 않은 일인데, 지금 상황으로서는 다른 설명들도 모두 가능성이 희박해. 하지만 일단 현장에 가서 아주 신속히 이 사건을 조사해볼 예정이야. 그때까지는 현재 수사 상황에서 더 진전을 볼 수 없어."

우리는 저녁때가 되어서야 작은 마을인 태비스톡에 도착했다. 다트무어라는 넓은 원형 지역의 한복판에 있어 방패에 박힌 돌기처럼 보이는 지역이었다. 두 신사가 역에서 우리를 기다리고 있었다. 키가 크고 피부가 하얀 사람은 머리칼과 턱수염이 사자 갈기 같고, 연한 푸른색 눈동자는 기이하게도 사람을 꿰뚫어 보는 듯했다. 다른 한 명은 작은 체구에 행동이 민첩해 보이는 사람이었다. 프록코트 차림에 각반을 덧대고 잘 손질한 구레나룻에 외눈 안경을 쓰고 있었다. 키가 큰 사람은 잉글랜드 수사계에서 이름을 떨치고 있는 그레고리 경위였고, 다른 한 사람은 그 유명한 경주마의 마주인 로스 대령이었다.

"이렇게 와주셔서 기쁩니다, 홈즈 씨." 로스 대령이 말했다. "여기 그레고리 경위께서 가능한 한 생각나는 조치는 다 취했어요. 하지만 가엾은 스트레이커의 원한을 풀어주고, 내 말을 되찾기 위해 나 또한 모든 수단을 총동원하려고 합니다."

"새롭게 밝혀진 사실이 있었나요?" 홈즈가 물었다.

"유감스럽게도 거의 없었습니다." 그레고리 경위가 말했다. "밖에 마차가 기다리고 있습니다. 틀림없이 홈즈 씨가 더 어두워지기 전에 사건 현장을 보고 싶어 할 것 같으니 마차를 타고 가면서 사건 이야기를 해보도록 합시다."

잠시 뒤 우리 일행은 편안한 랜도 마차(말 두 마리가 끄는 사륜 마차의 한 종류 - 옮긴이)에 앉아 고풍스럽고 옛 느낌이 물씬 풍기는 데본셔 시가지를 지나 달려갔다. 그레고리 경위는 사건에 몰두한 나머지 끊임없이 말을 쏟아놓았고, 홈즈는 이따금씩 질문이나 감탄사를 던졌다. 로스 대령은 모자를 앞으로 기울여 눈 위까지 당겨 쓴 채 팔짱을 끼고 등받이에 기대어 앉아 있었다. 나는 두 수사관의 대화를 흥미롭게 듣고 있었다. 그레고리 경위는 홈즈가 기차 안에서 예견했던 내용과 거의 일치하는 자신의 가설을 상세히 설명했다.

"수사망이 피츠로이 심슨 주변으로 좁혀지고 있어요." 그레고리 경위가 말했다. "게다가 나부터도 그자가 우리가 찾는 범인이라고 생각합니다. 하지만 지금까지는 순전히 정황 증거뿐이라 새로운 사실이 밝혀지면 뒤집어질 수 있다는 점도 알고 있습니다."

"스트레이커가 쥐고 있던 칼은 어떻게 생각하십니까?"

"쓰러지면서 자신의 칼에 상처를 입었다는 결론을 내렸습니다."

"여기 오는 도중에 내 친구 왓슨 선생도 똑같은 의견을 내놓더군요. 그게 사실이라면 심슨이라는 자에게는 불리하겠네요."

"틀림없이 그럴 겁니다. 심슨에게는 칼도 없고 상처도 찾아볼 수 없거든요. 그자에게 확실히 불리한 증거가 되는 겁니다. 또 실버 블레이즈의 실종에 이해관계가 있었습니다. 마부 청년의 음식에 아편을 넣었다는 혐의를 받고 있고, 분명히 폭풍우가 불 때 밖에 있었으며, 묵직한 지팡이로 무장한 상태였던 데다 그자의 넥타이가 피살자의 손에서 발견되었습니다. 이 정도면 배심원 앞으로 데려가기엔 충분하다고 생각합니다."

홈즈는 고개를 가로저었다. "그 정도 증거라면 수완 좋은 변호사는 갈기갈기 찢어버릴 거요." 홈즈가 말했다. "심슨이 말을 마구간 밖으로 끌어낸 이유는 뭘까요? 부상을 입히려고 했다면 왜 마구간 안에서 하지 않았을까요? 심슨에게서 마구간 열쇠를 발견했습니까? 아편 분말을 판 약제사는 누구인가요? 무엇보다 그 지역 지리에 어두운 심슨이 말을 어디에 숨길 수 있었을까요? 이렇게나 유명한 말을 말입니다. 하녀를 시켜 마부 청년에게 전하려고 했던 종이는 뭐라고 해명하던가요?"

"10파운드짜리 지폐였다고 합니다. 심슨의 지갑에서 한 장을 발견했습니다. 하지만 그 외 다른 질문들은 생각만큼 어렵지 않습니다. 심슨은 이곳 지리에 어둡지 않아요. 여름철에 두 차례 태비스톡에서 머무른 적이 있었습니다. 아마도 아편은 런던에서 구해왔을 겁니다. 열쇠는 쓰고 나서 버렸을 거고요. 말은 황무지에 있는 깊은 구덩이나 오래된 광산 안에 있을 겁니다."

"넥타이에 대해서는 뭐라고 하던가요?"

"자신의 물건이라고 인정했지만 잃어버렸다고 딱 잘라 말하더군요. 그러나 심슨이 마구간에서 말을 끌어낸 사실을 보여주는 증거를 또 발견했습니다."

홈즈가 귀를 바짝 기울였다.

"사건이 벌어진 월요일 밤, 살해 현장으로부터 약 1.5킬로미터도 떨어지지 않은 지점에서 집시 무리가 야영했던 흔적을 찾아냈습니다. 집시들은 다음 날인 화요일에 떠나버렸죠. 심슨과 그 집시들 사이에 어떤 합의가 있었다고 가정한다면, 심슨이 말을 집시들에게 넘기려고 가다가 스트레이커에게 붙잡혔을 수도 있지 않을까요? 그리고 말은 지금 집시들에게 있는 거 아닐까요?"

"분명히 그럴 가능성이 있소."

"그 집시의 행방을 쫓아 황무지를 샅샅이 뒤지고 있는 중입니다. 저는 태비스톡에 있는 마구간과 헛간도 전부 조사했습니다. 반경 약 15킬로미터 이내는 다 뒤졌죠."

"꽤 가까이에 경마 훈련장이 또 하나 있다고 들었는데요?"

"그렇습니다. 간과해버리면 안 되는 사항입니다. 그 훈련장에 있는 데즈버러라는 말이 2위 우승 후보라 그곳 사람들도 실버 블레이즈의 실종에 이해관계가 있었습니다. 그곳 조련사인 사일러스 브라운은 이번 경마에 거액을 걸었다고 하더군요. 또 죽은 스트레이커와 사이가 썩 좋은 편은 아니었습니다. 하지만 케이플턴 마구간을 조사해도 사일러스 브라운을 이번 사건과 연관 지을 증거는 하나도 없었습니다."

"그럼 심슨이라는 자가 케이플턴 마구간의 이득과 관계되어 있다는 증거는 없습니까?"

"전혀 없습니다."

홈즈가 등을 뒤로 기댔고 대화는 중단되었다. 몇 분 뒤 마차는 길가에 있는 붉은색 벽돌 주택 앞에 섰다. 처마가 돌출된 아담하고 깔끔한 집이었다. 울타리를 두른 작은 방목장을 지나 조금 떨어진 곳에 회색 기와를 얹은 기다란 별채가 있었다. 다른 모든 방향으로는 황무지가 가볍게 살랑거리고 있었는데, 시들어가는 양치식물 때문에 청동색으로 물든 채 지평선까지 뻗어 있었다. 태비스톡의 첨탑 건물들과 서쪽에 모여 있는 주택들만이 지평선을 가리고 있었다. 그 주택들이 케이플턴 마구간 건물임을 알 수 있었다. 홈즈를 빼고 일행들이 전부 자리에서 일어나 마차에서 내렸다. 홈즈는 하늘을 물끄러미 바라보며 계속 등을 기댄 채 혼자만의 생각에 완전히 빠져 있었다. 내가 홈즈의 팔을 툭툭 치자 그제야 정신을 차리고 분주히 일어나 마차에서 내렸다.

"실례를 했군요." 약간 놀란 얼굴로 자신을 바라보는 로스 대령을 향해 홈즈가 말했다. "잠시 공상에 잠겨 있었습니다." 홈즈가 두 눈을 반짝이며 흥분을 애써 감추는 태도를 보고 내 친구가 단서를 잡았다고 나는 확신했다. 내게는 익숙한 모습이었다. 하지만 홈즈가 어디서 실마리를 얻었는지는 짐작조차 할 수 없었다.

"바로 범행 현장으로 가고 싶으시겠죠, 홈즈 씨?" 그레고리 경위가 말했다.

"여기 잠시 머물면서 한두 가지 사소한 질문을 하고 싶은데요. 스트레이커 씨의 시신은 이곳으로 옮겨놓았겠죠?"

"네, 그렇습니다. 2층에 안치했습니다. 내일 검시를 실시할 예정입니다."

"로스 대령님, 스트레이커 씨는 수년 동안 대령님 밑에서 일했죠?"

"언제나 훌륭한 고용인이었죠."

"그레고리 경위, 사망 당시의 소지품 목록을 만들어놓았겠죠?"

"따로 모아 거실에 두었습니다. 가서 보시죠."

"잘됐군요." 우리는 줄지어 거실로 들어가 가운데 놓인 테이블에 둘러앉았다. 그러는 사이 그레고리 경위는 네모난 양철 상자를 열어 여러 가지 작은 물건들을 우리 앞에 꺼내놓았다. 짧은 밀랍 성냥 한 갑, 5센티미터 크기의 수지 양초, A. D. P. 브라이어 파이프, 길게 자른 씹는담배 반 온스가 든 물개 가죽 주머니, 금줄이 달린 은시계, 1파운드짜리 금화 다섯 개, 알루미늄 필통, 종이 몇 장, 칼자루를 상아로 만든 칼. 칼은 정교하고 단단한 칼날에 '런던 바이스 사'라고 새겨져 있었다.

"아주 보기 드문 칼이군요." 홈즈가 칼을 집어 들고 자세히 살펴보면서 말했다. "핏자국이 있는 걸로 봐서 피살자가 발견됐을 때 쥐고 있던 바로 그 칼이겠군. 왓슨, 이런 종류의 칼은 자네가 전문 아닌가?"

"의사들이 백내장 메스라고 부르는 칼이야." 내가 말했다.

"그럴 거라고 생각했어. 까다로운 수술을 위해 만든 매우 정교한 칼날이야. 궂은일을 하러 집을 나선 사람에게 어울리는 물건은 아니지. 특히 접어서 주머니에 넣을 수도 없으니까 말이야."

"시신 옆에서 발견한 원형 코르크판으로 칼끝이 보호되어 있었습니다." 그레고리 경위가 말했다. "스트레이커 부인이 그 칼은 화장대 위에 놓여 있었고, 남편이 방을 나서면서 챙겼다고 증언해주었습니다. 무기로는 빈약하지만, 아마도 그 순간 손에 들 수 있는 무기로는 이게 제일 나았을 겁니다."

"그럴 가능성이 높지. 이 종이쪽지들은 뭔가요?"

"세 장은 건초 판매상이 발행한 영수증이고, 한 장은 로스 대령이 지시 사항을 적은 편지입니다. 나머지는 본드 스트리트의 의상실 '마담 르쉬리에'에서 윌리엄 더비셔 앞으로 보낸 37파운드 15실링짜리 청구서입니다. 스트레이커 부인의 말에 따르면 더비셔는 남편의 친구인데, 가끔 더비셔 앞으로 가야 할 편지가 이곳으로 오기도 한답니다."

"더비셔 부인은 취향이 약간 사치스럽군요." 홈즈가 청구서를 흘깃 내려다보며 말했다. "여성복 한 벌에 22기니는 상당히 많은 돈이죠. 더 이상 알아볼 게 없을 것 같으니 이제 범행 현장으로 가봅시다."

거실을 나서자 복도에서 기다리고 있던 한 여인이 한 걸음 앞으로 다가와 손으로 그레고리 경위의 소매를 가만히 붙잡았다. 여인의 수척하게 여윈 얼굴과 간절한 표정에서 최근에 겪은 일로 인한 공포심이 그대로 드러나 보였다.

"범인들을 잡았나요? 그들을 찾으셨어요?" 스트레이커 부

인이 숨을 거칠게 내쉬며 물었다.

“아직입니다, 스트레이커 부인. 하지만 여기 홈즈 씨가 도와주시려고 런던에서 오셨어요. 저희는 가능한 모든 조치를 취할 겁니다.”

“스트레이커 부인, 언젠가 플리머스에서 열린 가든파티에서 부인을 만난 적이 있습니다.” 홈즈가 말했다.

“아닙니다, 선생님. 잘못 보셨어요.”

“이런! 확실히 만났다고 맹세할 수 있습니다. 타조 깃털 장식이 달린 비둘기색 드레스를 입고 입었죠.”

“저에게는 그런 옷이 없답니다, 선생님.” 부인이 대답했다.

“아, 그렇다면 의문이 풀리는군요.” 홈즈가 말했다. 내 친구는 부인에게 사과하고 나서 그레고리 경위를 따라 밖으로 나갔다. 황무지를 조금 가로질러 걸어가자, 시체가 발견되었던 움푹 파인 곳에 도착했다. 가장자리에는 피살자의 외투가 걸려 있던 가시금작화 덤불이 있었다.

“그날 밤은 바람이 불지 않았다고 들었어요.” 홈즈가 말했다.

"그렇습니다. 하지만 폭우가 쏟아졌습니다."

"그렇다면 외투가 가시금작화 덤불 쪽으로 날아간 게 아니라 누군가 놓아둔 거겠군요."

"네, 덤불에 걸려 있었습니다."

"흥미로운 대목이군요. 땅을 보면 발자국으로 뭉개진 자국이 상당히 많습니다. 월요일 밤 이후에도 여기에 많은 사람들이 오고 간 모양이군요."

"여기 한쪽에 매트를 깔아놓고 우리 모두 그 위에만 서 있었습니다."

"잘하셨어요."

"이 가방에 스트레이커가 신었던 부츠와 피츠로이 심슨의 신발을 한 짝씩 넣어왔습니다. 그리고 경주마 실버 블레이즈의 편자도 있습니다."

"그레고리 경위, 오늘은 활약이 대단하군요!" 홈즈는 가방을 받아 들고 구덩이로 내려가면서 가운데 쪽에 더 가깝게 매트를 밀었다. 그런 다음 바닥에 얼굴을 가까이 대고 엎드려, 손에 턱을 기댄 후 눈앞에 놓인 발자국으로 뭉개진 진흙을 주의 깊게 살펴보았다. "여기!" 홈즈가 갑자기 말했다. "이건 뭘까요?" 반쯤 탄 밀랍 성냥이었다. 진흙투성이라 얼핏 보면 작은 나뭇조각처럼 보였다.

"어째서 나는 못 보고 지나쳤는지 모르겠습니다." 그레고리 경위가 난처한 표정을 지으며 말했다.

"진흙에 파묻혀 있어서 보이지 않았던 겁니다. 난 이걸 찾고 있었기 때문에 발견한 것뿐이고."

"네? 밀랍 성냥을 찾을 거라고 생각했다는 겁니까?"

"있을 거라고 생각했죠."

홈즈는 가방에서 부츠를 꺼내 하나씩 땅바닥에 있는 발자국과 비교해보았다. 그러더니 움푹 파인 땅의 가장자리로 엉금엉금 올라가 양치식물과 덤불 사이를 기어 다녔다.

"이것 말고 다른 흔적이 없는 게 안타깝습니다." 그레고리 경위가 말했다. "제가 사방으로 대략 100미터 이내의 땅을 철저히 조사했거든요."

"그렇군요!" 홈즈가 일어서면서 말했다. "그렇게 말씀하시는데 무례하게 다시 살펴볼 수는 없죠. 하지만 어두워지기 전에 황무지를 좀 걷고 싶군요. 내일 수사를 시작할 지역을 알아야 하니까요. 이 편자는 제 행운의 주머니에 넣어두겠습니다."

내 친구 홈즈가 아무 말 없이 체계적으로 일하는 방식에 초조한 기색을 보이던 로스 대령은 자신의 시계를 흘낏 쳐다보았다. "경위, 나와 함께 돌아갑시다." 로스 대령이 말했다. "조언을 구하고 싶은 문제가 몇 가지 있소. 특히 사람들을 위해 대회 출전마 명단에서 실버 블레이즈의 이름을 빼야 하지 않을까 하는 문제요."

"당치 않습니다." 홈즈가 결연하게 외쳤다. "제가 명단에서 빠지지 않게 할 겁니다."

로스 대령은 고개를 숙여 답했다. "그리 말씀해주시니 고맙소, 홈즈 씨." 대령이 말했다. "가엾은 스트레이커의 집에서 만나도록 하죠. 다 같이 마차를 타고 태비스톡으로 갑시다."

로스 대령이 그레고리 경위와 돌아가자, 홈즈와 나는 황무지를 천천히 걸었다. 해는 케이플턴 마구간 너머로 지기 시작했다. 우리 앞에 펼쳐진 길고 비탈진 평원은 황금빛으로 물들었고, 마른 양치식물과 가시나무들은 저녁 노을빛을 머금어 진한 적갈색으로 물들었다. 하지만 깊은 생각에 잠긴 내 친구에게는 이렇게 눈부시게 아름다운 풍경도 아무 소용없었다.

"이렇게 하려고 하네, 왓슨." 마침내 홈즈가 말을 꺼냈다. "존 스트레이커를 누가 죽였는가 하는 문제는 잠시 접어두고, 말이 어떻게 되었는지를 알아내는 데 열중할 거야. 그 비극이 일어나는 동안이나 그 후에 말이 달아났다고 한다면, 녀석은 어디로 갈 수 있었을까? 말이란 무리 지어 사는 동물이지. 내버려 두면 본능을 따라 킹스 파일랜드로 되돌아갔거나 케이플턴으로 건너갔을 거야. 어째서 황무지 위를 제멋대로 뛰어다니겠어? 그랬다면 지금쯤 틀림없이 눈에 띄었을 걸세. 집시들이 무슨 연유로 실버 블레이즈를 데려가겠나? 경찰이 성가시게 하는 게 싫어서 무슨 일이 생겼다는 소식만 들어도 자리를 뜨는 사람들인데 말이야. 집시들은 그런 명마를 팔 수도 없어. 실버 블레이즈를 끌고 가면 큰 위험만 떠안을 뿐 얻는 건 아무것도 없을 테지. 불 보듯 뻔한 일이야."

"그럼 말은 어디에 있을까?"

"킹스 파일랜드나 케이플턴으로 간 게 틀림없다고 말했잖아. 그런데 킹스 파일랜드에는 없어. 그러니까 케이플턴에 있는 거지. 도움이 될 가설로 생각하고 어디로 이끌어줄지 두고 보자고. 그레고리 경위가 말한 대로 이 부근의 황무지는 아주 단단하고 메말라 있어. 하지만 케이플턴 방향으로는 낮아지는군. 저기 너머에 길게 움푹하게 꺼진 곳이 있는 게 보이는군. 거긴 월요일 밤에 분명히 아주 축축했을 거야. 추정이 맞는다면 말은 저곳을 지나갔을 테고, 우리가 말의 흔적을 찾아야 하는 장소라는 뜻이야."

우리는 이런 이야기를 하면서 열심히 걷다가 몇 분 뒤 홈즈가 말한 움푹하게 꺼진 땅에 이르렀다. 홈즈의 부탁으로 나는 경사면을 따라 오른쪽으로 내려갔고, 내 친구는 왼쪽으로 내려갔다. 쉰 걸음도 가기 전에 홈즈의 고함 소리가 들려 바라보니 홈즈가 나에게 손짓하고 있었다. 홈즈 앞에 있는 무른 땅바닥에 말의 발자국 윤곽이 뚜렷이 드러나 있었다. 홈즈가 주머니에서 꺼낸 편자는 땅바닥의 발자국과 정확히 들어맞았다.

"상상력이 이렇게 중요하단 말일세." 홈즈가 말했다. "그레고리에게 부족한 게 이런 자질이지. 우리는 무슨 일이 일어났을지 마음에 그려보고, 추정한 대로 행동에 옮기고, 우리가 옳다는 걸 알아내지. 계속해서 가보세."

우리는 질퍽한 땅을 지나 건조하고 단단한 풀밭을 약 400미터쯤 걸었다. 그러자 비탈진 땅이 나왔고, 실버 블레이즈의 발자국이 눈에 띄었다. 그러고 나서 약 800미터를 걷는 동안에는 흔적을 발견하지 못했지만, 결국 케이플턴에 아주 가까이 이르자 다시 발자국을 발견했다. 발자국을 처음 발견한 사람은 홈즈였다. 홈즈는 의기양양한 표정으로 서서 땅을 가리켰다. 말 발자국 옆에 사람의 발자국이 보였다.

"여기 올 때까지는 혼자였는데." 내가 소리쳤다.

"정말 그렇군. 여기서부터는 혼자가 아니었어. 이건 뭐지?"

두 종류의 발자국이 획 돌아 킹스 파일랜드 방향으로 향했다. 홈즈가 휘파람을 불어 나에게 신호를 주었고, 우리는 발자국을 따라갔다. 홈즈는 발자국에서 눈을 떼지 않았다. 하지만 나는 어느 방향을 언뜻 보았다가 놀랍게도 똑같은 발자국이 반대 방향에서 다시 돌아오고 있는 것을 보았다.

"잘했네, 왓슨." 내가 그 사실을 알려주자 홈즈가 말했다. "자네 덕분에 수고를 덜었군. 아니면 갔던 길을 다시 되짚어 와야 했을 거야. 되돌아온 발자국을 따라가 보세."

우리는 멀리 갈 필요가 없었다. 발자국은 케이플턴 마구간의 정문으로 이어진 아스팔트 포장도로에서 끊겼다. 마구간 가까이로 걸어가자 마부 한 사람이 달려 나왔다.

"여기서 어슬렁거리면 안 됩니다." 마부가 말했다.

"한 가지만 물어볼까 합니다." 홈즈가 말했다. 조끼 앞주머니에 엄지손가락과 집게손가락을 찔러 넣으며 말했다. "내일 새벽 5시에 들르면 너무 이른 시간이라 주인장 사일러스 브라운 씨를 만날 수 없을까?"

"그럴 리가요. 항상 제일 먼저 일어나는 분이시니 누군가 나와 있다면 그분일 겁니다. 저기 오고 계시니 선생님 질문에 직접 답을 해주시겠군요. 아니, 안 됩니다. 이 돈에 손대는 걸 보시면 제 자리를 보전하지 못할 겁니다. 정 그러시다면 나중에 받도록 하죠."

홈즈가 주머니에서 꺼낸 하프 크라운짜리 동전을 도로 집어넣었을 때, 험악하게 생긴 나이가 지긋한 남자가 손에 든 수렵용 말채찍을 흔들며 마구간 정문에서 성큼 걸어 나왔다.

"뭐하는 건가, 도슨!" 사나이가 큰 소리로 외쳤다. "쓸데없는 얘기는 그만하게! 하던 일이나 계속해! 그리고 당신, 도대체 여기서 뭐하는 거요?"

"선생과 이야기를 좀 하고 싶군요. 10분이면 됩니다." 홈즈가 듣기 좋은 목소리로 말했다.

"쓸데없는 소리! 당신 같은 사람, 상대할 시간 없소. 외부인 출입 금지란 말이오. 돌아가시오. 안 그러면 개를 풀어놓겠소."

홈즈는 몸을 앞으로 숙이며 험상궂은 조련사의 귀에다 대고 뭔가를 속삭였다. 조련사는 움찔 놀라더니 관자놀이까지 빨갛게 달아올랐다.

"거짓말, 새빨간 거짓말이야." 조련사가 고함을 질렀다.

"좋아요. 여기 남들 앞에서 따져볼까요, 아니면 응접실에서 얘기할까요?"

"그, 그러고 싶으시면 들어오시오."

홈즈가 생긋 웃었다. "혼자 오래 두지 않겠네, 왓슨." 홈즈가 말했다. "자, 브라운 씨. 당신이 원하시는 대로 하겠습니다."

20분 뒤 붉은 저녁노을은 희미해져 하늘이 잿빛이 되자, 홈

즈와 조련사 사일러스 브라운이 다시 나타났다. 나는 그 짧은 시간에 사일러스 브라운에게 일어난 것만큼 급작스러운 변화는 한 번도 본 적이 없었다. 얼굴은 하얗게 질려 있었고, 이마에는 반짝이는 구슬땀이 맺혀 있었으며, 손은 심하게 떨려 말채찍이 바람에 흔들리는 나뭇가지처럼 움직이고 있었다. 위협적이고 고압적인 태도는 온데간데없고 주인을 따르는 개처럼 내 친구 옆에서 굽실거리고 있었다.

"지시하신 대로 조치하겠습니다. 말씀하신 것들을 빠짐없이 해놓겠습니다."

"실수하면 안 됩니다." 홈즈가 사일러스를 돌아보며 말했다. 상대방은 홈즈의 눈에서 위협하는 기운을 느끼고 움찔 놀랐다.

"그럼요. 실수 없이 하겠습니다. 거기 반드시 나갈 겁니다. 원래대로 바꿔놓을까요?"

홈즈는 잠깐 생각하더니 웃음을 터뜨렸다. "아닙니다. 바꾸지 마세요. 어떻게 할지는 편지로 알려드리겠습니다. 이제 속임수는 안 됩니다. 만약 그렇게 했다가는…."

"그럼요. 믿어주십시오. 믿으셔도 된다니까요!"

"좋아요, 믿겠습니다. 그럼 내일 연락드리죠." 홈즈는 상대방이 떨리는 손으로 청한 악수를 무시하고는 발길을 돌렸다. 우리는 킹스 파일랜드로 향했다.

"사일러스 브라운이라는 주인장 말이야, 그자보다 거만하고 겁 많고 비열한 성품을 가진 사람은 본 적이 없어." 함께 터벅터벅 걸어가면서 홈즈가 말했다.

"그럼 그자가 실버 블레이즈를 데리고 있는 거야?"

"고함을 지르며 발뺌을 하려고 했어. 하지만 그날 아침 그자의 행적을 아주 정확하게 묘사했더니 내가 자기를 지켜보고 있었다고 생각하더군. 물론 자네도 발자국 앞이 특이하게 각진 모양을 봤을 걸세. 사일러스 브라운의 부츠가 정확히 일치하더라고. 그리고 아랫사람은 그런 일을 할 엄두도 내지 못하는 게 당연하지. 사일러스 브라운에게 이야기해줬지. 브라운 씨는 평소 습관대로 제일 먼저 일어나 나왔다가 황무지를 돌아다니고 있는 낯선 말을 보았어. 황무지로 나가서 말에게 다가갔다가, 실버 블레이즈라는 이름이 붙은 이유인 하얀 이마를 알아보고 깜짝 놀랐지. 자기가 돈을 건 말을 이길 수 있는 유일한 말이 우연히 수중에 들어왔으니까 말이야. 그다음 이야기도 들려줬어. 처음에는 순간적으로 킹스 파일랜드에 데려다 주려고 했어. 그런데 때마침 경마가 끝날 때까지 말을 숨겨놓자는 악마의 속삭임이 들렸던 거야. 그래서 말을 다시 끌고 와서 케이플턴에 감췄어. 이런 이야기를 전부 상세하게 해주자, 체념하고 무사히 빠져나갈 궁리만 하더군."

"하지만 경찰이 케이플턴 마구간도 수색했을 텐데?"

"그자같이 경험 많은 경마 사기꾼은 술수가 다양하지."

"하지만 실버 블레이즈를 그자의 수중에 두는 게 걱정되지 않나? 말을 해칠 수도 있는 사람이잖아."

"사일러스 브라운은 실버 블레이즈를 애지중지하며 지킬

거야. 용서를 구하는 유일한 방법은 무사히 말을 주인에게 보내는 것이거든."

"로스 대령은 어떤 경우라도 용서를 베풀 사람으로 보이지 않았어."

"그 문제는 로스 대령에게 달린 문제가 아닐세. 나는 내 방식을 고집할 테고, 어디까지 이야기하느냐는 내가 결정하기 나름이야. 사립 탐정의 특권이지. 왓슨, 자네가 눈치챘는지 모르겠지만, 로스 대령의 태도가 약간 거만하더군. 이제 대령을 이용해서 조금 재미있는 일을 꾸며볼까 해. 대령에게 실버 블레이즈에 대해서는 아무 말도 하지 말게."

"물론이지. 자네의 허락 없이는 말하지 않겠네."

"이 일은 누가 존 스트레이커를 살해했는가 하는 문제에 비하면 아주 사소한 일이야."

"그럼 자네는 이제 그 살인 사건에 전념하려고 하는 건가?"

"아니, 그 반대일세. 밤 열차 편으로 런던에 돌아가자고."

나는 내 친구의 말에 깜짝 놀랐다. 우리는 데본셔에 불과 몇 시간밖에 있지 않았다. 게다가 훌륭하게 첫발을 내디딘 수사를 포기한다는 사실을 납득하기가 어려웠다. 나는 홈즈에게서 그 이상 어떤 말도 듣지 못한 채 존 스트레이커의 집으로 돌아왔다. 로스 대령과 그레고리 경위는 거실에서 우리를 기다리고 있었다.

"저와 제 친구는 야간 급행열차로 런던으로 돌아가려고 합니다." 홈즈가 말했다. "아름다운 다트무어의 공기를 조금이나

마 마셨더니 좋았습니다."

그레고리 경위가 놀라서 눈을 크게 떴고, 로스 대령은 비웃는 듯 입술을 비죽거렸다.

"그럼 가엾은 스트레이커의 살인범을 체포하는 일은 단념하시는 거군요." 그레고리 경위가 말했다.

홈즈는 어깨를 으쓱했다. "도처에 심각한 어려움들이 분명히 있습니다." 홈즈가 말했다. "하지만 실버 블레이즈가 화요일 경마에 출전할 가능성은 충분하다고 봅니다. 기수에게 준비하고 있으라고 해주시기 바랍니다. 존 스트레이커 씨의 사진을 얻을 수 있을까요?"

그레고리 경위는 봉투에서 사진을 꺼내 홈즈에게 건넸다.

"이런, 그레고리 경위, 내가 뭘 원할지 벌써 알고 있군요. 여기서 잠시만 기다려주세요. 하녀에게 물어보고 싶은 게 한 가지 있어서요."

"정말이지 런던에서 온 사립 탐정에게 약간 실망했소." 내 친구가 거실을 나가자 로스 대령이 퉁명스럽게 말했다. "탐정이 도착하고 나서 그 이상 진척된 게 없잖소."

"적어도 대령의 말이 출전할 거라는 보장은 받았잖습니까." 내가 말했다.

"그렇군요. 홈즈 씨가 보장해주긴 했죠." 로스 대령이 어깨를 으쓱하며 말했다. "그보다는 내 말을 되찾고 싶소."

내 친구를 변호하기 위해 대꾸하려던 차에 홈즈가 거실로 들어왔다.

"자, 신사 여러분." 홈즈가 말했다. "태비스톡으로 떠날 준비가 다 됐습니다."

우리 일행이 마차에 올라타려고 하자, 한 마부가 마차 문을 잡아주었다. 홈즈는 불현듯 무슨 생각이 떠올랐는지 몸을 앞으로 숙여서 마부의 소매를 잡았다.

"작은 방목장에 양이 몇 마리 있더군." 홈즈가 말했다. "양은 누가 돌보나?"

"그건 제 일입니다, 선생님."

"요즘 이상한 점은 없었나?"

"글쎄요, 별일은 아닙니다만 세 마리가 다리를 약간 절게 되

었어요."

홈즈가 빙그레 웃으며 두 손을 마주 대고 비비는 걸 보니 매우 만족스러워한다는 것을 알 수 있었다.

"결판이 났네, 왓슨. 이제 다 됐어." 홈즈가 내 팔을 움켜잡으며 말했다. "그레고리 경위, 양들 사이에 돌고 있는 희한한 돌림병에 주목하라고 말하고 싶군요. 출발하세, 마부 양반!"

로스 대령은 여전히 내 친구의 능력을 하찮게 여기는 듯한 표정을 짓고 있었다. 하지만 그레고리 경위의 얼굴을 보니 경위가 홈즈의 말을 주의 깊게 듣고 있다는 사실을 알 수 있었다.

"그게 중요한 문제라고 보십니까?" 경위가 물었다.

"대단히 중요해요."

"내가 주목해야 하는 다른 일도 있습니까?"

"밤중에 개에게 일어난 기이한 일도 있었죠."

"개는 밤중에 아무 짓도 하지 않았습니다."

"그게 바로 기이한 일이죠." 셜록 홈즈가 말했다.

나흘 후 홈즈와 나는 웨식스 컵 경마 대회를 보기 위해 다시 열차를 타고 윈체스터로 향하고 있었다. 약속한 대로 기차역 바깥에서 로스 대령을 만났다. 그리고 우리는 드래그 마차를 타고 교외의 경마장으로 향했다. 로스 대령의 표정은 심각했고, 태도도 몹시 차가웠다.

"실버 블레이즈는 털끝도 보이지 않았소." 로스 대령이 말했다.

"그 녀석을 보면 바로 알아볼 수 있겠죠?" 홈즈가 물었다.

로스 대령은 크게 화를 냈다. "20년이나 경마 일을 했소. 이때까지 그런 질문은 받아본 적이 없소." 대령이 말했다. "하얀 이마와 앞다리에 반점을 보면 어린아이라도 실버 블레이즈를 알아볼 거요."

"배당률은 어떻습니까?"

"그게 이상한 일이오. 어제는 15대 1이었는데 점점 낮아지더니 지금은 3대 1도 어렵습니다."

"흠! 누군가 알고 있는 모양이군, 확실해." 홈즈가 말했다.

드래그 마차가 경마장 안으로 들어가 정면 특별관람석 근처에 서자, 나는 출전마를 확인하기 위해 경마 진행 순서표를 훑어보았다.

웨식스 컵 경마 대회

출전비 경주마당 50파운드

상금 1착 1000파운드(4, 5세 경주마에게는 가산), 2착 300파운드, 3착 200파운드

신 경주로(약 2.6킬로미터)

1번 마. 히스 뉴턴의 니그로(빨강 모자, 황갈색 재킷).

2번 마. 워드로 대령의 퓨질리스트(분홍 모자, 파랑과 검정 재킷).

3번 마. 백워터 경의 데즈버러(노랑 모자, 노랑 소매).

4번 마. 로스 대령의 실버 블레이즈(검정 모자, 빨강 재킷).

5번 마. 밸모럴 공작의 아이리스(노랑과 검정 줄무늬).

6번 마. 싱글퍼드 경의 래스퍼(자주색 모자, 검정 소매).

"당신이 한 말에 모든 희망을 걸고 다른 말을 출전시키지 않았소." 로스 대령이 말했다. "아니, 저게 뭐지? 실버 블레이즈가 우승 예상마라고?"

"실버 블레이즈 5대 4!" 벨이 시끄럽게 울렸다. "실버 블레이즈 5대 4! 데즈버러 5대 15! 나머지 5대 4!"

"계속 올라가고 있습니다!" 내가 소리쳤다. "모두 여섯 필이 있군요."

"전부 여섯 필이라고요? 그럼 내 말도 출전하는 거군요." 로스 대령이 흥분해서 소리쳤다. "그런데 말이 보이지 않는군. 빨강 재킷은 아직 지나가지 않았소."

"다섯 필만 지나갔습니다. 이번에 나오는 말이 실버 블레이즈일 겁니다."

내가 말하자마자, 힘이 넘쳐 보이는 암갈색 말이 검량(기수의 체중과 안장 등 장구의 무게를 측정하는 것—옮긴이)을 마치고 천천히 구보하며 우리 앞을 지나갔다. 말 위에는 로스 대령의 고유색으로 알려진 검정 모자와 빨강 재킷을 걸친 기수가 타고 있었다.

"저건 내 말이 아니오." 마주가 외쳤다. "저 녀석은 몸에 흰색 반점이 없잖소. 홈즈 씨, 무슨 짓을 한 거요?"

"자, 자, 어떻게 하는지 보기나 합시다." 내 친구가 침착하게 말했다. 잠시 동안 홈즈는 내 쌍안경으로 경주를 바라보았다.

"최고야! 훌륭한 출발이었어!" 홈즈가 갑자기 외쳤다. "저기 있어. 곡선 코스를 돌았어!"

경주마들이 직선 코스에 들어서자 드래그 마차에서 그 대단한 광경을 볼 수 있었다. 여섯 필이 서로 가까이 달리고 있어 카펫 한 장으로 말들을 덮어버릴 수 있을 것 같았다. 중간에 케이플턴 마구간의 노란 슬리브를 입은 데즈버러가 선두로 나섰다. 그러나 경주마들이 우리 앞을 지나기도 전에 데즈버러가 힘을 다 소진해 로스 대령의 말이 갑자기 치고 나오더니 6마신(마신: 말의 코끝에서 꼬리뼈까지의 길이를 말하며, 말에 따라 다르지만 약 2.4미터를 1마신이라 함—옮긴이)이라는 상당히 큰 차이로 결승점을 통과했다. 밸모럴 공작의 아이리스는 한참 만에 3위로 들어왔다.

"어쨌든 이겼어." 로스 대령은 두 눈을 비비며 숨을 제대로 쉬지도 못했다. "도무지 영문을 모르겠군요. 이제 그만 털어놓을 때가 되지 않았나요, 홈즈 씨?"

"당연히 그래야죠, 대령. 모든 사실은 조금 이따 알게 될 겁니다. 모두 가서 말을 보죠. 여기 있군요." 마주와 관계자들만 출입할 수 있는 검량소로 들어가면서 홈즈가 말을 이었다. "말의 얼굴과 다리를 에탄올로 씻어주면 예전과 다름없는 경주마 실버 블레이즈일 겁니다."

"나를 깜짝 놀라게 하는군요!"

"한 경마 사기꾼의 수중에서 녀석을 찾았습니다. 그리고 실례를 무릅쓰고 넘겨받자마자 녀석을 출전하게 했죠."

"이봐요, 홈즈 씨. 정말 놀라운 일을 하셨소. 말은 아주 상태가 좋아 보여요. 그 어느 때보다 좋아요. 당신의 능력을 의심한 점은 대단히 미안하오. 내 말을 되찾아주다니 정말 큰 도움을 준 겁니다. 당신이 스트레이커의 살해범을 잡을 수 있다면 더 좋을 텐데요."

"이미 잡았습니다." 홈즈가 조용히 말했다.

로스 대령과 나는 깜짝 놀라서 홈즈를 쳐다보았다. "잡았다고 했소? 그럼 그자는 어디 있소?"

"이 자리에 있습니다."

"여기? 어디에 말이오?"

"지금 저와 함께 있습니다."

로스 대령은 화가 나서 얼굴을 붉혔다. "내가 당신에게 신세를 진 건 잘 알고 있소, 홈즈 씨." 대령이 말했다. "하지만 당신이 지금 지나친 농담을 하고 있거나 모욕을 주는 거라고 여길 수밖에 없군요."

셜록 홈즈가 소리 내 웃었다. "대령을 사건과 관련지어 생각해본 적은 없습니다." 홈즈가 말했다. "진짜 살인자는 바로 대령 뒤에 서 있습니다." 홈즈는 대령을 지나 순종마의 윤기가 흐르는 목덜미에 손을 얹었다.

"말이라니!" 로스 대령과 내가 동시에 외쳤다.

"그렇습니다. 이 녀석이었어요. 제가 정당방위였다고 말씀드리면 죄가 가벼워지겠죠. 그리고 존 스트레이커는 당신의 신뢰를 받을 만한 자격이 전혀 없는 사람이었습니다. 그런데

벨이 울리는군요. 다음 경주에서 조금 딸 것 같으니 긴 설명은 이따가 적당한 시간에 하도록 하겠습니다."

그날 저녁 우리는 풀먼식 침대차에 앉아 런던으로 돌아왔다. 이번 여행이 나뿐만 아니라 로스 대령에게도 짧은 여행으로 느껴졌을 것이다. 월요일 밤 다트무어 경마 훈련장에서 일어난 사건에 대해 내 친구 홈즈의 이야기를 들으며 왔기 때문이다. 거기다 홈즈는 사건을 해결한 과정도 설명해주었다.

"인정할 수밖에 없는 사실은." 홈즈가 말했다. "신문 기사를 읽고 세운 가설들이 완전히 틀렸다는 겁니다. 그렇다고 해도 암시하는 바가 있었는데, 다른 사소한 내용들에 가려서 진짜 중요한 게 안 보였을 뿐이죠. 나는 피츠로이 심슨이 범인일 거라고 확신을 하고 데번셔에 갔습니다. 물론 증거가 완벽하지 않다는 건 알고 있었습니다. 존 스트레이커의 집에 도착했을 때, 나는 마차에 앉아 있는 동안 양고기 카레가 매우 중요하다는 생각이 떠올랐어요. 다들 마차에서 내린 후에도 내가 멍하니 마차에 앉아 있던 모습을 기억하실 겁니다. 그렇게 명백한 단서를 내가 어떻게 그냥 지나칠 수 있었는지 스스로 어이가 없더군요."

"나는 아직까지도 그게 어떤 도움이 됐는지 알 수가 없군요." 로스 대령이 말했다.

"내 추리 사슬의 첫 연결 고리였죠. 분말로 만든 아편은 아무런 맛이 없는 물질이 아닙니다. 맛이 비위에 거슬리지는 않지만 눈치챌 수 있는 정도죠. 일반 음식에 넣으면 누구라도 알아차리고 더 이상 먹지 않으려고 할 겁니다. 틀림없이 카레는 아편 맛을 숨기기 위한 도구였을 거예요. 외부인인 피츠로이 심슨이 그날 밤 조련사 집에서 저녁 식사로 카레를 먹도록 했다고는 추정할 수 없었습니다. 그런데 아편 맛을 숨길 수 있는 요리가 나온 바로 그날, 피츠로이 심슨이 아편 분말을 가져왔다고 가정하는 건 말도 안 되는 우연의 일치입니다. 있을 수 없는 일인 거죠. 그래서 심슨은 용의 선상에서 제외됩니다. 그렇다면 이제 스트레이커와 그의 아내를 주목해봅시다. 이 둘은 유일하게 저녁으로 양고기 카레 요리를 선택할 수 있었던 사람들입니다. 아편은 마구간을 지키던 마부 청년에게 줄 요리를 따로 챙긴 후에 넣었습니다. 왜냐하면 같은 요리를 먹은 다른 사람들은 아무 이상이 없었으니까요. 그렇다면 두 사람 가운데 누가 하녀 몰래 요리에 손을 댔을까요?

이 문제를 생각해보기 전에 개가 짖지 않은 이유가 중요하다는 걸 깨달았습니다. 왜냐하면 추리가 정확하면 예외 없이 또 다른 추리를 떠올리게 해주거든요. 심슨이 등장했을 때 개는 마구간 안에 있었습니다. 그런데 누군가 들어와 말을 끌고 나갔는데도 개는 다락에서 자고 있던 마부들을 깨울 정도로 짖지 않았습니다. 분명히 한밤의 방문객은 개가 잘 아는 사람이었습니다.

나는 존 스트레이커가 한밤중에 마구간에 가서 실버 블레이즈를 끌고 나갔다고 이미 확신했죠. 아니 거의 확신하고 있었습니다. 하지만 어떤 목적이었을까요? 물론 부정한 목적이었겠죠. 그게 아니라면 왜 마부 청년에게 약을 먹였겠습니까? 하지만 이유를 알아낼 방법이 없었습니다. 조련사들이 대리인을 통해 상대 경주마의 우승에 돈을 건 다음, 부정한 방법을 써서 우승하지 못하게 방해하고 거액을 챙긴 사건들이 지금까지 심심치 않게 발생했죠. 기수가 고삐를 당기기도 하고 말이죠. 좀 더 확실하고 포착하기 어려운 방법이 있기도 하죠. 이 사건에서는 어떤 수법이었을까요? 나는 스트레이커의 주머니 속 소지품이 결론을 내리는 데 도움이 되기를 바랐습니다.

그런데 정말로 도움을 주었죠. 죽은 남자 손에서 발견된 특이한 칼을 잊지 않으셨죠? 제정신인 사람은 무기로 택할 리 없는 칼이었죠. 왓슨 선생이 말했듯이 외과에서도 매우 정교한 수술에나 사용하는 메스 종류였죠. 사건 당일 밤 정교한 수술을 위해 쓰일 물건이었던 겁니다. 로스 대령도 경마 경력이 풍부하시니 말 허벅지 뒤쪽에 경미한 상처를 낼 수 있다는 걸 아실 테죠. 흔적을 전혀 남기지 않으려면 피하층에다 상처를 내죠. 그렇게 상처를 입은 말은 다리를 약간 절게 됩니다. 그러면 훈련 중 무리해서 근육을 접질렸거나 류머티즘 기운이 있다고 여길 뿐 부정행위라고는 생각하지 않는 거죠."

"이런, 악랄한 놈 같으니라고!" 로스 대령이 소리쳤다.

"존 스트레이커가 말을 황무지로 끌고 나간 이유도 이제 설명할 수 있습니다. 그렇게 기운 센 동물이 칼에 찔리는 걸 느끼면 곯아떨어진 사람들이라도 분명히 깰 정도로 소란스러웠을 겁니다. 그래서 마구간 안이 아닌 바깥에서 해야 했겠죠."

"내가 눈이 멀었소!" 로스 대령이 외쳤다. "양초가 필요했고, 성냥에 불을 붙인 이유도 그 때문이군요."

"의심할 여지가 없죠. 그리고 스트레이커의 소지품을 살펴보고 범행 수법뿐만 아니라 동기도 알아낼 수 있을 만큼 운이 따라줬습니다. 대령, 당신도 남자들은 자기 주머니 곳곳에 다른 사람들의 청구서 따위는 넣고 다니지 않는다는 걸 아실 겁니다. 대부분은 자기 청구서를 정산하는 것만도 벅차니까요. 나는 스트레이커가 딴살림을 차려 이중생활을 하고 있다는 결론을 내렸습니다. 청구서 명세서를 보니 이 사건에 아주 사치스러운 취향을 가진 여자가 관련되어 있었죠. 대령이 고용인에게 후했다 해도 스트레이커가 아내에게 20기니짜리 외출복을 사줄 수 있을 거라고는 상상하기 어렵습니다. 스트레이커 부인이 눈치채지 못하게 그 드레스에 대해서 물어봤습니다. 그러고는 그 물건이 부인에게 온 것이 아님을 확신했죠. 의상실 주소를 적어두고 스트레이커의 사진을 가지고 들러 더비셔가 가공의 인물이라는 사실을 쉽게 알아냈죠.

그때부터 모든 건 빤했습니다. 스트레이커는 불빛이 남의 눈에 띄지 않는 움푹한 장소로 말을 끌고 갔습니다. 심슨은 도망치다가 넥타이를 떨어뜨렸는데, 스트레이커가 어디다 쓸 요량으로 그 넥타이를 주웠죠. 아마도 말의 다리를 잡아매는 데 쓰려고 했을 겁니다. 스트레이커는 움푹 파인 땅에 내려가서 말 뒤에 자리를 잡고 불을 켰어요. 그런데 갑작스럽게 번쩍이는 불에 말이 놀랐고, 기묘한 동물적인 본능으로 뭔가 나쁜 일이 생길 거라는 것을 눈치채고 뒷발길질을 한 겁니다. 그러자 강철 편자가 스트레이커의 이마를 정통으로 때렸죠. 비가 오고 있었지만 정교한 작업을 위해 이미 외투를 벗은 상태였죠. 그래서 쓰러지면서 자기 칼로 허벅지를 베인 겁니다. 이제 명확해졌죠?"

"훌륭해!" 로스 대령이 외쳤다. "아주 훌륭합니다! 마치 홈즈 씨가 현장에 있었던 것 같군요."

"마지막 추리는 좀 힘들었습니다. 스트레이커같이 빈틈 없는 사람이 연습도 하지 않고 힘줄을 자르는 정교한 일을 시도할 리 없다는 생각이 퍼뜩 들었죠. 그럼 무엇을 상대로 연습했을까? 양이 눈에 띄어서 물어봤더니 내 추측이 맞았습니다. 내 추측이 옳아서 나 스스로도 조금 놀랐죠."

"홈즈 씨, 정말 완벽하게 밝혀내셨군요."

"런던으로 돌아온 뒤에는 의상실에 들렀습니다. 스트레이커를 더비셔라는 이름의 우수 고객이라고 확인해주더군요. 값비싼 드레스를 아주 좋아하는 세련된 아내가 있는 사람이라면서 말이죠. 그 여인이 스트레이커를 빚더미에 올라앉게 하고, 한심한 범행을 계획하게 만든 장본인이라고 생각합니다."

"홈즈 씨, 한 가지만 빼고 모두 설명해주셨습니다." 로스 대령이 외쳤다. "실버 블레이즈는 어디에 있었소?"

"아, 말은 달아났습니다. 대령의 어느 이웃이 돌봐 주었죠. 그 점에서 특별히 너그럽게 봐줘야 한다고 생각합니다. 여기가 클래펌 교차로군요. 제 기억이 맞다면 빅토리아 역까지 10분도 안 걸릴 겁니다. 대령, 저희 집에서 시가라도 피우시겠습니까? 흥미를 끌 만한 세세한 이야기를 들려드리겠습니다."

2
소포 상자

내 친구 셜록 홈즈의 뛰어난 정신 능력을 보여주는 대표적인 사건 몇 가지를 고르면서, 나는 홈즈의 재능이 가감 없이 드러나면서도 가급적 선정적인 내용이 적은 사건들을 선택하려고 애썼다. 그러나 범죄에서 선정적인 내용을 완전히 배제하기란 유감스럽게도 불가능하다. 그래서 사건의 서술에 필수적이지만 사건에 대해 그릇된 인상을 심어줄 상세 정보를 단념해야 할지, 의도하지 않았는데 뜻밖에 취합된 정보까지 그대로 기술할 것인지에 대해 기록자는 딜레마에 빠진다. 이 짧은 서문으로 시작할 내 기록은, 유달리 끔찍했으나 기묘한 일이 연이어 벌어졌던 사건에 대한 것이다.

타들어 갈 듯 무더운 8월의 어느 날이었다. 베이커 스트리트는 찜통같이 무더웠고, 길 건너편 주택의 노란 벽돌 위로 쏟아지는 눈부신 햇살 때문에 눈이 따가울 정도였다. 겨울 안개 사이로 흐릿하게 보였던 그 벽이 맞는지 믿기 어려웠다. 커튼은 반쯤 드리워져 있고, 홈즈는 소파 위에 웅크리고 누워 아침 우편으로 받은 편지를 읽고 또 읽었다. 나는 인도에서 보낸 군복무 기간 동안 추위보다는 더위에 잘 견디도록 훈련받아 섭씨 32도쯤은 참는 데 별 어려움이 없었다. 그러나 조간신문에는 읽을거리가 없었다. 의회도 문을 닫았다. 모두들 런던을 떠났고, 나도 뉴포리스트의 오솔길이나 사우스시의 조약돌 해변이 눈앞에 아른거렸다. 하지만 은행 잔고가 텅텅 비어서 휴가를 미룰 수밖에 없었다. 내 친구 홈즈는 전원이나 바다에는 조금도 매력을 느끼지 못했다. 홈즈는 인구 500만의 도시 한복판에 사는 것에 만족했다. 수많은 사람들 사이로 자신의 신경을 뻗어 풀리지 않는 범죄 사건에 대한 온갖 풍문과 의혹에 즉각 대응할 수 있는 장소였기 때문이다. 홈즈의 수많은 재능 사이에 자연 감상은 설 자리가 없었다. 그런 홈즈도 도시 악당들에게서 고개를 돌려 시골 악당들을 추적할 때만큼은 달라졌다.

홈즈가 편지에 너무 몰두하고 있어서, 나는 볼거리도 없는 신문을 집어 던지고 의자에 등을 기대고 앉아 사색에 잠겼다. 느닷없이 내 친구 홈즈의 목소리가 내 공상 속으로 비집고 들어왔다.

"왓슨, 자네 생각이 맞아." 홈즈가 말했다. "그런 방법으로 분쟁을 해결한다는 건 대단히 비상식적인 거지."

"정말 비상식적이네!" 내가 큰 소리로 말했다. 불현듯 홈즈가 마음 깊숙이 자리한 내 생각을 고스란히 되풀이했다는 사실을 깨닫고, 나는 몸을 일으켜 기가 막힌다는 표정으로 홈즈를 쳐다보았다.

"홈즈, 어떻게 한 건가?" 내가 외쳤다. "내가 상상할 수 있는 차원을 넘어섰군."

당황스러워하는 나를 보고 홈즈가 배꼽을 잡고 웃었다.

"자네도 기억나겠지." 홈즈가 말했다. "얼마 전 내가 자네에게 에드거 앨런 포의 단편에서 한 구절을 읽어주었잖아. 친구가 입 밖으로 꺼내지 않은 생각을 용의주도한 추리가가 알아차리는 부분 말이야. 자네는 단순히 작가가 발휘한 절묘한 재주에 불과하다고 여겼지. 나에게도 남의 생각을 읽는 버릇이 줄곧 있다고 말했지만 자네는 믿지 못하겠다고 했어."

"아니, 그렇게 말한 적 없어."

"이보게, 왓슨. 입으로 한 말은 아니어도 눈썹으로는 확실히 말했어. 그래서 자네가 신문을 내던지고 꼬리에 꼬리를 문 생각 열차에 올라타는 걸 보고, 자네 생각을 읽고 그 속에 파고

들 기회를 포착해서 아주 기뻤다네. 내가 자네와 마음이 통했다는 증거니까 말이야."

그러나 나는 여전히 납득할 수 없었다. "자네가 읽어준 구절에서 추리가는 상대방의 행동을 관찰해서 결론을 이끌어냈어. 내가 똑바로 기억하고 있다면, 상대방이 돌무더기에 걸려 넘어지거나 별을 올려다보는 등의 행동 말일세. 하지만 나는 의자에 말없이 앉아 있었어. 내가 자네에게 어떤 단서를 줄 수 있었겠나?" 내가 물었다.

"자네는 자기 자신을 과소평가하고 있군. 이목구비는 인간이 감정을 표현하는 수단이야. 그러니까 자네의 이목구비는 충직한 하인인 셈이지."

"그래서 내 얼굴을 보고 열차처럼 이어진 내 생각을 읽었단 말인가?"

"자네 얼굴, 그리고 특히 눈을 봤지. 아마도 자네는 자신의 공상이 어떻게 시작했는지 기억나지 않을걸?"

"그래, 모르겠어."

"그렇다면 말해주지. 자네가 신문을 내던졌어. 그게 바로 내 주의를 끌었지. 그러더니 멍한 표정으로 30분 동안 앉아 있었어. 그런 다음 새 액자에 넣은 고든 장군의 초상화를 주시하더군. 그리고 자네의 표정이 변하는 걸 보고 생각 열차가 출발했다는 걸 눈치챘다네. 하지만 그리 멀리까지 가지는 않더군. 아직 액자에 넣지 않은 채 자네의 책 위에 올려놓은 헨리 워드 비처의 초상화로 시선을 옮기더니 눈을 반짝였거든. 그러고는 벽을 올려다봤지. 물론 자네의 생각을 대번에 알 수 있었어. 초상화를 액자에 끼워 걸었다면, 빈 벽도 가리고 저기 고든의 초상화와도 잘 어울렸을 거라는 생각을 하고 있었겠지."

"내 생각을 잘 읽어냈군!" 내가 감탄하며 외쳤다.

"여기까지는 전혀 헤매지 않았어. 이제 자네는 다시 비처에 대해 생각했고, 마치 비처의 얼굴로 성격을 연구할 것처럼 열심히 살펴보더군. 그러다 찌푸리고 있던 눈을 떴지만 계속 초상화를 바라보면서 깊은 생각에 빠진 얼굴을 하고 있었지. 비처의 생애 동안 일어난 일들을 떠올리고 있었던 거야. 자네가 그 초상화를 볼 때마다 비처가 남북전쟁 당시 북부를 위해서 수행했던 임무를 떠올린다는 사실을 잘 알거든. 과격한 일부 국민들이 비처를 어떻게 대우했는지를 생각하며 자네가 심하게 분노했던 때를 기억하고 있으니까. 그때 크게 흥분했으니 비처는 자네에게 그런 일화를 떠올리게 한다는 걸 알고 있었지. 잠시 뒤 자네의 시선이 비처의 사진에서 멀어져 헤매는 모습을 보고, 이제 남북전쟁을 생각하고 있는 게 아닐까 짐작했어. 자네가 입술을 꾹 다물고 눈을 반짝이면서 두 손을 단단히 쥐었을 때, 사실은 양 진영이 목숨을 건 전투에서 보여준 용맹을 떠올리고 있다는 확신이 들었지. 하지만 그러다가 다시 얼굴이 점점 슬퍼 보였고 고개를 내젓기까지 하더군. 인생의 서글픔과 두려움, 덧없음을 곱씹고 있었지. 손으로 예전에 부상당한 부위를 살며시 만지더니 입술을 떨더군. 국제 문제를 해결하기 위해 전쟁을 한다는 게 얼마나 어리석은지를 생각하는 몸짓이었지. 그때 내가 비상식적이라는 자네 의견에 동의한 거야. 그리고 내 추리가 전부 맞았다는 걸 알게 돼 기분이 좋았네."

"대단해!" 내가 말했다. "자네 설명을 들으니 예전만큼 깜짝 놀랐다는 걸 인정해야겠어."

"이보게, 왓슨. 정말 하찮은 거라니까. 자네가 일전에 쉽게 믿지 못하겠다는 기색만 안 보였어도 자네 생각을 들여다보는 일은 하지 않았을 거야. 여기 내가 작은 문제 하나를 들고 있네. 생각을 읽는다는 간단한 시도보다 더 풀기 어려운 문제로 보이는군. 크로이던의 크로스 스트리트에 사는 쿠싱 양에게 우편으로 소포가 도착했고, 그 안에 놀라운 내용물이 들어 있었다고 쓴 짤막한 기사를 봤나?"

"아니, 못 봤네만."

"아, 그럼 못 보고 지나친 모양이군. 신문을 이리 던져주게. 여길 봐, 경제 칼럼 아래 말일세. 그걸 소리 내서 읽어주겠나?"

나는 홈즈가 다시 던져준 신문을 집어 들고 내 친구가 가리킨 기사를 읽었다. 기사 제목은 '섬뜩한 소포'였다.

> 크로이던의 크로스 스트리트에 사는 수잔 쿠싱 양은 매우 악의적인 목적으로 벌인 일이 아니라면 몹시 혐오스러운 못된 장난이라고밖에 볼 수 없는 이번 사건으로 피해를 입었다. 어제 오후 2시 우편배달부가 갈색 포장지에 싸인 작은 소포를 건네주었다. 소포 안에 든 종이 상자에는 굵은 소금이 채워져 있

었다. 상자에서 소금을 쏟아낸 쿠싱 양은 잘라낸 지 얼마 안 된 듯 보이는 사람의 귀 두 개를 발견하고 충격을 받았다. 상자는 전날 아침 벨파스트에서 우편 소포로 발송한 것으로, 보낸 사람에 대한 정보는 없었다. 이 일은 독신인 50세 쿠싱 양에게는 불가사의한 일이다. 이웃과 교류하는 일도 드물고, 지인이나 서신 교환하는 사람도 거의 없어 우편을 받는 일이 드물기 때문이다. 그러나 몇 해 전 쿠싱 양이 펜지에 거주하던 시절 젊은 의학생 세 명에게 방을 세놓았고, 시끄럽고 불규칙한 생활 습관 때문에 어쩔 수 없이 그들을 쫓아냈다. 경찰은 잔인무도한 이번 사건을 그 청년들이 쿠싱 양을 대상으로 저지른 일이라고 보고 있다. 앙심을 품은 그들이 해부실에 있던 신체 일부를 보내 쿠싱 양을 놀라게 하려는 목적이었다는 것이다. 쿠싱 양이 기억하기로는, 의학생들 가운데 한 명이 북아일랜드의 벨파스트 출신이었다는 점으로 보아 가능한 일로 보인다. 그사이 수사가 활발히 진행되고 있으며, 수사관들 중 가장 뛰어난 레스트레이드 씨가 이번 사건을 담당하고 있다.

"〈데일리 크로니클〉은 그쯤 하기로 하고." 내가 기사를 다 읽자 홈즈가 말했다. "이제 우리 친구 레스트레이드로 넘어가 보자고. 오늘 아침 레스트레이드가 편지를 보냈어. 편지에는 이렇게 써 있더군."

이번 사건은 홈즈 씨가 나설 만한 일이라고 생각합니다. 우리 경찰이 이번 사건을 해결할 수 있겠지만 단서를 잡는 데 약간 어려움을 겪고 있습니다. 물론 벨파스트 우체국에 전보를 쳤지만, 해당 소포가 발송된 날 엄청나게 많은 소포가 접수되어 특정한 소포 하나를 확인하거나 보낸 사람을 기억해낼 방도는 없다고 합니다. 상자는 반 파운드들이 감로 담배 상자입니다만, 그걸로 알아낼 수 있는 건 아무것도 없었습니다. 제 생각에는 의학생이 범인이라는 가설이 제일 가능성이 높습니다. 하지만 홈즈 씨가 제게 시간을 좀 내주셔서 이곳에서 뵙게 되면 기쁠 것 같습니다. 저는 하루 종일 쿠싱 양 댁이나 경찰서에 있습니다.

"왓슨, 자네 생각은 어떤가? 자네 기록에 도움이 될 사건일지도 모르니 이런 더위쯤 무시하고 나와 함께 크로이던에 가보지 않겠나?"

"그렇지 않아도 할 일을 애타게 찾고 있었네."

"그렇다면 자네도 가야지. 벨을 울려 구두닦이를 찾아서 마차를 불러달라고 해줘. 옷을 갈아입고 시가 케이스를 채워서 금방 나올게."

기차를 타고 가는 동안 소나기가 내려서 크로이던은 런던만큼 후텁지근하지는 않았다. 홈즈가 미리 전보를 쳐두어서 레스트레이드 경위는 역에서 우리를 기다리고 있었다. 레스트레이드는 변함없이 흰족제비를 닮은 모습에 끈기 있고 민첩해 보였다. 5분 정도 걸어가자 쿠싱 양이 사는 크로스 스트리트가 나왔다.

크로스 스트리트는 2층짜리 벽돌집들이 아주 길게 늘어선 거리였다. 정돈된 깔끔한 거리에 하얗게 칠한 돌계단들이 놓여 있고, 앞치마를 두른 여인들이 삼삼오오 무리 지어 현관 앞에서 수다를 떨고 있었다. 거리를 따라 내려가 중간쯤 이르자 레스트레이드가 어느 집 앞에 멈춰 섰다. 문을 똑똑 두드리자 어린 하녀가 문을 열어주었다. 안내를 받아 들어간 응접실에는 쿠싱 양이 앉아 있었다. 눈매가 온화해 보이는 차분한 얼굴에, 희끗희끗한 머리가 양쪽 관자놀이 위까지 동그랗게 말려 흘러내렸다. 만들고 있던 의자 덮개가 무릎 위에 놓여 있고, 옆에 놓인 의자 위에는 여러 가지 색깔의 비단실이 담긴 바구니가 있었다.

"그것들은 헛간에 있어요. 그 끔찍한 거 말이에요." 레스트레이드가 들어서자 쿠싱 양이 말했다. "형사님께서 그걸 다 가져가셨으면 좋겠어요."

"그렇게 하겠습니다, 쿠싱 양. 제 친구 홈즈 씨가 쿠싱 양 앞에서 그 물건들을 봐야 할 것 같아 여기 놔둔 것뿐입니다."

"왜 제가 있어야 하나

요, 형사님?"

"홈즈 씨가 질문드릴 게 있을지도 모르니까요."

"어차피 아무것도 모른다고 말할 텐데 저한테 물어보면 무슨 소용이 있나요?"

"정말 그렇군요, 미스 쿠싱." 특유의 달래는 듯한 말투로 홈즈가 말했다. "이번 일로 많이 시달리신 모양이군요."

"정말 그랬답니다, 선생님. 저는 조용한 사람이고 사람들을 많이 만나지도 않아요. 제 이름이 신문에 나오고 집에 경찰들이 왔다 갔다 하는 일은 전에 없던 일이랍니다. 전 그 물건들을 본채에 들이고 싶지 않아요, 레스트레이드 씨. 그걸 보시려면 헛간으로 가서 보세요."

집 뒤편의 좁은 뜰에는 작은 헛간이 있었다. 레스트레이드가 헛간으로 들어가 노란색 종이 상자를 들고 나왔다. 상자를 포장했던 갈색 종이와 끈도 손에 들고 있었다. 정원에 놓인 보도 끝에 벤치가 있어 우리는 모두 벤치에 앉았다. 홈즈는 레스트레이드가 건넨 물건들을 하나하나 살펴보았다.

"끈이 대단히 흥미롭군." 홈즈가 끈을 들어 올려 햇빛에 비춰보고 냄새를 맡아보면서 말했다. "레스트레이드, 이 끈에서 뭘 알 수 있습니까?"

"타르가 칠해져 있소."

"바로 그겁니다. 타르를 바른 노끈입니다. 쿠싱 양이 가위로 매듭을 잘랐다는 건 아마도 알고 있겠죠? 양쪽에 두 겹으로 풀린 부분을 보면 알 수 있죠. 이 점이 중요합니다."

"뭐가 중요한지 모르겠는데요." 레스트레이드가 말했다.

"매듭이 그대로 남아 있다는 점, 그리고 이 매듭에는 색다른 특징이 있다는 사실이 중요한 겁니다."

"아주 깔끔하게 묶여 있죠. 그 점은 이미 적어두었습니다." 레스트레이드가 흐뭇한 듯 말했다.

"그럼 끈에 대해서는 이쯤 하고." 홈즈가 웃으면서 말했다. "이번에는 포장지를 봅시다. 갈색 종이고, 커피 냄새가 나는군요. 아니, 몰랐습니까? 틀림없이 커피 향이 남아 있습니다. 주소는 약간 삐뚤빼뚤한 인쇄체로 쓰여 있군요. '크로이던, 크로스 스트리트, S. 쿠싱 양.' 굵은 펜촉으로 썼고, 아마도 J펜일 거예요. 질이 떨어지는 잉크를 사용했군요. '크로이던Croydon'을 쓸 때 'y'를 'i'로 썼다가 나중에 고쳤습니다. 이 주소는 남자가 쓴 겁니다. 여기 적힌 인쇄체는 확실히 남성적이에요. 게다가 교육 수준이 높지 않고 크로이던을 잘 모르는 사람이죠. 지금까지는 순조롭습니다. 이 상자는 노랗고 반 파운드들이 감로 담배 상자로군요. 왼쪽 바닥 모서리에 엄지손가락 자국 두 개가 있는 점을 빼면 특이한 사항은 없어요. 짐승 가죽이나 상업용으로 저급한 물품을 보관할 때 쓰는 굵은 소금으로 채워져 있군요. 그리고 그 속에 아주 기이한 내용물이 파묻혀 있네요."

홈즈는 이렇게 말하면서 무릎에 판자 하나를 올리고 귀 두 개를 꺼내 자세히 살펴보았다. 그러는 동안 레스트레이드와 나는 홈즈의 양옆에서 허리를 숙이고, 생각에 잠긴 우리 친구

홈즈의 열띤 얼굴과 그 앞에 놓인 끔찍한 신체 일부를 번갈아 쳐다보았다. 마침내 홈즈는 그 물건들을 상자에 도로 넣고 잠시 동안 깊은 생각에 빠진 채 앉아 있었다.

"물론 당신도 봐서 아시겠지요?" 마침내 홈즈가 입을 열었다. "이 귀는 한 사람의 귀가 아닙니다."

"네, 그 점은 발견했습니다. 하지만 해부실 학생들이 벌인 못된 장난이라면 짝이 안 맞는 귀 두 개를 한 쌍으로 보내는 건 쉬운 일이죠."

"그렇고말고요. 하지만 이건 못된 장난이 아닙니다."

"확실한가요?"

"장난으로 벌인 일이 아니라고 볼 근거가 충분합니다. 해부실의 시체에는 방부제를 주입하지요. 그런데 상자 속에 든 귀에는 그런 흔적이 없는 데다 자른 지 얼마 되지도 않았어요. 그리고 무딘 도구로 귀를 잘라냈어요. 학생이 했다면 무딘 도구를 사용했을 리 없고, 또 콜타르나 에틸알코올을 방부제로 썼을 겁니다. 의학적 지식으로 저절로 떠올리는 방부제 물질들이니까요. 확실히 굵은 소금은 아니었을 겁니다. 다시 말씀드립니다만, 이 사건은 짓궂은 장난이 아닙니다. 우리는 지금 심각한 범죄를 조사하고 있는 겁니다."

내 친구의 말에 귀를 기울이다가 홈즈가 굳은 표정으로 심각한 모습을 보이자, 내 몸에 희미하게 전율이 흘렀다. 배후에 기묘하고 불가사의한 참사가 일어났음을 예고하는 듯한 잔혹한 사건의 서두였다. 그러나 레스트레이드는 전부 다는 납득할 수 없다는 듯 고개를 갸우뚱 흔들었다.

"장난이라는 가설에 반대하는 의견도 분명 있습니다." 레스트레이드가 말했다. "하지만 반대 의견에 맞서는 매우 강력한 근거가 있어요. 지난 20년 동안 쿠싱 양은 펜지에서, 그리고 크로이던에서 아주 조용하고 점잖게 살았습니다. 하루라도 집에서 멀리 떠나본 적이 없다고 합니다. 그렇다면 범죄자가 도대체 무슨 이유로 범행의 증거를 쿠싱 양에게 보냈을까요? 게다가 쿠싱 양이 아주 능숙한 여배우라면 모르겠지만, 미스 쿠싱 역시 우리만큼이나 이 사건에 대해 아는 바가 거의 없는데 말입니다."

"그게 우리가 풀어야 하는 과제입니다." 홈즈가 대답했다.

"그리고 나로서는 내 추리가 옳다는 가정 아래, 두 건의 살인이 일어났다고 간주하고 조사에 착수하겠습니다. 두 귀 가운데 하나는 여성의 것입니다. 작으면서 섬세하게 생겼고 귀고리 구멍이 뚫려 있어요. 그리고 나머지 하나는 남성의 귀입니다. 햇볕에 그을려 변색되었고, 여기에도 귀고리 구멍이 있군요. 짐작건대 두 사람은 사망했을 겁니다. 살아 있다면 지금쯤 소식이 들렸겠죠. 오늘은 금요일이고 소포는 목요일 아침에 부쳐졌어요. 그렇다면 참극은 수요일이나 화요일, 아니면 그 전에 일어났겠군요. 이 두 사람이 살해된 거라면 쿠싱 양에게 범행 흔적을 보낼 사람이 살인자 말고 누구겠습니까? 소포를 보낸 사람을 우리가 찾는 범인이라고 생각해야 할 겁니다. 하지만 쿠싱 양에게 이 소포를 보낸 확실한 이유가 있는 게 분명합니다. 무슨 이유로 그랬을까요? 쿠싱 양에게 범행을 저질렀다고 알리려고 한 게 틀림없습니다. 아마도 쿠싱 양에게 고통을 주려고 그랬겠죠. 하지만 그 경우라면 쿠싱 양이 범인을 알고 있어야 합니다. 알고 있을까요? 그렇지 않을 겁니다. 알고 있었다면 왜 경찰을 불렀겠습니까? 귀를 묻어버렸겠죠. 그러면 아무도 몰랐을 테니까요. 쿠싱 양이 그 범인을 감싸려고 했다면 그렇게 했겠죠. 하지만 보호해주고 싶지 않다면 범인의 이름을 알려주었을 겁니다. 여기 풀어야 할 뒤엉킨 실타래가 있군요." 홈즈는 뜰의 울타리 위를 우두커니 올려다보면서 높은 목소리로 빠르게 말하고 있었다. 그러다가 벌떡 일어나 본채를 향해 걸어갔다.

"쿠싱 양에게 몇 가지 질문이 있습니다." 홈즈가 말했다.

"그렇다면 전 이만 가보겠습니다." 레스트레이드가 말했다. "처리해야 할 일이 있어서요. 제 생각엔 쿠싱 양이 더 알려주실 건 없습니다. 저를 만나려면 경찰서로 오십시오."

"역으로 가는 길에 들르겠습니다." 홈즈가 대답했다. 잠시 뒤 홈즈와 나는 다시 응접실로 돌아갔다. 차분해 보이는 여인이 여전히 조용히 앉아 의자 덮개를 열심히 만들고 있었다. 우리가 들어가자 쿠싱 양은 하던 일을 무릎에 내려놓고, 솔직하고 날카롭게 관찰하는 듯한 눈으로 우리를 바라보았다.

"선생님, 저는 확신합니다." 쿠싱 양이 말했다. "이 일은 착오로 벌어진 일이고, 소포는 절대 제게 올 게 아니었어요. 이 말을 런던 경찰국에서 온 그 신사분에게 여러 번 했지만 그저 웃어넘기시더군요. 제가 아는 한, 이 세상에 저에게 적이란 없어요. 그런데 누가 무슨 이유로 저한테 이런 못된 장난을 치겠어요?"

"저도 그렇게 생각합니다, 쿠싱 양." 홈즈가 쿠싱 양의 옆에 앉으며 말했다. "제 생각에 그보다 더 가능성 있는 일은…." 홈즈가 말을 멈췄다. 그 순간 나는 흠칫 놀랐다. 홈즈가 쿠싱 양의 옆얼굴을 전에 없이 집중해서 보고 있는 걸 발견한 것이다. 홈즈의 열띤 얼굴에 일순간 놀라움과 만족감이 스쳤다. 쿠싱 양은 홈즈가 왜 말을 멈췄는지 궁금해서 돌아보았고, 홈즈는 조금 전처럼 아무 일 없었다는 표정을 짓고 있었다. 나도 쿠싱 양의 차분하게 정리된 희끗희끗한 머리, 깔끔한 모자, 작은 금

귀고리, 차분한 얼굴을 유심히 바라보았다. 하지만 내 친구가 눈에 띄게 흥분한 이유는 찾을 수 없었다.

"한두 가지 질문이 있습니다만…."

"아, 질문이라면 지긋지긋해요!" 쿠싱 양이 참지 못하고 소리쳤다.

"자매가 두 분 계신 걸로 압니다."

"그걸 어떻게 아셨어요?"

"이 방에 들어왔을 때 바로 알았죠. 벽난로 위에 세 여인의 사진이 놓여 있는 걸 봤습니다. 한 분은 의심할 여지 없이 쿠싱 양이시고, 다른 두 분은 쿠싱 양과 대단히 닮았으니까 자매 관계라는 게 분명하죠."

"네, 그 말씀이 맞아요. 제 여동생 새라와 메리입니다."

"그리고 여기 제 팔꿈치 쪽에 또 다른 사진이 있군요. 여동생분이 리버풀에서 찍으셨네요. 제복을 보니 여객선 승무원으로 보이는 남자와 함께 계시는군요. 이때는 아직 결혼 전인 걸로 보입니다."

"관찰력이 정말 뛰어나시군요."

"그게 제 직업이니까요."

"그래요, 잘 보셨어요. 그 아이는 그 며칠 뒤 짐 브라우너 씨와 결혼했답니다. 저 사진을 찍었을 때 짐은 남아메리카 항로를 다니는 배에서 일하고 있었어요. 하지만 메리를 굉장히 좋아해서 오래 떨어져 있는 걸 견디지 못했죠. 그래서 리버풀과 런던을 오가는 정기선으로 자리를 옮겼어요."

"아, 아마 콩커러호를 말씀하시나 보군요?"

"아니에요, 지난번에 듣기론 메이데이호라고 했어요. 짐이 나를 보러 한번 여기 왔어요. 금주 서약을 깨기 전이었죠. 하지만 그 뒤 배에서 내리기만 하면 항상 술을 마셨죠. 짐은 조금만 술을 마셔도 완전히 미쳐버려요. 다시 입에 술을 갖다 대기만 하면 사고 치는 날이었죠. 먼저 나와 소식을 끊었고, 그다음엔 사라와 사이가 틀어졌어요. 지금은 메리가 편지를 끊어서 동생 부부가 어떻게 지내는지는 모른답니다."

쿠싱 양은 심각하게 고민하고 있던 이야기를 꺼낸 게 분명했다. 외롭게 사는 사람들이 대부분 그렇듯이, 쿠싱 양도 처음에는 수줍어하다가 결국에는 터놓고 이야기하게 되었다. 쿠싱 양은 승무원인 제부의 이야기를 많이 들려주더니 그다음에는 이전 세입자인 의학생들로 화제를 돌렸다. 학생들의 이름과 일하는 병원 이름까지 언급하면서 그들이 저지른 비행을 긴 이야기로 풀어냈다. 홈즈는 간간이 질문을 던지기도 하면서 쿠싱 양의 이야기에 집중했다.

"바로 아래 동생인 새라 양 말입니다." 홈즈가 말했다. "두 분 다 독신이신데, 왜 같이 안 사시는지 모르겠네요."

"새라의 성미를 아신다면 그리 놀랄 일도 아니죠. 크로이던에 왔을 때 같이 살아봤어요. 두 달쯤 전까지 계속 같이 살다가 이제는 따로 살아요. 동생을 나쁘게 말하고 싶지는 않지만, 새라 그 아이는 언제나 참견하길 좋아하고 비위 맞추기가 어려워요."

"새라 양이 리버풀에 사는 동생 부부와도 사이가 틀어졌다고 하셨죠?"

"네. 예전에는 둘도 없이 막역한 사이였어요. 글쎄, 가까이 살려고 새라가 리버풀로 이사 가기까지 했죠. 그런데 이제는 짐 브라우너에 대해선 나쁘게만 말해요. 지난 6개월 동안 여기서 지내면서 오로지 짐의 음주와 나쁜 습관만 이야기하더라고요. 새라가 참견이 심하다는 걸 알고 짐이 솔직하게 불만을 말했을 거예요. 그 일이 발단이 된 모양이에요."

"고맙습니다, 쿠싱 양." 홈즈가 일어나서 고개 숙여 인사하면서 말했다. "여동생 새라 양은 월링턴의 뉴 스트리트에 살고 있다고 하셨죠? 안녕히 계십시오. 쿠싱 양께서 말씀하셨던 것처럼 전혀 관계없는 사건으로 번거로운 일을 겪으셔서 정말 유감입니다."

우리가 밖으로 나오자 거리에 마차가 지나가고 있었다. 홈즈는 마차를 불러 세웠다.

"월링턴까지 거리가 얼마나 되죠?"

"1.5킬로미터 정도밖에 안 됩니다, 선생님."

"좋아. 왓슨, 올라타게. 쇠뿔도 단김에 빼야 되지 않겠어? 간단한 사건이지만 도움이 되는 관련 정보가 한두 가지 있었네. 마부 양반, 가는 길에 전보 좀 치게 잠깐 세워주시오."

홈즈는 짧게 전보를 치고 마차에 다시 올랐다. 그 뒤로는 햇빛을 가리려고 모자를 기울여 콧등까지 덮어쓴 채 등을 기대고 편하게 앉아 있었다. 좀 전에 들른 쿠싱 양의 집과 별반 다르지 않은 집 앞에 마차가 멈춰 섰다. 내 친구 홈즈는 마부에게 기다리라고 하고 나서 현관문 고리쇠에 손을 올렸다. 마침 그때 문이 열렸고, 검은 옷에 광택이 나는 모자를 쓴 젊은 신사가 걱정스러운 표정을 지으며 밖으로 나왔다.

"쿠싱 양은 댁에 계신가요?" 홈즈가 물었다.

"새라 쿠싱 양은 몹시 편찮으십니다." 젊은 신사가 말했다. "어제부터 심한 두통으로 고생하고 있죠. 주치의로서 누구든 쿠싱 양을 만나는 걸 허락할 수 없습니다. 열흘 후에 다시 방문하도록 하십시오." 의사는 장갑을 끼고 문을 닫더니 거리를 걸어 내려갔다.

"그렇군. 안 된다면야 할 수 없지." 홈즈가 선선히 말했다.

"아마 새라 양은 말할 수 없었을 거고, 절대 말하려고 하지도 않을 거야."

"새라 양이 뭔가를 말해주길 바란 게 아니었어. 나는 다만 보고 싶었을 뿐이지. 하지만 원하는 건 다 얻은 것 같아. 마부 양반, 점심 먹을 만한 괜찮은 여관으로 갑시다. 그러고 나서 경찰서에 있는 레스트레이드, 그 친구를 만나러 가야겠어."

우리는 간단한 요리를 먹으며 유쾌한 식사 시간을 보냈다.

그러는 동안 홈즈는 오로지 바이올린 이야기만 늘어놓았다. 자신이 최소한 500기니의 가치가 있는 스트라디바리우스를 토트넘 코트 로드에 있는 유대인 전당포에서 고작 55실링에 구입했다는 이야기를 의기양양하게 들려주었다. 그러다가 이 화제가 파가니니로 넘어갔고, 우리는 클라레 한 병을 놓고 한 시간 동안 앉아 있었다. 그러면서 홈즈는 이 비범한 음악가의 일화를 쉴 새 없이 들려주었다. 우리가 경찰서에 도착한 때는, 오후가 한참 지나 뜨거운 햇빛이 포근한 온기로 잦아들고 난 후였다. 레스트레이드가 문 앞에 서서 우리를 기다리고 있었다.

"홈즈 씨, 당신에게 온 전보입니다." 레스트레이드가 말했다.

"아, 답이 왔군요!" 홈즈는 봉투를 뜯어 내용을 대충 훑어보고는 주머니 안에 구겨 넣었다. "그러면 그렇지." 내 친구가 말했다.

"뭔가 알아냈나요?"

"모든 사실을 알아냈습니다."

"뭐라고요? 농담하시는 거죠?" 레스트레이드가 놀란 표정으로 홈즈를 바라보았다.

"그 어느 때보다 진지합니다. 충격적인 범죄가 발생했고, 지금 그 사건의 전모를 밝혀낸 것 같습니다."

"그럼 범인은 누군가요?"

홈즈는 자신의 명함 뒷면에 몇 자 휘갈겨 쓰더니 레스트레이드에게 던져주었다.

"그게 범인의 이름입니다." 홈즈가 말했다. "빨라야 내일 밤에나 체포할 수 있을 겁니다. 이 사건과 관련해서 제 이름은 절대 언급하시면 안 됩니다. 해결하기 어려운 범죄 사건에만 내 이름이 거론됐으면 하니까요. 이제 가세, 왓슨." 우리 둘은 역으로 성큼성큼 걸었다. 뒤에서 레스트레이드가 기쁜 표정으로 홈즈가 던져준 명함을 연신 들여다보고 있었다.

"이번 사건은 말이야." 베이커 스트리트의 하숙방에서 담배를 피우며 한가롭게 이야기를 나누다가 셜록 홈즈가 이야기를 꺼냈다. "자네가 '주홍색 연구'와 '네 사람의 서명'이라는 제목을 달아 기록한 사건들에서처럼, 결과에서 원인으로 거꾸로 추리해야 했던 사건이야. 내가 레스트레이드에게 편지를 보내서 아직 채워지지 않은 상세한 내용을 알려달라고 부탁했어. 범인을 잡고 나서 알아낼 수 있는 내용들 말일세. 틀림없이 안심하고 맡겨도 되는 사람이지. 레스트레이드가 판단력은 별로 없는 사람이지만, 해야 할 일을 깨달으면 불도그처럼 끈기 있는 사람이니까. 그리고 사실 런던 경찰국에서 최고가 된 것도 그런 집요함 때문이지."

"그럼 자네 사건은 마무리된 게 아닌가?" 내가 물었다.

"핵심적인 부분은 완전히 마무리됐지. 이런 혐오스러운 일을 벌인 장본인이 누군지는 알아. 희생자 중 한 사람의 신원이 오리무중이지만 말이야. 물론 자네도 나름대로 결론을 내렸겠지."

"자네가 의심하는 사람은 그 짐 브라우너라는 리버풀 여객선의 승무원이라고 생각하는데?"

"단순히 의심하는 수준이 아니야."

"그렇게 말해도 나는 애매한 징후 말고는 아무것도 모르겠어."

"정반대야. 내 생각에는 그 무엇보다 명확하다네. 중요했던 조사 단계를 훑어보세. 자네도 알다시피 우리는 완전히 백지 상태로 이 사건을 접했어. 그러면 언제나 유리한 입장에 서는 거지. 가설도 세우지 않았어. 그저 관찰했고, 관찰 결과를 통해 추론을 이끌어내려고 했지. 처음에 우리가 본 게 뭔가? 비밀이란 눈 씻고 찾아봐도 없는 차분하고 점잖은 여성이 있었지. 그리고 사진을 보고 두 여동생이 있다는 사실을 바로 알게 되었어. 소포 상자는 두 여동생 가운데 한 사람에게 보낸 물건이라는 생각이 퍼뜩 떠올랐지. 이 가설은 우선 접어두고 시간 여유가 생기면 검증해보기로 했다네. 자네가 기억하다시피 그다음에 우리는 뜰로 나가 노란색 상자 안에 든 아주 특이한 내용물을 살펴보았지.

끈은 돛을 만들 때 쓰는 종류였어. 그래서 즉시 바다와 관련되어 있다는 걸 알아차렸지. 매듭은 선원들이 흔히 매는 모양이었고, 소포는 항구 도시에서 발송되었어. 남성의 귀에 뚫린 귀고리 구멍은 육지 사람보다 뱃사람들이 흔히 하는 귀고리에 맞았지. 그래서 나는 뱃사람들 중에서 이 참극의 당사자들을 찾아야 한다고 확신했어. 소포에 적힌 주소를 조사했을 때

S. 쿠싱 양이라고 적혀 있더군. 물론 큰언니가 쿠싱 양인 건 맞고 머리글자도 S지만, 다른 자매들의 머리글자일 수도 있었어. 그렇다면 우리는 완전히 새로운 토대에서 수사를 시작해야 하는 거야. 그래서 그 문제를 해결하려고 본채로 돌아가 봤지. 나도 소포가 잘못 온 거라고 확신한다는 말을 쿠싱 양에게 전달하려는 찰나 뭔가를 발견해 펄 듯이 놀랐고, 발견한 그 사실과 함께 조사 범위가 엄청나게 좁혀졌어. 자네도 내가 갑자기 멈칫했던 거 기억하지?

왓슨, 의사니까 알겠지만, 인간의 귀만큼 사람마다 각기 다른 신체 기관도 없어. 대체로 귀는 꽤나 특색 있어서 저마다 다른 모양이야. 이 주제로 나는 작년 인류학회지에 짧은 논문 두 편을 썼지. 그러니까 상자 안에 있는 귀를 전문가의 눈으로 조사했고, 그 해부학적 특징을 면밀하게 살펴보았어. 그러니 쿠싱 양을 보다가 그 여인의 귀가 상자 속 여성의 귀와 정확히 일치한다는 걸 깨닫고 내가 얼마나 놀랐을지 상상해봐. 그건 우연의 일치라고만 할 수 없을 정도였지. 짧은 귓바퀴, 귓불 윗부분의 완만한 굴곡, 내부 연골의 주름 모양도 똑같았어. 본질적으로 같은 모양인 귀였지.

물론 이런 관찰 결과가 매우 중요하다는 사실을 즉각 알아차렸어. 희생자는 쿠싱 양과 혈연관계인 게 분명했어. 아마도 아주 가까운 가족이겠지. 그래서 쿠싱 양에게 가족에 대해서 물었네. 자네도 기억하겠지? 쿠싱 양은 대단히 중요한 정보를 바로 알려주었어.

우선 쿠싱 양의 여동생 이름은 새라, 최근까지 같은 주소지에 살았다는 사실을 알았어. 그래서 어떻게 배달 사고가 일어났는지, 소포는 누구에게 보내진 건지 확실해졌지. 그러다가 막내 여동생과 결혼한 여객선 승무원에 대한 이야기를 들은 거지. 그리고 한때 그자와 새라 양의 사이가 좋아서, 새라 양이 동생 부부 가까이에서 지내려고 리버풀로 이사까지 갔지만 나중에 갈라섰다는 사실을 알았어. 다투고는 서로 몇 달 동안 연락을 끊었다고 했지. 그러니까 브라우너가 새라 양에게 소포를 보낼 일이 있었다면 틀림없이 옛날 주소로 보냈을 거야.

이때부터 조사는 일사천리로 진행되기 시작했어. 그 여객선 승무원이 충동적이고 격정적인 사람이라는 사실을 안 거지. 자네도 기억하겠지만, 아내 가까이에 있고 싶어 굉장히 좋은 자리도 내팽개쳤잖아. 물론 과음을 하면 나타나는 폭력성도 있었지. 그런 사람의 아내가 살해당했고, 동시에 뱃사람으로 보이는 남자도 살해됐다고 믿을 만한 근거가 있었어. 즉시 자연스럽게 범행 동기로 질투가 떠올랐어. 그럼 왜 새라 쿠싱 양에게 범행의 증거를 보내야 했을까? 아마도 새라 양이 리버풀에 거주하는 동안 이번 비극을 초래할 만한 일에 원인을 제공했기 때문일 거야. 여객 정기선은 차례대로 벨파스트와 더블

린, 워터퍼드 항에 들르니까, 브라우너가 범죄를 저지르고 바로 메이데이호에 승선했다고 가정하면 벨파스트가 첫 번째로 그 끔찍한 소포를 보낼 수 있는 장소가 되겠지.

동시에 다른 가설도 분명 가능해. 있을 법한 이야기는 아니라고 생각하지만, 다음으로 넘어가기 전에 설명하기로 할게. 이루지 못한 사랑에 낙담한 범인이 브라우너 부부를 죽였을지도 몰라. 남성의 귀는 남편 짐 브라우너의 것일 테고 말이지. 이 가설에는 심각한 결점이 많아. 하지만 가능한 일이지. 그래서 리버풀 경찰에 있는 내 친구 앨가에게 전보를 쳐서 브라우너 부인에 집이 있는지, 그리고 짐 브라우너가 메이데이호를 타고 떠났는지 알아봐 달라고 부탁했어. 그러고 나서 새라 양을 만나러 월링턴으로 간 거라네.

무엇보다 쿠싱 집안의 귀가 새라 양에게 어느 정도까지 유전되었는지 궁금했어. 물론 새라 양이 아주 중요한 정보를 알려줄 수도 있지. 하지만 그 점은 크게 기대하지 않고 있었어. 크로이던에 소포 이야기가 파다하게 퍼졌을 테니까 새라 양도 그 전날 배달된 소포에 대해 틀림없이 들었을 거야. 새라 양만이 그 소포가 누구에게 발송된 건지를 알 수 있었겠지. 만약 새라 양이 범죄자를 벌하고자 했다면 아마도 진작 경찰에 연락했을 거야. 그렇다 해도 새라 양을 만나는 게 우리 일이니까 찾아갔지. 그곳에서 소포에 대한 소식이 일종의 뇌열병을 일으킬 정도로 새라 양에게 영향을 미쳤다는 사실을 알았어. 새라 양은 그 이후에 발병한 거니까 말이야. 새라 양이 소포의 의미를 알고 있다는 가설이 이전보다 더 확실해진 거지. 허나 동시에 새라 양의 도움을 받으려면 시간이 좀 걸릴 거라는 점도 분명했어.

그렇지만 새라 양이 도와줄 필요는 없었어. 앨가에게 부탁했던 답이 경찰서에 도착했거든. 아주 결정적인 내용이었지. 브라우너 부인의 집은 사흘 넘게 잠겨 있었고, 이웃들은 브라우너 부인이 친척을 만나러 남쪽 지역으로 갔다고 했다는 거야. 선박 회사에서는 짐 브라우너가 메이데이호에 승선해 떠났다는 걸 확인해주었지. 추정해보니 메이데이호는 내일 밤에 템스 강에 도착할 예정이야. 짐 브라우너가 도착하면 둔감하지만 의지력이 강한 레스트레이드가 맞이할 걸세. 그러면 모든 내용을 상세히 알 수 있을 거야."

셜록 홈즈의 예상은 어긋나지 않았다. 이틀 뒤 홈즈는 두툼한 봉투 하나를 받았고, 그 안에는 레스트레이드 형사가 쓴 짧은 편지와 풀스캡 용지 서너 장에 타이핑한 서류가 들어 있었다.

"레스트레이드가 확실히 잡아들였군." 홈즈가 나를 잠깐 돌아보며 말했다. "아마 자네도 레스트레이드가 뭐라고 썼는지 궁금할 거야."

친애하는 홈즈 씨께

우리가 세운 가설을 검증하기 위해 세운 계획에 따라("왓슨, 여기 '우리'라는 표현이 꽤나 듣기 좋군. 그렇지 않아?") 나는 어제저녁 6시에

앨버트 부두로 내려가서, 리버풀 더블린 런던 정기선 회사에 소속된 여객선 메이데이호에 승선했습니다. 조사한 결과 제임스 브라우너, 그러니까 짐 브라우너라는 이름의 승무원이 있었습니다. 그리고 짐 브라우너가 항해 중에 아주 별난 행동을 해서 선장이 근무에서 배제할 수밖에 없었다는 사실도 알았습니다. 짐 브라우너가 있는 선원실로 내려가 보니 그자는 양손으로 머리를 감싼 채 몸을 앞뒤로 움직이면서 상자 위에 앉아 있더군요. 덩치가 크고 기운 센 친구였습니다. 수염을 깨끗이 깎았고 피부는 거무스름했습니다. 가짜 세탁물 사건 때 우리를 도운 올드리지와 닮은 구석이 있었어요. 짐 브라우너는 제 용건을 듣더니 벌떡 일어났습니다. 제가 멀지 않은 곳에 있는 수상 경찰 몇 명을 부르려고 호루라기를 입에 물었지만 멍하니 앉아 있었고, 기운이 다 빠진 사람처럼 보였습니다. 그러더니 수갑을 채우기 좋게 얌전히 손을 내밀더군요. 짐 브라우너를 유치장으로 데려오면서 소지하고 있던 상자도 가지고 왔습니다. 거기 증거가 될 만한 물건이 있으리라고 생각했죠. 하지만 선원들 대부분이 가지고 다니는 크고 날카로운 칼 말고 사건 해결에 도움이 될 만한 물건은 건지지 못했습니다. 그런데 더 이상 증거가 필요 없었습니다. 경찰서에서 진술을 받기 위해 경위 앞에 데려다 놓자마자 자진해서 진술하겠다고 했습니다. 그리고 짐 브라우너가 말하는 그대로 속기사가 받아 적었습니다. 세 부를 타이핑해서 그 가운데 한 부를 동봉합니다. 제가 처음부터 생각한 대로 대단히 간단한 사건이라고 밝혀졌습

SP
J B

니다만, 수사에 도움을 주신 데 대해 홈즈 씨께 고마움을 전합니다. 안부 전하며 이만 줄입니다.

진심을 담아

— G. 레스트레이드

"음, 이 사건은 실제로 정말 간단한 사건이었어." 홈즈가 말했다. "하지만 처음 우리를 찾아왔을 때 레스트레이드는 그렇다고 생각하지 않았을 거야. 하지만 짐 브라우너가 뭐라고 변명할지 한번 보세. 이게 섀드웰 경찰서의 몽고메리 경위 앞에서 작성한 진술서야. 한마디 한마디 그대로 받아 적어서 좋군."

"할 말이 있느냐고요? 그럼요. 아주 많습니다. 모조리 다 털어놓을 겁니다. 교수형에 처해도 좋고 내버려 두셔도 좋습니다. 뭘 하셔도 쥐뿔도 신경 안 쓴다고요. 일을 저지른 뒤 한 번도 마음 놓고 자본 적이 없습니다. 되살아나는 모든 기억들을 잊어버릴 때까지 평생 제대로나 잘 수 있을지 모르겠습니다. 그놈의 얼굴을 볼 때도 있지만 대개는 아내의 얼굴이 떠오릅니다. 둘 중 한 사람은 꼭 내 앞에 나타나요. 그놈은 험상궂은 표정에 증오가 가득 찬 것처럼 보이지만, 아내는 약간 놀란 표정을 짓고 있습니다. 그렇고말고요, 순한 양 같던 아내가 늘 사랑한다는 감정만 내보인 남편의 얼굴에서 살기를 느꼈으니 놀라는 것도 무리가 아니죠.

하지만 그건 새라의 잘못입니다. 끝장난 한 남자의 저주가 새라에게 어두운 그림자를 드리우고 피가 썩어 문드러지게 할 겁니다. 발뺌하려고 하는 게 아닙니다. 제가 다시 입에 술을 댔다는 거 압니다. 예전처럼 짐승 같은 놈으로 돌아간 거죠. 하지만 아내는 나를 용서해줬을 겁니다. 아내는 실을 따라다니는 바늘처럼 항상 내 곁에 붙어 있었을 거예요. 새라 그 여자가 우리 집에 발을 들여놓지만 않았더라면 말이죠. 새라는 나를 사랑했어요. 이번 사건의 원인이었죠. 그 여자는 나를 사랑했어요. 내가 새라의 몸과 영혼 그 모든 것을 진흙 속에 있는 아내의 발자국보다 못하게 여긴다는 사실을 안 뒤부터 새라의 사랑은 악의에 찬 증오로 바뀌었어요.

세 자매가 있었습니다. 첫째는 좋은 여자였고, 둘째는 악마, 셋째는 천사였죠. 결혼했을 때 아내 메리는 스물아홉 살이었고, 새라는 서른세 살이었습니다. 가정을 꾸리고 더없이 행복했습니다. 리버풀을 통틀어 아내 메리만 한 여자는 없었어요. 그러다가 새라를 일주일 동안 머무르라고 초대했죠. 그 일주일이 한 달이 되고, 그렇게 하다 보니 그 여자는 그냥 식구가 돼버렸죠.

그즈음 나는 술을 끊어 푸른 리본 금주 훈장도 받고, 저축한 돈도 약간 있어서 모든 것이 새 달러처럼 눈이 부셨죠. 그런데! 누가 이렇게 되리라고 상상이나 했겠습니까? 꿈에라도 볼 수 있었을까 말입니다.

나는 주말에는 집에 있는 경우가 많았습니다. 화물 문제로 출항이 지연되면 일주일 내내 집에 있을 때도 있었죠. 그렇게 되면 처형인 새라와 얼굴 부딪힐 일이 많았습니다. 새라는 보기 좋을 정도로 키가 크고, 부싯돌 불씨처럼 눈빛을 번득이면서 거만한 태도로 고개를 쳐드는 여자였어요. 조급한 성격에 속이 검고 사나웠죠. 하지만 사랑스러운 메리가 있으면 새라에게는 신경도 쓰지 않았어요. 하늘에 대고 맹세합니다.

새라가 나와 단둘이 있고 싶어 하거나 자신과 산책을 나가자고 부추기는 것처럼 보일 때가 가끔 있었습니다. 하지만 나는 그럴 마음이 전혀 없었죠. 그러다 어느 날 저녁, 눈이 휘둥그레질 일이 일어났습니다. 배에서 돌아와 보니 아내는 외출하고 새라만 집에 있었어요.

'메리는 어디 갔어요?' 내가 물었죠.

'아, 메리는 계산을 치를 게 있다면서 나갔어요.'

나는 좌불안석으로 방을 왔다 갔다 했습니다.

'짐, 메리가 없으면 5분도 못 견디는군요?' 새라가 말했어요. '이렇게 짧은 시간 동안 나랑 같이 있는 것도 마음이 편치 않다니 불쾌하군요.'

'그런 게 아니에요, 처형.' 내가 이렇게 말하면서 한쪽 손을 그 여자에게 다정하게 뻗었어요. 그러자 새라가 갑자기 두 손으로 내 손을 잡는 게 아니겠어요. 새라의 두 손은 열이 오른 것처럼 뜨거웠어요. 새라의 두 눈을 들여다보고 그 모든 것을 읽을 수 있었죠. 그 여자는 두말할 필요가 없었고, 나도 역시 그랬어요. 나는 인상을 쓰면서 손을 뺐어요. 그랬더니 새라가 곁에서 잠시 아무 말 없이 서 있다가 손을 들어 내 어깨를 가

볍게 치더라고요.

'구닥다리 영감 같으니라고.' 새라가 말했어요. 그리고 깔보는 듯 비웃으며 방을 뛰쳐나갔죠.

그날 이후 새라는 열과 성을 다해 나를 증오했어요. 그게 가능한 여자였죠. 그러고도 그 여자를 계속 우리 집에서 지내게 놔뒀으니 내가 바보였습니다. 술독에 빠진 바보였죠. 하지만 메리에게는 입도 뻥끗하지 않았습니다. 아내가 가슴 아파할 것을 알았거든요. 나는 전과 별반 다름없이 지내고 있었어요. 하지만 얼마 후 아내가 약간 변했음을 눈치챘습니다. 아내는 의심도 할 줄 모르고 아주 순진한 사람이었는데, 언젠가부터 기분이 언짢은 일이 많았고 나를 미덥지 못하게 생각하는 것 같았어요. 어디 갔었는지, 무엇을 하고 있었는지, 편지는 누가 보낸 건지, 내 주머니에 든 건 무엇인지, 수천 가지 바보 같은 질문을 해댔죠. 나날이 아내의 기분은 언짢아지고, 짜증이 심해졌으며, 우리는 아무것도 아닌 일로 다퉜어요. 모든 게 당혹스럽기만 했어요. 새라는 이제 나를 피했어요. 새라와 아내는 늘 붙어 다녔고요. 이제 나는 새라가 음모를 꾸며서 아내가 나에 대해 악감정을 품게 되었고, 아내의 마음이 내게서 멀어졌다는 걸 알 것 같습니다. 하지만 그때 나는 정말 딱정벌레처럼 눈이 어두워서 그 모든 사실을 모르고 있었어요. 그러다가 나는 푸른 리본 금주 훈장도 박살 내버리고 다시 술을 마시기 시작했습니다. 하지만 메리가 예전과 다름없었다면 그러지 않았을 겁니다. 그런데 아내는 이제 나를 혐오할 이유가 생긴 거죠. 우리 사이는 점점 더 멀어지기 시작했습니다. 그때 그 알렉 페어베언이라는 남자가 끼어들어서 사태가 천배나 심각해졌어요.

그자는 처음에는 새라를 보려고 우리 집에 왔지만, 좀 더 지나자 이제 우리 모두를 만나러 들르게 됐죠. 알렉 페어베언은 마음을 사로잡는 사람이라 어딜 가나 사람들과 친해졌습니다. 단정한 곱슬머리에 늠름하고 허풍을 떠는 친구로, 세상 절반을 돌아다녔고 자기가 본 세상 이야기를 많이 하는 좋은 벗이었죠. 부정하지 않겠습니다. 뱃사람치고는 대단히 예의 바른 사람이었어요. 앞갑판 일보다 선미루 일이나 하던 사람이었을 겁니다. 한 달 동안 알렉 페어베언이 우리 집에 들락거렸지만, 그자의 다정하고 능청스러운 태도가 해를 끼칠 거라는 생각은 한 번도 해본 적이 없습니다. 그러다가 결국 결정적인 일이 일어나 나는 의심이 들기 시작했죠. 그날 이후 내 평화는 영원히 사라져버리고 말았습니다.

그것도 아주 사소한 일일 뿐이었어요. 어느 날 불시에 응접실에 들어간 일이 있었어요. 내가 들어서자 아내는 반가운 기색을 보였습니다. 그러나 나라는 것을 확인한 순간, 기쁜 표정은 다시 사라지고 실망한 표정으로 고개를 돌려버리더군요. 그걸로 충분했어요. 아내가 내 발걸음을 듣고 착각할 수 있는 사람은 알렉 페어베언 말고는 없었으니까요. 만약 그때 그 작자가 눈앞에 있었다면 죽여버렸을 겁니다. 나는 한번 뚜껑이 열리면 정신을 놓거든요. 메리가 내 눈에서 악마의 눈빛을 읽고 달려와 두 손으로 내 소매를 붙잡았습니다.

'그러지 말아요, 짐. 안 돼요!' 메리가 말했어요.

'새라는 어디 있어?' 내가 물었죠.

'부엌에 있어요.' 메리가 말했어요.

'새라.' 내가 안으로 들어가면서 말했어요. '그 페어베언이란 작자가 다시는 내 집에 얼씬하지 못하도록 하쇼.'

'왜요?' 새라가 말했어요.

'내가 그렇게 정했으니까.'

'그러니까! 내 친구들이 이 집에 올 수 없다면 나도 그렇겠네.'

'마음대로 하세요.' 내가 말했어요. '하지만 페어베언이 이 집에 다시 코빼기라도 들이밀었다간 그놈 한쪽 귀를 잘라 기념품으로 당신에게 보낼 겁니다.' 새라는 내 표정을 보고 겁을 먹었던 것 같습니다. 한마디 대꾸도 안 하고 그날 저녁 우리 집을 떠났으니까요.

새라가 순전히 고약한 장난을 친 건지, 아니면 아내가 부정을 저지르도록 부추겨서 나를 내 아내에게서 멀어지게 하려고 했는지는 지금도 잘 모르겠습니다. 어쨌든 새라는 두 블록밖에 떨어지지 않은 곳에 집을 얻어 선원들에게 세를 놓았고, 페어베언이라는 작자도 그곳에 묵곤 했습니다. 메리는 그 두 사람과 차를 마시러 자주 갔습니다. 얼마나 자주 갔는지는 모릅니다. 하지만 어느 날 아내의 뒤를 밟았습니다. 내가 들이닥치자 페어베언은 뒤뜰 담을 넘어 도망쳤죠. 그놈은 겁 많은 스컹크 같았습니다. 나는 아내에게 한 번만 더 그와 함께 있는 게 눈에 띄면 죽여버리겠다고 분명히 말했어요. 그러고는 백지장처럼 하얗게 질린 채 흐느껴 울며 사시나무 떨듯 떠는 아내를 끌고 집으로 돌아왔습니다. 우리 사이에 더 이상 사랑이라곤 눈곱만큼도 남아 있지 않았어요. 아내가 나를 증오하고 두려워하는 걸 알 수 있었죠. 그런 생각이 들어 술을 마시게 되면 아내는 나를 더 경멸했어요.

새라는 리버풀에서 생계를 유지할 수 없다는 걸 깨닫고 돌아갔고, 듣기로는 크로이던에 있는 큰언니와 산다더군요. 그리고 우리 집도 그런대로 예전처럼 지내고 있었습니다. 그러다가 지난주에 이 일이 터지고 그 모든 고통이 시작된 겁니다.

이렇게 된 겁니다. 우리는 일주일간의 일주 항해를 위해 메이데이호에 승선했습니다. 그런데 큰 통이 하나 풀려서 선체 강판 하나를 휘게 만들었어요. 그래서 다시 항구에 열두 시간 동안 정박해 있게 되었습니다. 나는 배에서 나와 집으로 갔어요. 아내가 깜짝 놀랄 거라고 생각하면서, 혹시나 내가 금세 온 걸 반가워해주지 않을까 하고 바랐죠. 그런 생각을 하며 우리 동네에 도착했는데, 때마침 마차 한 대가 나를 지나쳤습니다. 마차 안에는 아내가 있었습니다. 페어베언 옆에 앉아 있더라고요. 그 둘은 내가 보도에 서서 지켜보리라고는 상상도 하지 못한 채 이야기를 나누며 웃고 있었습니다.

정말이지 맹세합니다. 그 순간 이후로 제정신이 아니었어요. 뒤돌아보니 모든 게 희미한 꿈만 같군요. 최근에 나는 술을 들이부었죠. 그리고 두 가지 일이 한꺼번에 나를 완전히 돌아버리게 만든 겁니다. 지금도 내 머릿속에 부둣가 망치 소리처럼 웅웅거리는 소리가 들립니다. 그런데 그날 아침 내 귓속은 온통 나이아가라 폭포처럼 윙윙거리고 와글와글 소리가 들리는 것 같았어요.

부리나케 달려 마차를 뒤쫓아갔습니다. 손에 묵직한 떡갈나무 지팡이를 들고서 말입니다. 정말이지 처음부터 피가 거꾸로 솟더군요. 하지만 달리면서도 들키지 않고 그들을 살피기 위해 뒤로 약간 물러나 있었어요. 얼마 지나지 않아 그들은 기차역에서 마차를 세우더군요. 꽤 많은 사람들이 매표소 주변에 있어서 눈에 띄지 않고 상당히 가까이까지 갈 수 있었어요. 그들은 뉴 브라이트행 기차표를 샀습니다. 나도 같은 표를 샀지만, 그들 뒤 세 번째 객차에 올라탔습니다. 기차가 도착지에 멈추자 그들은 해안 산책로를 따라 걸었고, 나는 그들에게서 100미터도 채 떨어지지 않은 간격으로 따라가고 있었어요. 결국 둘은 보트를 빌려 바다로 노를 저어 나가더군요. 몹시 더운 날이었기 때문에 틀림없이 바다로 나가면 시원해질 거라고 생각했을 겁니다.

그들은 내 손아귀에 들어온 거나 마찬가지였어요. 안개가 옅게 끼어서 기껏 전방 몇백 미터밖에 볼 수 없었습니다. 나도 보트를 빌려서 그들 뒤를 따라가려고 노를 저었습니다. 그들의 보트가 희미하게 보였고, 거의 내 보트 속도와 비슷하게 가고 있더군요. 해안에서 1.5킬로미터 남짓 떨어졌을 때 그들을 따라잡았습니다. 안개가 장막처럼 우리를 감쌌고, 우리 세 사람은 장막 안의 한가운데 있었어요. 오, 이런. 자기들에게 다가온 보트에 누가 타고 있는지를 본 그들의 표정을 언제쯤이면 잊을 수 있을까요? 아내는 비명을 질렀습니다. 페어베언은 미친놈처럼 욕을 퍼붓고 노를 들어 나를 내리쳤습니다. 내 눈에서 살기를 느꼈음에 틀림없어요. 나는 페어베언의 공격을 피해서 단번에 지팡이로 그놈의 머리를 달걀 깨듯 으스러뜨렸습니다. 내가 미치긴 해도 아내에게는 해를 입히지 않으려고 했어요. 그런데 아내는 양팔로 그 작자를 끌어안고 '알렉'이라고 부르며 울부짖었어요. 나는 다시 지팡이를 들어 내려쳤고, 아

내는 그 작자 옆에 대자로 뻗어버렸습니다. 그때 나는 피를 맛본 야수와 같았습니다. 새라가 함께 있었다면 맹세코 그들의 황천길에 동행했을 겁니다. 칼을 꺼내서, 아니! 더는 말하지 않겠습니다. 새라가 자신의 오지랖이 불러온 후폭풍의 증거를 봤을 때 어떤 기분이 들지 생각해보니 포악한 환희 같은 게 느껴졌습니다. 그러다 보트에 시체를 동여매고, 보트 바닥에 구멍을 냈어요. 바다에 가라앉을 때까지 가만히 보트 위에 서 있었죠. 보트 주인은 그들이 안개 속에서 방향을 잃고 떠내려갔다고 생각하리라는 걸 아주 잘 알고 있었어요. 나는 몸에서 흔적을 지우고 나서 육지로 돌아왔고, 무슨 일이 일어났는지 의심하는 사람 하나 없이 메이데이호에 승선했습니다. 그날 밤 새라 쿠싱에게 보낼 소포를 꾸려서 이튿날 벨파스트에서 부쳤어요.

모든 이야기를 들으신 겁니다. 나를 목매달든 아니든 원하는 대로 하십시오. 하지만 이미 받은 형벌처럼 벌하지는 마세요. 눈을 감아도 그 두 사람의 얼굴이 나를 쳐다보고 있는 게 보여요. 내 보트가 안개를 뚫고 나타났을 때 나를 바라보던 표정이었죠. 나는 그들을 단숨에 죽였지만 그들은 서서히 내 목을 조여오고 있어요. 이런 밤을 하루만 더 보내면 아침이 밝기 전에 미치거나 죽어버릴 거 같아요. 감방에 나 혼자 집어넣지는 않을 거죠? 형사님, 제발 그러지 마세요. 안 그러면 곤경에 빠졌을 때 지금 저한테 하시는 그대로 돌려받으실 겁니다."

"왓슨, 이 사건에는 무슨 의미가 있을까?" 홈즈가 진술서를 내려놓으며 침통하게 말했다. "고통, 폭력, 공포가 반복되는 이 사건에 어떤 목적이 있는가 말이야. 틀림없이 어떤 목적이 있을 거야. 그게 아니라면 세상은 우연에 의해 지배되고 있다는 말이잖아. 그건 상상도 할 수 없는 일이야. 그럼 어떤 목적일까? 인간의 이성으로는 결코 답을 구할 수 없는 영구불변의 거창한 문제야."

3
노란 얼굴

내 친구의 비범한 재능 덕분에 나는 수많은 사건에 귀를 기울이지 않을 수 없었고, 어느 기묘한 연극에서는 배우로 등장하기도 한다. 이런 사건들을 토대로 짧은 단편을 출판하면서 내가 홈즈의 실패담보다 성공담에 집중하는 것은 오히려 당연하다. 이는 홈즈의 이름을 높이기 위해서라기보다는(오히려 홈즈는 자신의 다재다능함이 최고의 찬사를 받을 때면 어쩔 줄을 몰라 했다) 홈즈가 실패하는 사건은 남들도 실패하는 경우가 많아서 영원히 풀리지 않는 수수께끼로 남았기 때문이다. 그러나 홈즈가 실수를 저질렀는데도 우연히 진실이 밝혀지는 일도 간혹 있었다. 나는 그런 사건을 여섯 가지 정도 기록해두었다. 그 가운데 '제2의 얼룩' 사건과 앞으로 이야기할 사건, 이 두 가지가 가장 흥미진진한 이야깃거리를 선사한다.

셜록 홈즈는 운동만을 위한 운동은 좀처럼 하지 않는 사람이다. 근력 쓰는 일이라면 홈즈를 따라갈 사람이 없을 정도다. 게다가 의심할 여지 없이 홈즈의 체급에서는 내가 여태까지 본 선수들 중 가장 뛰어난 축에 속한다. 하지만 내 친구는 목적 없이 몸을 움직이는 일을 체력 낭비로 여겼고, 직업상 필요한 일이 아니면 거의 몸을 움직이지 않았다. 그래서 피로도 모르고 지치지도 않았다. 그러면서도 항상 최상의 컨디션을 유지했다는 것은 놀랄 만한 일이다. 하지만 식사는 늘 간단히 하고, 생활 습관은 금욕 생활에 가까울 정도로 단순했다. 간혹 코카인을 하는 것 말고는 나쁜 버릇도 없었다. 사건 의뢰가 드물거나 신문 기사가 시시할 때 단조로운 일상에 시위하듯 마약에 의지하는 것뿐이다.

이른 봄의 어느 날, 홈즈는 여유가 생겨 나와 함께 공원에 산책을 갔다. 공원의 느릅나무에서 초록빛 어린 새싹이 돋아나기 시작했고, 밤나무에 자란 끈적끈적한 어린 가지 끝에도 이제 막 이파리 다섯 장이 피어날 참이었다. 우리는 서로를 속속들이 잘 아는 터라 거의 아무 말도 하지 않고 두 시간 동안 공원을 거닐었다. 그리고 5시가 다 되어서야 베이커 스트리트로 돌아왔다.

"실례합니다, 선생님." 사환 아이가 현관문을 열며 말했다. "선생님을 뵈려고 어떤 신사분이 오셨었어요."

홈즈는 나무라는 듯이 나를 쳐다보았다. "오후 산책은 이걸로 끝이야!" 홈즈가 말했다. "그럼 그 신사분은 돌아가셨나?"

"네, 가셨어요."

"들어오시라고 말씀드리지 않았어?"

"말씀드렸죠, 선생님. 들어오셨어요."

"얼마나 기다리셨지?"

"30분 정도 기다리셨어요. 굉장히 안절부절못하시더라구요. 여기 계시는 내내 왔다 갔다 하다가, 또 발을 굴렀다가 계속 그러셨어요. 제가 밖에서 기다리다 보니 그분 발소리가 들렸거든요. 결국 복도로 나오셔서 소리치셨죠. '그 사람은 안 돌아오나?' 정확히 이렇게 말씀하셨어요. '조금만 더 기다리시면 됩니다'라고 말씀드렸더니, '그럼 바깥에서 기다리겠네. 숨이 막힐 지경이라서 말이야. 내 곧 돌아오지'라고 말씀하셨죠. 그러고는 갑자기 나가셨어요. 어떤 말씀을 드려도 그분을 말릴 수 없었을 거예요."

"그래, 알았어. 수고했네." 홈즈는 이렇게 말하고 방으로 걸어 들어갔다. "그렇지만 정말 안타까워, 왓슨. 나는 사건이 절실히 필요하다고. 그 사람이 초조하게 기다렸다고 하니 중요한 사건인 것 같은데. 이런! 탁자 위에 있는 파이프는 자네 물건이 아니잖아. 손님이 놔두고 간 게 틀림없네. 멋진 골동품 브라이어 파이프야. 긴 담배설대(담배통과 물부리 사이에 끼워 맞추는 가느다란 대—옮긴이)가 좋군. 애연가들이 호박이라고 부르는 걸로 만들었어. 런던에 진짜 호박 물부리가 얼마나 있을지 궁금하군. 안에 파리가 들어 있으면 진품이라고 생각하는 사람들도 있지. 분명히 많이 아끼는 물건일 텐데 두고 가다니 정신이 없긴 없었던 모양이군."

"그 사람이 자기 파이프를 많이 아낀다는 건 어떻게 알았어?" 내가 물었다.

“음, 이 파이프는 원래 7실링 6펜스 정도 하는데, 두 번이나 수리를 했어. 자네도 한번 보게. 나무 담배설대와 호박 물부리를 각각 한 번씩 고쳤어. 여길 보면 수리할 때마다 은테를 둘렀잖아. 분명히 수선비가 파이프 가격보다 더 들었을 거야. 이 사람이 같은 값에 새것을 사기보다 가지고 있던 파이프를 수리한 걸 보면 틀림없이 이 파이프를 많이 아끼는 거지.”

“그거 말고 다른 점은 없어?” 내가 물었다. 홈즈가 파이프를 들고 이리저리 돌리며, 생각에 잠긴 듯한 특유의 표정으로 파이프를 주시하고 있었기 때문이었다.

홈즈는 뼈에 대해 강의하는 교수처럼 파이프를 위로 들어 자신의 가늘고 긴 집게손가락으로 톡톡 두드렸다.

“파이프는 상당히 흥미로운 물건일 때가 많아.” 홈즈가 말했다. "시계나 구두끈 정도를 제외하고 파이프보다 개성이 강하게 드러나는 물건도 없어. 하지만 이 파이프에 드러난 개성은 아주 뚜렷하지도 중요하지도 않아. 이 파이프의 주인은 분명 건장한 남성이고, 왼손잡이에다 치아 상태가 좋아. 평소 조심성 없고, 절약하며 살 필요가 없는 사람이지."

내 친구는 추리한 내용을 생각나는 대로 내뱉었다. 하지만 나를 힐끗 쳐다보며 자신의 추리를 잘 이해했는지 확인하고 있다는 사실을 나는 알고 있었다.

"그 사람이 7실링짜리 파이프를 쓰기 때문에 부자일 거라고 생각하는 거로군." 내가 말했다.

"이건 1온스에 8펜스나 하는 그로브너 혼합 담배야." 홈즈가 손바닥에 담배 가루 약간을 털어놓으며 대답했다.

"그 반값으로도 좋은 담배를 얼마든지 살 수 있으니까, 그 사람은 돈 걱정이 없는 사람인 거지."

"또 다른 점은 없나?"

"이 사람은 램프나 가스등으로 파이프에 불을 붙이는 습관이 있어. 한쪽 바닥만 많이 그을려 있는 게 보이잖아. 당연히 성냥으로는 이렇게 안 되지. 파이프 이쪽으로만 성냥불을 들이댈 이유가 없거든. 하지만 램프로 불을 붙이면 담배를 넣는 대통이 그을릴 수밖에 없어. 그런데 파이프 오른쪽만 검게 그을렸어. 그래서 파이프 주인이 왼손잡이라는 사실을 알아낸 거지. 자네도 파이프를 램프에 갖다 대보게. 오른손잡이인 자네에게 파이프 왼쪽을 불에 갖다 대는 게 얼마나 자연스러운

지 말이야. 한 번쯤은 반대쪽으로 불을 붙일 수도 있지만 항상 그럴 수는 없어. 이 파이프 주인은 늘 오른쪽만 갖다 댔어. 그리고 이 사람은 호박 물부리를 깨물었어. 튼튼한 이에 건장하고 힘이 센 사람이 아니라면 이렇게 할 수 없지. 내가 잘못 들은 게 아니라면, 그 사람이 계단을 올라오고 있는 소리가 들리네. 곧 파이프보다 더 흥미로운 이야기를 듣게 될 거야."

잠시 후 문이 열리고, 키가 큰 젊은 남자가 방으로 들어왔다. 짙은 회색 정장 차림에 챙이 넓은 갈색 중절모를 손에 들고 있었다. 옷차림은 훌륭했으나 과하지 않고 점잖았다. 보기에 나이는 서른 살 정도로 보였으나 실제로는 그보다 위였다.

"죄송합니다." 젊은 남자가 약간 당황한 표정으로 말했다. "문을 두드려야 했군요. 그래요, 당연히 그랬어야 했습니다. 사실 제가 좀 경황이 없습니다. 그러려니 하면서 이해해주시기 바랍니다." 남자는 정신이 멍해진 사람처럼 손으로 이마를 쓰다듬다가 의자에 앉았다. 아니 그보다는 의자 위로 쓰러졌다는 말이 어울렸다.

"하루나 이틀은 잠을 못 주무신 것 같군요." 홈즈가 특유의 편안하고 다정한 말투로 말했다. "불면은 일을 하는 것보다, 심지어 노는 것보다 더 사람을 혹사시키죠. 그런데 무엇을 도와드리면 될까요?"

"선생님께 조언을 구하고 싶습니다. 어떻게 해야 할지 모르겠어요. 제 인생이 전부 산산조각이 난 것 같아요."

"날 자문 탐정으로 고용하고 싶으신가요?"

"그것만이 아닙니다. 세상 이치를 잘 아는 분별력 있는 분으로서 견해를 말씀해주세요. 앞으로 제가 어떻게 해야 하는지 알고 싶어요. 부디 제발 가르쳐주세요."

남자는 말을 짧게 끊어서 경련을 일으키듯 날카롭게 내뱉었다. 말하는 것 자체도 매우 힘들어 보였지만, 말하는 내내 입에 담고 싶지 않은 말을 해야 하는 게 괴로워 보였다.

"아주 민감한 문제입니다." 남자가 말했다. "사람들은 집안일을 남에게 말하고 싶어 하지 않죠. 전에 일면식도 없는 두 사람과 자기 아내의 품행에 대해 의논하는 일은 누구에게나 끔찍할 겁니다. 그렇게 해야 한다는 사실이 소름 끼치도록 싫습니다. 하지만 지푸라기라도 잡아야 할 처지라 조언을 구하러 왔습니다."

"저, 그랜트 먼로 씨?" 홈즈가 말을 꺼냈다.

앞에 앉은 방문객이 벌떡 일어났다. "뭐라고 하셨습니까?" 남자가 소리쳤다. "제 이름을 아십니까?"

"신분을 노출하기 싫으셨으면" 하고 홈즈가 싱긋 웃으며 말했다. "모자 안쪽에 이름을 새기지 말거나 대화 상대에게 안쪽을 보여주지 마세요. 내가 하고 싶은 말은, 내 친구와 나는 이 방에서 기묘한 이야기를 수없이 많이 들었다는 겁니다. 그리고 다행히 우리는 불안해하는 많은 분들을 평온하게 해드렸죠. 당신에게도 그럴 수 있을 거라고 생각합니다. 서둘러야 하는 일일지도 모르니, 더 이상 지체하지 마시고 사건에 대해 알려주시겠어요?"

말을 꺼내기가 몹시 힘들다는 듯이 방문객은 다시 손으로 이마를 쓰다듬었다. 방문객의 몸짓과 표정으로 미뤄볼 때, 남자는 내성적이고 과묵한 사람인 데다 자존심이 강해서 자신의 상처를 내보이기보다 감추려고 하는 사람임을 짐작할 수 있었다. 그러다가 남자는 갑자기 주먹을 불끈 쥐고 흔들면서, 신중함을 완전히 잃어버린 사람처럼 이야기를 시작했다.

"사실은 이렇습니다, 홈즈 씨." 남자가 말했다. "저는 가정이 있는 사람입니다. 결혼한 지 3년 되었어요. 그동안 아내와 저는 어느 부부 못지않게 서로를 사랑했고, 행복하게 지냈습니다. 우리 부부는 생각이나 말, 행동 모두 잘 맞았습니다. 그런데 지난 월요일 이후 우리 부부 사이에 불쑥 벽이 생겼습니다. 마치 길에서 스쳐 지나가는 여인인 것처럼, 아내의 삶과 생각에 내가 전혀 모르는 부분이 존재한다는 사실을 알았습니다. 우리는 서먹서먹해지고 말았는데, 저는 그 이유를 알고 싶습니다.

홈즈 씨, 제가 그 얘기를 계속하기 전에 확실히 짚고 넘어갈 게 하나 있습니다. 아내 에피는 저를 사랑합니다. 그 점은 오해가 없으셨으면 합니다. 아내는 온 마음과 영혼을 다해 저를 사랑합니다. 지금은 그 어느 때보다 더 그렇죠. 저는 그걸 알고 있습니다. 느낄 수 있어요. 그걸 따지고 싶지는 않아요. 남자는 여자가 자기를 사랑하는지 쉽게 알아챕니다. 하지만 우리 사이에는 비밀이 생겼고, 그 비밀이 밝혀지지 않는다면 예전과 같을 수는 없을 겁니다."

"먼로 씨, 어서 이야기해주세요." 홈즈가 조바심을 내며 말했다.

"에피의 과거를 아는 대로 말씀드리겠습니다. 제가 아내를 처음 만났을 때, 에피는 미망인이었습니다. 그래도 스물다섯 살밖에 안 되었으니 상당히 젊었죠. 그때는 헤브론 부인이라고 불렸죠. 에피는 어렸을 때 미국으로 가서 애틀랜타에서 살다가 실력 있는 변호사였던 헤브론이라는 사람과 결혼했어요. 두 사람 사이에는 아이가 한 명 있었는데, 황열병이 심하게 돌아서 남편과 아이가 모두 죽고 말았습니다. 저는 전남편의 사망 증명서를 본 적 있습니다. 그 일로 미국이 싫어진 에피는 잉글랜드로 돌아와 미들섹스 주의 피너에서 미혼인 이모와 함께 살았습니다. 남편의 유산으로 편히 지낼 수 있었죠. 에피에게는 대략 4500파운드의 자산이 있었는데, 전남편이 투자를 잘해서 평균 7퍼센트의 수익을 올렸습니다. 내가 에피를 만난 것은 피너에 온 지 6개월밖에 안 되었을 때였어요. 우리는 서로 사랑에 빠졌고 몇 주 후 결혼했지요.

저는 홉 무역상입니다. 제 수입이 700~800파운드 정도 되니까 부족함 없이 살고 있습니다. 그리고 노베리에 집세가 연간 80파운드인 멋진 교외 주택도 얻었습니다. 런던에서 아주 가까우면서도 시골 정취가 풍기는 곳이죠. 우리 집에서 약간 올라가면 객점 하나와 주택 두 채가 있고, 집 앞 들판 너머에는 작은 주택이 한 채 있습니다. 이 건물들 말고는 기차역으로 가는 길 중간쯤까지 주택은 하나도 없습니다. 저는 사업 때문에 런던에 가는 계절도 있지만 여름에는 한가합니다. 우리의 시골 보금자리에서 아내와 나는 더 바랄 것 없이 행복했습니다. 그런 저주받을 사건이 터지기 전까지 우리 사이엔 그늘 한 점 없었어요.

나머지 이야기를 더 하기 전에 말씀드리고 싶은 게 또 하나 있습니다. 결혼했을 때 아내는 내게 모든 재산을 양도했습니다. 저는 마지못해 받았죠. 사실 제 사업이 잘못되면 얼마나 곤란해질지 불을 보듯 뻔하니까요. 하지만 아내가 고집을 해서 결국 그렇게 했죠. 그런데 6주 전 아내가 내게 이렇게 말했어요.

'잭, 당신이 제 돈을 받으면서 필요하면 얼마든지 말하라고 했죠?'

'그랬지. 전부 당신 돈이니까.' 제가 대답했습니다.

'그럼 100파운드만 주세요.' 아내가 말하더군요.

아내의 말을 듣고 약간 놀랐습니다. 새 옷을 사는 일처럼 일상적인 쓰임새일 거라고만 생각했기 때문이죠.

'도대체 어디에 쓰려는 거야?' 제가 물었죠.

'어머, 당신은 제 전담 은행가일 뿐이라고 했잖아요. 은행가는 고객에게 절대 질문을 하지 않아요. 알잖아요.' 아내가 특유의 장난기 섞인 말투로 말했어요.

'진담으로 하는 소리라면 당연히 줘야지.' 내가 말했어요.

'그럼요, 진담이고말고요.'

'왜 필요한지는 말하지 않을 거요?'

'언젠가는 말할게요. 하지만 지금 당장은 아니에요, 잭.'

우리 사이에 처음으로 비밀이 생겼지만, 아내의 대답에 만족해야 했습니다. 아내에게 수표를 써주고 그 일은 더 이상 떠올리지 않았습니다. 나중에 벌어진 일과는 아무 상관 없을 겁니다. 하지만 말씀드리는 게 좋을 거라고 생각했습니다.

어쨌든 방금 전에 우리 집에서 멀지 않은 곳에 작은 주택 한 채가 있다고 말씀드렸죠? 그 사이에는 들판이 있고, 우리 집에서 그곳에 가려면 도로를 따라가서 샛길로 빠져야 합니다. 그 집 너머에는 작지만 멋진 스코틀랜드 전나무 숲이 조성되어 있어서, 저는 그곳에서 산책하는 것을 아주 좋아합니다. 나무는 언제나 이웃처럼 정겹거든요. 들판 너머에 있는 그 집은 최근 8개월간 비어 있어서 참 아까웠어요. 고풍스러운 현관에 인동덩굴이 타고 올라간 이층집이 참 예뻤거든요. 저는 그 집 앞에 서서 농가로 쓰면 참 멋지겠다는 생각을 한 적이 많았죠.

지난 월요일 저녁 저는 그 길을 따라 산책을 하고 있었습니다. 그때 샛길을 따라 올라오는 텅 빈 짐마차와 마주쳤습니다. 비어 있던 그 집의 현관 옆 잔디밭에 카펫 등의 물건이 잔뜩 흩어져 있는 게 보였습니다. 드디어 세입자가 들어온 게 분명했습니다. 그 집을 지나쳐 걷다가 문득 어떤 사람들이 우리 집 근처로 이사 왔는지 궁금했습니다. 그래서 두리번거리고 있는데, 갑자기 위층 창문에서 누군가가 나를 지켜보고 있다는 걸 알게 되었습니다.

홈즈 씨, 그 얼굴에 대해 뭐라고 할 순 없지만 등골이 오싹

해지는 것 같았습니다. 조금 떨어져 있어서 이목구비를 또렷이 알아볼 수 없었지만, 왠지 부자연스럽고 사람 같지 않은 데가 있었어요. 제가 받은 인상은 그랬습니다. 그래서 나를 지켜보고 있는 사람을 조금 더 가까이에서 보려고 재빨리 앞으로 다가갔어요. 하지만 다가가자마자 그 얼굴은 갑자기 사라져버렸습니다. 방 안의 어둠 속으로 끌려 들어간 것처럼 너무 갑작스러웠죠. 나는 5분 정도 우두커니 서서 방금 본 얼굴을 차근차근 떠올려 보려고 애썼어요. 남자인지 여자인지도 알 수 없었죠. 그럴 정도로 너무 멀었거든요. 하지만 무엇보다 얼굴색이 상당히 인상 깊었습니다. 시체처럼 창백한 노란 얼굴이었죠. 게다가 딱딱하게 경직되어 있는 것 같아서 기겁할 정도로 부자연스러웠어요. 너무 불안해서 새로 이사 온 사람들에 대해 조금 더 알아보기로 마음먹고 현관문을 두드렸습니다. 곧장 문이 열렸고, 무뚝뚝하고 험상궂은 얼굴에 키가 크고 몹시 마른 여인이 나오더군요.

'무슨 일이슈?' 그 여인은 북부 억양으로 물었습니다.

'저는 저기 보이는 집에 사는 이웃입니다.' 이렇게 말하며 나는 고갯짓으로 우리 집을 가리켰어요. '방금 이사 오신 것 같군요. 뭐 도울 일이라도 있을까 싶어서요.'

'네네, 필요하면 부를게유.' 여인은 그렇게 말하더니 면전에서 문을 쾅 하고 닫아버리더군요. 무례하게 거절하는 통에 나는 화가 나서 홱 돌아서서 집으로 돌아와 버렸습니다. 저녁 내내 다른 생각을 해보려고 했지만, 창가에 서 있던 기묘한 형상

SP

과 여인의 무례한 행동이 머릿속에서 떠나지 않았죠. 아내에게는 말하지 않기로 했습니다. 에피는 걱정이 많은 데다 아주 예민한 여자라서, 제가 느낀 불쾌한 기분을 느끼지 않기를 바랐기 때문입니다. 하지만 잠들기 전에 건너편 작은 주택에 누가 이사 왔다고만 일러주었습니다. 내 말에 아내는 아무런 대꾸도 하지 않더군요.

평소에 저는 아주 깊이 잠드는 편입니다. 밤에 자고 있으면 누가 업어가도 모른다고 가족들이 놀려댔었죠. 그런데 낮에 겪은 사소한 일 때문에 약간 흥분한 탓인지 모르겠지만, 그날 밤은 평소보다 깊이 잠들지 못했어요. 잠결에 방 안에서 무슨 일이 일어나는 듯한 느낌이 들었습니다. 아내가 옷을 챙겨 입더니 망토를 걸치고 보닛 모자를 쓰고 있더군요. 잘 시간에 나갈 준비를 하는 모습에 놀랐다거나, 나가지 말라고 말리려고 잠이 덜 깬 목소리로 입을 떼려는 순간, 촛불이 비친 아내의 얼굴이 불현듯 들어왔습니다. 너무 놀라서 아무 말도 할 수 없었어요. 아내는 제가 지금까지 한 번도 본 적 없는 표정을 짓고 있었습니다. 아내에게 그런 표정이 있는 줄은 생각도 못 했습니다. 아내는 죽은 듯이 창백했고, 빠르게 가쁜 숨을 몰아쉬고 있었죠. 망토를 졸라매면서 내가 혹시 깬 건 아닌가 하고 확인하려고 침대 쪽을 슬쩍 바라보더군요. 그러다 제가 아직 잠들어 있다고 생각했는지 조용히 방을 빠져나갔습니다. 잠시 뒤 현관문의 경첩에서나 들릴 법한 삐걱거리는 소리가 들렸습니다. 저는 침대에 일어나 앉아 지금 꿈을 꾸고 있는 게 아닌가 하고 주먹으로 침대 옆을 두드려봤습니다. 그러고는 베개 밑에 둔 시계를 꺼냈죠. 새벽 3시였습니다. 도대체 새벽 3시에 뭘 하려고 나간 걸까요?

20분 정도 앉아서 이런저런 생각을 하면서 그럴싸한 이유를 찾으려고 애썼습니다. 생각하면 할수록 예사롭지 않고 불가사의한 일인 것 같더군요. 여전히 그런 생각에 잠겨 있을 때였어요. 문이 조용히 닫히는 소리가 다시 났어요. 계단을 올라오는 아내의 발자국 소리도 들렸습니다.

'에피, 도대체 어디 갔다 온 거야?' 아내가 들어오자 제가 물었죠.

내 말소리에 아내는 화들짝 놀라며 경련하듯 비명을 질렀어요. 아내가 소리를 지르고 놀라는 모습이 그 무엇보다 괴로웠습니다. 아내의 반응은 말로 표현할 수 없는 죄책감이 배어 있었거든요. 아내는 언제나 솔직한 여자였어요. 그런데 침실로 살금살금 들어왔다가, 남편이 말을 걸자 소리를 지르며 움찔 놀라는 것을 보니 오싹했습니다.

'일어났군요, 잭!' 아내가 불안한 듯 어색한 웃음을 짓더니 큰소리로 말했어요. '어머, 잠들면 누가 업어가도 안 일어나는 줄 알았더니.'

'어디 갔다 온 거야?' 제가 더 심각하게 물었죠.

'당신이 놀라는 것도 무리가 아니에요.' 아내가 말했어요. 망토를 끄르면서 손가락이 떨리는 게 보였습니다. '저기, 전에는 한 번도 이런 일이 없었어요. 사실은 숨이 막힐 것처럼 답답하지 뭐예요. 그래서 신선한 공기를 마시고 싶었어요. 밖에 나가지 않았으면 정말 기절했을 거예요. 잠깐 동안 현관 밖에 서 있었더니 이제 좀 괜찮아졌어요.'

아내는 이야기를 하는 내내 저를 전혀 쳐다보지 않았어요. 목소리도 평소와 사뭇 달랐죠. 내가 보기에 거짓말을 하고 있는 게 분명했습니다. 나는 아무런 대꾸도 하지 않았지만 마음이 상해서 얼굴을 벽 쪽으로 돌려버렸습니다. 마음속에 불쾌한 의심과 의혹이 들끓었어요. 아내는 도대체 무엇을 감추고 있었을까요? 별스럽게 외출해서 다녀온 곳은 어디일까요? 그걸 알아낼 때까지 마음의 안정을 되찾지 못할 것 같더군요. 하지만 한번 거짓말을 한 아내에게 다시 묻기는 싫었어요. 그날 나는 밤새 뒤척이며 이런저런 생각을 했는데, 그럴수록 더 모를 일이었습니다.

나는 그날 런던의 구시가에 다녀올 일이 있었는데, 마음이 너무 심란해 일에 집중할 수가 없었어요. 아내도 나만큼 불안한 듯 보였습니다. 계속 나를 미심쩍은 듯한 눈길로 바라보고 있었죠. 내가 자기 말을 믿지 못한다는 사실을 눈치챈 것 같더군요. 우리는 아침을 먹으면서 거의 한마디도 하지 않았고, 나는 식사를 마친 즉시 산책을 하러 나갔습니다. 신선한 아침 공기를 마시며 이 문제를 고민해볼 요량이었죠.

나는 크리스털 팰리스까지 걸었어요. 거기에서 한 시간쯤 보내고, 1시 정각에 노베리로 돌아갔죠. 돌아가는 길에 공교롭게도 건너편 주택을 지나가다가 어제 나를 내려다보던 기이한 얼굴을 잠깐이나마 볼 수 있을까 하고선 위층 창문을 쳐다보았습니다. 그렇게 서 있을 때 제가 얼마나 놀랐을지 상상해 보세요, 홈즈 씨. 갑자기 문이 열리더니 아내가 걸어 나온 겁니다!

나는 아내를 보고 놀라서 말문이 막혔습니다. 하지만 서로 눈이 마주친 순간, 아내의 얼굴에 비친 놀라움에 비하면 제가 놀란 건 아무것도 아니었습니다. 아내는 순간 다시 집 안으로 들어가려 하는 것 같았습니다. 그러다 숨는 건 소용없다는 걸 알았는지, 입에는 미소를 머금었지만 그와 상반되게 얼굴은 하얗게 질리고 눈은 겁먹은 채로 내게 다가왔습니다.

'어머, 잭.' 아내가 말했어요. '새로 이사 온 이웃분에게 도와드릴 일이 있을까 해서 온 거예요. 왜 날 그렇게 보는 거예요? 나한테 화난 거 아니죠?'

'그래, 당신은 지난밤에 여길 왔군.' 내가 말했어요.

'무슨 말을 하는 거예요?' 아내가 큰 소리로 말했습니다.

'당신은 여길 온 거야. 확실해. 이 사람들은 누구야? 누군데 그 시간에 찾아온 거지?'

'여기는 오늘 처음 온 거예요.'

'빤히 거짓말인 줄 알면서 어떻게 나한테 그런 말을 할 수 있지?' 제가 소리쳤어요. '거짓말을 할 때는 당신 목소리부터 달라. 내가 당신에게 비밀을 만든 적 있어? 저 집에 들어가 봐야겠어. 무슨 일인지 죄다 알아낼 거야.'

'아니, 안 돼요. 잭, 제발요.' 아내는 걷잡을 수 없이 당황한 나머지 말을 제대로 잇지 못하더군요. 그러다가 제가 그 집 현관문에 다가가자 내 소매를 붙잡고 세게 끌어당겼죠.

'제발 부탁이에요. 잭. 이러지 말아요.' 아내가 소리쳤습니다. '언젠가 다 털어놓겠다고 약속해요. 하지만 당신이 이 집에 들어가면 불행해질 뿐이에요.' 제가 아내를 떼놓으려고 하자 미친 듯이 애원하며 매달렸어요.

'날 믿어줘요, 잭. 이번 한 번만 나를 믿어봐요. 절대 후회하지 않을 거예요. 당신을 위한 일이 아니라면 비밀 따위 만들지 않을 거라는 거 알잖아요. 우리의 인생이 여기에 달려 있어요. 나와 집으로 돌아가면 다 괜찮아질 거예요. 하지만 기어코 저 집 안으로 들어가면 우리 사이는 끝장나고 말 거예요.'

아내가 워낙 필사적이고 절박한 태도로 말하기에 나는 주춤거렸습니다. 문 앞에서 어쩌지 못하고 서 있었어요.

'한 가지 조건만 들어주면 당신 말을 믿겠소. 딱 한 가지만.' 결국 나는 이렇게 말했죠. '지금부터 이 수수께끼 같은 연극은 끝났다는 거야. 당신 마음대로 비밀을 지키고 싶으

면 그렇게 해. 밤에 이 집에 방문하는 일도, 앞으로는 나에게 말하지 않고 하는 행동도 없을 거라고 약속해. 당신이 약속만 한다면 지난 일들은 기꺼이 잊겠어.'

'믿어줄 줄 알았어요.' 아내가 안도감에 한숨을 내쉬며 외쳤어요. '당신이 원하는 대로 할게요. 어서 이리 와요. 어서 집으로 가요.'

아내가 내 소매를 연신 잡아끌면서 그 집에서 나를 멀리 데리고 왔어요. 가면서 뒤돌아보니, 창백하고 노란 얼굴이 2층 창밖으로 우리를 지켜보고 있었습니다. 그 인간과 아내는 무슨 관계일까요? 그게 아니라면 전날 보았던 우락부락하고 사나운 여인이 아내와 관련이 있는 걸까요? 기이한 수수께끼였습니다. 저는 그걸 알아내야지만 마음이 편안해질 수 있다는 사실을 알고 있었습니다.

그 뒤 이틀 동안 저는 집에 있었고, 아내는 성실하게 약속을 지키는 것 같았습니다. 제가 아는 한, 아내는 한 번도 집을 나간 적이 없으니까요. 그러나 사흘째 되던 날, 엄숙한 약속만으로는 그 비밀스러운 일로부터 아내를 지킬 수 없다는 충분한 증거를 발견했습니다. 아내는 자기만의 비밀을 만들어 남편인 나와의 신의와 아내로서의 의무를 저버렸습니다.

그날 저는 런던에 갔습니다. 하지만 평소에 이용하는 3시 36분 기차 대신 2시 40분 기차를 타고 돌아왔죠. 집에 들어서자마자 하녀가 깜짝 놀라서 현관으로 달려 나왔습니다.

'집사람은 어디 있지?' 내가 물었어요.

'산책하러 나가신 것 같습니다.' 하녀 아이가 대답했습니다.

저는 그 말을 듣자마자 의심하기 시작했습니다. 아내가 정말 없는지 확인하려고 2층으로 뛰어 올라갔습니다. 그러다가 우연히 2층 창밖을 내다보았는데, 좀 전에 나와 이야기하던 하녀가 들판을 가로질러 건너편 주택 쪽으로 뛰어가는 걸 보았습니다. 물론 그 광경이 무엇을 뜻하는지 정확히 알아차렸죠. 아내는 그 집에 갔고, 하녀에게 제가 돌아오면 알려달라고 일러두었던 겁니다. 화가 머리끝까지 치밀어 안절부절못한 저는 아래층으로 달려 내려가 들판을 가로질러 갔습니다. 이 문제를 이번에는 영원히 끝내버리겠다고 생각하면서 말이죠. 아내와 하녀가 샛길을 따라 서둘러 돌아오고 있는 모습이 보였습니다. 하지만 저는 그 둘과 마주쳐도 멈추지 않았습니다. 그 집에는 내 인생에 어두운 그늘을 드리우는 비밀이 있었습니다. 무슨 일이 있어도 비밀을 밝혀내겠다고 맹세했습니다. 그 집 앞에 도착한 나는 문을 두드리지도 않고, 손잡이를 잡아 돌려 안으로 뛰어들어 갔습니다.

1층은 아무 소리도 들리지 않고 고요했습니다. 부엌에서는 불 위에 올려놓은 주전자가 소리를 내며 끓고 있고, 커다란 검은 고양이 한 마리가 바구니 안에서 몸을 웅크리고 누워 있더군요. 하지만 전에 보았던 여인은 어디에도 없었습니다. 다른 방으로 뛰어가 봤지만 마찬가지로 비어 있었죠. 그다음 2층으로도 뛰어 올라갔죠. 하지만 꼭대기 층에 있는 두 개의 방도 비어 있었어요. 집 안에 아무도 없었던 겁니다. 가장 흔하고 저속한 가구와 그림뿐이었습니다. 다만 내가 기이한 얼굴을 본 창문이 있는 방은 달랐습니다. 그 방은 안락하고 고상하게 꾸며져 있었어요. 그러다가 아내의 전신사진이 벽난로 위 선반에 놓여 있는 것을 보자, 의심은 거센 불길 속에서 매섭게 타올랐습니다. 그 사진은 3개월 전에 내가 권해서 찍은 사진이었죠.

집이 비어 있다는 사실이 확실할 때까지 나는 오래 머물러 있었습니다. 그러다 무거운 마음으로 그 집을 나왔습니다. 예전에 느껴보지 못한 기분이었죠. 집에 들어가자 아내가 현관으로 나오더군요. 하지만 마음이 상하고 화가 나서 아내와 이야기하고 싶지 않았습니다. 에피를 밀쳐내고 서재로 들어갔어요. 하지만 문을 닫기도 전에 아내가 따라 들어왔죠.

'잭, 약속을 지키지 못해 미안해요.' 아내가 말했어요. '하지만 사정을 전부 알고 나면 날 용서해줄 거라고 믿어요.'

'그럼 다 이야기해봐.' 제가 말했죠.

'안 돼요, 잭. 그럴 수가 없어요.' 아내가 소리쳤어요.

'저 집에 살고 있는 사람이 누구인지, 당신이 사진을 준 사람이 누구인지 말할 때까지 우리 사이에는 어떤 믿음도 있을 수 없어.' 나는 이렇게 말하고 아내에게서 도망치듯 집을 나왔습니다. 그게 어제 일이었습니다, 홈즈 씨. 그 시간 이후로 아내를 만나지도 않았고, 그 기이한 일에 대해 더 아는 바도 없습니다. 우리 부부 사이에 어두운 그림자가 드리운 건 처음 있는 일입니다. 저는 너무 심하게 충격을 받아 이 문제를 해결하려면 어떻게 해야 하는지도 잘 모르겠어요. 그런데 오늘 아침 갑

자기 선생님이라면 제게 어떤 조언이라도 해주실 수 있을 것 같다는 생각이 들어 이렇게 급히 달려온 겁니다. 전적으로 선생님 손에 맡기겠습니다. 제가 제대로 말씀드리지 못한 부분이 있다면 질문을 해주세요. 하지만 무엇보다 제가 어떻게 해야 하는지부터 가르쳐주세요. 참을 수 없을 정도로 고통스럽거든요."

홈즈와 나는 이 예사롭지 않은 이야기를 대단히 흥미롭게 들었다. 먼로 씨는 격한 감정에 휩싸인 채 경련을 일으키듯 띄듬띄듬 이야기를 들려주었다. 내 친구는 아까부터 손으로 턱을 괴고 묵묵히 앉아 생각에 잠겨 있었다.

"그러니까." 홈즈가 마침내 말했다. "창문으로 본 얼굴이 남자라고 단언할 수 있나요?"

"볼 때마다 조금 떨어져 있어서 정확히 말씀드리기가 어렵습니다."

"그렇지만 불쾌한 인상을 받은 것 같군요."

"얼굴색은 부자연스러웠고, 이목구비가 이상하게 경직되어 있는 것처럼 보였습니다. 내가 다가가니까 갑자기 사라져버렸고요."

"부인께서 100파운드를 달라고 한 게 언제였죠?"

"두 달 가까이 됩니다."

"부인의 전남편 사진을 본 적이 있나요?"

"아니오. 그 사람이 사망한 직후 애틀랜타에 큰 화재가 일어났고, 아내의 서류가 모두 불에 타버렸거든요."

"그런데도 부인은 사망 증명서를 가지고 있었군요? 그걸 봤다고 하셨죠?"

"네, 그랬죠. 화재 후 아내가 재발급을 받은 거예요."

"미국에서 부인을 알던 사람을 만나보셨습니까?"

"아니오."

"부인이 미국을 다시 방문했다는 말은 들어봤나요?"

"아니오."

"그렇다면 미국에서 편지를 받은 적은요?"

"없습니다."

"고맙습니다. 이제 잠시 이 문제에 대해 생각 좀 해보고 싶군요. 그 작은 주택에 살던 사람들이 완전히 떠나버렸다면 우리 일은 좀 어려울 겁니다. 어쩌면 그 집 사람들은 당신이 온다는 소식을 듣고, 어제 당신이 집에 들이닥치기 전에 집을 떠났을 가능성이 높아 보입니다. 그렇다면 지금쯤 돌아와 있을 테고, 문제는 쉽게 해결될 겁니다. 그럼 조언을 해드리겠습니다. 노베리로 돌아가서 그 집의 창문을 다시 살펴보십시오. 집 안에 인기척이 느껴지면 억지로 들어가지 마시고, 내 친구와 나에게 전보를 치세요. 전보를 받으면 한 시간 내로 먼로 씨에게 가겠습니다. 그럼 이 일은 바로 해결할 수 있을 겁니다."

"그 집이 지금도 비어 있다면요?"

"그렇다면 내가 내일 찾아가서 당신과 의논하겠습니다. 안녕히 가십시오. 그보다도 이번 일이 고민할 만한 일이라는 근거를 발견할 때까지는 너무 애태우지 마십시오."

그랜트 먼로 씨를 문까지 따라 나가 배웅하고 돌아오면서 내 친구 홈즈가 말했다.

"심각한 일인 것 같아 걱정이군, 왓슨. 자네는 어떻게 생각하나?"

"위험한 사건인 것 같아." 내가 대답했다.

"맞아, 먼로 부인이 협박당하고 있을 거야. 그렇지 않다면 내가 큰 오해를 하는 거겠지만."

"누가 협박하는데?"

"글쎄, 그 집에서 유일하게 안락한 방에 살고 있고, 먼로 부인의 사진을 벽난로 위에 놓아둔 그 사람이겠지. 왓슨, 정말이지 창가의 노란 얼굴에는 뭔가 흥미로운 데가 있어. 절대로 사건을 놓치지 않을 거야."

"벌써 가설을 세운 거야?"

"응. 잠정적으로 하나의 가설을 세웠는데, 틀리지 않을 거라고 생각하네. 그 집에는 부인의 전남편이 있어."

"왜 그렇게 생각해?"

"남편인 먼로 씨가 그 집에 들어가지 못하게 필사적으로 만류하는 모습을 그 이유 말고 뭐로 설명할 수 있겠어? 내가 예측한 대로라면 사건의 진상은 이래. 그 여인은 미국에서 결혼을 했는데, 남편에게서 꺼림칙한 면이 드러났어. 그게 아니라면 남편이 끔찍한 병에 걸려서 나환자 혹은 정신박약 상태가 됐다고 할 수도 있어. 결국 여인은 남편을 떠나 잉글랜드로 돌아왔어. 이름도 바꿨으니 새로운 인생을 시작했다고 생각했을 거야. 먼로 씨와 결혼한 지 3년이 흘렀으니 꽤 자리 잡았다고 생각했을 걸세. 먼로 씨에게는 전남편처럼 꾸민 타인의 사망 증명서를 보여줬지. 그때 갑자기 먼로 부인의 소재가 전남편에게 발각된 거야. 그게 아니라면 병약한 전남편을 등쳐 먹고 사는 사악한 여자한테 붙들렸다고 볼 수도 있지. 그들은 먼로 부인에게 과거를 폭로하겠다고 위협하는 편지를 보냈겠지. 먼로 부인은 먼로 씨에게서 100파운드를 받아 협박범들의 입을 막으려고 했어. 그런데도 그들은 부인을 찾아온 거지. 먼로 씨가 건너편 주택에 새로운 이웃이 왔다고 무심코 말했을 때 그들이 자신의 뒤를 쫓는 협박범들임을 알게 되었어. 그러자 먼로 씨가 잠들기를 기다렸다가, 자기를 조용히 살게 놔두라고 설득하려고 그 집에 찾아간 거야. 협박범들이 자신의 말을 듣지 않자 이튿날 아침 다시 찾아갔어. 그런데 먼로 씨가 이야기한 것처럼 그 집에서 나오다가 남편과 마주친 거야. 먼로 부인은 남편에게 다시는 가지 않겠다고 약속했지만, 이틀 뒤 그 끔찍한 이웃들을 쫓아내 버리고 싶은 마음이 간절해졌지. 다시 설득하러 갈 때 협박범들이 전에 부인에게 요구했을 사진도 들고 갔어. 한창 이야기하던 중에 하녀가 달려와 주인이 집에 도착했다고 알렸겠지. 먼로 씨가 곧장 농가로 들이닥칠 거라는 걸 안 부인은 서둘러 그 집 사람들을 뒷문으로 내보냈고, 그 사람들은 아마도 그 근처에 있다는 전나무 숲으로 갔을 거야. 그래서 먼로 씨가 갔을 때는 집이 비어 있었던 거지. 하지만 오늘 저녁 먼로 씨가 살펴보러 갔을 때는 틀림없이 인기척이 있을 거야. 내 가설에 대해 어떻게 생각하나?"

"전부 추측일 뿐이잖아."

"그래도 모든 사실과 잘 맞아떨어져. 사실과 맞지 않는 새로운 사실이 드러나면 그때 고쳐 생각해도 늦지 않아. 노베리에서 우리 친구가 소식을 전할 때까지는 딱히 할 수 있는 게 아무것도 없어."

하지만 오래 기다릴 필요가 없었다. 우리가 차를 마시고 나자 바로 전보가 도착했다.

> 여전히 거주 중임. 창가에서 다시 그 얼굴을 보았음. 7시 정각 열차를 기다리겠음. 도착하실 때까지 아무 조치도 취하지 않겠음.

열차에서 내리니 먼로 씨가 승강장에서 우리를 기다리고 있었다. 역사의 불빛에 비친 먼로 씨는 몹시 창백하고 불안감에 몸을 떨고 있었다.

"그 사람들은 아직 거기 있어요, 홈즈 씨." 먼로 씨가 내 친구의 소매에 힘겹게 손을 뻗으며 말했다. "가봤더니 집 안에 불이 켜져 있더군요. 이번에는 기필코 끝장을 봐야겠어요."

"그럼 무슨 계획이라도 있나요?" 홈즈가 나무가 늘어선 어두운 거리를 걸어가며 물었다.

"쳐들어가서 그 집에 누가 있는지 직접 확인하고 말 겁니다. 두 분은 그 자리에서 증인이 되어주세요."

"그렇게 하기로 단단히 결심하셨군요. 부인이 수수께끼를 풀지 않는 게 낫다고 경고하셨는데도 꼭 그럴 건가요?"

"네, 결심했습니다."

"음, 저도 그러는 게 옳다고 생각합니다. 어떤 진실이라도 막연한 의심보다 나으니까요. 지체하지 말고 올라가 보는 게 좋겠습니다. 물론 어쩔 수 없이 법적으로는 과실이 있겠지만 충분히 그럴 만한 가치가 있다고 생각합니다."

칠흑같이 어두운 밤이었다. 위쪽 도로에서 좁은 샛길로 접어들자 가랑비가 내리기 시작했다. 샛길에는 바큇자국이 깊이 패여 있고, 양쪽으로 생울타리가 자라 있었다. 그런데도 그랜트 먼로 씨는 조바심을 내며 앞서 나갔고, 우리는 비틀거리면서도 전력을 다해 먼로 씨를 따라갔다.

"저기 우리 집 불빛이 보입니다." 먼로 씨가 나무들 사이로 깜빡이는 빛을 가리키며 소곤거렸다. "그리고 제가 들어갈 집은 이쪽에 있습니다."

먼로 씨가 말하는 동안 우리 일행은 모퉁이를 돌았고, 가까운 곳에 집 한 채가 있었다. 문이 조금 열려 있어서 노란 불빛이 새어 나와 어두운 앞마당을 비추었고, 2층 창문 하나에 환하게 불이 켜져 있었다. 올려다보니 창문의 차양 너머로 가늘고 검은 그림자가 보였다.

"저기 그 인간이 있어요!" 그랜트 먼로가 소리쳤다. "두 분도 누군가 저기 있는 거 보셨죠? 자, 이제 저만 따라오세요. 곧 모든 걸 알게 될 겁니다."

우리는 현관에 다가섰다. 그런데 갑자기 한 여인이 어둠 속에서 불쑥 나타나 집 안에서 새어 나오는 노란 불빛 속에 섰다. 나는 어두워서 여자의 얼굴을 자세히 볼 수 없었지만, 여자는 애원하는 자세로 두 팔을 내밀었다.

"제발 안 돼요, 잭!" 그 여자가 외쳤다. "오늘 밤 당신이 올 줄 알았어요. 그러지 말아요, 여보! 다시 나를 믿어줘요. 절대 후회할 일 없을 거예요."

"에피, 난 당신을 너무 오래 믿었어." 그랜트 먼로가 단호하게 소리쳤다. "나를 놔줘! 난 들어갈 거야. 내 친구들과 내가 이 문제를 확실히 매듭지을 거야!" 먼로는 아내를 옆으로 밀어냈고, 우리는 먼로 씨의 뒤를 따라갔다. 먼로가 방문을 활짝 열자, 나이 든 여인이 앞으로 뛰어나와 들어오는 걸 막으려고 했다. 그러나 먼로는 여인을 뒤로 떠밀었고 순식간에 계단을 통해 2층으로 올라갔다. 그랜트 먼로는 불이 켜진 방으로 뛰어 들어갔고, 우리는 바로 뒤이어 들어갔다.

가구를 제대로 갖춘 아늑한 방이었다. 탁자 위와 벽난로 위에 두 개씩 놓인 촛불에 불이 켜져 있었다. 구석에 작은 소녀로 보이는 아이가 책상에 앉아 엎드려 있었다. 우리가 방에 들어가자 아이는 얼굴을 돌려 외면했지만, 빨간 드레스를 입고 목이 긴 흰색 장갑을 끼고 있는 것을 볼 수 있었다. 아이가 우리를 향해 고개를 획 돌렸을 때, 나는 너무 놀라고 소름이 끼쳐 외마디 비명을 질렀다. 우리가 본 소녀의 얼굴은 정말 기묘하게 창백한 흙빛이었고, 이목구비에는 표정이 전혀 없었다. 수수께끼는 바로 풀렸다. 홈즈가 웃으면서 아이의 귀 뒤로 손을 뻗어 가면을 벗기자 새카만 얼굴의 어린 흑인 소녀가 나타

났다. 소녀는 우리의 놀란 얼굴을 보고 반짝이는 하얀 이를 드러내며 환하게 웃었다. 나도 소녀가 즐거워하는 것을 보고 웃음을 터트렸다. 하지만 그랜트 먼로는 자기 목을 붙잡고 멍하니 서서 바라보기만 했다.

"이게 도대체 뭘 뜻하는 겁니까?" 먼로가 외쳤다.

"제가 설명해줄게요." 당당하고 단호한 얼굴로 방에 들어선 여인이 소리쳤다. "당신이 진실을 원하니 마지못해 털어놓는 거예요. 그러니 이제 우리 둘이 어떻게든 극복해야 해요. 전남편은 애틀랜타에서 죽었지만, 아이는 살아 있어요."

"아이가 살아 있다니?"

먼로 부인은 가슴에서 은으로 만든 커다란 로켓을 꺼냈다. "당신은 이걸 열어본 적이 없을 거예요."

"열리지 않는 물건이라고 생각했어."

부인이 용수철을 누르자 뚜껑이 열렸다. 안에는 눈에 띄게 잘생기고 지적으로 보이는 남자의 사진이 들어 있었다. 그러나 틀림없이 얼굴에 아프리카 출신이라는 특징이 뚜렷했다.

"이 사람이 애틀랜타의 존 헤브론이에요." 부인이 말했다. "이 세상의 그 누구보다 세속적이지 않은 고결한 사람이었죠. 나는 존과 결혼하기 위해 백인 사회와 인연을 끊었어요. 하지만 존이 살아 있는 동안 한순간도 제 결정을 후회한 적 없었어요. 우리 아이가 엄마보다 아빠를 더 닮았다는 게 불운이었죠. 흑인과 백인 부부 사이에 흔한 일이지만 우리 루시는 아빠보다도 훨씬 검어요. 하지만 피부가 검든 희든 루시는 눈에 넣어도 아프지 않을 만큼 사랑스럽고 귀여운 내 딸이에요." 어린 소녀는 그 말을 듣고 쪼르르 달려가 엄마의 드레스 자락에 파고들었다. "내가 아이를 미국에 남겨두고 떠난 건 아이의 건강이 안 좋아서 환경이 바뀌면 해로울까 봐 그랬던 거예요." 부인이 말을 이었다. "아이는 전에 우리 집 하녀였던 성실한 스코틀랜드 여자가 돌봐 주었어요. 잠깐이라도 이 아이가 내 딸이라는 사실을 부인할 생각은 해본 적이 없어요. 하지만 잭, 우연한 계기로 당신을 만나고 당신을 사랑한다는 걸 깨달았어요. 당신에게 아이에 대해 말하는 게 두려웠어요. 당신을 잃을까 봐 두려워서 털어놓을 용기가 없었어요. 두 사람 사이에서 선택해야 했고, 나약한 마음에 그만 아이를 외면했던 거예요. 3년 동안 당신에게 아이의 존재를 비밀로 부쳐오다가, 보모가 소식을 전해줘서 아이가 잘 지내고 있다는 걸 알았죠. 그러자 아이를 한번만 다시 보고 싶다는 생각이 너무나 커졌어요. 그 마음을 떨쳐버리려고 해봤지만 부질없었죠. 위험하다는 걸 알고 있었지만 아이를 데려오기로 결심했어요. 단 몇 주만이라도 말이죠. 유모에게 100파운드를 보냈고, 이웃집에 들어오게 한 거예요. 어떻게든 내가 아이와 관련이 없는 것처럼 보이도록 했죠. 나는 각별히 주의했어요. 낮 동안에는 루시가 집에만 있도록 하고, 아이가 창가에 서 있는 걸 누가 보더라도 이웃에 흑인 아이가 산다는 소문이 나지 않도록 루시의 얼굴과 손을 가리도록 했죠. 오히려 조심하지 않는 편이 나았을지도 모르겠지만, 저로서는 당신이 사실을 알게 되는 게 너무나 두려웠어요.

건너편 집에 누군가가 이사를 왔다고 처음 말해준 사람은 바로 당신이었어요. 아침까지 기다려야 했지만 흥분이 되어 잠이 오질 않았죠. 그래서 결국 새벽에 집에서 살짝 빠져나왔어요. 당신이 잘 깨지 않는다는 걸 알고 있었거든요. 하지만 당신은 내가 나가는 걸 봤고, 거기서 내 불행이 시작됐어요. 이튿날 당신은 내 비밀을 캐낼 수도 있었지만 훌륭하게 참아주었죠. 하지만 사흘 후 당신이 앞문으로 들이닥쳤을 때 보모와 아이는 뒷문으로 간신히 도망쳤어요. 그리고 오늘 밤 당신은 마침내 모든 사실을 알았어요. 이제 우리, 내 아이와 나는 어떻게 되는 건가요?" 부인은 두 손을 맞잡고 답을 기다렸다.

기나긴 2분이 지나 그랜트 먼로는 침묵을 깼다. 먼로의 대답은 내가 마음에 그리는 장면들 중 하나였다. 먼로는 어린아이를 안아 올려 뽀뽀를 해주었다. 그런 다음 아이를 안은 채 자신의 다른 손을 아내에게 내밀고 문 쪽으로 돌아섰다.

"집에 가서 좀 더 편안히 이야기를 해봅시다." 먼로가 말했다. "난 아주 좋은 남자는 아니오, 에피. 하지만 당신이 생각하는 것보다는 좋은 남자라고 생각해."

홈즈와 나는 그들을 따라 샛길을 내려갔다. 우리가 집을 나섰을 때 홈즈는 내 소매를 잡아당기며 말했다.

"우리는 노베리보다는 런던에서 더 쓸모가 있는 사람들인 것 같군."

홈즈는 그날 밤 늦게까지도 이번 사건에 대해 다른 말은 하지 않다가, 촛불을 들고 침실을 향하며 이렇게 말했다.

"왓슨, 만일 내가 능력을 과신한다거나 사건에 최선을 다하지 않는다는 생각이 들면, 부디 내 귀에 대고 '노베리'라고 속삭여줘. 그래주면 정말 고맙겠어."

4
증권회사 직원

나는 결혼한 직후 패딩턴 지역에 있는 진료소를 인수했다. 진료소를 넘겨준 파커 선생은 한때 일반 진료 분야에서 뛰어난 의사였는데, 이제는 연세도 많고 지병인 무도병(신체의 근육이 뜻대로 되지 않고 저절로 심하게 움직이는 신경병의 한 가지—옮긴이)까지 앓는 바람에 환자가 많이 줄었다. 남을 치료하는 의사라면 자기부터 건강해야 한다는 통념에 따라 일반인들이 자기 병을 고치지 못하는 의사의 치료 능력을 의심하는 것은 어쩌면 당연한 일이다. 그래서 파커 씨가 쇠약해질수록 환자 수도 줄어들어 내가 인수했을 때는 1년에 1200파운드에서 300파운드를 조금 넘기는 수준으로 떨어졌다. 그러나 나는 내 젊음과 패기에 자신이 있었고, 몇 년 안에 진료소가 예전처럼 번창할 거라고 확신했다.

진료소를 맡은 후 석 달 동안 나는 일에 매달려 있던 터라 내 친구 셜록 홈즈를 거의 만나지 못했다. 워낙 바빠서 베이커 스트리트를 들를 여유가 없었고, 홈즈 역시 직업적인 용건 말고는 좀처럼 나다니지 않는 편이었기 때문이다. 그래서 6월의 어느 날 아침 식사를 마친 후 〈영국의학회지〉를 읽으며 앉아 있을 때, 초인종이 울리고 이어서 옛 친구의 높고 다소 거친 목소리가 들려와 나는 놀라지 않을 수 없었다.

“이보게, 왓슨.” 홈즈가 방 안으로 성큼성큼 걸어 들어오며 말했다. “자네를 보니 반갑군! 왓슨 부인께서 ‘네 사람의 서명’ 사건에서 벌어진 소동에서 완전히 회복되었길 바라네.”

“고맙네. 우리 부부는 잘 지내고 있어.” 내가 홈즈와 반갑게 악수하며 말했다.

“그리고 말이야.” 홈즈가 흔들의자에 앉으며 말을 이었다. “환자들을 돌보느라 지난날 우리의 추리 문제에 기울였던 관심까지 완전히 잊어버리지 않았기를 바라네.”

“그 반대일세.” 내가 대답했다. “어제저녁만 해도 예전 기록을 훑어보고 지난 성과들을 조금 분류해두었어.”

“사건 기록을 마감할 생각은 아니길 바라네만.”

“아무렴. 그런 경험을 좀 더 해봤으면 더 바랄 게 없겠어.”

“그럼 오늘은 어떤가?”

“물론, 오늘도 좋지. 자네만 좋다면.”

“버밍엄까지 가야 하는데도?”

“물론이지. 자네가 원한다면.”

“그럼 환자들은 어떻게 하려고?”

“이웃 의사가 부재중일 때 내가 환자를 대신 봐줬어. 그 사람은 언제든지 신세 갚을 준비가 되어 있지.”

“하하, 이보다 좋을 수 없군!” 홈즈는 이렇게 말하더니, 의자에 등을 기대고 눈을 가늘게 뜬 채 나를 예리하게 관찰했다. “자네, 얼마 전에 건강이 좋지 않았나 보군. 여름 감기는 언제나 힘들지.”

“지난주에 사흘 동안 감기가 심해서 집에 틀어박혀 있었어. 하지만 언제 아팠나 싶을 정도로 감기 기운을 떨쳐냈다고 생각했는데?”

“그래, 맞아. 아주 활기가 넘쳐 보여.”

“그런데 어떻게 그걸 알아낸 거야?”

“이보게 친구, 내 방식을 알잖나.”

“그럼 추리한 거라고?”

“물론이지.”

"대체 뭘 보고?"

"자네 슬리퍼를 보고 알았네."

나는 신고 있던 새 에나멜가죽 슬리퍼를 내려다보았다. "도대체 어떻게…." 내가 채 묻기도 전에 홈즈가 대답했다.

"그 슬리퍼는 새것이지. 신은 지 몇 주 되지도 않은 거야. 지금 자네가 보여주고 있는 슬리퍼 양쪽 밑바닥이 불에 약간 그슬었어. 젖어서 말리다가 태웠을 거라고 잠깐 생각했는데, 신발 가게 주인의 표식이 있는 조그맣고 동그란 종잇조각이 발등에 붙어 있는 게 보였어. 당연히 물기가 있었다면 떨어져 버렸을 텐데 말이야. 그렇다면 자네가 슬리퍼를 신고 발을 불가로 뻗은 채 앉아 있다가 태웠다는 뜻이지. 아무리 신발이 젖었더라도 건강한 사람이라면 비가 많이 내리는 6월이라도 그러지는 않을 걸세."

홈즈의 추리가 언제나 그렇듯이 이번에도 설명을 들으니 아주 간단해 보였다. 홈즈는 내 얼굴에서 그런 생각을 읽고 억울한 기색을 보이며 웃었다.

"설명을 해주면 내 속을 드러내 보이는 것 같다니까." 홈즈가 말했다. "근거를 밝히지 않고 결론만 알려주면 훨씬 인상적일 텐데 말이야. 그럼 자네 버밍엄에 갈 준비는 된 거지?"

"물론이야. 어떤 사건인데?"

"기차에서 전부 들려주지. 내 의뢰인이 사륜마차를 타고 밖에서 기다리고 있어. 바로 갈 수 있겠나?"

"잠깐만." 나는 이웃 의사에게 간단히 편지를 휘갈겨 쓴 다음, 2층으로 올라가 아내에게 사정을 설명한 뒤 문간에 있는 홈즈와 합류했다.

"자네 이웃도 의사로군." 홈즈가 황동 문패를 고갯짓으로 가리키며 말했다.

"맞아. 그 사람도 나처럼 진료소를 인수했어."

"오래전에 개업한 진료소였나?"

"우리 진료소와 거의 비슷해. 둘 다 건물이 들어선 후 바로 개업했으니까."

"아, 그런데 자네가 그중 더 잘되는 쪽을 차지했군."

"그런 것 같아. 그런데 어떻게 알았어?"

"계단을 보고 알았지, 이 친구야. 자네 쪽 계단이 그 사람 쪽보다 10센티미터는 더 닳았어. 그건 그렇고 마차에 계신 저 신사분은 내 의뢰인인 홀 파이크로프트 씨야. 인사해. 마부 양반, 어서 갑시다. 기차 시간이 다 됐으니까 말이야."

나와 마주 보고 앉은 남자는 체격이 좋고 얼굴에 생기가 넘치는 젊은 친구였다. 솔직하고 믿음직스러워 보이는 얼굴에 곱슬곱슬한 노란 수염을 약간 기르고 있었다. 광택이 있는 중산모를 쓰고, 차분한 검은색 정장을 깔끔하게 입고 있어서 어떤 일을 하는지 알 수 있었다. 런던 금융가에서 일하는 단정한 젊은이임에 틀림없었다. 그러니까 런던 토박이면서 정예의 의용군 부대가 되어주고, 이 섬나라의 어느 계층보다 뛰어난 운동선수와 스포츠 애호가들을 배출하는 계급의 사람이었다. 혈색 좋은 둥근 얼굴은 당연히 생기가 넘쳤지만, 입꼬리가 약간 처진 것으로 보아 좀 얄궂은 고민이 있는 듯했다. 그러나 우리 일행이 모두 일등석 열차에 올라타 버밍엄으로 출발했을 때까지도 이 젊은이가 무슨 문제로 셜록 홈즈를 찾아왔는지는 알 수 없었다.

"여기서 정확히 70분 정도는 달려야 해." 홈즈가 말했다. "홀 파이크로프트 씨, 내 친구에게도 당신의 아주 흥미로운 경험담을 들려주십시오. 내게 이야기한 대로요. 아니, 가능하면 더 자세히 이야기해주십시오. 잇따른 사건들을 다시 들으면 내게도 도움이 될 겁니다. 왓슨, 이건 대단한 사건일 수도 있고 별것 아닌 사건으로 밝혀질 수도 있어. 하지만 이 사건은 나뿐만 아니라 자네에게도 아주 이색적이고 기이한 볼거리를 선사할 걸세. 자, 파이크로프트 씨, 이제는 이야기에 끼어들지 않겠습니다."

우리의 젊은 일행은 눈을 반짝거리며 나를 바라보았다.

"이 이야기에서 최악인 대목은." 청년이 말했다. "제가 정말 어처구니없는 바보짓을 했다는 겁니다. 물론 잘 해결될 수도 있겠죠. 그거 말고 뭘 할 수 있었는지도 모르겠고요. 하지만 밥줄을 놓쳐버리고 그 대가로 아무것도 얻지 못하면, 제 자신이 정말 한심한 놈이라는 생각이 들 겁니다. 왓슨 선생님, 저는 이야기를 잘하는 재주는 없지만, 아무튼 제게 일어난 일은 이런 겁니다.

저는 드레이퍼스 가든스의 '콕슨 앤드 우드하우스' 사에서 일했습니다. 아마 기억하실 겁니다. 회사는 올 이른 봄에 베네

수엘라 국채에 손을 댔다가 엄청나게 큰 손실을 입었죠. 저는 그 회사에서 5년 동안 일했습니다. 회사가 파산하자 콕슨 씨는 제게 끝내주는 추천서를 써줬어요. 물론 우리 직원들 스물일곱 명은 모두 쫓겨났죠. 저는 여기저기 일자리를 알아보고 다녔지만 같은 처지에 있는 녀석들이 수두룩하더군요. 그래서 오랫동안 완전 헛걸음만 했어요. 콕슨 사에서는 주급으로 3파운드를 받았고, 그동안 대충 70파운드 정도를 저축했습니다. 그 돈으로 근근이 생활하다가 그나마도 끝내 바닥이 나고 말았어요. 결국 완전히 한계에 이르러 채용 공고를 보고 지원할 봉투도, 지원서를 보낼 우표 값도 살 수 없는 형편이 되었죠. 신발이 닳도록 사무실 계단을 오르내렸지만, 다시는 직장을 구하지 못할 것만 같았습니다.

롬바드 스트리트에 있는 대형 증권 거래소인 '모슨 앤드 윌리엄스'에 마침 자리가 난 걸 알았습니다. 아마도 런던의 이스트 센트럴을 잘 모르실 겁니다. 그 회사는 런던에서 가장 자산이 많이 회사라고 할 수 있습니다. 지원서는 우편으로만 받더라고요. 제 추천서와 지원서를 보냈지만 채용될 거라는 기대는 하지 않았습니다. 그런데 회신이 온 거예요. 읽어보니, 그다음 월요일에 나와서 용모만 만족스럽다면 바로 업무를 넘겨주겠다는 거였죠. 어떻게 된 건지는 모르겠습니다. 인사 책임자가 지원서 더미에 손을 넣어 맨 처음 손에 잡히는 지원서로 채용했다고 말하는 사람들도 있었죠. 어쨌든 그때는 제가 기회를 잡은 겁니다. 그리고 저에게 그보다 더 기쁜 일도 없었죠.

임금은 일주일에 1파운드가 올랐고, 업무는 콕슨 사에서 했던 일과 별반 다르지 않았어요.

이번 일의 기묘한 대목이 이제 시작됩니다. 저는 햄스테드 웨이 외곽에 있는 포터스 테라스 17번지에서 하숙하고 있었는데, 일자리를 약속받은 바로 그날 저녁 앉아서 담배를 피우고 있었습니다. 그때 하숙집 주인아주머니가 올라오시더니 '재무관리인, 아서 피너'라고 쓰여 있는 명함을 전해주셨죠. 전에 한 번도 들어본 적 없는 이름이었습니다. 그 사람이 저를 찾아온 이유도 짐작할 수 없었어요. 하지만 당연히 아주머니께 방문객을 위로 안내해달라고 말했죠. 방에 들어온 사람은 키가 평균 정도 되는 남자였습니다. 머리며 눈, 수염이 죄다 검고, 코에는 유태인으로 보이는 특징이 있었죠. 시간을 소중히 여기는 사람처럼 빠르게 행동하고 날카롭게 말했습니다.

'홀 파이크로프트 씨 맞죠?' 사내가 말했어요.

'네, 맞습니다만' 하고 대답한 뒤, 그 사람에게 의자를 밀어주었습니다.

'최근까지 콕슨 앤드 우드하우스에서 일했죠?'

'네, 맞습니다.'

'이제는 모슨 사의 직원이고요?'

'맞습니다.'

'그렇군요.' 사내가 말했습니다. '사실은 파이크로프트 씨의 재무 능력이 아주 뛰어나다는 이야기를 들었습니다. 파커 씨 기억하시죠? 콕슨 사의 부장이었던 사람 말입니다. 그분이 입

이 닳도록 칭찬을 하더군요.'

그런 말을 들으니 당연히 기뻤습니다. 사무실에서 늘 똑 부러지게 일하는 편이었지만, 런던 금융가에서 그렇게 평가받을 줄은 꿈에도 생각하지 못했죠.

'기억력이 좋은가요?' 사내가 물었습니다.

'꽤 괜찮은 편입니다'라고 겸손하게 대답했죠.

'일을 쉬는 동안 증권 시장 상황을 주시하고 있었나요?' 사내가 물었어요.

'네. 매일 아침 증권 거래소 시세표를 살펴봤습니다.'

'근면 성실의 전형이군요!' 저를 찾아온 손님이 큰 소리로 말했어요. '성공하려면 그래야죠! 당신을 시험해봐도 괜찮을까요? 가만있자, 에이셔스 사는 어떻습니까?'

'106파운드 5실링에서 105파운드 17실링 6펜스.'

'그럼 뉴질랜드 정리 공채는?'

'104파운드.'

'그럼 브리티시 브로큰 힐스는?'

'7파운드에서 7파운드 6실링.'

'훌륭해요!' 손님은 양손을 올리며 소리쳤어요. '과연 듣던 대로군요. 이런, 당신은 모슨 사에서 일하긴 너무 아까운 인재예요.'

사내가 격하게 반응해서 저는 좀 놀랐습니다. 상상하실 수 있으시죠? '저기, 피너 씨. 다른 사람들은 당신만큼 저를 높이 평가하지 않아요. 힘들게 노력해서 모슨 사에 들어가게 되었

고, 일자리를 얻게 되어 기쁩니다.'

'에휴, 젊은이. 더 높은 목표를 가져야죠. 거긴 당신이 있을 만한 곳이 아닙니다. 내 생각을 말해주리다. 당신의 능력에 견주면 내가 제안할 수 있는 조건이 충분치는 않지만, 그래도 모슨 사와 비교하면 하늘과 땅 차이일 거요. 어디 보자, 모슨 사에는 언제부터 나가죠?'

'월요일입니다.'

'하하! 당신이 모슨 사에 절대 가지 않는다는 데 한몫 걸어 보겠소.'

'모슨 사에 가지 않는다니요?'

'그렇소, 선생. 그날로 당신은 프랑코-미들랜드 철물 주식회사의 영업 담당자가 될 거요. 브뤼셀과 산레모에 하나씩 있는 지점을 빼고도 프랑스 도시와 마을에만 134개 지점이 있소.'

저는 놀라서 숨이 막힐 지경이었습니다. '처음 들어보는 회사인데요.' 제가 말했죠.

'아마 못 들어봤을 거요. 자본이 모두 비공식적으로 출자된 데다 수익성이 아주 좋아 일반에 공개하지 않았소. 그래서 아주 조용히 운영해온 회사라오. 창립자인 우리 형 해리 피너가 출자한 후에 사장으로 이사회에 참가하고 있죠. 내가 여기 사정에 밝다는 걸 알고 좋은 사람을 좀 찾아달라고 하더군요. 활기가 넘치면서 진취적인 젊은이로 말이오. 그런 참에 파커가 당신 이야기를 해서 오늘 밤 여길 찾아온 거요. 처음에는 약소

하지만 500파운드밖에 제시할 수 없소.'

'1년에 500파운드란 말입니까!' 제가 소리쳤어요.

'처음에는 그렇소만, 당신이 올린 총 영업 실적 중 1퍼센트의 수수료를 성과급으로 받게 될 거요. 그리고 수수료 소득이 연봉보다 많을 거라고 믿어도 좋소.'

'철물에 대해서는 아무것도 모릅니다.'

'이보게, 당신은 숫자에 밝잖소.'

저는 머리가 윙윙 울려서 의자에 계속 앉아 있을 수가 없었어요. 하지만 갑자기 더럭 의심이 들어 오싹한 기분이 들었습니다.

'솔직히 말씀드려야겠군요.' 내가 말했죠. '모슨 사에서 주는 연봉은 200파운드밖에 안 되지만 안전합니다. 그런데 저는 정말로 당신 회사에 대해 아는 게 없어서….'

'역시 빈틈이 없군요! 훌륭해!' 사내는 무척 기쁜 듯이 소리쳤어요. '당신이 바로 우리가 찾던 사람이오. 우리 회사가 더 고심해볼 필요가 없겠어. 자, 여기 100파운드 수표가 있소. 같이 일할 거라면 연봉을 미리 받는다 생각하고 주머니에 슬며시 넣어두시오.'

'정말 후하시군요'라고 말했죠. '새로운 업무는 언제 넘겨받아야 할까요?'

'내일 1시까지 버밍엄으로 오시오. 내가 편지를 써 왔으니, 이걸 우리 형에게 가져다주면 됩니다. 코퍼레이션 스트리트 126B번지로 가면 형을 만날 수 있을 거요. 거기에 임시 사무

실이 있소. 물론 형이 당신의 채용을 승인해줘야 하지만, 사실상 우리가 결정하면 다 된 겁니다.'

'정말이지 뭐라고 감사드려야 할지 모르겠습니다, 피너 씨.' 내가 말했죠.

'별말씀을요. 당신은 당연한 대우를 받는 것뿐이오. 당신과 합의해야 할 한두 가지 사소한 일이 남았소. 형식상의 절차에 불과하죠. 거기 당신 옆에 종이가 한 장 있군요. 거기에 이렇게 써주시오. '나는 최소 연봉 500파운드를 받고 프랑코-미들랜드 철물 주식회사의 영업 담당자로서의 직책을 기꺼이 맡고자 합니다.'"

저는 말한 대로 썼고, 그 남자는 종이를 자기 주머니에 넣었습니다.

'한 가지 더 남았소.' 남자가 말했어요. '모슨 사는 어떻게 할 생각이오?'

기쁜 나머지 모슨 사에 대해서는 완전히 잊고 있었죠. '편지를 보내 그만두겠습니다.' 내가 말했어요.

'분명히 말하는데, 그러지 마시오. 당신 일로 모슨 사의 담당자와 언쟁이 있었죠. 당신에 대해 물어보러 갔더니, 아주 무례하게 굴면서 당신을 꼬드겨 빼가려 한다는 둥 어떻다는 둥 하며 나를 비난하더군요. 결국 나도 버럭 화를 내버렸소. '좋은 직원을 쓰려면 그만큼 대우를 해줘야지'라고 말했소. 그 담당자가 '보수는 적어도 당신네보다 우리 회사를 택할 거요'라고 말했다오. '내 5파운드 걸리다. 그 젊은이가 내 제안을 받아들이면 당신은 그 사람에게서 다시는 연락조차 받을 수 없을 거요'라고 내가 말했소. '좋소!' 그 담당자가 말했죠. '우리가 그 젊은이를 시궁창에서 건져줬소. 그렇게 쉽게 우리 회사를 포기하지 않을 거요.' 모슨 사의 담당자가 한 말 그대로요.'

'건방진 무뢰한 같으니라고!' 내가 소리쳤어요. '생전 만나본 적도 없는 사람이에요. 제가 왜 그런 사람을 배려해야겠습니까? 제가 연락하지 않는 게 낫겠다고 하시면 아무런 연락도 하지 않겠습니다.'

'좋소! 약속했소.' 아서 피너 씨는 이렇게 말하고 의자에서 일어났습니다. '우리 형을 도울 훌륭한 인재를 얻어 기쁘군요. 이건 선불로 드리는 100파운드고, 편지는 여기 있소. 주소를 적어두시오. 코퍼레이션 스트리트 126B번지라오. 그리고 약속 시간은 내일 1시라는 것도 잊지 마시고. 편히 쉬시오. 당신 몫의 행운을 누리길 바라오.'

그 사람과 저 사이에 일어난 일을 모두 말씀드렸습니다. 거의 기억나는 대로예요. 왓슨 선생님, 제가 이런 놀랄 만큼 좋은 기회를 만나 얼마나 기뻤을지 짐작하실 수 있을 겁니다. 저는 밤늦도록 너무 기분이 좋아서 잠들지 못했어요. 그리고 이튿날 약속을 지키기 위해 일찌감치 기차를 타고 버밍엄을 향해 출발했습니다. 도착한 다음 뉴 스트리트에 있는 한 호텔에 짐을 부려놓고 적어둔 주소로 찾아갔습니다.

약속 시간 15분 전이었지만, 그거야 상관없을 거라고 생각했죠. 126B번지는 대형 상점 사이에 출입구가 있었어요. 나선

형 돌계단으로 연결되어 있었고 계단을 통해 여러 개의 층이 이어져 있었는데, 기업이나 전문직 종사자들에게 사무실로 임대되었더군요. 벽면 아래 입주자들의 이름이 적혀 있었지만 프랑코-미들랜드 철물 주식회사라는 이름은 없었어요. 저는 가슴이 철렁 내려앉아서 몇 분 동안 그 자리에 서 있었어요. 모든 일이 겉만 번지르르한 장난질이 아닐까 하는 의심이 스멀거릴 무렵, 한 남자가 다가오더니 저에게 말을 걸더군요. 제가 전날 밤 만난 이와 많이 닮은 사람이었습니다. 풍채도 목소리도 같았지만, 내 눈앞에 있는 사람은 수염을 깨끗이 깎았고 머리카락 색깔이 더 밝았죠.

'홀 파이크로프트 군인가?' 그 남자가 물었죠.

'네.' 제가 말했죠.

'아! 기다리고 있었네. 하지만 약속 시간보다 일찍 왔군. 아침에 내 동생이 보낸 편지를 받았네. 편지에 칭찬 일색이더군.'

'오시기 전에 사무실을 찾고 있던 참이었습니다.'

'아직 우리 회사 이름을 걸지 않았네. 지난주에야 임시 사무실을 구했거든. 같이 올라가세. 그 문제를 의논해

보자고.'

나는 그 남자를 따라 계단 꼭대기까지 올라갔습니다. 슬레이트 지붕 바로 아래에 먼지 낀 작은 방이 두 개 있었어요. 안내를 받아 방들을 둘러보니 양탄자도 커튼도 없이 텅 비고 먼지가 쌓인 방이었습니다. 저는 번쩍이는 탁자와 줄지어 앉은 직원들을 연상하고 있었거든요. 예전에 일했을 때처럼 말이죠. 그런데 가구라고는 전나무 의자 두 개와 작은 탁자 하나뿐이었고, 휴지통과 장부 한 권이 놓여 있더군요. 아마도 제가 그걸 빤히 쳐다보았던 모양입니다.

'실망하지 말게, 파이크로프트 군.' 허탈해하는 제 표정을 보고 그날 처음 만난 사람이 말했습니다. '로마는 하루아침에 이루어지지 않았다고 하잖나. 그리고 우리는 자금을 넉넉히 가지고 있어. 아직 사무실을 멋지게 꾸미지는 않았지만 말이야. 그럼 앉아서 편지를 좀 볼까?'

편지를 전해주자 신중하게 읽더군요.

'내 동생 아서에게 굉장히 깊은 인상을 남겼군.' 사내가 말했습니다. '아서는 통찰력이 상당한 사람일세. 자네도 알겠지만 그 녀석은 런던 사람을 깊이 신뢰하지. 나는 버밍엄 사람을 믿지만 말이야. 하지만 이번에는 동생의 조언을 따르려고 하네. 확실히 채용되었다고 생각하게.'

'제가 할 일은 뭔가요?' 제가 물었어요.

'언젠가는 파리에 있는 창고를 관리하게 될 걸세. 그곳에서 프랑스에 있는 134개 대리점에 잉글랜드 도자기를 대량으로

공급하는 거지. 일주일 내에 구매가 완료될 거야. 그동안 버밍엄에 남아서 일을 도와주게.'

'어떻게 말입니까?'

대답 대신 남자는 두툼한 빨간색 책을 한 권 서랍에서 꺼내왔어요.

'이건 파리의 전화번호부일세.' 남자가 말했어요. '인명 뒤에 업종이 나와 있지. 집에 가져가서 모든 철물 판매상을 다 표시해주게. 주소도 함께 말이야. 그러면 정말 큰 도움이 될 걸세.'

'하지만 업종별 전화번호부도 따로 있잖아요?' 제가 넌지시 말했죠.

'믿을 수가 있어야지. 분류법이 달라서 말이야. 열심히 해서 월요일 12시에 갖다 주게. 잘 가게, 파이크로프트 군. 열의와 능력을 계속 보여주면 우리 회사가 얼마나 좋은 회사인지 알게 될 걸세.'

저는 두꺼운 책자를 옆구리에 끼고 호텔로 돌아오면서 내심 아주 갈팡질팡했습니다. 확실히 채용이 되어 주머니에 100파운드가 들어 있긴 했지만, 고용주가 영 탐탁지 않았거든요. 형편없는 사무실이며, 벽에 회사 이름이 없는 것 등 이 업계 사람이라면 누구나 떠올릴 몇 가지 문제점들 때문에 말이죠. 그러나 어찌 됐든 돈을 받았으니 마음을 다잡고 제 업무를 시작했습니다. 일요일 내내 쉬지 않고 열심히 일했지만, 월요일에도 H까지밖에 못 했어요. 고용주를 찾아갔더니 변함없이 썰렁한 방에 앉아 있더군요. 수요일까지 열심히 해서 다시 가져오라더군요. 수요일에도 여전히 끝나지 않아서 금요일까지 부지런히 일했습니다. 그게 바로 어제입니다. 그래서 결과물을 가지고 해리 피너 씨에게 찾아갔습니다.

'대단히 고맙네.' 피너 씨가 말했어요. '이 업무가 과중할 거라고 생각하지 못했어. 이 명단은 실질적으로 큰 도움이 될 걸세.'

'시간이 좀 걸렸습니다.' 내가 말했어요.

'그건 그렇고.' 피너 씨가 말했어요. '가구점 명단을 만들어 줬음 하네. 가구점도 도자기를 판매하니까.'

'알겠습니다.'

'그리고 내일 저녁 7시에 다시 와서 얼마나 진척되었는지 알려주게. 무리하지는 말게나. 일을 끝내고 저녁에 데이즈 뮤직홀에서 두세 시간 보내는 것도 나쁘지는 않을 거야'라고 말하면서 피너 씨가 웃었죠. 그때 금으로 조악하게 때운 그 남자의 두 번째 치아를 보고 등골이 오싹했어요."

셜록 홈즈는 흥미롭다는 듯 두 손을 비볐고, 나는 영문을 몰라 의뢰인을 바라보았다.

"왓슨 선생님께서 의아하신 모양인데, 그럴 만한 이유가 있습니다." 파이크로프트가 말했다. "런던에서 그 동생이란 사람과 이야기하다가 말입니다, 모슨 사에 가지 않을 거라는 제 말에 그자가 웃었을 때도 똑같은 방식으로 이가 때워져 있는 것을 우연히 보았거든요. 두 번 다 금이 반짝거려서 눈에 띈 거죠. 이제 아시겠죠? 목소리와 풍채가 똑같은 건 이해할 수 있지만, 면도나 가발로 변화를 줄 수 있는 것만 바뀌어 있었으니 동일 인물이라고 의심할 수밖에 없었죠. 아마 두 형제가 꼭 닮았을 거라고 생각하시는 게 당연하지만, 똑같은 치아를 똑같은 모양으로 때울 수는 없지 않겠어요. 형이라고 했던 피너 씨는 인사를 하며 배웅했고, 저는 혼란스러운 마음으로 거리로 나섰습니다. 호텔로 돌아와서 찬물에 머리를 담그고 생각을 정리해보려고 했어요. 그 사람은 왜 나를 런던에서 버밍엄으로 보냈을까? 왜 나보다 먼저 버밍엄에 와 있었을까? 왜 자기 자신에게 편지를 보낸 걸까? 도무지 이해가 안 되고 황당하기만 했어요. 그러다가 문득 셜록 홈즈 씨라면 환히 꿰뚫어 볼 수 있지 않을까 하는 생각이 들었습니다. 마침 시간이 나서 야간열차를 타고 런던으로 올라와 오늘 아침 홈즈 씨를 만나러 갔고, 지금 이렇게 두 분과 함께 버밍엄으로 가게 된 겁니다."

증권회사 직원이 자신의 놀라운 경험을 다 들려주고 나서 잠시 침묵이 흘렀다. 그러다가 셜록 홈즈가 내게 눈짓을 했다. 마치 카미트 와인을 처음 한 모금 마시고 음미하는 감정가처럼, 만족스러우면서도 트집을 잡으려는 듯한 표정으로 등받이 방석에 깊숙이 몸을 기대고 앉아 있었다.

"상당히 재미있는 이야기야. 그렇지 않은가, 왓슨?" 홈즈가 말했다. "이 이야기에는 마음에 드는 점들이 있어. 프랑코-미들랜드 철물 주식회사의 임시 사무실에서 아서 해리 피너 씨와 면담을 해보면, 우리 둘에게 상당히 흥미로운 경험이 될 거라는 데 자네도 동의할 거라 생각하네."

"하지만 어떻게 그자와 면담을 할 수 있을까?" 내가 물었다.

"아, 아주 쉬울 겁니다." 홀 파이크로프트가 힘차게 말했다. "두 분은 일자리가 필요한 제 친구들입니다. 그런 두 사람을 사장에게 데려가는 것보다 더 자연스러운 일이 있을까요?"

"그렇고말고! 좋아요!" 홈즈가 말했다. "그 신사를 한번 만나보고 싶네. 그리고 무슨 수작인지 확인해보고 싶어. 그런데 자네한테는 무슨 재주가 있다고 할까? 가능하다면…." 홈즈는 멍하니 창밖을 바라보며 손톱을 물어뜯기 시작했다. 우리는 뉴 스트리트에 도착할 때까지 홈즈에게서 어떤 말도 들을 수 없었다.

그날 저녁 7시에 우리 셋은 프랑코-미들랜드 철물 주식회사의 임시 사무실로 가기 위해 코퍼레이션 스트리트를 걸어 내려가고 있었다.

"일찍 가봤자 소용없습니다." 의뢰인이 말했다. "아무래도 그 사람은 저를 만날 때만 거기 오는 것 같아요. 그자가 만나자고 한 시간 전에는 사무실이 비어 있으니까요."

"그것참 의미심장하군요." 홈즈가 말했다.

"그렇다니까요! 제가 그랬죠!" 증권회사 직원이 외쳤다. "저기 그 사람이 우리 앞에 걸어가고 있어요."

파이크로프트가 검은 머리에 옷을 잘 차려입은 자그마한 남자를 손으로 가리켰다. 그 남자는 건너편 길을 따라 바삐 움직이고 있었다. 지켜보고 있자니, 신문팔이 소년이 마차 사이로 바삐 오락가락하며 석간신문 최신판을 소리쳐 팔고 있는 것을 보고 신문을 한 부 샀다. 그런 다음 신문을 손에 움켜쥐고는 한 건물 출입구로 사라졌다.

"저기 그자가 갑니다!" 홀 파이크로프트가 외쳤다. "그 사람이 들어간 곳이 회사 사무실입니다. 같이 가시죠. 되도록 간단한 면담 자리를 만들어보겠습니다."

파이크로프트가 안내하는 대로 다섯 층을 올라가자, 반쯤 열린 문이 보였다. 우리 의뢰인이 문을 두드렸다. 안에서 들어오라는 목소리가 들리자, 우리는 안으로 들어갔다. 홀 파이크로프트가 설명한 그대로 가구도 없이 텅 빈 방이었다. 하나밖에 없는 탁자에 우리가 거리에서 본 그 남자가 석간신문을 앞에 펼쳐놓고 앉아 있었다. 남자가 우리를 올려다보았다. 나는 그렇게 비통한 표정을 본 적이 없었다. 아니 그것은 비통을 뛰어넘어 평생 아무도 겪어보기 힘든 공포에 사로잡힌 얼굴이었다.

사장의 이마는 땀으로 번들거리고, 죽은 물고기의 생기 없는 흰 배처럼 두 볼이 창백해진 채 사납게 곤두선 눈으로 우리를 바라보았다. 사장은 자신의 직원을 바라보면서도 누군지 알아보지 못하는 표정이었다. 우리를 안내한 홀 파이크로프트가 깜짝 놀라는 걸로 보아 평소 사장의 모습과는 전혀 다르다는 사실을 알 수 있었다.

"피너 씨, 몸이 안 좋아 보여요!" 파이크로프트가 소리쳐 말했다.

"그렇다네. 별로 좋지 않군." 상대방은 대답하면서 기운을

되찾으려고 노력하는 모습이 역력했다. 사장은 말을 꺼내기 전에 메마른 입술에 침을 발랐다. "같이 온 신사분들은 누구신가?"

"이쪽은 버먼지에서 온 해리스 씨, 이쪽은 이곳 출신인 프라이스 씨예요." 파이크로프트가 그럴듯하게 둘러댔다. "제 친구들인데, 경력이 만만찮은 신사들입니다. 그런데 얼마 전에 실직을 해서 혹시 우리 회사에 빈자리가 있으면 취직하고 싶어 찾아온 겁니다."

"물론 있지! 빈자리가 있고말고!" 피너 씨가 몹시 창백한 얼굴로 미소를 지으며 외쳤다. "우리가 두 분을 도울 수 있을 거라고 확신합니다. 해리스 씨, 전공이 뭔가요?"

"저는 회계 담당입니다." 홈즈가 말했다.

"아, 그렇군요. 우리는 그런 일을 할 사람이 필요하지. 프라이스 씨, 당신은요?"

"저는 일반 사무원입니다." 내가 말했다.

"회사에서 두 분에게 일자리를 제공할 수 있을 거라고 생각합니다. 결정을 내리는 대로 알려드리겠습니다. 그럼 이제 부디 그만 가보시오. 제발 나 좀 혼자 있게 해달란 말이오!"

마지막 말은 불쑥 내뱉은 말이었다. 마치 자기 자신을 통제하다가 느닷없이 폭발해버린 듯했다. 홈즈와 나는 눈이 마주쳤고, 홀 파이크로프트는 탁자로 한 걸음 다가갔다.

"잊으셨나 보군요, 사장님. 저는 약속한 대로 업무 지시를 받으려고 여기 왔습니다." 파이크로프트가 말했다.

"물론이지. 그렇군, 파이크로프트 군." 상대는 침착해진 말투로 돌아갔다. "자네는 여기서 잠깐 기다리게. 친구 되시는 분들과 함께 기다려도 되겠지. 3분 후에 돌아오겠네. 염치없지만 그때까지 좀 기다려주기 바라네." 사장은 매우 정중한 태도로 일어나 우리에게 고개 숙여 인사하고는, 한쪽 끝에 있는 문으로 들어가 문을 닫았다.

"어쩌려는 걸까?" 홈즈가 소곤거렸다. "우리를 따돌리려는 걸까?"

"그럴 수 없을 겁니다." 파이크로프트가 대답했다.

"왜 그렇게 생각하죠?"

"저 문은 안쪽 방으로 이어지거든요."

"출구는 없습니까?"
"없어요."
"가구는 있나요?"
"어제만 해도 비어 있었습니다."
"그렇다면 도대체 저 사람은 뭘 하려는 걸까? 저자의 태도에는 이해할 수 없는 점이 있어. 설사 겁에 질려 거의 미쳤다고 해도 왜 저렇게 겁을 집어먹은 걸까?"
"우리가 탐정이라는 걸 눈치챈 거 아닐까?" 내가 넌지시 말했다.
"그런 것 같습니다." 파이크로프트가 소리쳤다.
홈즈가 고개를 내저었다. "우리 때문에 창백해진 게 아니야. 우리가 방에 들어왔을 때 이미 창백해져 있었어." 홈즈가 말했다. "그렇다면 혹시…."
안쪽 방 쪽에서 쾅쾅 문 두드리는 소리가 들리자, 홈즈가 하려던 말이 끊어졌다.
"도대체 자기 방문은 왜 또 두드리는 거죠?" 파이크로프트가 소리쳤다.
다시 더 크게 쾅쾅 소리가 들렸다. 우리는 닫힌 문을 예의 주시하고 있었다. 홈즈를 흘낏 쳐다보니 경직된 표정으로 긴장한 채 몸을 앞으로 내밀고 있었다. 그때 갑자기 꿀꺽꿀꺽, 울걱울걱 하는 소리가 낮게 들리더니 나무에 쿵 부딪히는 둔탁한 소리가 들렸다. 홈즈는 정신없이 방을 가로질러 뛰어가서 문을 힘껏 밀었다. 문은 안쪽에서 잠겨 있었다. 홈즈를 따라 우리도 체중을 실어 문으로 돌진했다. 경첩 하나가 툭 부러지고 나머지 한쪽도 이내 나가떨어지자, 요란한 소리를 내며 문이 쓰러졌다. 문을 밟고 들어가니, 안쪽 방이 나왔지만 텅 비어 있었다.

그러나 당황한 것은 그때 잠시뿐이었다. 한쪽 구석, 우리가 들어온 문 가까이에 또 다른 문이 하나 더 있었다. 홈즈는 그쪽으로 뛰어가 문을 열어젖혔다. 외투와 조끼가 바닥에 놓여 있었고, 프랑코-미들랜드 철물 주식회사 사장이 자기 멜빵을 목에 감고 문 뒷면 고리에 매달려 있었다. 무릎은 구부러져 있고, 머리는 끔찍한 각도로 꺾여 몸에 밀착되어 있었다. 조금 전 우리의 대화에 끼어든 소음은 사장이 뒤꿈치로 문짝을 걷어찬 소리였다. 내가 곧바로 사장의 허리를 붙들고 들어 올리자, 홈즈와 파이크로프트가 검푸르게 변한 피부의 주름 속으로 파고든 멜빵을 풀었다. 그런 다음 우리는 그자를 다른 방으로 옮겨 뉘었다. 흙빛 얼굴에 보라색으로 변한 입술은 숨을 쉴 때마다 달싹거렸다. 불과 5분 전까지만 해도 온전했던 모습이 끔찍하게 망가져 있었다.

"어떨 것 같은가, 왓슨?" 홈즈가 물었다.

나는 몸을 숙여 남자를 진찰했다. 맥박은 아주 약하고 간간이 멎기까지 했지만, 호흡은 점점 길어지고 있었다. 눈꺼풀이 약하게 떨려서 그 틈으로 흰자위가 가늘게 드러났다.

"위태로운 상태였어." 내가 말했다. "하지만 목숨은 구했어. 저 창문을 좀 열어주고, 물병 좀 건네주게." 나는 사장의 옷깃을 풀고, 차가운 물을 얼굴에 부었다. 그리고 자연스럽게 긴 호흡을 쉴 때까지 남자의 팔을 들어 올렸다 내렸다를 반복했다. "이제 좀 지나면 괜찮아질 거야." 남자에게서 물러서면서 내가 말했다.

홈즈는 고개를 숙이고 바지 주머니에 양손을 찔러 넣은 채 탁자 옆에 서 있었다.

"이제 경찰을 불러야 할 것 같아." 홈즈가 말했다. "그래도 경찰이 왔을 때 완벽하게 설명을 해주는 게 좋을 텐데."

"도무지 알다가도 모를 일이에요." 파이크로프트가 머리를 긁적이며 소리쳤다. "도대체 뭐 때문에 나를 설득해서 여기로 데리고 와놓고선 이제 와서…."

"흥! 모든 게 명백합니다." 홈즈가 참지 못하며 말했다. "이런 느닷없는 짓은 마지막 수단이지."

"그럼 홈즈 씨는 다른 일들은 다 이해하신 건가요?"

"뻔한 일이라고 생각합니다. 왓슨, 어떻게 생각하나?"

나는 어깨를 으쓱하면서 말했다. "솔직히 난 이해가 안 돼."

"처음에 일어난 일들에 주의를 기울이면 확실히 하나의 결론만을 가리키고 있지."

"그게 뭔데?"

"음, 이 모든 일의 핵심은 두 가지야. 첫째는 파이크로프트 씨에게 자필로 이 엉터리 같은 회사에서 기꺼이 일하겠다는 글을 쓰게 했다는 거야. 그게 무슨 뜻인지 알겠어?"

"모르겠는걸."

"자, 왜 그들은 파이크로프트 씨에게 그런 것을 써달라고 했을까? 그건 업무적인 게 아니야. 그런 합의는 보통 말로 하니까 이번 경우가 예외가 될 업무적인 이유는 전혀 없어. 젊은 친구, 그들이 당신의 필체 견본을 얻으려고 고심해서 짜낸 게 바로 그 방법이었다는 걸 눈치 못 챘나요?"

"하지만 이유가 뭐죠?"

"정말 그렇군. 왜였을까요? 그 질문에 대답하게 되면 이번 사건을 어느 정도 해결하게 되는 겁니다. 왜일까요? 타당한 이유는 단 하나밖에 없어요. 누군가 당신의 필체를 배워서 비슷하게 쓰고 싶었고, 그래서 먼저 견본을 구해야 했습니다. 그리고 두 번째 문제로 넘어가면 두 가지 문제가 서로 맞물려 있다는 걸 알게 됩니다. 두 번째 문제는 피너 씨가 당신에게 모슨사의 일자리를 포기하지 말아야 한다고 요청했다는 점입니다. 인사부장은 한 번도 만난 적 없는 홀 파이크로프트 씨가 월요일 아침에 출근할 거라 믿고 있는데, 그걸 계속 믿도록 해둔 거죠."

"이럴 수가!" 의뢰인은 큰 소리로 외쳤다. "전 정말 눈뜬장님이었군요!"

"이제 필체가 왜 중요한지 알 겁니다. 당신이 제출한 지원서에 있는 필체와 완전히 다르게 쓰는 사람이 당신의 자리에 나타났다고 생각해보십시오. 당연히 연극은 끝납니다. 하지만 그사이에 범인이 당신의 필체를 익혔다면 상황은 전혀 달라집니다. 그 사무실에 당신 얼굴을 아는 사람이 아무도 없다면 말입니다."

"한 사람도 없습니다." 홀 파이크로프트가 신음하는 듯한 소리로 말했다.

"좋습니다. 물론 당신이 결정을 번복하지 않게 하는 게 아주 중요했어요. 또한 모슨 사에서 당신의 대역이 일하고 있다는 사실을 당신에게 알릴 사람과 접촉하지 못하도록 하는 일도 중요했죠. 그래서 후한 선불을 주고 당신을 미들랜드 사로 달려오게 해서, 런던에 가지 못할 정도의 일을 준 겁니다. 당신이 런던에 간다면 자신들의 연극이 막을 내려버릴 테니깐 말이오. 모두 간단히 알 수 있는 사실들입니다."

"하지만 왜 이 사람은 자기 형제인 척 연기를 했을까요?"

"자, 그것도 아주 빤해요. 분명히 이 사건에는 단 두 사람만 연루되어 있을 겁니다. 나머지 한 사람은 사무실에서 당신을 사칭하고 있을 겁니다. 여기 이 사람은 당신과 인사 문제를 협의하는 역할을 했고, 당신에게 고용주를 내세우려면 제삼자가 필요하다는 사실을 깨달았죠. 하지만 다른 사람을 끌어들이는 일은 꺼려지는 일이었습니다. 그래서 최대한 외모를 바꾸었습니다. 두 사람이 닮았다는 건, 가족이라 그런 거라고 당신이 알아채지 못하기를 바랐던 거죠. 우연히 금니를 보는 행운이 없었다면 당신은 절대 의심하지 않았을 겁니다."

홀 파이크로프트는 꽉 움켜쥔 주먹을 허공에 휘둘렀다. "세상에!" 파이크로프트가 소리쳤다. "이렇게 바보같이 당하는 사이에 가짜 홀 파이크로프트는 모슨 사에서 뭘 하고 있을까

요? 어떻게 해야 할까요, 홈즈 씨? 뭘 해야 할지 알려주세요."

"모슨 사에 전보를 쳐야 합니다."

"토요일은 12시에 문을 닫아요."

"괜찮아요. 경비나 안내원들이 있을 겁니다."

"아, 맞아요. 유가 증권을 보유하고 있어서 경비 요원을 상주시켜요. 런던 금융가에서 그런 이야기를 들은 기억이 납니다."

"좋아요. 그 경비 요원에게 전보를 쳐서 문제가 없는지, 그리고 당신 이름으로 근무하는 사람이 있는지 알아보죠. 여기까지는 명확합니다. 하지만 왜 범인들 중 하나가 우리를 보자마자 바로 방을 빠져나가 목을 맸는지는 정말 이해할 수 없군요."

"신문!" 우리 뒤에서 쉰 목소리가 들렸다. 그 남자는 몸을 일으켜 바닥에 앉아 있었다. 눈을 보니 정신을 차린 듯했지만 여전히 핏기 없는 창백한 얼굴을 한 채 목에 넓고 빨갛게 남아 있는 자국을 손으로 초조하게 문지르고 있었다.

"신문! 그래!" 홈즈가 흥분해서 소리를 질렀다. "정말 바보였어! 여기 오는 생각만 하느라고 신문을 생각도 못 했어. 틀림없이 비밀은 신문에 숨어 있어." 홈즈는 신문을 탁자 위에 펼치더니 의기양양하게 외마디 함성을 질렀다. "왓슨, 이걸 봐!" 홈즈가 소리쳤다. "런던 신문이로군. 〈이브닝 스탠더드〉의 초판이야. 여기 우리가 찾는 게 있네. 제목을 좀 보게. '런던 금융가 범죄. 모슨 앤드 윌리엄스 사에서 살인 사건 발생. 대규모 강도 미수. 범인 검거.' 여기 말일세, 왓슨. 우리 모두 듣고 싶은 건 마찬가지니까 큰 소리로 읽어주게."

신문 지면에서 차지한 위치로 보아 런던에서 일어난 중요한 사건인 것 같았다. 기사 내용은 이랬다.

> 무모한 강도 미수 사건이 오늘 오후 런던 금융가에서 발생했다. 이 사건은 한 사람이 사망하고 범인이 검거되는 것으로 끝이 났다. 유명한 증권 거래소인 모슨 앤 윌리엄스 사는 얼마 전부터 총 100만 파운드를 훌쩍 넘는 유가 증권을 보관해왔다. 동종 업계 대기업들이 위태로운 상황에서 담당자는 책임이 막중함을 깨닫고, 최신식 금고를 마련하고 24시간 동안 건물에 무장한 경비원을 세웠다. 한편 모슨 사는 지난주 홀 파이크로프트라는 신입 직원을 채용했다. 그러나 이 사람은 다름 아닌 위조와 금고털이로 악명 높은 베딩턴이라는 자로 드러났다. 베딩턴은 자신의 형과 함께 5년 징역형을 마치고 최근에 출소했다. 아직 수법은 밝혀지지 않았으나, 가명으로 모슨 사에 정식으로 입사하는 데 성공해 이 직위로 여러 가지 열쇠의 본을 뜨고 금고실과 금고의 위치를 철두철미하게 파악했다.
>
> 보통 토요일에는 모슨 사 직원들이 정오에 퇴근한다. 그래서 금융가 경찰서의 터슨 경사는 1시 20분에 여행용 가방을 들고 모슨 사옥 계단을 내려오는 한 신사를 보고 다소 의외라고 생각했다. 수상한 눈치를 챈 경사는 그 신사를 뒤따라갔고, 폴록 순경의 도움을 받아 필사적으로 저항하는 사내를 제압한

후 체포하는 데 성공했다. 그리고 대담한 강도 범죄가 일어났다는 사실이 즉시 밝혀졌다. 광산과 여타 회사들이 발행한 거액의 유가 증권과 함께 10만 파운드에 가까운 미국 철도 채권이 여행 가방에서 발견되었다. 모슨 사옥 내부를 수색하자, 가엾은 경비원의 시신이 가장 큰 금고 안에 웅크린 채 처박혀 있었다. 터슨 경사가 즉각적인 조치를 취하지 않았다면 시신은 월요일 아침까지 발견되지 않았을 것이다. 경비원의 두개골은 뒤에서 날아온 부지깽이에 가격당해 부서져 있었다. 베딩턴이 건물 안에 뭔가 놔두고 온 척하고 다시 들어가 경비원을 살해하고, 재빨리 가장 큰 금고를 샅샅이 뒤져 훔친 물건을 들고 달아난 것이 틀림없다. 현재 확인된 바로는 평소 함께 범행을 저지르던 베딩턴의 형은 이번 사건에 모습을 드러내지 않았으나, 경찰은 그자의 소재 파악까지 포함해 활발히 수사를 진행하고 있다.

"자, 그 문제에 대해서는 우리가 경찰의 수고를 약간 덜어줄 수 있을 거야." 홈즈가 창가에 몸을 웅크리고 있는 초췌한 사람을 힐끗 쳐다보며 말했다. "왓슨, 인간의 본성은 기묘한 혼합체야. 아무리 악한이나 살인자라도 목숨이 위태로워지니까 형이 자살을 시도할 정도로 애착을 불러일으키니 말이야. 하지만 우리가 할 일에 대안이란 없네. 파이크로프트 씨, 경찰을 불러주십시오. 왓슨 선생과 나는 여기를 지키고 있겠습니다."

5
글로리아 스콧호

"왓슨, 여기 문서가 몇 가지 있어." 내 친구 셜록 홈즈가 말했다. 어느 겨울밤, 우리가 벽난로 양쪽에 앉아 있을 때였다. "자네가 훑어볼 만한 가치가 있을 거라고 생각하네. 이 문서들은 기이했던 글로리아 스콧호 사건에 관한 문서들이고, 이건 편지야. 치안판사 트레버 씨가 이걸 읽고 두려워 떨다가 결국 사망했지."

홈즈는 서랍에서 빛바랜 작은 원통을 꺼내 끈을 푼 다음, 반 장 크기의 회색 종이에 갈겨 쓴 짧은 편지를 내게 건넸다.

> 일이 런던의 사냥터에서 틀어졌다. 사냥터 책임자인 허드슨이 내 생각에 전부 명령을 받아 밝혔다. 파리잡이 끈끈이를 필사적으로 암꿩에게 걸어주고 달아나라.

이런 수수께끼 같은 편지를 읽고 고개를 들자, 홈즈는 내 표정을 보고 낄낄거리며 재미있어 했다.

"좀 어리둥절한 표정이군." 홈즈가 말했다.

"어떻게 이런 편지가 공포를 불러일으켰는지 알 수가 없네. 무섭다기보다는 우스꽝스러운걸."

"맞아. 그렇다 해도 건강하고 원기 왕성했던 노인이 마치 권총 손잡이에 맞은 것처럼 털썩 쓰러졌다는 사실은 변함없지."

"자네가 내 호기심을 자극하는군." 내가 말했다. "그런데 방금 전에 왜 내가 이 사건을 연구해야 하는 특별한 이유가 있다고 말했나?"

"내가 맡은 첫 번째 사건이기 때문이지."

나는 내 친구가 어떤 계기로 범죄 연구에 전념하게 되었는지를 알아내려고 여러 차례 물어봤지만, 우스갯소리로 대답을 피해버리는 바람에 한 번도 제대로 듣지 못했다. 이제 홈즈는 안락의자에 앉아 무릎 위에 문서들을 펼쳐놓았다. 그러고는 파이프에 불을 붙여 담배를 피우더니 문서를 넘겨보았다.

"내가 빅터 트레버에 대해 이야기한 적 없지?" 홈즈가 물었다. "내가 대학에 다니던 두 해 동안 사귄 유일한 친구였지. 나는 사람들과 어울리기 좋아하는 편이 아니었어, 왓슨. 오히려 항상 방에 틀어박혀 나만의 사고 방법을 고안해내는 걸 좋아해서 동급생들과는 잘 어울리지 않았지. 펜싱과 권투 말고는 운동에 취미도 없었고, 연구 분야도 다른 친구들과 확연히 달랐어. 그래서 친구들을 접할 기회가 전혀 없었던 거야. 내가 아는 사람은 트레버뿐이었어. 그 녀석과 사귀게 된 것도 어느 날 아침 교회에 가는 길에 트레버의 불테리어가 내 발목을 붙들

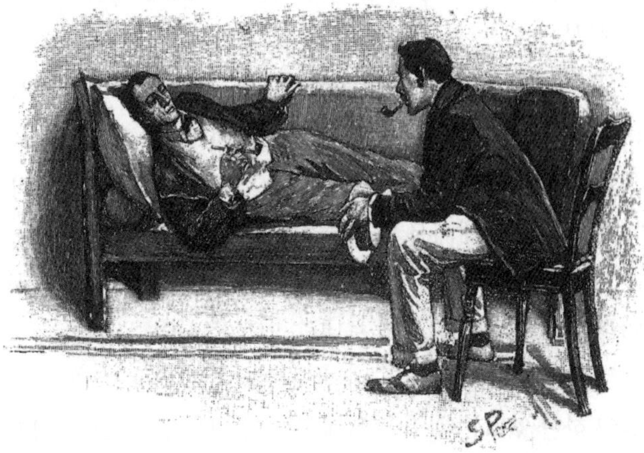

고 늘어진 뜻밖의 사고 때문이었지.

우정을 쌓는 방법치고는 따분한 편이었지만 그래도 효과는 좋았어. 나는 열흘 동안 꼼짝도 할 수 없었는데 트레버가 줄곧 병문안을 왔지. 처음에는 아주 짧은 대화만 나눴지만, 이내 방문 시간이 길어졌어. 그리고 학기가 끝나기 전 우리는 가까운 친구 사이가 되어 있었다네. 트레버는 열정적이고 혈기 왕성해서 늘 활력 넘치는 친구였고, 많은 면에서 나와는 정반대였지. 하지만 우리에게는 공통된 화제가 있었고, 트레버도 나만큼 친구가 없다는 걸 알게 되어 곧 의기투합하게 되었어. 결국 트레버가 나를 노퍽 주의 도니소프에 있는 자기 아버지 집에 초대했고, 나는 여름방학 중 한 달 동안 융숭한 대접을 받았어.

치안판사이자 지주인 트레버 씨는 재산도 많고 상당한 지위에 오른 사람임이 분명했어. 도니소프는 브로즈 지역인 랭미어의 북부에 있는 작은 마을이야. 떡갈나무 들보에 벽돌을 쌓아 지은 저택은 널찍하고 고풍스러웠어. 저택까지 나 있는 멋진 진입로에는 라임나무가 늘어서 있었지. 굉장히 좋은 낚시터도 있었고, 늪지대에는 훌륭한 야생 오리 사냥터도 있었어. 듣기에 예전 주인에게서 넘겨받았다는 작지만 알찬 서재도 있었어. 게다가 꽤 괜찮은 요리사도 있어서, 웬만큼 까다로운 사람이라도 한 달쯤은 즐겁게 보낼 수 있는 곳이었지.

트레버 씨는 홀아비였고, 내 친구는 외아들이었어.

딸이 하나 있었는데, 버밍엄에 갔다가 디프테리아로 사망했다더군. 트레버 씨는 대단히 흥미로운 사람이었어. 교양 있는 편은 아니었지만, 육체적으로나 정신적으로 단단한 기운이 넘쳤지. 그리고 책에 대해서는 아는 게 없었지만, 두루 여행을 해서 세상 물정에 밝았어. 배운 건 전부 잊어버리지 않더군. 부스스한 회색 머리에 풍채는 땅딸막하고 건장했어. 얼굴은 갖은 풍상을 겪은 듯 거무스름했고, 파란 눈은 사납게 보일 정도로 날카로웠지. 하지만 인정 많고 너그럽다고 소문이 자자했고, 판사로서 형량도 아주 관대하게 선고하는 것으로 유명했어.

내가 그곳에 간 첫날 저녁, 함께 식사를 하고 포트와인을 마시며 둘러앉아 있을 때였어. 내 친구 트레버가 이미 체계가 잡혀 있던 내 관찰과 추리 습관에 대해서 이야기를 꺼냈어. 그런 습관이 내 인생에서 어떤 역할을 할지 제대로 알지 못하던 때였지만 말이야. 노인은 내가 가진 한두 가지 대단치 않은 재주를 아들이 과장하고 있다고 생각하는 것 같았어.

'자, 그럼, 홈즈 군.' 트레버 씨가 유쾌하게 웃으며 말했어. '나는 훌륭한 연구 대상일 거야. 자네가 나를 보고 뭔가 추리할 수 있다면 말일세.'

'그리 많지는 않은 것 같아요.' 내가 대답했지. '지난 1년 동안 개인적으로 공격받지나 않을까 줄곧 걱정하셨던 것 같아요.'

트레버 씨의 입가에서 웃음이 사라지더니 굉장히 놀란 표정으로 나를 빤히 쳐다보더군.

'분명한 사실일세. 너도 알고 있잖니, 빅터.' 트레버 씨가 자기 아들을 돌아보며 말했어. '밀렵 조직을 소탕했을 때 그놈들이 우리를 찔러 죽이겠다고 협박했지. 그리고 에드워드 호비 경은 실제로 습격을 받았지. 그 후로 항상 경계를 늦추지 않았어. 홈즈 군, 자네가 그걸 어떻게 알았는지 모르겠군.'

'굉장히 멋진 지팡이를 가지고 계시잖아요.' 내가 대답했어. '거기 새겨진 글을 보고 가지고 다니신 지 일 년도 지나지 않았다는 사실을 알았습니다. 그런데 지팡이 손잡이에 공을 들여 구멍을 내고 녹인 납을 부어 넣어 강력한 무기로 만드셨더군요. 위험한 상황이 닥칠까 염려하지 않았다면 그런 예방책을 마련하지도 않았을 거라고 생각했습니다.'

'또 다른 건 없나?' 트레버 씨가 빙그레 웃으며 묻더군.

'한창때 권투를 많이 하셨군요.'

'또 맞혔군. 그건 또 어떻게 알았나? 내 코가 맞아서 약간 삐

뚫어졌나?'

'아닙니다.' 내가 말했지. '귀를 보고 알았습니다. 눈에 띄게 납작하고 두꺼워서 권투를 한 사람임을 알 수 있었습니다.'

'또 다른 것도 있나?'

'굳은살을 보니 채광 일을 많이 하셨네요.'

'내 돈은 전부 금광에서 번 거지.'

'뉴질랜드에서 지내신 적이 있군요.'

'그것도 맞네.'

'일본에 다녀오신 적도 있고요.'

'맞아, 사실일세.'

'그리고 이니셜이 J. A.인 사람과 아주 가까웠는데, 나중에는 모조리 잊어버리려고 애를 쓰셨군요.'

트레버 씨는 의자에서 천천히 일어나 내게서 커다란 푸른색

눈동자를 떼지 못하더군. 이상할 정도로 흥분해서 나를 뚫어져라 쳐다보는 거야. 그러다가 앞으로 엎어져서 식탁보에 흩어져 있던 견과류 껍질에 얼굴을 박고 의식을 잃었어.

내 친구 트레버와 내가 얼마나 놀랐을지 상상할 수 있을 거야. 하지만 발작 증세는 오래가지 않았어. 우리가 트레버 씨의 목깃을 풀고, 손가락 씻는 그릇에 담긴 물을 얼굴 위에 뿌렸더니 한두 번 숨을 헐떡거리다 일어나 앉으셨거든.

'오, 이런.' 트레버 씨가 애써 웃음을 보이며 말했어. '놀라게 한 게 아니라면 좋겠구나. 내가 건강해 보여도 심장이 약한 편이라 별일 아닌데도 쓰러질 때가 있단다. 홈즈 군, 자네가 어떻게 알아냈는지 모르겠네만, 현실에나 공상 속에 존재하는 모든 탐정들이 자네 앞에서는 애송이가 될 것 같군. 자네는 탐정이 천직이야. 세상을 좀 아는 노인네의 말을 새겨듣게.'

왓슨, 믿을지 모르겠네만 트레버 씨의 권고는 내 능력을 과대평가해서 꺼낸 말이었어. 하지만 나는 그 말 덕분에 그때까지 취미에 불과했던 일을 직업으로 삼을 수도 있겠다는 생각을 처음으로 하게 됐어. 하지만 당시에는 트레버 씨가 갑작스럽게 쓰러진 게 걱정돼서 딴생각을 할 겨를이 없었지.

'제가 가슴 아픈 얘기를 꺼낸 건가요?' 내가 말했어.

'글쎄, 자네가 다소 민감한 부분을 건드린 건 확실해. 어떻게 알았는지, 그리고 얼마나 아는지 물어봐도 되겠나?' 트레버 씨는 이제 반농담조로 말했어. 하지만 두 눈에는 여전히 두려워하는 기색이 가득했어.

'그건 간단합니다.' 내가 말했어. '소매를 걷어붙이고 물고기를 배 안으로 끌어당길 때 팔꿈치 안쪽에 J. A.라는 문신이 새겨진 걸 봤습니다. 글자는 아직 알아볼 수 있을 정도였지만, 흐릿해진 데다 주변 피부가 얼룩진 걸로 봐서 지우려고 애쓰신 게 분명했습니다. 그렇다면 그 이니셜들은 한때 허물없는 사람의 이름인데, 나중에는 잊고 싶어 하셨다는 걸 대번에 알 수 있었습니다.'

'관찰력이 대단하군!' 트레버 씨가 안심한 듯 한숨을 내쉬며 소리쳤어. '자네가 말한 대로야. 하지만 그 이야기는 하지 않기로 하세. 온갖 유령 중에서도 옛사랑의 망령이 제일 반갑지 않은 법이지. 당구실에 가서 차분히 시가나 피우자고.'

그날 이후에도 트레버 씨는 나를 따뜻하게 대해주기는 했지만, 태도를 보면 항상 수상쩍어한다는 느낌을 받았어. 내 친구조차도 이렇게 말했어. '자네가 우리 대장을 많이 놀라게 했나 봐. 아버지는 자네가 무엇을 알고 무엇을 모르는지 절대 자신할 수 없을 거야.' 트레버 씨 자신은 드러내 보일 생각은 없었겠지만, 마음에 공고하게 자리한 생각이 행동 하나하나에 그대로 나타난 게 확실해. 결국 내가 트레버 씨를 불안하게 만들었다는 사실을 확신하고 떠나기로 결정했지. 하지만 떠나기 전날 사건이 벌어졌어. 나중에 알고 보니 아주 중요한 사건이었어.

우리 셋은 밖으로 나가 잔디밭에 있는 정원용 의자에 앉았어. 햇볕을 쬐면서 브로즈가 건너다보이는 풍경을 감탄하며 바라보았지. 그때 하녀가 나와서 트레버 씨를 만나고 싶어 하는 사람이 현관에 와 있다고 전했어.

'이름이 뭐라고 하던가?' 트레버 씨가 물었지.

'가르쳐주지 않으세요.'

'그럼 원하는 게 뭐라고 하던가?'

'주인님이 자기를 잘 아신다더군요. 잠깐 이야기를 나누고 싶을 뿐이래요.'

'여기로 안내해주게.' 잠시 뒤 주름이 쪼글쪼글한 한 남자가 굽실거리는 태도로 비틀비틀 걸어왔어. 소매에 타르 얼룩이 묻은 윗옷은 풀어 헤쳐져 있었고, 안에는 빨강과 검정 체크무늬 셔츠와 거친 무명천으로 만든 작업복 바지를 입었으며, 거기다 닳아서 떨어진 묵직한 부츠를 신고 있었지. 얼굴은 여위고 볕에 그을려 거무스름한 데다 교활해 보이기까지 했어. 쉴 새 없이 웃는 통에 가지런하지 않은 누런 이가 드러나 보였지. 주름진 두 손은 뱃사람들이 그렇듯 반쯤 오므리고 있었어. 그 남자가 구부정한 자세로 잔디밭을 가로질러 오자, 트레버 씨가 딸꾹질하는 듯한 소리를 내더니 의자에서 벌떡 일어나 집 안으로 뛰어들어 가는 거야. 그러고는 잠시 뒤 돌아왔지. 트레버 씨가 나를 지나칠 때 브랜디 냄새가 심하게 나더군.

'어, 자네, 무슨 용건인가?' 트레버 씨가 말했어.

선원은 눈살을 찌푸리며 트레버 씨를 쳐다보고 서 있었어. 여전히 웃느라 입을 다물지 못했지.

'나를 모르슈?' 선원이 물었어.

'알다마다. 허드슨이 아닌가.' 트레버 씨가 놀란 듯이 말했어.

'허드슨 맞구먼요, 선생님.' 선원이 말하더군. '아, 마지막으로 얼굴 본 지가 30년도 더 됐네유. 당신은 이런 집에 살고, 나는 지금도 소금통에 절인 고기를 꺼내 먹어요.'

'쯧쯧, 내가 옛정을 잊지 않았다는 걸 알 걸세.' 트레버 씨가 큰 소리로 말하더니 선원에게 다가가 나지막하게 뭐라고 말했어. '부엌으로 가세.' 트레버 씨는 그 뒤부터 계속 큰 소리로 말했지. '먹을거리도 있고 마실 거리도 있을 거야. 그리고 일자리도 알아봐 주지.'

'고맙기도 하셔라.' 선원이 머리를 조아리며 말했어. '8노트

짜리 화물선에서 두 해를 일하고 방금 내렸수다. 일손이 딸리는 배라 죽어라 일만 했죠. 이제 쉬고 싶네요. 베도스 씨나 당신한테 오면 쉴 수 있을 거라 생각했죠.'

'아!' 트레버 씨가 소리쳤어. '자네 베도스 씨가 어디 사는지도 알고 있나?'

'그럼요, 선생님. 옛 친구들이 어디 사는지 전부 알고 있죠.' 그 사람은 음흉한 미소를 지으며 말했지. 그러고는 구부정하게 걸으며 하녀를 따라 부엌으로 들어갔어. 트레버 씨는 광산일을 하러 갈 때 그 사람과 한배를 탔다는 얘기를 우리에게 웅얼거리듯 말하더니, 우리를 잔디밭에 남겨두고 집 안으로 들어갔어. 한 시간 뒤 집 안에 들어가 보니 찾아왔던 손님은 고주망태가 되어 식당 소파에 뻗어 있었지. 이 모든 일에 꺼림칙한 느낌이 들어서 바로 다음 날 도니소프를 떠나는 게 서운하지도 않더라고. 내가 있으면 친구가 무안할 게 분명했거든.

그 모든 일은 긴 여름방학 중 첫 달에 일어난 일이었어. 나는 런던 집으로 돌아와서 7주 동안 몇 가지 유기화학 실험을 하면서 지냈어. 그런데 가을이 눈앞에 다가와 방학이 거의 끝나갈 무렵의 어느 날, 내 친구가 전보를 보내 도니소프로 돌아와 달라고 부탁하더군. 내 조언과 도움이 정말 필요하다고 하면서 말이야. 당연히 만사를 제쳐두고 다시 북부로 향했지.

친구는 이륜마차를 타고 와서 역에서 나를 기다리고 있었어. 지난 두 달 동안 너무나도 견디기 어려운 시간을 보냈음을 한눈에 알아볼 수 있었지. 트레버는 수척해진 데다 근심 걱정에 시달린 기색이 역력했어. 예전의 쾌활하고 힘찼던 모습을 잃어버린 거지.

'우리 대장이 돌아가실 것 같아.' 트레버가 처음으로 꺼낸 말이었어.

'무슨 소리야!' 내가 소리쳤지. '어떻게 된 건데?'

'중풍이야. 정신적인 충격을 받으신 거지. 온종일 사경을 헤매고 계셔. 집에 도착했을 때 살아 계실지 모르겠어.'

왓슨, 자네도 예상하겠지만 나는 뜻밖의 소식에 크게 충격을 받았어.

'대체 무엇 때문에 충격을 받으신 거야?' 내가 물었어.

'아, 그 점이 중요해. 올라타. 가면서 이야기해줄게. 자네가 떠나기 전날 밤 우리 집에 찾아온 남자 기억하지?'

'또렷이 기억하지.'

'그날 우리가 집 안에 들인 자가 어떤 사람인지 알아?'

'나야 모르지.'

'그자는 악마였어, 홈즈.' 내 친구가 소리쳤어.

나는 놀라서 트레버를 빤히 쳐다보았어.

'그래, 그자는 악마였어. 그 후 한시도 조용한 때가 없었어. 대장은 그날 저녁부터 가슴도 한번 제대로 못 펴더니 지금은 심신이 쇠약해져 목숨까지 날아가게 생겼어. 이게 다 괘씸한 허드슨 그자 때문이야.'

'대체 그자에게 무슨 힘이라도 있기에?'

'내가 정말 알고 싶은 게 바로 그거야. 인정 많고 너그러우며 선량한 우리 대장이! 어쩌다가 아버지가 그런 불한당의 마수에 걸려들었는지! 어쨌든 자네가 와줘서 정말 기뻐. 나는 자네의 판단력과 신중함을 믿어. 자네라면 어떻게 해야 좋을지 내게 조언해줄 수 있을 거야.'

우리는 깨끗하게 잘 닦인 시골길을 서둘러 달리고 있었어. 길을 따라 우리 앞에 펼쳐진 브로즈의 기다란 호수와 늪은 저무는 해가 만든 붉은 노을에 반짝였어. 대지주의 거처를 상징하는 높은 굴뚝과 깃대가 왼편에 있는 작은 숲 위로 보이기 시작했지.

'아버지는 그 작자를 정원사로 채용했어.' 내 친구가 말했어. '그랬다가 허드슨이 마음에 들어 하지 않자 집사로 승진시켰지. 그자가 우리 집을 좌지우지하는 것만 같았어. 집 안을 휘젓고 다니며 자기가 하고 싶은 대로 하는 거야. 하녀들이 허드슨의 술버릇과 상스러운 말투에 불만을 토로하자, 아버지는 모두의 급료를 올려 애로 사항을 보상해주셨어. 그 작자는 보트를 타고 나가기도 하고, 아버지의 가장 좋은 총을 들고 소소한 사냥 여행을 즐기기도 했어. 그럴 때마다 건방진 얼굴에 곁눈으로 흘겨보면서 빈정거리기까지 했다니까. 그놈이 내 또래였다면 스무 번은 넘게 때려눕혔을 거야. 홈즈, 정말이지 지금까지 내내 참아야 했어. 그런데 지금은 그게 잘한 짓이었나 싶어. 참지 않는 게 현명한 방법이었을지도 몰라.

아무튼 상황은 갈수록 나빠졌고, 그 짐승 같은 허드슨은 점점 더 주제넘게 나서기 시작했지. 그러다 결국에는 내 눈앞에서 아버지를 무례하게 대하는 걸 보고 그놈의 어깨를 붙들어 방에서 내쫓았어. 새파랗게 질린 얼굴로 슬그머니 내뺐지만, 악의에 찬 두 눈은 입으로 하는 것보다 더 무섭게 우리를 위협했어. 이후 가엾은 아버지와 그 작자 사이에 무슨 일이 있었는지는 모르지만, 이튿날 아버지가 오셔서 허드슨에게 사과하지 않겠느냐고 물으시는 거야. 자네 짐작대로 사과하지 않겠다고 했어. 그리고 그렇게 염치없는 놈이 아버지와 온 집안사람들에게 제멋대로 구는데도 어떻게 내버려 둘 수 있느냐고 따졌지.

'얘야.' 아버지가 말씀하셨지. '네 입장에서는 그렇게 말할 수 있지만, 너는 아버지가 어떤 상황에 처했는지 모르잖니. 하지만 곧 알게 될 거다, 빅터. 무슨 일이 있더라도 나중에 꼭 말해주마. 얘야, 가엾은 늙은 아비를 나쁜 사람으로 생각하지 않을 거지?' 아버지는 마음이 많이 아프신지 종일 서재에 틀어박혀 나오지 않으셨어. 창문으로 보니 바쁘게 글을 쓰고 계셨어.

그날 저녁 속이 후련해질 것 같은 일이 생겼어. 허드슨이 떠나겠다고 한 거야. 우리가 저녁 식사를 하

고 식당에 앉아 있는데, 그자가 들어오더니 거나하게 취해서 쉰 목소리로 떠나겠다고 말하더군.

'노퍽은 이제 싫증났수다.' 허드슨이 말했어. '햄프셔의 베도스 씨한테나 가봐야겠수. 그 양반도 나를 보면 당신만큼이나 반가워할 거요.'

'불쾌해서 떠나는 건 아니지, 허드슨? 그러길 바라네.' 아버지가 그 작자의 기분을 살피듯 말하자 피가 거꾸로 솟더군.

'아직 사과를 받지 못하긴 했죠.' 허드슨은 기분이 언짢은 듯이 말하고는 내 쪽을 흘낏 쳐다보더군.

'빅터, 이분께 무례하게 행동한 걸 인정하지?' 아버지가 나를 돌아보며 말씀하셨지.

'그 반대예요. 우리 둘 다 대단한 인내심을 보여주었다고 생각해요.' 내가 대꾸했어.

'오, 그래? 그렇단 말이지?' 허드슨이 으르렁거리듯 말했어. '친구, 좋아. 어디 두고 보자고!'

허드슨은 구부정한 자세로 방에서 걸어나갔고, 30분 뒤 집을 떠났어. 아버지는 딱하게도 안절부절못하시더군. 그 후 매일 밤 아버지가 방 안에서 서성거리는 소리가 들렸어. 그러다가 아버지가 자신감을 되찾았을 즈음 기어이 일이 터지고 말았어.

'어떤 일이?' 내가 초조하게 물었어.

'그 방식도 여간 기묘하지 않아. 어제저녁 아버지 앞으로 포딩브리지 소인이 찍힌 편지가 한 통 도착했어. 아버지는 그 편지를 읽으시더니 양손으로 머리를 움켜잡고는 약간 얼빠진 사람처럼 방 안을 맴도시더군. 마지못해 아버지를 소파에 끌어다 앉혔는데, 그때는 이미 입과 눈꺼풀이 모두 한쪽으로 돌아간 뒤였어. 뇌졸중이 일어났다는 걸 알았지. 포덤 박사가 바로 달려와 아버지를 침대에 눕혔지만, 마비가 심해져 의식이 돌아올 기미가 보이지 않더군. 그래서 아버지가 돌아가신 건 아닌가 생각하는 거야.'

'트레버, 나를 겁먹게 만드는군!' 내가 외쳤어. '그런데 도대체 편지에는 뭐라고 쓰여 있었길래 그런 끔찍한 일이 벌어진 거야?'

'별것 아니야. 정말 이해가 안 돼. 편지 내용은 시시하고 우스꽝스러웠어. 세상에, 내가 걱정했던 일이 생길 줄이야!'

트레버가 이야기하는 동안 진입로의 굽은 길을 돌아가자 희미한 불빛이 새어 나오는 집이 나왔는데, 집 안의 커튼을 전부 내렸더군. 이미 내 친구는 슬픔에 못 이겨 부들부들 떨고 있었지. 그대로 현관까지 전속력으로 달려가자 검은 옷을 입은 신사가 현관에서 나오더군.

'언제 그러셨나요, 박사님?' 트레버가 물었어.

'자네가 나간 바로 직후였네.'

'의식이 돌아왔었나요?'

'운명하시기 전에 잠깐 정신을 차리셨어.'

'제게 남기신 말은요?'

'일본 장식장의 검은 서랍 안에 편지가 있다고만 하셨네.'

의사와 함께 내 친구가 아버지가 임종하신 방으로 올라갔고, 그동안 나는 서재에 남아 그간의 일을 가만히 생각하고 또 생각해봤어. 그렇게 암담한 기분은 생전 처음이었어. 권투 선수이자 여행가였던, 그리고 금광을 찾아다녔던 트레버 씨의 과거에 무슨 일이 있었던 걸까? 왜 심술궂은 얼굴을 한 선원의 손바닥 안에서 오도 가도 못한 걸까? 또 자신의 팔에 반쯤 지워진 이니셜을 언급하자 정신을 잃고, 포딩브리지에서 보낸 편지를 보고 놀란 나머지 결국 죽음에 이른 이유는 무엇일까? 그러다 포딩브리지가 햄프셔에 있다는 사실이 떠올랐어. 그리고 그 선원이 찾아가서 협박했을 거라고 짐작되는 베도스 씨라는 사람이 햄프셔에 산다는 말을 들은 기억이 떠오른 거야. 그러니까 그 편지는 허드슨이라는 선원이 보낸 편지로, 떳떳하지 못한 비밀을 폭로한 내용일 수도 있지. 아니면 베도스가 보낸 편지로, 비밀 폭로가 임박했다고 공모자에게 경고하는 내용일 수도 있었어. 여기까지는 분명한 듯했어. 그런데 내 친구는 왜 편지 내용이 시시하고 우스꽝스럽다고 했을까? 친구가 잘못 해석한 것이 틀림없었어. 만약 내 생각이 맞는다면, 편지는 겉보기와 다른 뜻이 숨어 있는 잘 고안된 암호문이 분명했지. 나는 그 편지를 봐야만 했어. 그 편지에 숨겨진 뜻이 있다면 알아낼 수 있다는 자신이 있었거든. 한 시간 동안 어두컴컴한 서재에 앉아서 곰곰이 생각했어. 그러다 눈물을 흘리는 하녀가 램프를 들고 들어왔고, 바로 뒤따라서 내 친구 트레버가 핏기 없지만 차분한 모습으로 편지를 손에 들고 들어왔

지. 지금 바로 내 무릎에 놓여 있는 이 편지를 말이야. 트레버는 내 앞에 앉아서 램프를 탁자 가장자리로 끌어다 놓고, 휘갈겨 쓴 이 짧은 편지를 나한테 건네줬네. 자네가 보는 대로 회색 종이 한 장에 적은 거지.

> 일이 런던의 사냥터에서 틀어졌다. 사냥터 책임자 허드슨이 내 생각에 전부 명령을 받아 밝혔다. 파리잡이 끈끈이를 필사적으로 암꿩에게 걸어주고 달아나라.

이 편지를 처음 읽었을 때 내 표정도 아마 조금 전 자네 얼굴만큼이나 어리둥절하게 보였을 거야. 다시 집중해 읽어보니 분명히 내가 생각한 대로였어. 단어를 기묘하게 짜 맞춰놔서 남의 눈에 띄지 않는 의미가 숨겨져 있는 게 틀림없었지. 그게 아니라면 '파리잡이 끈끈이'나 '암꿩' 같은 구절에 미리 약속된 뜻이 있는 것도 가능했지. 그렇다면 당사자들끼리 정하는 것이라 무슨 수를 써도 추리할 수 없는 거야. 그렇지만 그렇게 믿고 싶지는 않았어. 그리고 '허드슨'이라는 단어가 있는 것으로 보아 편지 내용은 내 추측과 맞아떨어지고, 편지는 선원이 아니라 베도스가 보냈다는 사실을 알려주는 것 같았지. 편지를 뒤에서부터 거꾸로 읽어도 봤지만 전혀 말이 안 되더군. 그래서 단어를 하나씩 걸러서 읽어봤는데, 역시 실마리가 될 가능성은 없었네.

그러다 문득 수수께끼의 열쇠를 찾아냈지. 첫 단어부터 두 단어씩을 건너뛰고 읽으면 트레버 씨를 절망에 빠지게 할 만한 내용이 된다는 걸 알았지.

그것은 짧고 간결한 경고문이었어. 나는 그걸 친구에게 읊어주었지.

'일이 틀어졌다. 허드슨이 전부 밝혔다. 필사적으로 달아나라.'

빅터 트레버는 떨리는 두 손에 얼굴을 파묻었어. '그게 틀림없을 거야.' 트레버가 말했어. '그 말대로 치욕을 당한다면 차라리 죽는 게 나을지도 몰라. 그런데 '파리잡이 끈끈이'와 '암꿩'은 무슨 뜻일까?'

'이 내용에는 아무런 의미가 없어. 하지만 우리가 발신인을 밝힐 방도가 없을 때는 많은 단서를 줄 거야. 그 사람이 '일이… 틀어졌다… 허드슨이…'라고 먼저 써놓고 나머지 메시지를 썼다는 건 알겠지? 그런 다음 쓸모없는 암호를 채워 넣은 거야. 각 공간에 아무 단어나 두 개씩 말일세. 자연스럽게 제일 먼저 떠오르는 단어를 쓴 거지. 단어 가운데 사냥과 관련된 단어가 이렇게 많다면 평소 사냥을 열렬히 좋아하는 사람이거나 동물 사육에 관심이 많은 사람이라고 볼 수 있어. 그 베도스라는 사람에 대해서 아는 거 없어?'

'글쎄, 자네가 그렇게 말하니까.' 트레버가 말했어. '가엾은 아버지가 매년 가을에 베도스의 사냥터에 초대를 받으셨던 게 기억나.'

'그럼 의심할 여지 없이 그 사람이 보낸 편지로군.' 내가 말했지. '남은 문제는 허드슨이라는 선원이 명망 높고 부유한 두 사람을 협박한 비밀이 무엇인지 알아내는 것뿐이야.'

'아아, 홈즈. 치욕스러운 죄와 관련된 일인 것 같아!' 트레버가 외쳤어. '하지만 자네에게는 감추고 싶지 않아. 이걸 좀 봐. 허드슨이 사실을 폭로해 위험한 일이 닥쳐올 걸 아시고 아버지가 쓴 글이야. 의사에게 남기신 말대로 일본 장식장에서 찾았어. 자네가 좀 읽어주게. 직접 읽을 기운도 용기도 없어.'

이게 바로 트레버가 내게 건네준 기록이야, 왓슨. 그날 밤 오래된 서재에서 내 친구에게 읽어주었듯 자네에게도 읽어주겠네. 자네가 보는 대로 겉봉에는 이렇게 쓰여 있어. '범선 글로리아 스콧호의 항해에 대한 진실. 1855년 10월 8일에 팰머스를 떠나 11월 6일 북위 15도 20분, 서경 25도 14분 지점에서 침몰할 때까지.' 편지 형식인데 이런 내용이야.

'사랑하고 소중한 아들아, 내 인생의 말년에 어두운 그림자가 드리워 치욕당할 날이 다가오기 시작하니, 이제야 진실하고 솔직하게 쓸 수 있게 되었구나. 법이 두려워서도 아니고, 이 고장에서 내가 가진 지위를 잃게 되어서도 아니고, 나를 아는 모든 사람들 눈앞에서 몰락하게 되어서도 아니란다. 지금 내 마음이 사무치게 아픈 이유는 나를 사랑하고 존경할 줄밖에 모르던(그랬기를 바란다) 네가 나로 인해 부끄러워질까 싶어서다. 하지만 평생 내 머리 위에 드리워져 있던 불행이 나를 덮치면, 네가 이 글을 읽어주기를 바라며 쓴다. 내가 얼마나 비난받아야 하는지 나한테서 직접 들어야 하니까 말이다. 그렇지만 모든 일이 잘 해결되었을 때(전능하신 주가 허락해주시기를!), 혹시라도 이 글이 파기되지 않고 네 수중에 들어간다면 불 속에 던져버리고 두 번 다시는 생각하지도 말기를 당부한다. 네가 신성시하는 모든 것, 네 사랑하는 어머니의 추억에 맹세코, 우리 부자지간의 사랑을 걸고 약속해다오.

그런데도 지금 네가 이 부분을 계속 읽는다면 내 정체가 드러나 집에서 끌려나갔겠지. 그게 아니라 더 있음직한 일은 내가 죽어서 영원히 입을 닫았을 수도 있겠구나. 너도 내 심장이 약하다는 걸 알고 있잖니. 어느 경우라도 진실을 은폐할 시간은 지났고, 다만 용서를 빌며 맹세하건대 내가 하는 모든 말은 꾸밈없는 사실이다.

사랑하는 아들아, 내 이름은 트레버가 아니란다. 젊은 시절

내 이름은 제임스 아미티지였단다. 몇 주 전 네 대학 친구가 내 비밀을 발견했다고 암시하는 듯 말했을 때 내가 얼마나 충격을 받았을지 이제 이해할 수 있을 거야. 나는 아미티지라는 이름으로 런던의 한 은행에 들어갔고, 법을 어겨 유죄판결을 받고 유배형을 선고받았단다. 아버지를 나쁜 사람이라고 생각하지 말아다오, 얘야. 내게는 이른바 무증서 채무라는 도의적으로 갚아야 할 돈이 있었는데, 그걸 갚느라고 공금을 썼단다. 손실액이 있다는 사실이 들통 나기 전에 돌려놓을 수 있다고 확신했거든. 하지만 가장 끔찍한 불운이 나를 덮치고 말았단다. 예상하고 있던 돈은 수중에 들어오지 않고, 회계 감사가 너무 빨리 시작되는 바람에 돈이 부족하다는 사실이 드러난 거지. 관대하게 처리될 수도 있는 사건이었지만, 30년 전에는 법이 지금보다 가혹하게 집행되었단다. 서른세 번째 생일에 나는 사슬에 매인 중죄인으로 37명의 죄수들과 함께 오스트레일리아행 범선 글로리아 스콧호의 갑판 사이에 실린 처지가 되었지.

1855년은 크림 전쟁이 한창일 때라, 원래 죄수 호송선으로 쓰였던 배들은 흑해에서 수송선으로 사용되고 있었어. 그래서 정부는 어쩔 수 없이 크기도 작고 부실한 배로 죄수를 실어 나를 수밖에 없었단다. 글로리아 스콧호는 중국 차 무역에 쓰였는데, 뱃머리가 무겁고 선체가 넓은 구식 배라 새로운 쾌속 범선에 밀려났지. 500톤 규모의 배에 38명의 죄수 외에 선원 26명, 병사 18명, 선장 1명, 항해사 3명, 의사 1명, 목사 1명, 교도관 4명이 타고 있었어. 그러니까 팰머스에서 출항할 때 통틀어 거의 100명 가까운 사람들이 타고 있었단다.

감방 사이에 있는 칸막이벽은 죄수 호송선에 보통 쓰이는 두꺼운 떡갈나무가 아니어서 얄팍하고 부서지기 쉬웠어. 배 후미 쪽에 있던 내 감방 바로 옆에는 우리가 부두로 끌려갈 때 유난히 눈길을 끌던 사람이 갇혀 있었어. 그 청년은 수염도 없이 깨끗한 얼굴에 코는 홀쭉하고 턱은 호두까기 인형처럼 생겼지. 고개를 바짝 쳐들고 의기양양하게 으스대며 걷는 데다 무엇보다도 예사롭지 않은 키 때문에 눈에 띄었어. 우리 중에 그 청년의 어깨높이만큼 키가 큰 사람도 없었을 거다. 줄잡아 키가 2미터 정도는 됐을 거야. 처량하고 지친 얼굴만 가득한 배 안에서 당차고 활력이 넘치는 사람을 보는 건 묘한 일이었지. 눈보라 속에서 횃불을 발견한 것 같은 심정이랄까. 청년이 내 옆방에 있다는 사실을 알고 반가웠지. 그리고 한밤중에 청년이 내 귓가에 소곤거리는 소리가 들리자 더욱 반가웠지. 청년이 판자에 틈새를 만들었던 거야.

'어이, 친구!' 청년이 말했어. '이름이 뭐야? 왜 여기 끌려왔어?'

나는 대답한 후 같은 질문을 했지.

'난 잭 프렌더개스트야.' 청년이 말했어. '신께 맹세코, 내 이름을 부르고 나와 알게 된 걸 감사하게 될 거야.'

프렌더개스트가 저지른 사건에 대해 들은 적이 있었단다. 내가 체포되기 얼마 전에 온 나라를 떠들썩하게 만든 사건이었거든. 프렌더개스트는 좋은 집안에서 태어나 훌륭한 재능이 있었지만 구제 불능인 나쁜 버릇이 배어, 기발한 사기 수법으로 내로라하는 런던의 상인들에게서 거액을 가로챈 사람이었지.

'하하! 내 사건을 기억하는군!' 프렌더개스트가 뻐기면서 말했어.

'아주 잘 알지.'

'그럼 그 사건의 미심쩍은 부분도 기억하겠군?'

'뭐가 말인가?'

'나는 거의 25만 파운드를 가지고 있었어, 그렇지?'

'그렇다고들 하더군.'

'하지만 한 푼도 되찾지 못했어. 안 그래?'

'그랬지.'

'그럼 남은 돈은 어디 있을 것 같나?' 프렌더개스트가 물었어.

'나야 모르지.' 내가 말했어.

'내 엄지손가락과 집게손가락 사이에 있지.' 프렌더개스트가 외쳤어. '신께 맹세코, 자네 머리카락보다 더 많은 돈이 내 수중에 있어. 이보게, 돈이 있고, 관리하고 분배하는 방법만 알면 무엇이든 할 수 있어. 자, 뭐든 다 할 수 있는 사람이 곰팡내 나는 낡아 빠진 중국 연안선, 그것도 쥐와 바퀴벌레가 득실거리고 악취를 풍기는 화물칸에 바지가 해지도록 앉아 있을 거라고 생각하지는 않겠지? 암, 그럼 안 되지. 그런 사람은 자신도 돌보고 친구들도 돌볼 줄 알지. 틀림없어! 그런 사람에게 의지하라고. 그 사람이 처음부터 끝까지 자네를 책임질 거라고 믿어도 될 거야.'

프렌더개스트의 말은 언제나 그런 식이었어. 처음에 나는 별 의미 없는 말이라고 생각했단다. 하지만 얼마 뒤 프렌더개스트가 나를 시험하더니 엄숙하게 온갖 맹세를 하게 하더구나. 그러고는 배를 탈취할 계획을 털어놓았어. 12명의 죄수들이 배에 타기 전에 이미 계획을 짜두었다는 거야. 프렌더개스트가 주동자였는데, 그게 다 그 친구가 가진 돈 때문이었지.

'협력자가 한 명 있어.' 프렌더개스트가 말했어. '총신에 달린 개머리판만큼이나 믿음직한 아주 좋은 친구야. 그 친구가 돈을 가지고 있어. 지금 그 친구가 어디 있을 것 같나? 글쎄, 그 친구는 이 배의 목사야, 목사라고! 그 친구는 검은 외투를 입고 흠잡을 데 없는 신분증까지 갖고 이 배를 탔지. 그자가 가져온 트렁크에는 선체 기본 틀에서 돛대 끝까지 이 배를 모조리 사고도 남을 돈이 들어 있어. 선원들은 그자에게 몸과 마음을 바쳐 충성할 거야. 현금 할인으로 선원들을 완전히 한꺼번에 사버렸거든. 그들이 계약서에 서명하기도 전에 사버린 거지. 목사가 교도관 두 명과 이등 항해사 머리어도 매수했고, 선

장도 필요하다고 생각했다면 매수했을 거야.'

'그러면 우리는 뭘 하면 되는 건데?' 내가 물었어.

'그야 두말하면 잔소리지.' 프렌더개스트가 말했어. '군복을 재단사 솜씨보다 더 붉게 만들어줄 작정이야.'

'하지만 그들은 무장하고 있잖아.' 내가 말했어.

'그건 우리도 마찬가지야, 친구. 우리 편 모두에게 권총 두 자루씩 돌아갈 거야. 선원들이 뒤를 봐주는데도 이 배를 빼앗을 수 없다면 계집애들과 다를 바 없어. 오늘 밤 자네 왼쪽 방 친구한테 말을 해보고 믿을 수 있는 사람인지 아닌지 한번 알아보라고.'

나는 프렌더개스트의 말대로 옆방 친구에게 말을 걸었어. 그 친구는 위조범으로, 나와 별반 다를 바 없는 처지인 걸 알게 되었지. 이름은 에번즈였는데, 나중에 내가 그랬듯 이름을 바꾸고 지금은 잉글랜드 남부에서 성공한 재력가로 살고 있단다. 에번즈도 음모에 동참할 준비가 되어 있었어. 우리가 탈출할 수 있는 유일한 방법이었으니까. 결국 우리가 만을 건너기 전에 이 은밀한 계획에 끼지 않은 죄수는 두 명밖에 없었어. 한 명은 우유부단해서 믿을 수가 없었고, 나머지 한 사람은 황달에 시달려 쓸모가 없었지.

사실상 처음부터 배를 우리 손에 넣는 데 방해가 되는 장애물은 아무것도 없었어. 선원들은 이번 일을 위해 일부러 뽑은 건달들이었지. 가짜 목사는 죄수를 교화한다는 핑계로 전도용 전단이 가득 들어 있을 것 같은 검은 가방을 들고 감방에 드나

들었지. 하도 자주 와서 사흘째가 되자 누구나 쇠붙이를 자르는 줄 하나, 권총 두 자루, 화약 1파운드, 총알 20발씩을 침대 발치에 감춰두게 되었단다. 교도관 두 명은 프렌더개스트의 앞잡이였고, 이등 항해사는 오른팔이었지. 선장, 항해사 두 명, 교도관 두 명, 마틴 대위와 병사 18명, 그리고 의사만이 우리 편이 아니었어. 별 탈 없이 진행되고 있다고 해도 우리는 경계를 소홀히 하지 않았고, 야밤에 급습하기로 결정했지. 하지만 행동 개시는 우리 예상보다 빨리 찾아왔어. 사연은 이렇단다.

그러니까 출항하고 3주가 지난 어느 날 저녁이었지. 의사가 아픈 죄수를 보러 내려왔는데, 침대에 손을 넣었다가 권총 형태의 물체를 느꼈던 거야. 의사가 시치미를 뗐다면 모든 계획은 날아가 버렸을 거야. 그런데 의사는 무척이나 소심한 인물이어서, 놀라서 소리를 질렀고 얼굴이 창백해졌지. 바로 상황을 눈치챈 죄수가 의사를 붙들어 입에 재갈을 물리고 침대에 묶어놓았어. 그 죄수는 갑판으로 통하는 문을 열었고, 우리는 후다닥 한꺼번에 몰려 나갔지. 보초병 두 명을 총으로 쏘아 쓰러뜨리고, 무슨 일인지 확인하러 달려온 상병도 마찬가지로 총을 맞고 쓰러졌어. 특등실 문 앞에도 병사 두 명이 더 있었는데, 그들의 머스킷 총은 장전되어 있지 않은 모양이었어. 왜냐하면 우리에게 총을 쏴보지도 못하고 총검을 꽂으려는 사이에 우리 총에 맞았거든. 그 후 우리는 선장실로 돌진했는데, 우리가 문을 열자마자 안에서 총성이 들렸어. 선장은 탁자 위에 펼쳐놓은 대서양 해도 위에 머리를 박고 쓰러져 있었고, 그 옆에는 가짜 목사가 연기 나는 권총을 들고 서 있었어. 항해사 두 명은 선원들이 붙잡았고, 모든 일은 정리된 것처럼 보였어.

우리는 선장실 옆에 있던 특등실에 떼를 지어 들어가 긴 안락의자에 털썩 주저앉았지. 다시 자유의 몸이 되었다는 생각에 그저 정신없이 좋아서 너도나도 떠들어댔어. 특등실에는 사방에 벽장이 있었는데, 가짜 목사인 윌슨이 그중 하나를 열어서 갈색 셰리주를 한 다스 꺼냈단다. 우리가 술병을 따고 큰 잔에 부어 막 건배를 하고 있을 때였어. 예고도 없이 머스킷 총의 요란한 소리가 귀를 때렸지. 그리고 특등실은 연기로 가득 차서 탁자 건너편도 보이지 않았어. 연기가 걷히자 난장판이 따로 없었단다. 윌슨과 다른 8명들은 바닥에 포개 누워 발버둥치고 있었고, 탁자 위에는 피와 갈색 셰리주가 뒤섞여 있었어. 지금도 생각하면 구역질이 나는구나. 우리는 그걸 보고 주눅이 들었지. 프렌더개스트만 없었다면 다들 포기했을 거야. 프렌더개스트는 황소처럼 우렁찬 소리를 내며 문을 향해 돌진했고, 살아남은 사람들 모두 뒤를 따라 나갔지. 밖으로 뛰어나가자, 대위와 병사 10명이 선미루 갑판에 모여 있었어. 특등실 탁자 위의 채광창이 살짝 열려 있었는데, 놈들은 그 틈으로 우리에게 총을 발사했던 거야. 우리는 그들이 장전하기 전에 달려들었지. 그들도 남자답게 맞섰지만 우리가 우세해서 5분 만에 싸움은 끝났어. 세상에! 그 배 같은 아수라장이 또 있을까? 프렌더개스트는 격노한 악마 같았어. 마치 병사들이 어린애인 양 번쩍 들어서 뱃전 너머로 내던져 버린 거야. 살아

있든 죽었든 상관없었어. 큰 부상을 입은 병장 한 명이 뜻밖에 오랫동안 계속 헤엄치며 떠 있었지만, 그자를 불쌍히 여긴 누군가가 머리를 날려버렸지. 싸움이 끝나자 상대편에서 살아남은 사람은 교도관, 항해사 둘, 의사뿐이었단다.

그들을 두고 격한 말다툼이 벌어졌지. 나를 비롯한 여러 명은 자유를 되찾은 것만으로도 기뻐서 더 이상 살인은 원치 않았어. 머스킷 총을 든 병사들을 때려눕히는 것과 사람들이 냉혹하게 살해당하는 것을 멀쩡한 정신으로 지켜보는 건 별개의 문제였어. 다섯 명의 죄수와 세 명의 선원들은 그런 일은 없어야 한다고 말했지. 프렌더개스트와 그자에 동조하는 사람들은 의견을 바꾸지 않았어. 만약을 위해 깨끗이 처리해야만 한다고 프렌더개스트가 말했어. 증인석에서 나불거릴 힘이 있는 혀는 남겨두지 않겠다고 하면서 말이야. 우리도 포로들과 함께 최후를 맞을 뻔했지만, 결국 프렌더개스트가 우리에게 원한다면 보트를 타고 떠나도 좋다고 했지. 그 제안을 선뜻 받아들였단다. 잔인한 행동이 꼴도 보기 싫었고, 잠잠해질 때까지 상황이 더 악화되리라는 걸 알고 있었거든. 우리는 각자 선원 복장을 한 벌씩 걸치고 물 한 통, 소금에 절인 고기와 비스킷 한 통, 나침반 하나를 받았어. 프렌더개스트는 해도를 던져주면서 말했어. 우리가 위도 15도, 서경 25도에서 난파한 선박의 선원인 걸로 하라고 말이야. 그러더니 배를 맨 굵은 밧줄을 자르고 우리를 보내주었지.

사랑하는 아들아, 이제 내 이야기에서 가장 놀라운 대목을 들려줘야겠구나. 글로리아 스콧호 선원들은 폭동이 계속되는 동안 앞 돛대의 맨 아래 활대를 당겨서 역풍을 받게 해두었지만, 우리가 떠나자 돛대를 똑바로 세워놓았단다. 북동쪽에서 가벼운 바람이 불었기 때문에 범선은 우리로부터 느릿느릿 멀어졌어. 우리 보트는 큰 파도를 오르내리고 있었고, 일행 중 가장 교육을 많이 받은 에번즈와 내가 뱃머리에 앉아서 현재 위치를 계산해보고 어느 연안으로 가야 할지 궁리하고 있었단다. 매우 까다로운 문제였어. 카보베르데 제도는 북쪽으로 800킬로미터고, 아프리카 해안은 동쪽으로 1120킬로미터였거든. 바람은 대체로 북쪽으로 불고 있어서 우리는 시에라리온이 최선이라 생각하고 뱃머리를 그 방향으로 돌렸어. 그때 범선은 보트의 우측 선미 부분에서 돛대만 보일 정도로 멀리 있었어. 그러다 글로리아 스콧호를 바라보자 갑자기 자욱하게 검은 연기구름이 치솟는 것이 보였단다. 수평선 위로 거대한 나무가 허공에 떠 있는 것 같았지. 몇 초 후 천둥 같은 소리가 들렸고, 연기가 걷히자 글로리아 스콧호는 자취도 없이 사라지고 말았어. 우리는 곧바로 뱃머리를 돌려 그곳으로 힘껏 노를 저었단다. 수면 위로 엷게 낀 안개가 참사의 현장이었음을 알려줄 뿐이었지.

우리가 그곳에 닿기까지는 한 시간 정도 걸렸고, 처음에는 너무 늦게 도착해서 아무도 구하지 못할 줄 알았어. 박살 난 선박 잔해와 수많은 궤짝들, 돛대 파편들이 파도에 출렁이는 것을 보니 범선이 침몰한 게 분명했단다. 하지만 생존자는 눈을 씻고 찾아봐도 없었지. 그래서 낙담하고 막 돌아서려고 하는데 도움을 요청하는 소리가 들렸어. 다소 떨어진 곳에 난파선 잔해에 한 남자가 몸을 걸치고 있더구나. 보트 위로 끌어올려보니 허드슨이라는 젊은 선원이었어. 심한 화상을 입고 탈진까지 해서 이튿날이 되어서야 범선에서 무슨 일이 있었는지 들을 수 있었지.

우리가 떠난 다음 프렌더개스트와 그의 패거리는 다섯 명의 포로를 처형하기 시작했던 것 같아. 교도관 두 명을 사살해 바다에 던지고, 삼등 항해사도 마찬가지로 처치했다고 했어. 그러고는 프렌더개스트가 갑판 사이로 내려가 가엾은 외과 의사의 목을 직접 베었다더구나. 남은 사람은 일등 항해사밖에 없었지. 일등 항해사는 대담하고 민첩한 사람이었어. 프렌더개스트가 피 묻은 칼을 들고 자기를 향해 다가오자, 묶여 있던 끈을 느슨하게 만들어 벗어 던진 다음 갑판으로 내려가 뒤쪽 화물칸으로 뛰어들었지.

그자를 뒤쫓아 권총을 들고 내려간 죄수들 10명은 일등 항해사가 성냥갑을 들고 열린 화약통 옆에 앉아 있는 걸 발견했지. 배에 실은 화약통 100개 중 하나였어. 항해사는 어떤 식으로든 자신을 방해하면 모두를 날려버리겠다고 협박했어. 잠시 뒤 폭발이 일어났는데, 허드슨은 그게 항해사의 성냥불 때문이 아니라 죄수가 엉뚱한 방향으로 쏜 총알 때문이라고 생각하더구나. 어찌 되었든 글로리아 스콧호와 그 범선을 탈취한 폭도들은 그렇게 최후를 맞고 말았단다.

사랑하는 아들아, 이 짧은 글이 아버지가 휘말린 끔찍한 사건에 대한 기록이란다. 다음 날 우리는 오스트레일리아로 가고 있던 쌍돛대 범선인 핫스퍼호에게 구조되었어. 그 배의 선장은 우리가 침몰한 여객선의 생존자라는 말을 쉽게 믿었지. 해군 본부는 수송선 글로리아 스콧호가 바다에서 행방불명되었다고 결론을 내렸고, 그 후 이 사건의 진실은 한마디도 새어나가지 않았지. 핫스퍼호는 순항을 해서 우리를 시드니에 내려주었어. 거기서 에번즈와 나는 이름을 바꾸고 금광으로 갔단다. 그 금광에는 여러 나라 사람들이 몰려 있었기 때문에 예전 신원을 감추기가 수월했지.

나머지 이야기는 굳이 설명할 필요가 없을 것 같구나. 우리는 부자가 되어 두루 여행을 다녔고, 부유한 식민지 개척자가 되어 잉글랜드로 돌아와 고장에 있는 사유지를 사들였단다. 그 후 20년 넘도록 우리는 평온하고 만족스러운 삶을 살았지. 그리고 우리의 과거가 영원히 묻히기를 바랐어. 그런데 상상해보렴. 우리를 찾아온 선원을 보자마자, 그자가 난파선에서 건져낸 사람이라는 것을 알아보았을 때의 내 심정 말이다. 그자는 어떻게든 우리를 찾아내서 우리의 두려움에 빌붙어 살려고 덤벼들었어. 어째서 내가 그자와 부딪히지 않으려고 했는지 이제는 이해할 거다. 그자가 나를 떠나 다른 먹잇감을 찾아 떠나면서 위협하는 말을 남겼을 때 내가 얼마나 두려움에 떨었을지, 아버지를 약간은 가엾게 여겨주겠지?'

아래 쓴 글은 손을 부들부들 떨면서 써서 알아보기가 어렵군. '베도스가 암호로 편지를 보냈구나. H가 모든 걸 말했다고 하는구나. 오 신이시여, 우리에게 자비를 베푸소서!'

이게 그날 밤 내가 친구인 트레버에게 읽어준 이야기야. 왓슨, 그런 상황에서 이 얘기는 친구에게 정말 충격적이었겠지. 그 착한 친구는 그 일로 상심해 인도의 타라이 차 농장으로 떠났어. 하지만 내가 듣기로는 그곳에서 잘 지낸다고 들었네. 그 선원과 베도스에 대해서는 경고 편지를 보낸 그날 이후로 소식을 들을 수가 없었지. 두 사람 다 갑자기 흔적도 없이 사라져버렸어. 경찰에는 아무런 고발도 접수되지 않았는데, 베도스는 허드슨이 정말 고발할 줄 착각한 거야. 허드슨이 숨어 다니는 걸 목격한 사람이 있는 것으로 보아 경찰은 허드슨이 베도스를 없애고 달아났다고 믿었어. 내 생각에는 정확히 그 반대라고 생각하네. 허드슨이 이미 폭로한 것으로 믿고 절망에 빠진 베도스가 허드슨에게 복수를 하고, 수중에 있는 돈을 죄다 챙겨서 도망쳤을 가능성이 가장 크다고 봐. 의사 선생, 이게 바로 사건의 진상이야. 이 얘기가 자네의 사건 기록에 도움이 된다면 자네 마음대로 해."

6
머스그레이브가의 의식문

내 친구 셜록 홈즈의 성격 중 때로 별나다고 생각하는 부분이 있었다. 사고할 때는 그 누구보다 깔끔하고 질서 정연하게 굴고, 옷을 입을 때는 어느 정도 점잖고 단정하게 차려입으려고 하면서도, 생활 습관은 굉장히 어수선해서 동거인을 항상 심란하게 만든다는 것이다. 그런 점에서 나는 융통성이 없는 사람이 전혀 아니다. 아프가니스탄에서 험하게 뒹굴어본 덕에 타고난 보헤미아 기질이 최고조에 달해, 의사라는 직업에 걸맞지 않게 다소 허술한 편이 되었다. 하지만 내게는 허용치가 있다. 시가는 석탄 양동이에, 담배는 페르시아 슬리퍼의 앞코에 넣어두고, 답장을 보내지 못한 편지는 벽난로 위 목조 선반 한가운데에 잭나이프로 꽂아둔 홈즈를 보면, 나 자신이 품위 있는 사람인 양 여기게 된다. 게다가 나는 권총 사격 연습은 두말할 나위 없이 야외에서 하는 취미 생활이라고 생각한다. 그런데 홈즈는 기분이 언짢을 때면 방아쇠가 민감한 권총과 100발의 복서(밑바닥 중앙에 뇌관이 있는 실탄을 두루 가리키는 말—옮긴이) 탄약통을 들고 안락의자에 앉아서 괴상한 행동을 즐긴다. 애국적으로 보이는 빅토리아 여왕의 약자 V. R.을 총알 자국으로 새겨 맞은편 벽을 장식하는 것이다. 홈즈가 이럴 때면 우리 집 분위기든 겉모습이든 나아지지 않을 거라는 생각이 강하게 든다.

우리의 방은 언제나 화학 약품과 범죄 사건 기념품으로 가득했다. 그 물건들이 뜻밖의 위치에 굴러 들어가고, 버터 접시나 그 밖의 경악할 만한 장소에서 발견되는 일은 흔하다. 하지만 굉장히 곤란한 부분은 홈즈의 문서였다. 홈즈는 문서를 파기한다고 하면 질색했다. 특히 예전에 다룬 사건과 연관 있는 문서라면 더 그랬다. 그런데도 홈즈가 노력을 기울여 문서의 초록을 만들거나 문서를 정리하는 일은 1년에 한두 번뿐이었다. 이 조리 없는 회고록 어디선가 언급했듯이, 홈즈는 자기 이름이 거론된 사건에서 뛰어난 솜씨를 발휘할 때면 열정적인 기운을 쏟아낸다. 그 후에는 반작용으로 무기력증이 찾아와, 소파와 탁자 사이를 움직이는 거 말고는 꼼짝도 하지 않으며 바이올린과 책만 손에 든 채 빈둥거린다. 그 때문에 다달이 홈즈의 문서가 쌓여가 무슨 일이 있어도 태우면 안 되고, 문서 주인이 아니면 치울 수도 없는 원고 꾸러미가 방 구석구석에 산더미처럼 쌓이게 되었다.

어느 겨울밤 난롯가에 앉아 있다가 홈즈가 비망록에 초록을 붙이는 일을 마무리했을 때였다. 나는 앞으로 두 시간 동안 정리해서 우리 집을 좀 더 살기 좋은 곳으로 만들자고 과감하게 제안했다. 홈즈는 내 요구 사항이 정당하다는 사실을 부정할 수 없었다. 그래서 약간 애처로운 표정을 지으며 자신의 침실로 들어갔다가 이내 커다란 양철 상자를 끌고 나왔다. 상자를 바닥 한가운데 두고, 그 앞에 의자를 놓고 웅크리고 앉아서 뚜껑을 벌컥 열었다. 한 묶음씩 빨간 끈으로 묶은 종이 더미가 이미 상자의 3분의 1을 채우고 있었다.

"왓슨, 여기 많은 사건들이 들어 있어." 홈즈가 장난기 넘치는 눈으로 나를 바라보며 말했다. "이 상자에 어떤 사건이 들어 있는지 자네가 안다면, 다른 문서를 넣는 대신 안에 있는 걸 꺼내달라고 할 거야."

"그럼 자네의 초창기 사건 기록들인 거야?" 내가 물었다. "그런 기록들이 있으면 좋겠다고 생각한 적이 많았지."

"그렇다네, 친구. 오래전에 처리한 사건을 기록한 거야. 내 전기 작가가 내 이름을 높여주기 전이지." 홈즈는 어루만지듯 조심스럽게 문서 묶음을 하나씩 들어 올렸다. "모든 사건에서 다 성공한 건 아니라네, 왓슨." 홈즈가 말했다. "하지만 그중에는 재미있는 사건들도 있었어. 탈레턴 살인 사건, 포도주 상인 뱀베리 사건, 러시아 노부인 사건, 알루미늄 목발을 든 사람의 기이한 사건, 그뿐 아니라 다리가 굽은 리콜레티와 그의 가증스러운 아내에 관한 온갖 이야기도 여기 들어 있어. 그리고 여기, 이것 봐! 이건 정말 희귀한 사건이지."

홈즈는 상자 밑바닥에 팔을 깊숙이 집어넣어 장난감을 넣어두는 상자처럼 미닫이 뚜껑이 달린 상자를 꺼냈다. 상자 안에서 나온 물건은 구깃구깃한 종이 한 장, 놋쇠로 만든 구식 열쇠, 실이 감긴 나무못 하나, 동전 모양의 오래되어 녹슨 금속 조각 세 개였다.

"자, 친구, 이 물건들의 의미가 뭐라고 생각해?" 홈즈가 이렇게 묻더니 내 표정을 보고 생글생글 웃었다.

"기이한 수집품이군."

"아주 기이하지. 이 물건들에 얽힌 이야기는 훨씬 더 기이하다고 생각할 걸세."

"그럼 이 기념품에 사건이 관련되어 있다는 거야?"

"하도 많아서 역사라고 봐야지."

"무슨 말을 하는 거야?"

셜록 홈즈는 그 물건들을 하나씩 들어서 탁자 가장자리를 따라 늘어놓았다. 그러더니 의자에 도로 앉아 만족스럽다는 듯 물건들을 그윽이 바라보았다.

"이 물건들은 말이야." 홈즈가 말했다. "전부 머스그레이브 가문의 의식문을 기억하려고 남겨둔 것들이야."

홈즈가 그 사건을 몇 번 언급한 적이 있었지만, 한 번도 상세한 이야기를 들을 수는 없었다. "그 얘기 좀 들려줘." 내가 말했다.

"잡동사니들을 이대로 놔두고?" 홈즈가 짓궂게 외쳤다. "왓슨, 자네는 깔끔해서 이렇게 지저분한 꼴은 잠시도 견디지 못할 거야. 하지만 자네 기록에 이 사건을 넣어준다면 상당히 기쁠 걸세. 이 사건의 특징을 살펴보면 유례없는 사건일 수밖에 없어. 이 나라, 아니 다른 나라의 범죄 기록에서도 보기 힘들 거야. 소소한 업적 모음집에 이런 기이한 사건을 뺀다면 분명히 불완전한 기록이 될 거야.

자네도 기억할 거야. 글로리아 스콧호 사건과 불운한 최후를 맞은 노인과 나눈 대화로 내 평생의 직업인 이 일에 처음으로 관심을 기울이게 된 거 말일세. 내 이름이 널리 알려지게 되었고, 일반 대중이나 경찰까지도 의심스러운 사건이 터지면 나를 최종 재판관으로 인정하고 있지. 자네가 '주홍색 연구'라는 제목으로 기록을 남긴 사건 때 우리가 처음 만났잖아. 그때도 나는 이미 상당한 연줄을 확보하고 있었어. 물론 돈벌이가 되지 않는 연줄이었지만 말이야. 처음에 얼마나 힘들게 사람들을 만나고, 얼마나 오랫동안 기다려 자리 잡는 데 성공했는지 자네는 모를 거야.

처음 런던에 올라왔을 때 몬터규 스트리트에 방을 얻었어. 대영 박물관에서 아주 가까운 곳에 있는 집이었지. 거기서 나는 의뢰인을 기다리면서 남아도는 여가 시간에 모든 과학 분야를 연구하며 보냈어. 그런 연구들이 내 실력을 키워줄 수 있으니까 말이야. 사건 의뢰가 들어올 때도 있었어. 대개 오랜 학교 친구들이 소개해준 사건들이었어. 대학 시절 나와 내 사고 방법에 대해서 소문이 많이 났었거든. 친구들을 통해 의뢰받은 세 번째 사건이 머스그레이브가네 의식문 사건이었어. 몇 가지 기이한 사고가 연이어 터지고, 사건들은 중대사라고 밝혀지면서 세인들에게 많은 관심을 불러일으켰지. 그 때문에 내가 지금 위치로 진일보할 수 있었고.

레지널드 머스그레이브는 나와 같은 대학을 다녀서 안면이 있었어. 머스그레이브는 학생들 사이에서 인기 있는 편이 아니었어. 하지만 도도하다고 느껴지는 모습이 나에게는 사실 지나치게 수줍음을 많이 타는 성격을 감추려는 노력으로 보였지. 훌쭉하고 높은 코와 큰 눈에다 무신경한 듯하지만 예의 바른 태도까지, 겉모습을 보면 머스그레이브는 전형적인 귀족이었어. 실제로 영국에서 유서 깊은 가문의 자제였지. 16세기에 북부 머스그레이브 가문에서 갈라져 나와 서부 서식스에 자리 잡은 분파이긴 하지만 말이야. 그들의 헐스톤 저택은 아마 그 지역에서 사람이 거주하는 건물 중 가장 오래된 건물일 거야. 머스그레이브에게는 출생지의 분위기가 배어 있는 것 같았어. 창백하고 날카로운 얼굴이나 침착한 태도를 보면, 회색 아치형 지붕이 덮인 길과 가운데 창살을 댄 창문, 중세 시대 성채의 고색창연한 잔해가 연상됐으니까 말이야. 오다가다 한두 번 정도 이야기를 나눈 적이 있었고, 머스그레이브가 내 관찰과 추리 방식에 깊은 관심을 보였던 걸 기억하고 있는 정도였지.

4년 동안 한 번도 만난 적이 없었는데, 어느 날 아침 머스그레이브가 몬터규 스트리트에 있는 내 방으로 찾아왔어. 변한 게 하나도 없었어. 상류 사회 인사처럼 옷을 차려입었더군. 예전에도 늘 맵시가 있었지. 옛날에 머스그레이브를 돋보이게 했던 차분하고 정중한 태도도 여전히 그대로였어.

'머스그레이브, 그동안 어떻게 지냈나?' 다정하게 악수를 나눈 후 내가 물었지.

'자네도 우리 아버지가 돌아가셨다는 소식은 들었겠지?' 머스그레이브가 말했어. '2년 전쯤이었어. 물론 그 뒤로 헐스톤의 가산을 물려받아 관리하고 있어. 게다가 지역 의회 의원이기도 해서 바쁘게 지냈어. 그런데 홈즈, 자네가 우리를 놀라게 하곤 했던 능력을 실제로 도움이 되는 데 사용하고 있다고 들었네.'

'맞아.' 내가 말했어. '내가 가진 재주로 먹고살지.'

'그리 말하니 기쁘네. 지금 자네의 조언이 큰 도움이 될 거야. 헐스톤에 아주 이상한 일이 벌어졌는데, 경찰이 실마리를 잡지 못했어. 정말 기이하고 불가사의한 사건이야.'

왓슨, 내가 그 이야기에 얼마나 열심히 귀 기울였는지 상상할 수 있

을 거야. 몇 달 동안 빈둥거리며 내내 열망했던 바로 그 기회가 내 손에 잡히는 듯했어. 마음속으로 다른 사람들이 실패한 사건이라도 나는 성공할 수 있다고 믿고 있었고, 나 자신을 시험할 기회를 잡은 거지.

'자세히 이야기해보게.' 내가 큰 소리로 말했어.

맞은편에 앉은 레지널드 머스그레이브는 내가 내민 담배에 불을 붙였어.

'자네도 알 거야.' 머스그레이브가 말했지. '나는 독신이지만 헐스톤에서 적지 않은 고용인들을 관리해야 해. 저택이 오래된 데다 사방으로 뻗어 턱없이 넓은 탓에 살펴야 할 데가 많아. 게다가 꿩이 한창일 때는 주로 집에서 파티를 열기 때문에 일손이 부족하면 안 되니까 말이야. 통틀어 하녀가 8명, 요리사, 집사, 하인 2명, 사환 한 명이 있어. 물론 정원과 마구간에도 따로 사람을 쓰지.

고용인들 중에 집사 브런턴이 가장 오래 일했어. 아버지가 처음 고용했을 때는 직장을 잃은 젊은 교사였지. 브런턴은 활력이 넘치고 성품도 좋아서, 얼마 되지 않아 우리 집안에서 상당히 중요한 사람이 되었어. 건장한 체격에 이마도 근사한 미남이야. 20년 동안 우리 집에서 일했지만, 마흔 살도 채 되지 않았어. 용모도 훌륭했지만 재능도 뛰어나지. 여러 외국어를 구사하고, 거의 모든 악기를 연주할 줄 알거든. 그런 사람이 집사 자리에 그렇게 오랫동안 만족하며 지냈다니 이상한 일이지. 하지만 브런턴이 마음 편히 지내면서 굳이 변화는 내키지 않았던 모양이라고 여겼어. 우리 집을 방문한 사람들은 모두 헐스톤의 집사를 잊지 못한다네.

하지만 이 명물 인사에게는 단점이 한 가지 있어. 약간 바람둥이거든. 그런 남자가 한적한 시골에서 여러 여자 만나는 건 어려운 일도 아니라는 걸 자네도 짐작할 수 있을 거야. 브런턴이 결혼했을 때 나무랄 데 없었어. 하지만 부인이 죽고 나서 브런턴에게는 말썽이 끊이지 않았어. 몇 달 전에 우리는 브런턴이 마음을 잡을 거라고 기대했어. 우리 집 하녀 레이첼 하웰스와 약혼했거든. 그런데 좀 지나자 브런턴은 사냥터 관리 책임자의 딸 재닛 트레절리스와 어울려 다녔어. 레이첼은 아주 선량한 아이지만 쉽게 흥분하는 웨일즈인 기질이 있어. 그 아이는 급작스럽게 가벼운 뇌염을 앓아서 예전 모습은 온데간데 없고 눈이 푹 꺼진 허깨비처럼 집 안을 돌아다닌다네. 아니, 어제까지는 그랬지. 그게 헐스톤에 일어난 첫 번째 사건일세. 하지만 이 일은 두 번째 사건이 일어나 금방 뇌리에서 잊혀졌어. 두 번째 사건은 집사 브런턴이 수치스러운 일을 저지르고 해고당한 일이 발단이 되었지.

어떻게 일이 벌어졌는지 이야기하겠네. 브런턴은 머리가 좋다고 말했던 것 기억나나? 그 똑똑한 머리 때문에 사달이 난 거야. 자신과 전혀 관계없는 일에 끊임없이 호기심을 가진 게 다 그 지성 때문이었으니까 말이야. 브런턴이 그렇게까지 하리라고는 꿈에도 생각 못 하고 있다가 정말 뜻밖의 일로 알게 되었어.

내가 말한 대로 우리 집은 사방으로 뻗듯 지어 올린 넓은 곳이야. 지난주 어느 날, 정확히 말하면 목요일 밤이었어. 저녁 식사를 마치고 바보같이 진한 블랙커피를 마신 탓에 잠이 오지 않더군. 새벽 2시까지 애써 잠을 청하다가 잠들긴 글렀다 싶어 읽고 있던 책이나 계속 읽을 생각으로 촛불을 켰어. 그런데 책을 당구실에 두고 와서 실내복을 걸치고 가지러 나갔지.

당구실로 가려면 계단을 내려가서 서재와 총기실로 이어지는 복도 끝을 가로질러 가야 해. 그런데 복도를 내려보다가 열린 서재 문에서 불빛이 새어 나오는 걸 봤어. 내가 얼마나 놀랐을지 상상할 수 있을 거야. 잠자리에 들기 전에 내가 램프를 끄고 문을 닫아놓았거든. 당연히 처음에는 도둑이 들었구나 생각했지. 헐스톤 저택은 복도 벽에 전승 기념품인 오래된 무기들을 주로 장식해두었어. 그 가운데 나는 큰 도끼를 뽑아 들고, 촛불은 바닥에 내려놓은 뒤 발꿈치를 들고 살금살금 복도로 내려가 열린 문틈으로 서재 안을 들여다보았지.

집사 브런턴이 서재에 있는 거야. 옷을 완전히 차려입고 안락의자에 앉아 있었어. 무릎에 지도처럼 보이는 종이를 한 장 올려두고 아래로 숙인 이마를 한쪽 손으로 받친 채 깊은 생각에 빠져 있더군. 나는 놀란 나머지 말문을 잃고 우두커니 어두운 복도에 서서 브런턴을 지켜보았어. 탁자 가장자리에 놓인 작은 양초의 불빛은 희미했지만, 브런턴이 정장 차림이라는 걸 알아볼 수 있을 정도였어. 내가 계속 보고 있자니 브런턴이 의자에서 갑자기 일어나더니 옆에 있는 책상으로 가서 열쇠로 서랍 하나를 열었어. 거기서 문서를 꺼내 의자에 다시 앉더니, 탁자 가장자리에 있는 작은 양초 곁에서 문서를 펼쳤어. 그러고는 세심히 주의를 기울여 검토해보더군. 우리 집안의 문서를 태연하게 살펴보자 나는 화를 못 이기고 한 걸음 내디뎌 서재로 들어갔지. 고개를 든 브런턴은 입구에 서 있는 나를 보고 벌떡 일어나더군. 겁을 먹고 안색이 변하더니 처음에 살펴보고 있던 지도처럼 보이는 종이를 가슴팍에 찔러 넣었어.

'그러니까!' 내가 말했지. '자네를 신뢰했던 우리 집안에 이런 식으로 보답하는군. 내일 이 집에서 떠나게.'

브런턴은 절망적이라는 표정을 지으며 고개 숙여 인사를 하고는 한마디 말도 없이 살며시 나를 지나 걸어 나갔어. 탁자에는 아직도 양초가 놓여 있었지. 그 불빛으로 잠깐 보니 브런턴이 책상에서 꺼낸 종이가 뭐였는지 알겠더군. 의외로 별로 중요한 것도 아니었어. 머스그레이브 의식이라고 부르는, 특이하고 오래된 집안 행사에서 쓰는 문답지 사본이었어. 우리 집안만의 독특한 의식이야. 수 세기 동안 머스그레이브가의 남자들이 성년이 되면 치르는 거지. 가문의 문장이나 문장 도형처럼 아마 고고학자들에게나 약간 가치가 있을 만한 물건이야. 개인적인 관심거리라면 모를까 실제로는 전혀 쓸모없는 물건이지.

'나중에 의식문 이야기를 다시 하는 게 좋겠어.' 내가 말했어.

'그럴 필요가 있다고 생각한다면야.' 머스그레이브가 약간 주저하면서 말했지. 어쨌든 이야기를 계속할게. 나는 브런턴이 놓고 간 열쇠로 책상을 다시 잠그고 발길을 돌렸어. 그때 화들짝 놀랐어. 집사가 돌아와 내 앞에 서 있었던 거야.

'주인님.' 브런턴이 흥분해서 쉰 목소리로 소리쳤어. '이렇게 치욕스러운 일은 참을 수 없습니다. 저는 제 위치에 개의치 않고 늘 긍지를 가지고 살았습니다. 이런 불명예는 제게 죽음과 같습니다. 제 목숨은 당신 손에 달렸습니다, 주인님. 저를 절망으로 내모신다면 진짜 그럴 겁니다. 이런 일이 일어나 저를 그냥 두실 수 없다면 부디 한 달 후 사직 의사를 밝히고 떠날 수 있도록 해주십시오. 제 의지로 떠나는 것처럼 말입니다. 그건 견딜 수 있습니다, 주인님. 하지만 제가 잘 아는 사람들 앞에서 내쫓기는 건 안 됩니다.'

'자네에게 그런 배려는 과분해.' 내가 대답했지. '자네는 정말 수치스러워해야 할 행동을 저질렀어. 하지만 우리 집안에서 오랫동안 일했으니 공개적인 자리에서 체면을 깎고 싶지는 않아. 그러나 한 달은 너무 길어. 일주일 안에 나가게. 떠나는 이유는 마음 내키는 대로 말하고.'

'일주일뿐입니까, 주인님?' 브런턴이 절망한 듯한 목소리로 외쳤지. '2주, 하다못해 2주라도 시간을 주세요!'

'일주일이네.' 내가 거듭 말했어. '관대한 처분을 받았다고 생각하게.'

브런턴은 풀 죽은 사람처럼 고개를 떨구고 슬그머니 자리를 떠났지. 그리고 나는 불을 끄고 방으로 돌아갔어.

그 후 이틀 동안 브런턴은 자기 할 일에 충실하며 아주 열심히 일했어. 나는 지난밤 일은 한마디도 언급하지 않고, 브런턴이 어떻게 자기 불명예를 덮으려는지 약간 궁금해하면서 기다렸어. 그런데 사흘째 되는 날 아침, 집사가 보이지 않았어. 여느 때 같으면 아침 식사 후에 그날 일에 대한 내 지시 사항을 들으러 올 텐데 말이지. 나는 식당을 나오다가 우연히 하녀 레이첼 하웰스와 마주쳤어. 좀 전에 말했듯이, 자리를 털고 일어난 지 얼마 되지 않았지. 가여울 정도로 창백하고 힘이 없어 보여서 일하지 말라고 타일렀어.

'방에 가서 쉬어라.' 내가 말했어. '몸이 더 좋아지면 일하도록 해.'

레이첼이 너무나도 기이한 표정을 지으며 나를 바라보기에 그 아이가 머리에 충격을 받은 게 아닌가 싶었지.

'전 아주 건강해요, 주인님.'

'의사에게 물어보면 알겠지.' 내가 대답했어. '일은 이제 그만하고 아래층에 가서 브런턴에게 내가 보자고 했다고 전해 줘.'

'집사님은 갔어요.' 레이첼이 말했어.

'가다니! 어디를 갔다는 거야?'

'집사님은 떠났어요. 집사님을 본 사람이 아무도 없어요. 방에도 없어요. 아, 그런 거예요. 집사님은 떠났어요. 떠났다고요!' 레이첼은 벽 쪽으로 뒷걸음질 치더니 연이어 날카롭게 웃어댔어. 느닷없이 이성을 잃고 발작을 일으켰기 때문에 소름이 끼쳤지. 나는 급히 초인종을 울려서 도움을 청했어. 계속해서 소리를 지르며 흐느껴 우는 레이첼을 자기 방으로 돌려보냈어. 브런턴이 어찌 됐는지 알아봤더니 의심할 여지 없이 사라졌더군. 침대에는 잠을 잔 흔적이 없었고, 전날 밤 자기 방에 들어간 후 브런턴을 본 사람이 아무도 없었어. 그렇다 해도 브런턴이 어떻게 집을 나섰는지는 알아낼 수가 없었지. 아침에 창문과 문이 전부 단단히 잠겨 있었거든. 브런턴의 옷가지, 시계, 심지어 돈까지도 방에 그대로 있었어. 하지만 평소에 입는 검은 정장은 없어졌더군. 슬리퍼는 보이지 않았지만 부츠는 있었어. 그렇다면 집사 브런턴은 밤중에 어디로 간 걸까? 또 지금은 어떻게 되었을까?

물론 지하 저장실부터 다락방까지 온 저택을 다 뒤졌지. 그런데 어디에서도 흔적을 찾을 수 없었어. 내가 말한 대로 아주 복잡하게 지은 오래된 저택이거든. 처음으로 지은 건물은 이제 사실상 사람이 살지 않는 곳인데, 그곳까지도 모든 방을 샅샅이 뒤지고 지하까지 내려가 봤지만 실종된 집사의 흔적은 전혀 찾을 수 없었어. 자기 물건들을 다 놔두고 가버리다니 믿을 수가 없었지. 그렇다면 브런턴은 어디로 간 걸까? 지역 경찰을 불렀지만 의문을 풀 수 없었어. 그 전날 밤 비가 와서 저택 주변의 잔디밭과 보도를 살펴봤지만 부질없었지. 이런 상황에서 새로운 일이 터졌고, 이 일은 덮어두지 않을 수 없게 되었어.

이틀 동안 레이첼 하웰스는 때로는 헛소리를 했다가, 때로는 흥분해 발작을 일으키면서 앓았지. 그래서 간병인을 고용해 밤에 레이첼을 돌보게 했어. 브런턴이 사라지고 사흘째 되는 날 밤, 간병인은 환자가 잘 자는 것을 확인하고 안락의자에서 잠깐 졸았는데, 새벽에 깨보니 레이첼의 침대가 비어 있었다는 거야. 창문은 열려 있고 환자는 온데간데없이 사라진 거지. 나는 곧장 일어나 하인 두 사람을 데리고 지체 없이 사라진 하녀를 찾기 시작했어. 레이첼이 움직인 방향을 알아내는 건 어렵지 않았어. 그 아이의 방 창문 밑에서부터 잔디밭을 지나 작은 호숫가까지 발자국을 쉽게 따라갈 수 있었거든. 그런데 호숫가에 있는, 저택 밖으로 나가는 자갈길 가까이에서 발자국이 사라졌어. 호수 깊이는 2.5미터야. 제정신이 아닌 가여운 아이가 남긴 흔적이 호숫가에서 끝나는 걸 확인한 기분이 어땠을지 상상할 수 있을 거야.

물론 당장 그물을 가져와 시신을 수습하려고 했지만 아무런 흔적도 찾을 수 없었어. 그런데 수면에서 의외의 물건인 리넨 자루를 건져 올린 거야. 안에는 오래되어 녹슬고 변색된 금속 덩어리, 칙칙한 색깔의 조약돌인지 유리구슬인지 모를 조각들이 몇 개 들어 있었어. 우리가 호수에서 건져낸 건 이 기묘한 습득물이 전부였지. 어제 가능한 한 온갖 수색과 조사를 했지만 레이첼 하웰스나 리처드 브런턴의 운명은 알 수가 없었어. 지역 경찰도 어찌할 바를 모르고 있어서 최후의 수단으로 자네에게 온 거야.'

왓슨, 내가 얼마나 열심히 노력하고 있었을지 상상할 수 있겠지? 사건들이 기이하게 연이어 일어나는 이야기에 귀 기울이고 그 사건들을 짜 맞추면서, 그 모든 일이 들어맞는 공통된 맥락을 알아내려고 말일세. 집사가 사라졌어. 하녀도 종적을 감췄지. 하녀는 집사를 사랑했지만 나중에는 증오하게 되었어. 게다가 웨일즈 혈통이라 성격이 불같고 화를 잘 내지. 하녀는 집사가 사라진 직후 지독한 흥분 상태에 빠졌어. 그리고 이상한 내용물이 든 자루를 호수에 집어 던졌어. 이 모든 요소를 고려해야 했지. 그런데도 핵심을 찌르는 요소는 없었어. 이 사건들은 어디에서 시작한 걸까? 그 시작점에 헝클어진 실의 끝자락이 놓여 있겠지.

'머스그레이브, 그 의식문을 좀 봐야겠어.' 내가 말했어. '집사가 일자리가 날아가는 위험을 무릅쓰고도 볼 만한 가치가 있다고 여겼던 종이 말이야.'

'우리 집안의 의식문은 좀 어처구니없는 글이야.' 머스그레이브가 대답했어. '하지만 유물이라는 한 가지 이유로 너그러이 봐줄 수 있지. 자네가 훑어보고 싶어 할 것 같아서 문답지 사본을 가져왔어.'

왓슨, 여기 있는 이 종이를 머스그레이브가 내게 건네줬다네. 머스그레이브 가문의 아들이라면 누구나 성년이 되면 진술해야 하는 이상한 문답서야. 적혀 있는 대로 읽어주겠네.

'그것은 누구의 소유였나?'
'떠난 분.'
'누가 그것을 소유할 것인가?'
'오실 분.'
'그달은 언제였나?'
'첫 달부터 여섯 번째 달.'
'태양은 어디 있었나?'
'떡갈나무 위.'
'그늘은 어디에 있었나?'
'느릅나무 아래.'
'어떻게 걸었는가?'
'북쪽으로 열 걸음, 다시 열 걸음. 동쪽으로 다섯 걸음, 다시 다섯 걸음. 남쪽으로 두 걸음, 다시 두 걸음. 서쪽으로 한 걸음, 다시 한 걸음. 그리고 아래로.'
'그것을 위해 무엇을 바칠 것인가?'
'우리가 가진 모든 것.'

'왜 바쳐야 하는가?'
'신뢰를 지키기 위해.'

'원본에는 날짜가 없지만 17세기 중반의 철자법으로 작성되어 있어.' 머스그레이브가 말했어. '그렇지만 이 수수께끼 같은 사건을 해결하는 데는 도움이 되지 않을 것 같아.'

'적어도 말이야.' 내가 말했어. '다른 수수께끼를 내줬다는 데 의의가 있지. 첫 번째 수수께끼보다 훨씬 더 흥미로워. 이 수수께끼의 답을 찾아내면 다른 수수께끼도 풀 수 있을 거야. 머스그레이브, 자네 집사는 아주 영리한 사람이었던 것 같네. 미안하지만, 열 세대에 걸친 주인들보다 나은 명석한 통찰력을 소유했군.'

'무슨 말인지 통 알 수가 없군.' 머스그레이브가 말했어. '내 생각에 의식문은 실용적인 면에서 중요한 물건이 아니야.'

'하지만 내게는 대단히 실용적으로 보이는걸. 그리고 브런턴도 나와 같은 견해였을 거라고 생각해. 자네에게 들키기 전에도 집사가 이 의식문을 봤을 가능성이 있어.'

'아마 그랬을 거야. 애써 숨기지는 않았으니까.'

'내가 생각하기에 브런턴은 단순히 마지막 순간에 기억을 되새기고 싶었을 거야. 브런턴에게 지도 같은 게 있어서 의식문과 비교해보고 있다가 자네가 나타나자 주머니에 찔러 넣었다고 했잖아?'

'그렇지. 하지만 브런턴이 우리 집안의 오래된 의식과 무슨

상관이 있었을까? 그리고 두서없는 의식문에 무슨 의미가 있겠나?'

'알아내는 데 고생할 것 같지는 않아.' 내가 말했어. '자네가 괜찮다면, 첫 기차로 서식스에 내려가 현장에서 이 문제를 좀 더 깊이 조사하세.'

그날 오후 우리 두 사람은 헐스톤에 도착했지. 아마 자네도 그 유서 깊은 건물의 사진이나 글을 본 적이 있을 거야. 그러니까 L자 모양으로 지어졌다고만 이야기하겠네. 긴 쪽은 현대식으로 지은 부분이고, 이 건물이 뻗어 나온 짧은 쪽은 아주 오래된 본채야. 본채 한가운데서 낮고 육중한 상인방을 얹은 문 위에는 1607년이라는 연도가 새겨져 있어. 하지만 전문가들은 기둥과 석조 건물은 사실 이보다 훨씬 이전 것들이라는 데 의견을 같이하지. 벽이 엄청나게 두껍고 창문이 너무 작아서 지난 세기에 머스그레이브 가문은 새 건물을 지었고, 이제 오래된 건물은 창고나 지하 저장실로 쓰이고 있어. 어쨌든 오래된 건물도 사용하고 있기는 했지. 그리고 멋진 고목이 자라는 아름다운 숲이 저택을 둘러싸고 있었어. 의뢰인이 언급했던 호수는 저택에서 200미터쯤 떨어진 진입로 가까이에 있었지.

왓슨, 나는 관련 없어 보이는 세 가지 수수께끼가 사실은 하나의 사건이라고 이미 굳게 확신하고 있었어. 그리고 머스그레이브 가문의 의식문을 제대로 해독할 수만 있다면, 집사 브런턴과 하녀 하웰스 두 사람과 관련된 진실을 밝혀줄 단서를 얻게 될 거라고 확신했지. 그래서 의식문 내용을 해독하는 데 온 힘을 기울였어. 집사가 이 오래된 문답을 해독하려고 그렇게 안달했던 이유가 무엇이었을까? 틀림없이 그동안 지주들의 눈에 띄지 않은 뭔가를 봤기 때문일 거야. 그리고 개인적으로 이득을 취할 수 있는 것이었을 거야. 그럼 그게 뭐였을까? 또 그것이 집사의 운명에 어떤 영향을 미친 걸까?

의식문을 읽으면서, 거기 나온 숫자가 나머지 문답이 암시하는 지점과 관련되어 있다는 사실이 더할 나위 없이 명백했지. 그 지점을 찾아낼 수 있다면 유서 깊은 머스그레이브 가문이 그렇게 특이한 방법으로 보존할 필요가 있다고 생각했던 비밀을 찾아낼 승산이 있다는 점도 분명했어. 우선 떡갈나무와 느릅나무라는 두 가지 길잡이가 있었지. 떡갈나무라면 의심할 여지가 전혀 없었어. 진입로 왼쪽, 저택 바로 앞에 선 떡갈나무들 가운데 어르신 나무가 하나 있었어. 여태까지 본 나무 중 가장 웅장한 나무였지.

'자네 집안의 의식문이 작성되었을 때도 저 나무는 저 자리에 있었겠지?' 마차가 떡갈나무 앞을 지나칠 때 내가 말했어.

'11세기 노르만 정복 때도 있었을 거야.' 머스그레이브가 대답했어. '둘레가 7미터야.'

움직이지 않는 지표 하나를 손에 넣은 거지.

'오래된 느릅나무도 있나?' 내가 물었어.

'저쪽에 아주 오래된 나무가 있었지. 그런데 10년 전에 번개를 맞아 베어버렸어.'

'그 나무가 어디 있었는지 알 수 있나?'

'아, 그럼.'

'그거 말고 다른 느릅나무는 없어?'

'오래된 나무는 없어. 그렇지만 너도밤나무는 많아.'

'그 느릅나무가 있던 자리를 보고 싶네.'

우리는 이륜마차를 타고 갔는데, 내 의뢰인은 저택으로 들어가지 않고 곧바로 느릅나무가 서 있던 자리로 안내하더군. 잔디밭 위에 흔적이 남아 있었어. 떡갈나무와 저택 사이의 거의 중간쯤이었지. 사건 조사는 진전을 보이는 것 같았어.

'느릅나무 높이가 얼마였는지 알아내기는 불가능하겠지?' 내가 물었어.

'당장 말해줄 수 있네. 19.5미터였어.'

'어떻게 알았나?' 내가 놀라서 물었지.

'오래전 가정교사가 삼각법 연습 문제를 내줄 때면 항상 높이를 계산하는 식이었거든. 그래서 어렸을 때 영내에 있는 나무나 건물을 모두 계산해봤지.'

예기치 않은 행운이었어. 기대했던 것보다 더 빨리 정보를 모으고 있었던 거지.

'말해보게.' 내가 물었어. '집사도 자네에게 이런 질문을 했나?'

레즈널드 머스그레이브는 놀라서 나를 쳐다봤어. '자네가 그리 말하니 생각이 나네.' 머스그레이브가 대답했지. '몇 달 전 브런턴이 나무 높이를 물었어. 마부와 그걸 두고 옥신각신했다면서 말이야.'

귀가 번쩍 뜨이는 정보였네, 왓슨. 제대로 찾아가고 있다는 뜻이니까 말이지. 해를 올려다보니 하늘에 낮게 떠 있었어. 계산을 해보니, 떡갈나무 고목의 가장 높은 가지 위에 닿으려면 한 시간도 채 남지 않았지. 그렇게 되면 의식문에서 언급했던 한 가지 조건이 충족되는 거였어. 느릅나무 아래 그늘이라는 건 그림자 끄트머리를 의미하는 게 틀림없었어. 그게 아니라면 나무줄기를 길잡이로 골랐을 테니까 말이지. 그래서 해가 떡갈나무에 걸리는 순간 그림자의 끝이 어디에 닿는지 알아야 했지."

"홈즈, 어려운 일이었겠군. 느릅나무가 이제 없으니까 말이야."

"글쎄, 적어도 브런턴이 알아낼 수 있었다면 나도 할 수 있을 거라고 생각했어. 게다가 별로 어렵지도 않았어. 머스그레이브와 서재로 가서 직접 이 나무못을 만들었어. 여기에 긴 실을 묶고 1미터마다 매듭을 지었어. 그런 다음 합치면 1.8미터가 되는 낚싯대 두 개를 가지고 내 의뢰인과 느릅나무가 있던 위치로 갔지. 해가 이제 막 떡갈나무 위를 스치고 있었어. 낚싯대를 세로로 단단히 고정해서 그림자 방향을 표시해두고 길이를 쟀더니 2.7미터였어.

당연히 이제 계산이 간단해졌지. 1.8미터짜리 낚싯대가 2.7미터 길이의 그림자를 드리웠으니 19.5미터 높이의 나무는 29.3미터 길이의 그림자를 드리울 거야. 그리고 방향은 둘 다 같을 테고 말이지. 거리를 쟀더니 저택 벽에 근접했고, 그 지점에 나무못을 박았어. 내 못에서 5센티미터 떨어진 곳에 원뿔 모양으로 움푹 파인 자국을 봤을 때 내가 얼마나 의기양양했을지 짐작할 수 있을 거야, 왓슨. 그건 브런턴이 측량해서 표시해둔 흔적이었고, 내가 계속해서 그자가 지나간 길을 따라가고 있다는 걸 알게 되었지.

그곳을 출발점으로 삼아서, 먼저 휴대용 나침반으로 방위 기점을 찾은 다음 걸음을 내딛기 시작했어. 북쪽으로 열 걸음씩 두 번을 가니 저택의 벽을 따라 나란히 걷게 되더군. 그 지점을 다시 나무못으로 표시했지. 그런 다음 조심스럽게 동쪽으로 다섯 걸음씩 두 번 걷고 남쪽으로 두 걸음씩 두 번 걸었어. 그러자 저택의 낡은 문턱에 닿았어. 서쪽으로 두 걸음을 걸으려면 석판을 깐 복도를 걸어가야 했어. 의식문이 가리키는 지점이 바로 그곳이었어.

왓슨, 내 평생 그렇게 허탈한 적은 그때가 처음이었어. 내 계산이 근본적으로 잘못된 게 틀림없다는 생각이 잠깐 떠올랐어. 태양이 저물면서 복도 바닥을 정확히 비추고 있었지. 그리고 오래되고 닳아서 반질반질한 잿빛 석판들은 서로 단단하게 붙어 있고, 오랫동안 고정되어 있었다는 사실을 확인할 수 있었어. 브런턴도 여기를 손대지는 않았지. 바닥을 두드려봤지만 도처에서 똑같은 소리만 들렸어. 깨지거나 갈라진 흔적은 전혀 없었어. 하지만 다행스럽게도 머스그레이브가 내 행동의 의미를 이해하고서 이제 나만큼 흥분해 내 계산을 확인하려고 의식문 사본을 꺼냈어.

'그리고 아래로.' 머스그레이브가 외쳤어. '자네는 '그리고 아래로'를 빠뜨렸어.'

나는 땅을 파야 한다는 의미라고 생각하고 있었지만, 그 순간 내 생각이 틀렸다는 사실을 곧바로 깨달았지. '그럼 이 아래 지하 저장실이 있다는 건가?' 내가 소리쳤어.

'그래, 저택만큼 오래됐어. 바로 이 아래야. 이 문으로 들어가야 해.'

우리는 나선형 돌계단을 내려갔어. 내 친구는 구석의 통 위에 놓인 커다란 랜턴에 성냥으로 불을 밝혔지. 우리가 찾던 장소에 도착했다는 사실이 분명해졌어. 그리고 최근에 이 장소를 찾은 사람이 우리만이 아니라는 사실도 틀림없었지.

지하는 목재 보관고로 쓰였던 곳이었지만, 분명히 전에는 바닥에 어수선하게 흩어져 있었을 장작들이 지금은 옆에 차곡차곡 쌓여 있었어. 틀림없이 가운데 빈 공간을 만들려고 한 거지. 그 공간에는 커다랗고 묵직한 석판이 놓여 있었어. 석판 가운데에 녹슨 쇠고리가 달려 있고, 그 고리에 흑백 체크무늬의 두꺼운 목도리가 걸려 있었지.

'이런!' 내 의뢰인이 소리쳤어. '저건 브런턴이 매던 목도리야. 매고 있는 걸 본 적이 있어, 확실해. 그놈이 여기서 뭘 하고 있었던 걸까?'

내 제안에 따라 지역 경찰 두어 명을 현장에 와달라고 요청했어. 그런 다음 목도리를 당겨서 돌을 들어 올리려고 해봤지만 약간만 움직일 뿐이었어. 순경 한 사람의 도움을 받아 결국 한쪽으로 옮길 수 있었지. 아래쪽에 어두컴컴한 구멍이 입을 떡 벌리고 있더군. 머스그레이브가 한쪽에 무릎을 꿇고 앉아 랜턴을 아래로 밀어 내렸고, 우리 모두는 구멍 안을 가만히 들여다봤어.

대략 2미터 깊이에 1.2제곱미터 크기의 방이 우리 앞에 드러났어. 방 한쪽에는 놋쇠로 테를 두른 낮고 폭이 넓은 나무 상자가 놓여 있었지. 특이한 구식 열쇠가 꽂힌 채 뚜껑은 위

로 젖혀져 있었어. 상자 곁에는 먼지가 두껍게 덮여 있고, 안쪽에는 습기와 벌레 때문에 나무가 부식돼 검푸른 곰팡이가 잔뜩 슬어 있더군. 내가 여기 가진 것과 같은 옛날 동전 여러 개가 상자 바닥에 흩어져 있을 뿐, 그 밖에 상자에 들어 있는 건 아무것도 없었지.

하지만 그 순간 우리는 낡은 상자에 신경 쓸 새가 없었어. 상자 옆에 쭈그린 뭔가에 시선을 고정하고 있었거든. 그것은 한 남자의 형체였어. 검은 정장을 입은 채 쪼그려 앉아 상자 가장자리에 이마를 처박고 두 팔은 양쪽에 그대로 늘어뜨리고 있었지. 그런 자세 때문에 피가 전부 머리로 쏠렸을 거야. 일그러지고 다갈색으로 변한 얼굴을 아무도 알아볼 수 없었지. 하지만 시신을 끌어올리자 내 의뢰인은 키, 옷차림, 머리카락만으로 이 사람이 사실 실종된 집사라는 사실을 알아챘어. 집사는 며칠 전에 사망했지만, 몸에 외상이나 타박상은 전혀 없어서 어쩌다가 이렇게 끔찍하게 숨을 거뒀는지 알 수 없었어. 시신을 지하 저장실에서 끌어올리긴 했지만, 여전히 우리는 처음 조사할 때만큼 힘에 부치는 문제에 직면한 거야.

왓슨, 그때까지 내 조사 결과에 실망하고 있었음을 인정하네. 의식문에 언급된 장소만 찾으면 문제를 해결할 거라고 예상하고 있었어. 하지만 그 장소에 가도 머스그레이브 가문이 정교한 대비책을 세워 감추었던 것이 무엇인지 전혀 알 수가 없었지. 브런턴이 어떻게 됐는지는 설명할 수 있었어. 하지만 이제는 브런턴이 어쩌다 그런 최후를 맞았는지, 사라진 하녀가 이 사건에서 어떤 역할을 했는지를 알아내야 했어. 나는 구석에 놓인 작은 통 위에 앉아 사건 전체를 곰곰이 생각해봤어.

왓슨, 자네도 그런 경우에 내가 쓰는 방법을 알고 있잖나. 우선 그 사람의 지능을 예상한 다음 그자의 입장에 서서 생각해보는 거지. 그리고 같은 상황에서 나 자신은 어떻게 했을지 상상해보는 거야. 이 사건의 경우에 꽤 수준급이었던 브런턴의 지능 때문에 간단해졌어. 천문학자들이 개인 오차라고 부르는 걸 감안할 필요가 없었거든. 브런턴은 귀중한 것이 숨겨져 있다는 걸 알고 있었어. 그 장소도 찾았지. 그리고 그 장소가 돌로 막혀 있고, 그 돌은 너무 무거워서 남의 도움 없이 혼자 힘으로는 들어낼 수 없다는 것을 알았어. 그다음 어떻게 했을까? 믿을 만한 사람이 있다 하더라도 외부에 도움을 청할 수는 없었지. 문을 열어주면 탄로 날 위험이 컸으니까. 할 수만 있다면 저택 안에서 협력자를 찾는 게 나은 방법이었지. 누구에게 부탁했을까? 하녀는 브런턴을 깊이 사랑하고 있었어. 남자란 자신이 여자에게 아무리 나쁘게 대했어도 여자의 사랑을 결국 잃어버릴 수도 있다는 사실을 깨닫지 못하지. 브런턴은 몇 번

관심을 보여 하녀 하웰스와 화해하려고 했을 거야. 그러다가 하웰스를 한패로 끌어들인 거지. 그들은 밤에 함께 지하 저장실로 내려갔고, 힘을 합쳐 돌을 들어 올렸겠지. 여기까지 마치 실제로 보고 있었던 것처럼 브런턴과 하웰스의 행동을 따라갈 수 있었어.

하지만 한 사람은 여자였으니 돌을 들어 올리기 힘들었을 게 분명해. 서식스의 건장한 경찰과 나도 쉽지 않았거든. 수월하게 하려고 방법을 찾지 않았을까? 나라면 그랬을 거야. 나는 일어나서 바닥에 흩어져 있던 나무 장작 여러 개를 주의 깊게 살펴봤어. 거의 단번에 내가 예상했던 것을 찾았지. 1미터쯤 되는 나무 장작 하나의 한쪽 끝에 움푹 들어간 자국이 아주 뚜렷이 남아 있었어. 반면에 몇 개는 마치 상당히 무거운 물건에 눌린 것처럼 양쪽이 납작해져 있었지. 브런턴과 하웰스는 돌을 끌어올리면서 틈새에 나무장작을 끼워 넣었어. 그리고 사람이 기어들어 갈 수 있을 만큼 벌려서 틈새에 나무 장작을 세로로 괴어놓고 구멍을 열어뒀겠지. 전체 돌 무게가 반대쪽 가장자리를 짓눌렀기 때문에 나무 장작 아래쪽 끝이 움푹 패게 됐을 거야. 여기까지도 신뢰할 만한 견해지.

그리고 이제 한밤중에 벌어진 참극을 어떻게 재구성했는지 이야기해보겠네. 분명히 그 구멍에 들어맞는 사람은 한 사람뿐이었어. 브런턴이었지. 하녀는 위에서 기다려야 했을 거야. 그러다 브런턴이 상자를 열었고, 짐작건대 내용물을 위로 올려주었을 거야. 그 물건들은 발견되지 않았으니까 말이야. 그러고는 무슨 일이 일어났을까?

자신을 모욕한, 아마도 우리가 짐작하는 것보다 더 큰 모욕감을 안겨준 남자가 자신의 수중에 들어온 걸 보고 성미가 급한 켈트족 여인의 마음에 별안간 복수심이 연기를 피우며 활활 타오르지 않았을까? 나무가 미끄러지고 돌이 내려앉아 브런턴이 자신의 무덤이 된 장소에 갇힌 게 우연한 사고였을까? 하웰스는 브런턴의 최후에 대해 침묵을 지킨 죄밖에 없는 걸까? 그게 아니라면 하웰스가 손으로 내리쳐 나무 버팀대가 날아가고 석판이 원래 있던 대로 내려앉게 만든 걸까? 어떻든지간에 하웰스가 발굴한 보물을 손에 움켜쥐고 나선형 계단을 미친 듯이 뛰어 올라가는 모습이 눈앞에 보이는 듯했어. 아마도 뒤에서 신의가 없는 연인이 자기 목을 조르고 있는 석판을 광분해서 두드리면서 괴성을 질러대는 소리가 여자의 귓전에 울려 퍼졌을 거야.

여기에 하웰스가 이튿날 아침 창백한 얼굴로 냉정을 잃고 불안해하면서 떠들썩한 웃음으로 발작을 일으킨 이유가 있지. 그런데 상자 안에는 무엇이 있었을까? 하웰스는 그 물건을 어떻게 했을까? 물론 내 의뢰인이 호수에서 건진 오래된 금속과 조약돌이었겠지. 하녀는 자신이 저지른 범죄의 마지막 흔적을 없앨 기회가 오자, 그것들을 호수에 던져버린 거야.

20분 동안 나는 미동도 없이 앉아서 이 사건을 신중하게 생각해봤어. 아주 창백한 얼굴을 한 머스그레이브는 여전히 그 자리에 서서 랜턴을 흔들며 구멍을 자세히 들여다보고 있었지.

'찰스 1세의 주화들이야.' 머스그레이브가 말하더니 상자 안에 있던 주화 몇 개를 내밀었어. '의식문이 작성된 시기를 우리가 알아맞힌 거야.'

'찰스 1세와 관련한 뭔가를 찾을 수 있을 거야.' 내가 소리쳤어. 의식문의 처음 두 가지 질문에 내포되어 있을 법한 의미가 불현듯 떠올랐거든. '자네가 호수에서 찾은 자루에 들어 있던 물건들을 보여주게.'

서재로 올라가서 머스그레이브가 내 앞에 잡동사니를 늘어놓았어. 그 물건들을 보니 머스그레이브가 가치가 없는 물건이라고 말한 이유를 알겠더군. 금속은 거의 새카맣고 조약돌은 광택이 없고 칙칙한 색이었거든. 하지만 소매로 하나를 문질러 닦아 손바닥으로 어둡게 감싸보니 나중에는 섬광처럼 빛을 발하더군. 금속 가공물은 이중 고리 모양이었어. 그런데 구부러지고 비틀려서 본래 모양이 아니었어.

'자네가 기억해둬야 할 게 있어.' 내가 말했지. '왕당파는 찰스 1세가 처형당한 후에도 잉글랜드에서 맞서 싸웠어. 그러다 결국 달아나면서 아마 상당수의 아주 귀중한 보물들을 많이 남겨두었을 거야. 혼란이 진정되면 돌아와서 챙기려고 했겠지.'

'선조이신 랠프 머스그레이브 경은 유명한 왕당파로, 찰스 2세의 오른팔이셨지.' 내 친구가 말했어.

'아, 과연 그렇군!' 내가 대답했지. '자, 그 말을 들으니 우리가 찾고 있던 마지막 연결 고리를 얻은 것 같군. 축하해야 할 일이 틀림없군! 다소 비극적인 방법을 통하긴 했지만 말이야. 그 자체로도 가치가 크지만 진기한 역사적 유물로 엄청난 가치를 지닌 물건을 손에 넣게 된 거야.'

'이게 뭔데그래?' 머스그레이브는 놀라서 말을 제대로 잇지 못했어.

'다름 아닌 잉글랜드 왕의 아주 오래된 왕관이야.'

'왕관이라니!'

'말 그대로야. 의식문 내용을 생각해보게. 뭐라고 적혀 있었나? '그것은 누구의 소유였나?' '떠난 분.' 찰스 1세가 처형당한 후를 말하는 거야. 그리고 '누가 그것을 소유할 것인가?' '오실 분.' 이 말은 찰스 2세의 등장을 이미 내다본 거지. 내가 생각하기에 이 찌그러지고 볼품없는 왕관은 한때 스튜어트 왕가의 이마를 삼쌌던 물건인 게 틀림없어.'

'이게 어쩌다 연못에서 나온 거지?'

'아, 그 질문에 답하려면 시간이 좀 걸릴 거야.' 나는 머스그레이브에게 내 머릿속에서 연이어 일어난 추리와 입증 과정을 간단히 설명했지. 땅거미가 지고 하늘에 달이 밝게 빛나자 내 이야기는 끝이 났어.

'그런데 그 후에 찰스 2세가 돌아와 자기 왕관을 찾아가지 않은 건 어떻게 된 거야?' 머스그레이브가 리넨 자루 속에 유물을 도로 넣으며 물었어.

'아, 우리가 해결할 수 없는 문제 한 가지를 정확하게 지적했군. 그사이에 비밀을 간직한 머스그레이브 가문 사람이 사망했을 수도 있어. 그리고 후손에게 의식문을 남기면서 깜빡하고 의미를 설명해주지 않았을 수도 있지. 그날 이후 오늘까지 대대손손 전해져 내려온 거야. 결국 비밀을 알아챈 남자의 손에 닿게 되었지만, 그자는 모험에 나섰다가 목숨을 잃었지.'

이게 머스그레이브 가문의 의식문 사건의 진상이야, 왓슨. 지금 그 왕관은 헐스톤에 보관되어 있어. 비록 법적으로 옥신각신하고 머스그레이브가에서 상당한 금액을 지출하고 나서야 보유해도 좋다고 허락을 받았지만 말이야. 내 이름을 대면 자네에게도 기꺼이 보여줄 거라고 확신하네. 하녀의 소식은 영영 들을 수 없었어. 아마도 범죄에 대한 기억을 간직한 채 잉글랜드를 떠나 바다 건너 어딘가로 사라졌겠지."

7
라이게이트의 지주들

1887년 봄, 내 친구 셜록 홈즈는 어마어마한 기운을 쏟아 사건을 해결하느라 과로에 시달렸다. 그리고 어느 정도 시간이 지나서야 건강을 회복할 수 있었다. 네덜란드-수마트라 회사 사건과 모페르튀 남작의 거대 음모라는 문제는 대중이 볼 때 아주 최근에 일어난 일이고, 정치와 경제에 아주 깊이 관련되어 있어 이런 단편 연재물에 적합한 소재는 아니다. 하지만 그 일은 돌고 돌아 전혀 색다르고 복잡한 사건으로 이어졌다. 이번 사건에서 내 친구는 평생 동안 범죄에 맞서 싸우며 사용한 많은 무기 중 새로운 무기에 어떤 진가가 있는지 증명할 기회를 얻었다.

내 기록들을 살펴보니, 4월 14일 리옹에서 보낸 전보를 받고 홈즈가 뒬롱 호텔에서 앓아누워 있다는 사실을 알게 되었다. 나는 하루 만에 홈즈의 병실에 도착했고, 상태가 심각하지 않다는 것을 알고 안심할 수 있었다. 그러나 수사가 두 달 넘게 계속되자 피로가 누적돼 홈즈의 강철 체력도 바닥나 버렸다. 수사하는 동안 홈즈는 하루에 15시간 넘게 일했다. 게다가 홈즈가 말한 것처럼 닷새 동안 쉬지 않고 일한 경우도 몇 번이나 있었다. 그래서 결국 큰 성과를 얻기는 했지만, 엄청난 기운을 쏟고 난 후 찾아온 반작용에서 홈즈를 지켜주지는 못했다. 홈즈는 이제 유럽에서 명성이 자자해지고 숙소에는 그야말로 발목이 잠길 만큼 축하 전보가 쌓였지만, 막상 홈즈 본인은 지독한 우울증에 시달리고 있었다. 세 나라의 경찰이 풀지 못한 사건을 해결하고, 유럽에서 가장 능수능란한 사기꾼을 모든 면에서 압도했다는 사실조차 홈즈가 신경 쇠약을 떨치고 기운을 차리는 데 힘이 되지는 못했다.

사흘 후 우리는 베이커 스트리트로 돌아왔다. 하지만 아무래도 내 친구가 기분 전환이라도 하면 훨씬 좋아질 것 같았다. 나도 시골에서 일주일을 보낸다는 계획에 마음이 끌렸다. 내가 아프가니스탄에서 치료해준 적 있는 오랜 지인 헤이터 대령이 서리 주 라이게이트 근처에 살고 있었는데, 놀러 오라고 여러 번 나를 초대했다. 지난번에는 내 친구를 데려와도 기꺼이 환대하겠다고 말했다. 설득하는 데 약간의 노력이 필요하긴 했지만, 헤이터 대령이 독신이고 방해받지 않고 지낼 수 있다는 말에 홈즈는 내 제안을 받아들였다. 그리고 우리는 리옹에서 돌아온 지 일주일 후 헤이터 대령의 집에 묵게 되었다. 헤이터 대령은 세상을 두루 구경한 멋진 노병이었다. 내가 기대했던 대로, 헤이터 대령은 얼마 지나지 않아 홈즈와 자신에게 공통점이 많다는 사실을 깨달았다.

헤이터 대령의 저택에 도착한 날 저녁, 우리는 식사 후에 총기실에 앉아 있었다. 홈즈는 소파에 누워 있었고, 헤이터 대령은 동방에서 가져온 무기류를 내게 구경시켜주고 있었다.

"그건 그렇고." 헤이터 대령이 불쑥 말을 꺼냈다. "비상경보가 필요할지도 모르니 권총 한 정을 들고 침실에 올라가야겠어."

"비상경보라니요!" 내가 말했다.

"맞아. 요즘 이 지역에 소동이 일어났네. 지난 월요일에 지역 유지인 액턴 씨 댁에 도둑이 들었어. 큰 피해는 없었지만, 그 패거리가 아직 잡히지 않았지."

"단서는 없었습니까?" 홈즈가 헤이터 대령을 힐끔 쳐다보며 물었다.

"아직까지는 없다더군. 하지만 사소한 사건인 데다 조그마한 시골에서 벌어진 일이니 자네가 처리하기에는 너무 하찮은 사건인 것 같네. 더군다나 대단한 국제 사건을 해결한 후 아닌가."

헤이터 대령이 칭찬하는 말에 홈즈는 손사래를 쳤지만, 미소 짓는 걸 보니 기분이 좋은 눈치였다.

"흥미로운 점은 없었나요?"

"없었던 것 같아. 도둑들은 서재를 뒤졌지만 헛수고만 하고, 가져간 것도 별로 없다더군. 구석구석 다 뒤집어엎고, 서랍은 다 빼놓고, 책장도 샅샅이 뒤졌더래. 그렇게 해서 사라진 물건은 영국의 시인이자 비평가인 포프가 번역한《호메로스》전집

중 한 권, 도금한 촛대 두 개, 상아로 만든 서진(책장이나 종잇조각이 바람에 날리지 않도록 누르는 데 쓰는 물건—옮긴이) 하나, 작은 떡갈나무 기압계, 실 한 뭉치가 전부야."

"별난 조합이군요!" 내가 큰 소리로 말했다.

"아, 가져갈 수 있는 건 모조리 훔쳐간 게 분명해."

홈즈가 소파에서 푸념하듯 중얼중얼 말했다. "지역 경찰이 그 점을 놓치면 안 될 텐데." 홈즈가 말했다. "그렇다면 틀림없이…."

그러나 내가 손짓해 주의를 주었다.

"이봐, 자네는 여기 쉬려고 온 거야. 기력이 바닥나 있을 때는 새로운 사건에 덤벼들 생각하지 마."

홈즈는 포기한다는 듯 헤이터 대령을 향해 우스꽝스러운 눈

짓을 하면서 어깨를 으쓱해 보였다. 그래서 대화 주제는 위험하지 않은 화제로 바뀌었다.

그러나 의사로서 홈즈에게 경고한 말은 전부 쓸모없게 될 운명이었다. 이튿날 아침 못 본 체할 수 없는 경로로 그 사건이 우리들 틈으로 헤집고 들어왔고, 홈즈와 나의 시골 방문이 둘 중 누구도 예상하지 못했던 방향으로 흘러갔기 때문이다. 우리가 아침 식사를 하고 있을 때 대령의 집사가 예의에 어긋나게 급히 뛰어 들어왔다.

"소식 들으셨습니까, 주인님?" 집사가 숨을 몰아쉬었다. "커닝엄 씨 댁에서요!"

"도둑이로군!" 대령이 커피를 든 채 소리쳤다.

"살인이 일어났습니다!"

헤이터 대령이 휘파람 소리를 냈다. "저런! 그럼 누가 살해당한 건가? 치안판사, 아니면 아들?"

"두 분이 아닙니다, 주인님. 마부 윌리엄이 죽었어요. 총알이 심장을 관통했다고 해요. 그러고는 다시는 말을 못 했답니다."

"그럼 누가 총을 쐈다던가?"

"도둑이었어요, 주인님. 그런데 쏜살같이 달아나 종적을 감췄다고 합니다. 도둑이 식료품 저장실 창문으로 들어오자, 마부 윌리엄이 우연히 발견해 주인의 재산을 지키다가 숨을 거둔 겁니다."

"언제쯤이었다던가?"

"어젯밤이었습니다, 주인님. 자정 무렵이었죠."

"아, 그렇군. 나중에 들러보도록 하지." 헤이터 대령이 이렇게 말하고, 다시 차분하게 아침 식사를 계속했다. "좀 안된 일이야." 집사가 나가자 대령이 말을 이었다. "커닝엄 씨는 이 근방에서 유력 인사야. 아주 점잖은 분이라네. 죽은 마부가 오랫동안 일한 사람인 데다 아주 훌륭한 하인이라 커닝엄 씨가 상심에 빠졌겠군. 분명히 이번 일도 액턴 씨 댁에 침입했던 놈들 짓일 거야."

"침입해서 아주 별난 물건을 훔쳤죠." 홈즈가 생각에 잠긴 채 말했다.

"맞아, 그랬지."

"흠! 세상에서 가장 단순한 사건일 수도 있지만, 역으로 보면 꽤나 묘한 사건이라는 것을 한눈에 알아볼 수 있습니다. 그렇지 않습니까? 시골을 돌아다니는 도둑들은 며칠 사이에 같은 지역에서 두 번 털지 않고 바로 범행 지역을 옮기는 편이죠. 어젯밤 대령님께서 조심해야겠다고 말씀하셨을 때, 도둑놈 한 명이든 패거리든 이곳이 잉글랜드에서 마지막으로 노리는 지역이고 이제는 다른 데로 관심을 돌릴 거라는 생각이 들었죠. 제가 아직도 배울 게 많은 모양입니다."

"이 지역만 노리는 상습범인 것 같아." 헤이터 대령이 말했다. "그렇다면 당연히 액턴 씨나 커닝엄 씨 댁이 갈 만한 집이지. 이 근방에서 단연코 제일 크니까 말일세."

"그리고 가장 부자들이겠죠?"

“그래, 그럴 거야. 그런데 몇 년 동안 두 집안이 소송 중이라 양쪽 다 출혈이 컸을 거야. 액턴 씨가 커닝엄 씨의 토지 중 절반이 자기 소유라고 주장하고 있거든. 변호사들이 전력을 다해 싸우고 있지.”

“이 지역 범죄자라면 찾는 데 그리 어렵지 않을 겁니다.” 홈즈가 하품을 하면서 말했다. “알았어, 왓슨. 쓸데없이 참견하지 않겠네.”

“포레스터 경위가 오셨습니다.” 집사가 문을 열며 말했다.

경관 한 사람이 방으로 들어왔다. 인상이 영리하고 날카로워 보이는 젊은 친구였다. “안녕하십니까, 대령님.” 포레스터 경위가 말했다. “방해가 된 게 아니면 좋겠군요. 그런데 베이커 스트리트의 홈즈 씨가 여기 와 계시다고 들었습니다.”

헤이터 대령이 손을 들어 내 친구를 가리키자 포레스터 경위가 고개를 숙여 인사했다.

“홈즈 씨, 이번 사건에 직접 나서보지 않으시겠습니까?”

"상황이 자네에게 불리하군, 왓슨." 홈즈가 소리 내어 웃으며 말했다. "안 그래도 그 사건 이야기를 하고 있던 차에 경위가 들어왔어요. 사건 이야기를 자세히 해줄 수 있겠죠?" 홈즈가 낯익은 자세로 의자에 등을 기대고 앉았다. 그 모습을 보고 나는 더 이상 말리긴 힘들다는 사실을 깨달았다.

"액턴 씨네 사건에는 단서가 없었지만 이번에는 충분히 확보했습니다. 틀림없이 두 사건의 범인은 같은 사람입니다. 목격자가 있거든요."

"아!"

"그렇습니다. 하지만 범인은 총을 쏴 윌리엄 커원을 사살한 후 온 힘을 다해 달아났어요. 커닝엄 씨가 창문으로 범인을 봤고, 아들인 알렉 커닝엄 씨는 뒤편 복도에 서서 범인을 목격했죠. 비명 소리를 들었을 때가 밤 12시 15분 전이었다고 합니다. 커닝엄 씨는 막 잠자리에 든 참이었고, 알렉 씨는 실내복 차림으로 파이프 담배를 피우고 있었다더군요. 둘 다 마부인 윌리엄이 도움을 청하는 소리를 들었습니다. 알렉 씨가 무슨 일인지 확인하려고 뛰어 내려갔더니 뒷문이 열려 있었다고 합니다. 계단 아래까지 내려가자 바깥에서 두 사람이 맞붙어 싸우는 광경이 보였죠. 한 사람이 총을 쐈고 상대편이 푹 쓰러졌습니다. 살인범은 정원을 가로지른 다음 생울타리를 넘어 달아났습니다. 커닝엄 씨는 침실에서 바깥을 내다보다가 범인이 도로까지 가는 걸 봤지만 이내 놓쳐버렸다고 합니다. 알렉 씨는 그 자리에 남아 죽어가는 마부를 구할 수 있는지 살펴보기 위해 뒤쫓는 걸 그만두었고, 범인은 감쪽같이 사라지고 말았습니다. 범인이 중간 정도의 키에 검은 옷을 입었다는 사실 말고는 인상착의에 대한 단서는 없습니다. 하지만 경찰이 활발하게 수사를 진행하고 있으니, 범인이 외지인이라면 얼마 안 가서 찾아낼 겁니다."

"마부 윌리엄은 거기서 뭘 하고 있었죠? 죽기 전에 한 말은 없나요?"

"한마디도 없었습니다. 윌리엄은 모친과 함께 관리인 주택에 살았습니다. 아주 성실한 친구라 아무 일 없는지 확인하려고 저택에 올라간 걸로 짐작하고 있습니다. 물론 액턴 씨 댁 일로 모든 주민들이 조심하고 있었거든요. 도둑이 자물쇠를 비틀어 열고 집 안으로 침입했을 때 마침 윌리엄이 둘러보러 와서 도둑과 맞닥뜨린 겁니다."

"윌리엄이 집을 나서기 전에 어머니에게 한 말은 없나요?"

"윌리엄의 모친은 연로한 데다 귀가 잘 들리지 않아요. 그래서 얻을 수 있는 정보가 없었습니다. 충격을 받아서 정신이 반쯤 나갔어요. 그렇지 않아도 정신이 온전치 않은 듯한데 말이죠. 그런데 아주 중요한 정황이 발견되었습니다. 이걸 보세요!"

포레스터 경위는 수첩에서 찢어진 작은 종잇조각 하나를 꺼내 무릎 위에 펴놓았다.

"피살자의 손에서 발견한 겁니다. 이보다 큰 종이에서 찢어진 조각인 것 같습니다. 가엾은 친구가 최후를 맞은 시각이 종이에 적혀 있는 바로 이 시간이라는 점을 아실 겁니다. 살인범이 종이의 나머지 부분을 찢어갔거나 피해자가 살인범에게서 이 부분만 뺏은 것일 수도 있습니다. 읽어보면 약속이 있었던 것 같아요."

홈즈는 종잇조각을 집어 들었다. 아래 그림은 그것을 복사한 것이다.

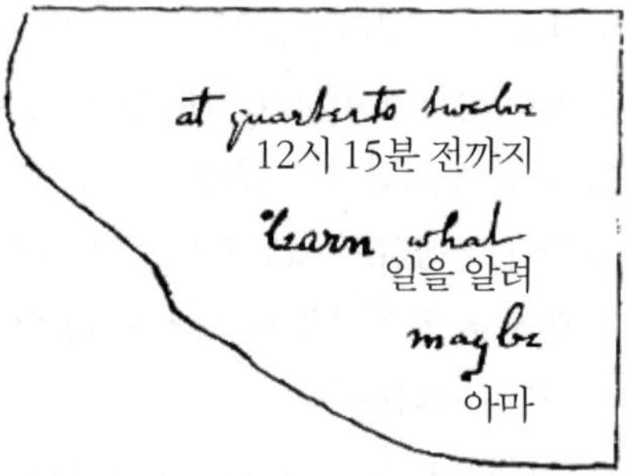

"물론 윌리엄 커원이 성실한 사람으로 정평이 나 있지만 말입니다." 포레스터 경위가 말을 이었다. "이게 약속이라고 가정하면 윌리엄과 도둑이 한통속이었을 수도 있다는 가설입니다. 윌리엄은 그곳에서 도둑을 만나기로 했고, 문을 따고 들어가도록 도왔는데 나중에 사이가 틀어지고 만 거죠."

"글씨체가 유달리 흥미롭군요." 집중해서 종이를 살펴보고 있던 홈즈가 말했다. "이 사건은 처음 생각했던 것보다 더 빠져나오기 힘든 궁지에 몰렸어요." 홈즈는 고개를 숙이고 두 손으로 머리를 감싸 쥐었다. 그러자 포레스터 경위는 런던에서 온 유명한 전문가가 자신의 사건을 곤혹스러워하는 듯한 모습을 보고 미소를 지었다.

홈즈가 곧이어 말했다. "도둑과 마부 사이에 합의가 이루어졌고, 이 종이가 그들 사이에 오간 약속 편지일 거라는 가설은 기발하고 전혀 불가능한 추정도 아닙니다. 하지만 이 글씨체로 보면…." 홈즈는 다시 두 손으로 머리를 감싸고 잠시 깊은 생각에 잠겼다. 홈즈가 다시 고개를 들었을 때 나는 놀라지 않을 수 없었다. 내 친구의 볼에 화색이 돌고 두 눈은 아프기 전처럼 빛났다. 홈즈는 예전의 활력을 모두 회복한 듯 벌떡 일어섰다.

"할 말이 있어요." 홈즈가 말했다. "이번 사건을 조용히 조사하고 싶군요. 대단히 마음이 끌리는 사건이에요. 헤이터 대령님, 괜찮으시면 왓슨과 대령님을 남겨두고 경위와 함께 다녀오겠습니다. 한두 가지 추정해본 사항들이 사실인지 확인하고 오겠습니다. 30분 후에는 돌아올 겁니다."

한 시간 반이 지나 포레스터 경위가 혼자 돌아왔다.

"홈즈 씨는 밖에서 들판을 왔다 갔다 하고 계세요." 포레스터 경위가 말했다. "그리고 우리 네 사람이 함께 저택으로 가보자고 하셨어요."

"커닝엄 씨 댁에?"

"네."

"무슨 일로?"

포레스터 경위가 어깨를 으쓱했다. "저도 잘 모르겠습니다, 선생님. 우리끼리 이야기인데요, 홈즈 씨는 아직 회복하지 못하신 것 같아요. 아주 이상한 행동을 하셨거든요. 게다가 굉장히 흥분하셨어요."

"걱정할 필요 없을 것 같군요." 내가 말했다. "내가 겪어봐서 아는데 홈즈의 광기에는 조리가 있어요."

"홈즈 씨의 방식에 광기가 있다고 말하는 사람도 있을 걸요." 포레스터 경위가 투덜거리며 말했다. "그런데 홈즈 씨가 출발하자고 서두르셨어요. 대령님, 준비되시는 대로 나가는 게 좋겠습니다."

홈즈는 고개를 숙이고 두 손은 바지 주머니에 찔러 넣은 채 서성거리며 걷고 있었다.

"사건이 점점 재미있어져." 홈즈가 말했다. "왓슨, 자네와의 시골 여행은 대성공이야. 아침 시간을 아주 즐겁게 보냈어."

"범죄 현장에 다녀왔다고 들었네." 헤이터 대령이 말했다.

"네, 경위와 제가 사전 조사를 잠깐 했습니다."

"성과는 있었나?"

"아주 재밌는 걸 발견했습니다. 걸어가면서 말씀드리죠. 제일 먼저 불운한 마부의 시신을 보러 갔습니다. 알려진 대로 연발 권총에 맞아 숨진 게 틀림없습니다."

"그럼 그 사실을 미심쩍게 여기고 있었다는 건가?"

"아, 무엇이든지 확실히 해두는 편이 좋으니까요. 쓸데없는 조사는 아니었습니다. 그리고 커닝엄 씨와 그 아들을 만나 이야기를 나눴어요. 살인범이 도망가면서 정원과 생울타리를 헤치고 나간 정확한 지점을 알려줄 수 있는 목격자들이죠. 대단히 흥미로웠습니다."

"예상한 그대로겠군."

"그런 다음 가엾은 친구의 모친을 만났죠. 하지만 연로한 데다 기력이 없는 분이라 아무런 정보도 얻을 수 없었습니다."

"조사해서 얻은 성과는 대체 뭔가?"

"이번 범행이 아주 색다르다는 확신을 얻었죠. 아마도 이번에 다시 현장을 찾아가면 좀 더 뚜렷한 성과를 얻을 수 있을 겁니다. 포레스터 경위, 죽은 마부가 손에 쥐고 있던 사망 시각이 적혀 있던 종잇조각이 굉장히 중요하다는 견해에 경위도 동의하죠?"

"그걸로 단서를 잡을 수 있을 겁니다, 홈즈 씨."

"그렇습니다. 그 쪽지를 쓴 사람이 누구든 간에 그 시간에 윌리엄 커원을 불러낸 사람입니다. 그런데 나머지 종잇조각은 어디에 있는 걸까요?"

"종이를 찾으려고 땅바닥을 주의 깊게 살펴봤습니다." 포레스터 경위가 말했다.

"그건 피살자의 손에서 찢겨 나갔습니다. 그렇게까지 쪽지를 손에 넣고 싶었던 이유가 뭘까요? 쪽지를 보면 범인이 드러나기 때문이었겠죠. 그럼 범인은 어떻게 했을까요? 아마 곧바로 자기 주머니에 쑤셔 넣었을 겁니다. 아마도 피살자가 종이 한 귀퉁이를 움켜쥐고 있다는 것도 전혀 알아차리지 못했을 거예요. 나머지 부분을 찾을 수 있다면 이 수수께끼의 답에 확실히 가까이 다가갈 텐데 말이죠."

"그렇죠. 하지만 범인을 잡기도 전에 주머니를 볼 방법이 있을까요?"

"글쎄 어떨지 고심해볼 만한 문제죠. 그런데 너무 빤한 사실이 또 한 가지 있어요. 그 쪽지는 윌리엄에게 보낸 겁니다. 쪽지를 쓴 사람이 가져다줬을 리가 없습니다. 직접 가져왔다면 당연히 구두로 용건을 말했을 테니까요. 그럼 누가 가져왔을까요? 아니면 우편으로 온 걸까요?"

"제가 조사해봤습니다." 포레스터 경위가 말했다. "어제 윌리엄은 오후 우편으로 편지를 한 통 받았고, 봉투는 파기해버렸어요."

"대단하군요!" 홈즈가 경위의 등을 툭 치며 외쳤다. "우편집배원을 만나본 거군요. 경위와 일하게 되어 기쁩니다. 자, 여기가 관리인 주택이에요. 대령님, 올라가시면 범죄 현장을 보여드리겠습니다."

살해된 마부가 살던 아담한 시골집을 지나, 떡갈나무가 늘어선 진입로를 걸어 올라가자 퀸 앤 양식의 저택이 나왔다. 입구의 상인방 위에는 말플라크 전승 기념일이 새겨져 있었다. 홈즈와 포레스터 경위의 안내를 받아 길을 우회해서 부엌으로 통하는 옆문에 도착했다. 길을 따라 늘어선 생울타리와 부엌문 사이에는 길쭉한 뜰이 있었고, 순경 한 명이 부엌문 앞에 서 있었다.

"문 좀 열어주세요." 홈즈가 말했다. "자, 아들인 알렉 커닝엄 씨가 저 계단에 서서 두 사람이 싸우는 모습을 목격했습니다. 지금 우리가 있는 이곳입니다. 커닝엄 씨는 창가, 그러니까 왼쪽 두 번째 창문에 서 있다가 범인이 저 덤불 왼편으로 달아나는 것을 목격했어요. 알렉 씨도 그 모습을 봤고요. 두 사람 모두 덤불 때문에 확실히 기억한다고 했어요. 그런 다음 알렉 씨가 뛰어나가 부상당한 마부 옆에 무릎을 꿇고 앉았습니다. 보시다시피 땅바닥이 아주 단단해서 사건에 대해 알려줄 만한 흔적은 전혀 남지 않았어요."

홈즈가 이렇게 말하고 있을 때 두 남자가 저택 모퉁이를 돌아 정원에 난 보도로 내려왔다. 나이가 지긋한 쪽은 인상이 강한 얼굴에 주름이 깊게 팼고 눈은 졸린 듯했다. 다른 남자는 늠름한 젊은 친구로, 밝게 웃는 표정과 눈에 띄는 옷차림이 우리를 불러들인 사건과 묘하게 대조되었다.

"아직 제자리걸음입니까?" 젊은 친구가 말했다. "런던 사람들은 여간해서는 헤매지 않는다고 생각했죠. 어쨌든 선생은 그리 영리하지 않은 것 같군요."

"아, 시간을 조금 주셔야 합니다." 홈즈가 쾌활하게 말했다.

"시간이 필요하시겠죠." 젊은 알렉 커닝엄이 말했다. "아무튼 단서는 있을 것 같지도 않네요."

"한 가지 있습니다." 포레스터 경위가 대답했다. "그걸 찾을 수 있다면…. 이런, 홈즈 씨, 왜 그러십니까?"

가엾은 내 친구의 안색이 별안간 어느 때보다 끔찍하게 변했다. 눈동자가 위로 돌아가고 고통에 못 이겨 이 목구비가 일그러지더니 신음 소리를 삼키며 앞으로 쓰러졌다. 갑작스럽게 심각한 발작이 일어나 겁이 난 우리는 홈즈를 부엌으로 옮겼다. 홈즈는 커다란 의자에 누워서 몇 분 동안 숨을 가쁘게 몰아쉬었다. 마침내 다시 일어나더니 쑥스러운 듯한 얼굴로 건강이 좋지 않은 점을 사과했다.

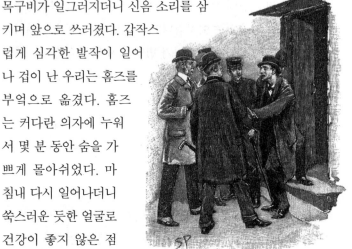

"제가 중병에서 회복한 지 얼마 안 됐다고 왓슨이 말씀드렸을 겁니다." 홈즈가 변명을 했다. "그래서 이렇게 느닷없이 신경 발작을 일으키기 쉽거든요."

"제 이륜마차로 집까지 모셔다드릴까요?" 커닝엄이 말했다.

"저, 여기까지 왔으니 확인하고 싶은 사항이 하나 있습니다. 어렵지 않게 확인할 수 있습니다."

"그게 뭔가요?"

"음, 도둑이 저택에 들어오기 전이 아니라 그 후에 윌리엄이라는 가엾은 친구가 도착했을 가능성이 있습니다. 문이 부서진 채 열려 있는데도, 당연히 도둑이 절대 집 안으로 들어가지 않았다고 여기시는 듯하군요."

"그건 확실하다고 생각합니다." 커닝엄 씨가 근엄하게 말했다. "제 아들 알렉이 잠자리에 들기 전이었으니, 누군가 집 안을 돌아다녔다면 분명히 그 소리를 들었을 겁니다."

"알렉 씨는 어디 계셨나요?"

"옷 방에서 담배를 피우고 있었어요."

"어느 창문이죠?"

"왼쪽 맨 끝 창문이에요. 아버지 침실 옆이죠."

"물론 두 방 다 램프가 켜져 있었겠죠?"

"분명 그랬습니다."

"여기에 아주 희한한 점이 있습니다." 홈즈가 미소 지으며 말했다. "도둑은 불빛을 보고 가족 중 두 사람이 아직 잠들지 않았다는 사실을 알 수 있었을 겁니다. 그런데도 도둑이, 그것도 다른 집을 털어본 도둑이 유유히 집 안으로 들어왔다는 건 놀라운 일 아닌가요?"

"거침없는 놈이었겠죠."

"글쎄, 이상한 사건이 아니었다면 선생께 진상을 밝혀달라고 하지도 않았을 게 뻔하잖습니까." 젊은 알렉이 말했다. "도둑이 집을 털고 나서 윌리엄에게 붙들렸다고 하셨죠? 선생 생각은 터무니없습니다. 그렇다면 어질러진 데가 있지 않았을까요? 그리고 도둑이 훔쳐간 물건이 있어야 하지 않을까요?"

"훔쳐간 물건이 뭐냐에 달려 있죠." 홈즈가 말했다. "우리가 아주 남다른 도둑을 상대하고 있다는 사실을 명심해야 합니다. 그리고 이자는 자신만의 방침에 따라 범행을 저지르는 것 같습니다. 예를 들어 액턴 씨 댁에서 훔쳐간 별난 물건들을 생각해보세요. 어떤 것들이었죠? 실 뭉치 하나, 서진 하나…. 다른 잡동사니들은 생각이 안 나네요."

"자, 홈즈 씨, 당신 뜻대로 하세요." 커닝엄 씨가 말했다. "홈즈 씨나 경위가 제안하는 것은 무엇이든 흔쾌히 받아들이죠."

"우선." 홈즈가 말했다. "현상금을 거십시오. 커닝엄 씨께서 직접 말입니다. 경찰은 금액을 정하는 데 시간이 걸려서 이런 일을 신속하게 처리할 수 없거든요. 제가 여기 문구를 적어두었으니 괜찮으시면 사인해주십시오. 아마 50파운드면 충분할 겁니다."

"500파운드라도 기꺼이 내놓겠소." 치안판사인 커닝엄 씨가 이렇게 말하고 홈즈가 건네준 종이와 연필을 받아 들었다. "그런데 틀린 내용이 있군요." 커닝엄 씨가 문서를 쭉 훑어보며 덧붙여 말했다.

"좀 허둥대며 썼거든요."

"처음에 이렇게 썼군요. '화요일 새벽 1시 15분 전 살인 사건이 발생했으므로'라고 시작합니다. 사실은 12시 15분 전이었어요."

홈즈가 실수를 하다니 나는 마음이 아팠다. 홈즈가 그런 작은 실수에도 얼마나 예민한지 알고 있기 때문이다. 한 치의 오차도 없는 게 홈즈의 장기인데, 최근에 병을 앓아 많이 약해진 것이다. 이 사소한 실수로 홈즈가 결코 평상시 상태가 아니라는 사실을 충분히 알 수 있었다. 홈즈는 잠깐 동안 눈에 띄게 난처해했다. 반면에 포레스터 경위는 눈살을 찌푸렸고, 알렉 커닝엄은 웃음을 터뜨렸다. 하지만 노신사는 실수를 바로잡아 홈즈에게 종이를 다시 돌려주었다.

"가급적 빨리 신문에 실어주세요." 커닝엄 씨가 말했다. "훌륭한 계획인 것 같습니다."

홈즈는 종이를 조심스럽게 수첩에 집어넣었다.

"그러면 이제." 홈즈가 말했다. "우리 모두 저택을 살펴보면서, 약간 엉뚱한 도둑이 결국 아무것도 가져가지 않았다는 걸 확인해야겠군요."

집 안으로 들어가기 전에 홈즈는 부서진 문을 조사했다. 끌이나 튼튼한 칼을 쑤셔 넣어 자물쇠를 망가뜨리고 문을 연 게 분명했다. 나무에 밀어 넣은 자국이 남은 걸 볼 수 있었다. "평소 빗장은 사용하지 않는 모양이군요?" 홈즈가 물었다.

"필요하다고 생각해본 적이 없습니다."

"개를 기르시지도 않고요?"

"아뇨, 기르고 있습니다. 하지만 집 반대편에 묶여 있어요."

"고용인들은 언제 잠자리에 드나요?"

"10시쯤일 겁니다."

"윌리엄도 보통 그 시간에 잔다고 봐야겠군요?"

"그렇죠."

"그날만 일어나 있었다니 이상한 일이군요. 자, 집 안을 두루 보여주시면 감사하겠습니다, 커닝엄 씨."

돌을 깐 통로는 부엌에서 2층으로 올라가는 나무 계단으로 이어져 있었다. 계단을 올라가 곧바로 2층 층계참에 이르니, 반대편에 현관 입구에서 올라오는 잘 꾸며진 또 다른 계단이 있었다. 층계참에서 벗어나니 응접실과 침실 몇 개가 보였다. 그중에 커닝엄 씨와 아들 알렉의 침실이 있었다. 홈즈는 느릿느릿 걸으면서 저택의 구조를 빈틈없이 주시했다. 홈즈의 표정을 보고 나는 내 친구가 확실한 단서를 잡았다는 사실을 알 수 있었다. 하지만 홈즈가 어느 방향으로 추리해나가고 있는지는 조금도 짐작할 수 없었다.

"저기요, 홈즈 씨." 커닝엄 씨가 못 참겠다는 듯 말했다. "이건 쓸데없는 짓입니다. 내 방은 계단 끝에 있고, 그곳을 지나면 아들 방입니다. 이제 결론을 말씀해보십시오. 도둑이 우리에게 들키지 않고 여기까지 올라오는 게 가능하다고 보시오?"

"실컷 더 둘러보고 새로운 단서를 잘 찾으셔야죠." 알렉이 약간 심술궂게 웃으며 말했다.

"그래도 조금만 더 시간을 주세요. 예를 들어 침실 창문에서 얼마나 멀리까지 내다보이는지 확인하고 싶습니다. 여기가 아드님 방이군요." 홈즈가 문을 열었다. "그리고 저기가 옷 방이군요. 비명 소리가 들렸을 때 아드님은 저기 앉아 담배를 피웠죠. 옷 방 창문에서는 어디까지 내다보이죠?" 홈즈가 침실을 가로질러 걸어가 옷 방 문을 열고 안을 둘러보았다.

"이제 만족하셨길 바랍니다만." 커닝엄 씨가 쏘아붙이듯이 말했다.

"고맙습니다. 원하는 건 다 본 것 같군요."
"정말 필요하다면 내 방도 보러 갑시다."
"폐가 안 된다면 부탁드립니다."
치안판사가 어깨를 으쓱하고는 앞장서서 자신의 방으로 안내했다. 소박하게 꾸민 평범한 방이었다. 일행이 방을 가로질러 창가 쪽으로 걸어갈 때 홈즈가 뒤로 물러나더니 나와 가장 뒤쪽에 섰다. 침대 발치 가까이 있는 탁자 위에 오렌지 한 접시와 유리 물병이 놓여 있었다. 그 옆을 지나칠 때 홈즈가 내 앞으로 몸을 숙이더니 탁자에 놓인 것들을 모조리 뒤엎었다.

나는 말로 다 할 수 없을 정도로 깜짝 놀랐다. 유리병은 산산이 부서졌고, 과일은 사방으로 데굴데굴 굴러갔다.

"왓슨, 지금 뭐하는 거야." 홈즈가 태연하게 말했다. "양탄자를 엉망으로 만들었잖아."

나는 약간 당황해서 서 있다가 과일을 줍기 시작했다. 무슨 까닭인지 내 친구가 내 탓으로 해주기를 바란다는 생각이 들었다. 다른 사람들도 과일을 줍고 탁자를 원상태로 세워놓았다.

"이런!" 포레스터 경위가 소리쳤다. "어디 가셨지?"

홈즈가 흔적도 없이 사라졌다.

"여기서 잠시 기다리세요." 젊은 알렉 커닝엄이 말했다. "내가 보기에 그 사람은 제정신이 아닙니다. 아버지, 같이 가서 그 사람이 어디로 갔는지 찾아봐요!"

커닝엄 부자가 방에서 뛰어나갔다. 포레스터 경위, 헤이터 대령은 방에 남겨진 채 서로를 멀뚱멀뚱 쳐다보았다.

"확실히 알렉 도련님 생각이 맞는 것 같아요." 포레스터 경위가 말했다. "앓고 있는 병 때문일 수도 있지만, 제가 보기에는…."

그때 느닷없이 비명 소리가 들려 경위의 말이 끊어졌다. "사람 살려! 도와주시오! 살인이다!" 내 친구의 목소리라는 걸 깨닫자 소름이 돋았다. 나는 미친 듯이 방에서 뛰어나가 층계참으로 달려갔다. 이제 알아들을 수 없는 고함을 지르는 쉰 목소리로, 가라앉은 비명 소리는 우리가 처음으로 들어갔던 방에서 들려왔다. 서둘러 방 안에 들어가 저편에 있는 옷 방으로 달려갔다. 커닝엄 부자가 납작 엎드린 셜록 홈즈를 위에서 누르고 있었다. 아들 커닝엄은 두 손으로 홈즈의 목을 부여잡고 있고, 아버지 커닝엄은 홈즈의 손목을 비틀고 있는 것 같았다. 우리 세 사람은 순식간에 커닝엄 부자를 홈즈에게서 떼어냈다. 그러자 홈즈는 새파랗게 질리고, 눈에 띄게 기진맥진한 상태로 휘청거리며 일어섰다.

"이 사람들을 체포하세요, 경위." 홈즈가 가쁜 숨을 내쉬며 말했다.

"무슨 혐의로 말입니까?"

"마부 윌리엄 커원을 살해한 혐의입니다."

포레스터 경위는 기가 차는 듯 두리번거리며 홈즈를 쳐다보았다. "자자, 홈즈 씨." 마침내 경위가 말을 꺼냈다. "이분들이 정말 범인이라는 말은 아니…."

"쯧쯧, 이봐요. 저들의 얼굴을 봐요!" 홈즈가 퉁명스럽게 소리쳤다.

그만큼 죄를 여실히 인정하는 얼굴은 지금껏 본 적이 없었다. 노인은 당황하여 망연자실한 듯 보였고, 인상이 강한 얼굴에 심각하고 무뚝뚝한 표정을 짓고 있었다. 반면 아들은 잘생긴 얼굴을 일그러뜨리고 검은 눈동자를 흉악한 야수처럼 사납게 번득이고 있었다. 아들 알렉의 특징이었던 의기양양하고 기운 넘치는 태도는 온데간데없었다. 경위는 아무 말 없이 방문으로 걸어가 호루라기를 불었고, 그 소리에 순경 두 명이 달려왔다.

"별수 없네요, 커닝엄 씨." 포레스터 경위가 말했다. "어처구니없는 오해라고 밝혀지길 바랍니다. 하지만 보시다시피… 아, 뭐하시는 거죠? 당장 내려놔요!" 경위가 한쪽 손으로 내려치자, 알렉이 공이치기를 당기고 있던 권총이 철커덕 소리를 내며 바닥에 떨어졌다.

"그 총을 보관해두세요." 홈즈가 총을 발로 살짝 밟으면서 말했다. "재판에서 도움이 될 겁니다. 하지만 정말 필요했던 건 이겁니다." 홈즈는 구겨진 작은 종잇조각을 들어 보였다.

"나머지 종잇조각이군요!" 경위가 소리쳤다.

"바로 그거예요."

"그런데 어디 있었습니까?"

"있을 거라고 확신했던 장소에 있었죠. 곧 여러분께 전부 설명해드리겠습니다. 대령님, 왓슨과 함께 돌아가셔야 할 것 같습니다. 늦어도 한 시간 후에는 저도 돌아갈 겁니다. 포레스터 경위와 저는 범인들과 잠깐 할 이야기가 있습니다. 점심시간에 틀림없이 뵐 수 있을 겁니다."

셜록 홈즈는 약속을 지켰다. 1시쯤 되었을 때, 홈즈는 헤이터 대령의 흡연실에 도착했다. 약간 나이가 지긋한 신사와 함께 왔다. 맨 처음 도둑이 들었던 저택의 주인인 액턴 씨라고 소개했다.

"이번 사건을 설명하는 자리에 액턴 씨가 함께하시길 바랐습니다." 홈즈가 말했다. "액턴 씨도 당연히 사건의 진상에 관심이 많으실 테니까요. 친애하는 헤이터 대령님, 저같이 말썽을 몰고 다니는 사람을 집 안에 들이신 걸 후회하실까 봐 걱정입니다."

"오히려 그 반댈세." 헤이터 대령이 친절히 대답했다. "자네가 일하는 방식을 관찰할 기회가 생겨 크나큰 영광으로 생각하고 있네. 자네의 방식은 내 기대를 훨씬 뛰어넘었고, 또 자네가 거둔 성과를 전혀 이해할 수 없다는 점도 솔직히 인정해야겠군. 단서라고는 털끝만큼도 발견할 수 없었는데 말이야."

"제가 설명해드리면 대령님의 환상이 깨질 겁니다. 하지만 제 친구 왓슨이나 제 방식에 지적인 호기심을 가진 모든 사람에게 어느 것 하나도 숨기지 않는 게 제 오랜 습관입니다. 그런데 옷 방에서 한판 했더니 정신이 없어서, 우선 대령님의 브랜디를 좀 마셔야 할 것 같습니다. 요즘 제 체력을 너무 혹사시켰거든요."

"그런 신경 발작은 더 이상 일어나지 않기를 바라네."

셜록 홈즈는 씩씩하게 웃었다. "차례가 되면 그 이야기도 하죠." 홈즈가 말했다. "순서대로 사건을 설명하면서 무엇 때문에 어떤 판단을 내리게 되었는지 말씀드리죠. 이해가 안 되는 추리가 있다면 제 말을 끊으셔도 됩니다.

수사 기법 가운데 가장 중요한 것은, 수많은 사실 중에서 중요한 사항과 부차적인 사항을 분간하는 일입니다. 그러지 못하면 힘과 주의가 집중되지 못하고 분산될 게 분명하니까요. 자, 이 사건에서는 죽은 마부가 손에 쥐고 있던 종잇조각에서 사건의 열쇠를 찾아야 한다는 사실을 처음부터 조금도 의심하지 않았습니다.

그 이야기로 넘어가기 전에 주목하셔야 할 사실이 있습니다. 알렉 커닝엄의 진술이 사실이면, 즉 가해자가 윌리엄 커원을 쏘고 곧장 달아났다면 윌리엄의 손에서 종이를 잡아당겨 찢을 수 없었을 겁니다. 그렇다면 그 사람은 알렉 커닝엄일 수밖에 없죠. 아버지 커닝엄이 내려왔을 무렵에는 하인들 몇 명이 현장에 나와 있었으니까요. 요점은 아주 간단합니다. 하지만 포레스터 경위가 이 점을 지나쳐버렸습니다. 지역 유지들은 이 일과 무관하다고 가정하고 수사를 시작했기 때문입니다. 저는 반드시 선입견 없이 사실이 이끄는 대로 어디든 고분고분 따라갑니다. 그래서 수사를 시작한 처음부터 알렉 커닝엄 씨가 맡은 역할을 미심쩍은 눈으로 바라보았습니다.

그건 그렇고, 저는 포레스터 경위가 보여준 쪽지 귀퉁이를 신중히 살펴보았죠. 아주 놀랄 만한 문서의 일부분이라는 사실을 분명히 알 수 있었죠. 뭔가 숨은 요소가 보이지 않나요?"

"둘쭉날쭉한 모양이군." 헤이터 대령이 말했다.

"바로 그겁니다." 홈즈가 외쳤다. "두 사람이 한 단어씩 번갈아 쓴 편지가 틀림없습니다. 'at'과 'to'에서 선명하게 쓰인

't'를 보십시오. 그리고 'quarter'와 'twelve'에 쓰인 희미한 't'와 비교해보세요. 바로 알아보실 겁니다. 네 개의 단어를 아주 잠시만 분석해봐도 'learn'과 'maybe'가 힘 있는 글씨체로, 'what'은 힘없는 글씨체로 쓰였다는 사실을 자신 있게 말할 수 있죠."

"정말, 틀림없군!" 헤이터 대령이 외쳤다. "도대체 왜 두 사람이 이런 식으로 편지를 써야 했을까?"

"분명히 나쁜 일에 쓰려는 목적이었겠죠. 상대방을 믿지 못한 사람이 그렇게 정한 겁니다. 무슨 일이 벌어지든 두 사람이 같이 관여해야 하니까요. 자, 두 사람 중에서 'at'과 'to'를 쓴 사람은 주모자인 게 확실합니다."

"어떻게 그걸 알 수 있나?"

"두 사람의 글씨체를 비교해 그 특징만으로 추리할 수 있죠. 하지만 추정하지 않고도 확실한 근거를 얻었습니다. 이 종잇조각을 주의 깊게 살펴보면, 글씨체가 힘 있는 사람이 먼저 단어를 적으면서 상대방이 채워 넣을 빈자리를 남겨두었다는 결론을 내릴 수 있습니다. 빈자리가 항상 넉넉하지는 않았습니다. 그래서 먼저 쓰였다는 걸 알 수 있는 'at'과 'to' 사이에 두 번째 사람이 'quarter'를 빽빽이 붙여서 쓴 게 보일 겁니다. 먼저 단어를 쓴 사람이 의심할 것도 없이 이 사건을 계획한 겁니다."

"훌륭합니다!" 액턴 씨가 큰 소리로 말했다.

"하지만 실체는 드러나지 않았죠." 홈즈가 말했다. "그러나 이제 중요한 요소를 살펴볼 겁니다. 전문가들이 글씨체로 나이를 상당히 정확하게 추리할 수 있는 수준까지 이르렀다는 사실을 모르실 겁니다. 일반적인 경우 그런대로 자신 있게 10년 단위 연령대를 알아맞힐 수 있습니다. 일반적인 경우라고 한정한 이유는 건강이 좋지 않거나 몸이 쇠약해지면 젊은 사람이라 해도 글씨체에서 나이 든 사람과 같은 특징이 나오기 때문입니다. 이 쪽지에서 한 글씨체는 굵고 선명한 데 반해, 다른 글씨체는 허리가 휘어진 듯했습니다. 't'에 가로획이 빠졌지만 그래도 알아볼 수는 있었습니다. 그러니까 한 사람은 젊고, 다른 사람은 많이 노쇠하지는 않았지만 연령대가 높다고 할 수 있죠."

"대단합니다!" 액턴 씨가 다시금 소리쳤다.

"하지만 그보다 포착하기는 어렵지만 흥미로운 요소가 하나 더 있어요. 두 사람의 글씨체에는 공통점이 있습니다. 혈연관계인 사람들의 글씨체인 겁니다. 'e'를 그리스식으로 쓴 게 분명히 보이실 겁니다. 그 외에도 혈연관계임을 가리키는 사소한 요소들이 많이 있습니다. 두 가지 글씨체에서 한 집안사람들이 가질 만한 독특한 버릇을 발견할 수 있죠. 물론 지금은 종이에 대해 설명하면서 가장 중요한 추리 결과를 알려드릴 뿐입니다. 여러분보다는 전문가에게 더 흥미로울 만한 추리 결과가 23가지 더 있습니다. 그 모든 결과들 때문에 커닝엄 부자가 이 편지를 썼으리라는 심증을 더욱 굳혔죠.

여기까지 조사했으니 당연히 다음 단계는 범행을 상세히 조사하고, 그 결과가 얼마나 도움이 될지 확인하는 거였죠. 그래서 경위와 저택으로 올라가서 조사해야 할 사항들을 전부 확인했습니다. 피살자가 입은 총상을 보고 자신 있게 단정할 수 있었죠. 피살자는 4미터를 조금 넘는 간격을 두고 연발 권총에 맞은 겁니다. 피살자의 옷에 까맣게 남았어야 할 화약 자국이 없었거든요. 그러니까 윌리엄과 범인이 몸싸움을 벌이고 있을 때 총이 발사되었다는 진술은 사실이 아니었습니다. 분명히 알렉 커닝엄이 거짓말을 한 거였죠. 또 범인이 도로로 달아난 장소에 대해 커닝엄 부자는 똑같은 진술을 했습니다. 그러나 마침 그곳에 널찍한 배수로가 있고 사건 당시 바닥이 축축했죠. 그런데 배수로 바닥에 부츠 자국이 없었기 때문에 커닝엄 부자가 또 거짓말을 했을 뿐만 아니라 현장에 제3의 인물도 없었다는 점을 완전히 확신하게 된 겁니다.

이제 이런 특이한 범죄의 동기를 생각해봐야 합니다. 그러기 위해 우선 액턴 씨 댁에서 처음 사건이 일어난 이유부터 알아내려고 했죠. 대령님이 말씀해주셔서 여기 계신 액턴 씨와 커닝엄 부자 사이에

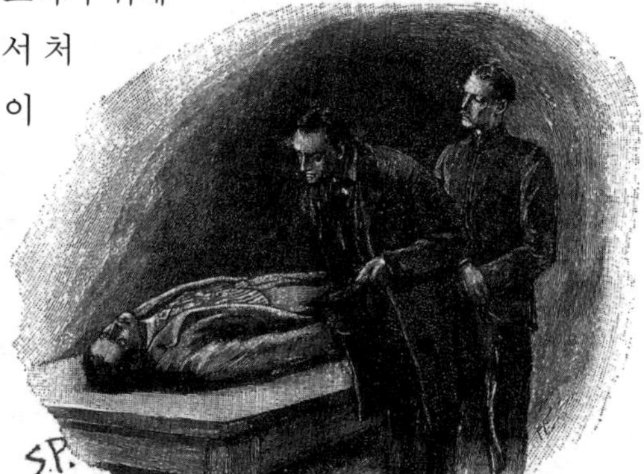

소송이 진행 중이라는 사실을 알고 있었습니다. 당연히 바로 커닝엄 부자가 액턴 씨의 서재에 침입했으리라는 생각이 들었습니다. 소송 사건에 중요한 문서를 가지고 나오려고 했겠죠."

"바로 그거죠." 액턴 씨가 말했다. "커닝엄 부자의 의도는 보나 마나 뻔합니다. 그들이 현재 가진 땅 가운데 절반은 분명히 내 소유입니다. 커닝엄 부자가 서류 하나만 찾았더라도 틀림없이 소송을 진행할 수 없었을 겁니다. 다행히도 서류는 내 변호사의 금고 안에 넣어두었죠."

"그렇다니까요." 홈즈가 빙그레 웃으며 말했다. "위험하고 무모한 시도였습니다. 젊은 알렉이 밀어붙인 일일 겁니다. 그런데 아무것도 찾지 못하자, 커닝엄 부자는 일반적인 도난 사건으로 꾸며서 의심을 받지 않으려고 했죠. 손에 집히는 대로 들고 나온 겁니다. 여기까지는 전부 명확하지만, 아직 이해하기 어려운 부분이 많았습니다. 무엇보다도 쪽지에서 없어진 조각을 찾고 싶었죠. 알렉이 죽은 남자의 손에서 찢어간 게 확실했습니다. 그러고는 자신의 실내복 주머니에 찔러 넣었을 거라는 데까지 생각이 이어졌죠. 거기 말고 어디 둘 수 있었겠어요? 유일한 문제는 아직도 거기 있느냐 하는 것이었습니다. 찾아볼 만한 가치가 있었죠. 그래서 우리 모두 저택으로 갔습니다.

기억하시는 대로, 커닝엄 부자는 부엌문 밖에서 우리와 만났습니다. 당연히 우선은 커닝엄 부자가 종이의 존재를 떠올리지 못하도록 하는 게 급선무였죠. 그렇게 하지 않았다면 곧바로 쪽지를 없앴을 겁니다. 포레스터 경위가 커닝엄 부자에게 그 종이가 얼마나 중요한지 말하려는 순간, 최고의 행운이 찾아와 내가 발작을 일으켜서 고꾸라졌고 화제가 바뀐 겁니다."

"이거 참!" 헤이터 대령이 소리 내 웃으며 외쳤다. "우리가 가엾게 여긴 건 다 헛일이었고, 발작은 사기였다는 건가?"

"의사가 봐도 감쪽같이 속을 정도였어." 내가 큰 소리로 말하면서 홈즈를 경이로운 눈길로 쳐다보았다. 셜록 홈즈는 새로운 임기응변의 재주로 나를 혼란에 빠뜨리는 사람이었다.

"유용할 때가 많은 기술이죠." 홈즈가 말했다. "기운을 차린 나는 독창적인 계획을 세워 커닝엄 씨가 간신히 'twelve'라는 단어를 쓰도록 만들었습니다. 그래서 이 종이에 있던 'twelve'와 비교할 수 있었죠."

"아, 난 바보였어!" 내가 큰 소리로 항의했다.

"내가 쇠약해졌다고 자네가 애처로워하는 걸 알 수 있었지." 홈즈가 웃으며 말했다. "자네가 그럴 줄 알았으면서도 걱정을 끼쳐서 미안해. 그다음 다 함께 위층으로 올라갔죠. 방에 들어갔을 때 실내복이 문 뒤에 걸려 있는 걸 보고, 탁자를 넘어뜨려서 커닝엄 부자의 주의를 다른 데로 잠깐 돌릴 수 있었어요. 그리고 살며시 알렉의 방으로 돌아가 실내복 주머니를 살펴보았습니다. 예상했던 대로 한쪽 주머니에 종이가 들어 있었어요. 종이를 꺼내 들자마자 커닝엄 부자가 내게 달려든 겁니다. 여러분이 그렇게 신속하고 효과적으로 구해주지 않았다면, 장담하건대 그들이 저를 죽였을 겁니다. 지금도 아들 커닝엄이

제 목을 움켜쥐고 있는 것 같으니까요. 아버지 커닝엄은 제 손에서 종이를 빼앗으려고 손목을 비틀어 돌렸습니다. 커닝엄 부자는 제가 모든 사실을 알고 있다는 걸 눈치챘습니다. 편안하게 안도하고 있다가 갑자기 자포자기 심정이 되면서 더할 나위 없이 극단적으로 변해버린 겁니다.

나중에 범행 동기에 대해서 아버지 커닝엄과 이야기를 잠깐 나눴습니다. 커닝엄 씨는 온순했지만 아들은 완전히 악마였어요. 자기 손에 연발 권총만 있다면 자신이든 다른 누구든 머리를 날려버릴 준비가 되어 있는 것 같았죠. 커닝엄 씨는 상황이 자신에게 상당히 불리하다는 것을 깨닫고 기가 꺾여서 모든 사실을 털어놓았습니다. 커닝엄 부자가 액턴 씨 댁에 침입했을 때 윌리엄이 주인들을 남몰래 쫓아간 것 같습니다. 그래서 윌리엄은 커닝엄 부자에게 폭로하겠다고 협박하기 시작했죠. 그러나 알렉 씨는 이런 줄다리기를 같이하기에는 위험한 인물입니다. 시골 지역에서 큰 소동을 일으킨 도난 사건으로 불안감이 조성된 때에 자신을 위협하는 남자를 그럴듯하게 제거할 수 있는 기회를 포착한 겁니다. 알렉 편에서 생각하면 천재적인 계획이었죠. 윌리엄은 걸려들었고 총에 맞아 죽었습니다. 커닝엄 부자가 쪽지 전체를 가져가고, 정황을 꾸밀 때 좀 더 주의를 기울였다면 결코 의심을 받지 않았을지도 모릅니다."

"쪽지는 어디에 있나?" 내가 물었다.

셜록 홈즈는 우리 앞에 덧붙여진 종이를 내놓았다.

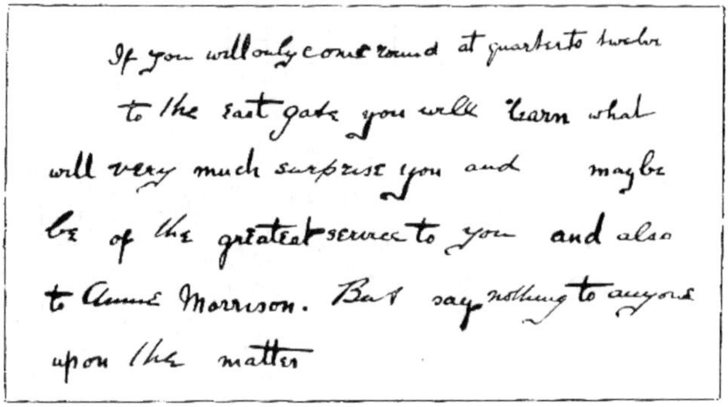

If you will only come round at quarter to twelve
to the east gate you will learn what
will very much surprise you and maybe
be of the greatest service to you and also
to Annie Morrison. But say nothing to anyone
upon the matter

동문으로 12시 15분 전까지
오기만 하면 깜짝 놀랄 만한 일을 알려주겠네.
아마 자네와 애니 모리슨에게 큰 도움이 될 거야.
하지만 이 일은 아무에게도 말하지 말게.

"내가 예상했던 거의 그대로입니다." 홈즈가 말했다. "물론 알렉 커닝엄, 윌리엄 커원, 애니 모리슨 세 사람이 어떤 관계인지는 아직 모르겠습니다. 결과를 보면 교묘하게 함정을 파놓은 겁니다. 여러분도 'p'와 'g'의 꼬리에서 보이는 유전적 특징을 보고 즐거워하시리라 생각합니다. 아버지 커닝엄의 글씨체 'i'에서 점을 찍지 않은 것도 아주 독특합니다. 왓슨, 시골에서 조용히 쉬는 계획은 대성공이었어. 내일은 기력을 되찾아 베이커 스트리트로 돌아갈 거야."

8
등이 굽은 남자

내가 결혼하고 몇 달이 지난 어느 여름밤이었다. 나는 벽난로 가까이에 앉아 그날의 마지막 파이프 담배를 피우면서 소설을 읽다가 꾸벅 졸았다. 그날 업무가 진을 뺄 만큼 많았던 탓이었다. 아내는 이미 위층으로 올라갔고, 현관문을 잠그는 소리가 얼마 전에 들렸으니 하인들도 물러갔을 것이다. 자리에서 일어나 파이프를 두드려 담뱃재를 털어내고 있을 때 갑자기 초인종이 울렸다.

벽시계를 보니 자정을 15분 남겨두고 있었다. 이렇게 늦은 시간에 손님이 올 리는 없으니 아무래도 환자가 찾아온 것 같았다. 어쩌면 밤새도록 돌봐야 할 수도 있었다. 절로 인상이 찌푸려졌지만 현관으로 나가서 문을 열었다. 놀랍게도 집 앞 계단에 셜록 홈즈가 서 있었다.

"아, 왓슨." 홈즈가 말했다. "너무 늦어서 자네를 못 보면 어쩌나 했어."

"어이구, 친구. 어서 들어오게나."

"놀란 표정이군. 그럴 만도 하지! 한숨 돌렸다는 얼굴도 보이는군! 흠! 그런데 지금도 독신일 때 찾던 아르카디아 혼합 담배를 피우는군! 자네 코트에 솜털같이 묻은 담뱃재를 보니 모를 수 없지. 왓슨, 자네가 제복에 익숙했던 사람임을 쉽게 알 수 있어. 손수건을 소매에 넣어두는 버릇을 고치지 않으면 절대 순수한 민간인으로 보이지 않을 거야. 오늘 밤 자네 집에서 자고 가도 되나?"

"좋고말고."

"1인용 손님방이 있다고 했지? 오늘 밤 묵는 신사는 없군. 현관에 있는 외투 걸이를 보니 분명해."

"자네가 묵는다면 환영일세."

"고맙네. 그럼 외투 걸이 한 자리를 채울게. 딱하게도 영국인 일꾼을 불렀었군. 나쁜 일이 생겼다는 증거지. 하수관에 문제가 생긴 건 아니지?"

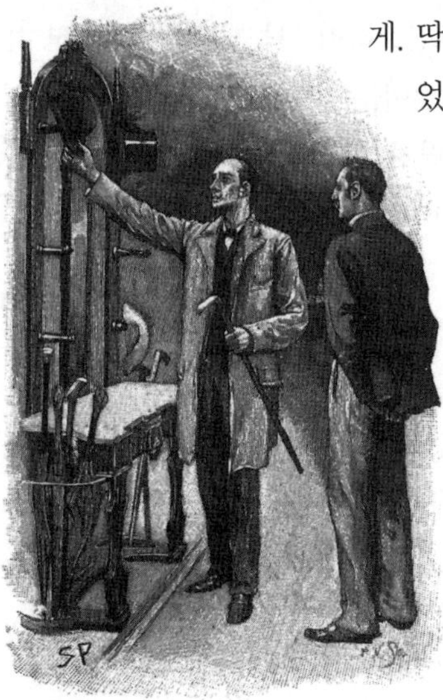

"응, 가스 문제였어."

"아! 수리공이 부츠로 리놀륨 바닥을 긁어놨군. 저기 불빛이 비추는 곳에 긁힌 자국 두 개 말이야. 아니, 괜찮아. 저녁은 워털루에서 해결했어.

하지만 자네와 파이프 담배를 피우는 거라면 사양하지 않을게."

나는 담배 주머니를 건네주었고, 홈즈는 내 맞은편에 앉아 한동안 잠자코 담배를 피웠다. 중요한 용건이 아니라면 홈즈가 이런 시간에 찾아올 리가 없다는 걸 익히 알고 있었다. 그래서 홈즈가 용건을 꺼낼 때까지 느긋하게 기다렸다.

"요즘 일이 상당히 바쁜 모양이군." 홈즈가 나를 예리하게 쳐다보면서 말했다.

"맞아. 바쁘게 보냈지." 내가 대답했다. "자네에게는 바보처럼 보이겠지만, 자네가 어떻게 알아맞혔는지 정말 모르겠어."

홈즈는 혼자서 킥킥거렸다.

"이보게, 왓슨. 나는 자네의 버릇을 알고 있으니 유리한 거야." 홈즈가 말했다. "자네는 진료하러 가는 곳이 가까우면 걸어가고, 멀면 핸섬 마차를 타잖아. 부츠를 신고 있었을 텐데도 전혀 더럽지 않은 걸 알아차렸지. 그러니 요새 자네는 핸섬 마차를 타고 다닐 만큼 상당히 바쁘다는 얘기지."

"훌륭해!" 내가 소리쳤다.

"단순한 거야." 홈즈가 말했다. "추리가가 주위 사람들을 놀라게 할 수 있는 여러 사례들 중 하나지. 사람들은 추리의 토대가 되는 사소한 요소를 하나 놓쳤기 때문에 놀라는 거야. 이보게, 친구. 자네가 쓴 짧은 단편들의 추리 결과도 똑같아. 전부 지나치게 미화되긴 했지만 말이야. 독자들에게 절대 알려주지 않는 사건 요소들이 자네 손에 있어야 추리가 비범해 보이는 거지. 자, 나도 지금은 독자들과 똑같은 입장이야. 여러 사건들처럼 갈피를 잡을 수 없는 기이한 사건을 하나 맡아서 몇 가지 실마리를 찾았는데도 한두 가지 요소가 부족해서 가설을 완성하지 못하고 있어. 찾을 거야, 왓슨. 찾아내고 말 거야!" 홈즈의 눈이 반짝였고 마른 두 볼은 가볍게 상기되었다. 일순간 장막이 걷혀 홈즈의 빈틈없고 열정적인 본성이 드러났지만, 잠깐 동안일 뿐이었다. 홈즈를 흘낏 다시 쳐다보니 평소대로 북미 인디언 원주민처럼 침착한 표정을 짓고 있었다. 이런 평정심 때문에 많은 사람들이 홈즈를 사람이 아니라 기계 같다고 평가한다.

"이번 사건에는 흥미로운 특징들이 있어." 홈즈가 말했다. "보기 드물게 흥미롭다고 말할 수도 있지. 이번 사건은 이미 조사해서 해결을 거의 눈앞에 두고 있다고나 할까. 마무리 단계에 자네가 함께 가줄 수 있다면 큰 도움이 될 걸세."

"내게도 좋은 일이지."

"내일 올더숏까지 갈 수 있겠어?"

"틀림없이 잭슨이 환자들을 봐줄 거야."

"다행이군. 워털루에서 11시 10분쯤에는 출발하고 싶어."

"여유가 있겠군."

"그럼 자네가 많이 졸리지 않다면, 어떤 일이 있었고 앞으로 뭘 해야 하는지 간단히 얘기해줄게."

"자네가 오기 전에는 졸렸는데, 지금은 잠이 다 깨버렸어."

"사건에 중요한 사항을 빠뜨리지 않는 선에서 간략하게 이야기할게. 신문에서 기사를 읽었을 수도 있겠군. 내가 조사하고 있는 사건은 올더숏에 주둔한 로열 맬로 연대의 바클레이 대령 피살 사건이야. 아직은 타살이라고 추정만 하고 있어."

"처음 듣는 사건인데."

"아직 해당 지역 말고는 관심 갖는 데가 많지 않아. 사건은 고작 이틀 전에 일어났어. 간단히 말하면 이런 사건이야.

자네도 알겠지만, 로열 맬로 연대는 영국 육군에 소속된 유명한 아일랜드 연대 가운데 하나야. 크림 전쟁과 인도 폭동 때 활약이 대단했고, 그 이후에도 두각을 나타냈지. 월요일 저녁까지만 해도 훌륭한 참전 용사인 제임스 바클레이가 통솔하고 있었지. 사병으로 출발한 제임스 바클레이는 인도 폭동 당시 용맹하게 활약해 장교로 진급했어. 그리고 한때 자신이 머스킷 소총을 메고 다녔던 로열 맬로 연대를 지휘하기까지 했어.

바클레이 대령은 중사 시절에 결혼했어. 부인은 당시 같은 부대에서 근무하던 군기 호위 상사의 딸인 낸시 드보이 양이었지. 젊을 때니까 바클레이 부부도 새로운 환경에서 사회 생활을 하면서 충돌할 때도 당연히 있었지만 빠르게 적응했던 것 같아. 남편은 동료 장교들에게 인기가 있었고, 그에 버금갈 정도로 아내도 연대 내에 있는 여성들에게 인기가 좋았다고 하더군. 여담으로 바클레이 부인은 아주 아름다운 여성이었어. 결혼한 지 30년이 넘은 지금도 눈에 띌 정도로 우아한 용모야.

바클레이 대령의 결혼 생활은 한결같이 행복했던 것 같아.

사건 정보 대부분은 머피 소령의 도움으로 알게 됐어. 머피 소령은 바클레이 부부에게 의견 차이가 있다는 말은 한 번도 들어본 적이 없다고 말하더군. 머피 대령 생각에는 바클레이 대령이 부인보다 더 헌신적이었다고 생각하더군. 하루만이라도 아내와 떨어져 있을라치면 굉장히 불안해했다더군. 바클레이 부인도 애정이 깊고 충실하기는 했지만, 남편만큼 유난스럽지는 않았어. 하지만 연대 내에서 바클레이 부부는 가히 중년 부부의 본보기라 할 수 있었대. 다른 사람들이 비극적인 일이 벌어질 거라고 예측할 만한 징후가 바클레이 부부 사이에는 전혀 없었어.

바클레이 대령에게는 이상한 성격이 있었나 봐. 평소에는 늠름하고 쾌활한 노병이었지만, 상당히 폭력적이고 집요하다 싶은 경우도 있었대. 하지만 이런 성격을 아내에게 터뜨린 적은 한 번도 없었던 것 같아. 장교 다섯 명 중에 세 명과도 이야기해봤어. 이들과 머피 소령이 떠올린 또 다른 사실 하나는 바클레이 대령이 이상하게 의기소침할 때가 가끔 있었다는 거야. 흥겹게 놀거나 왁자지껄 농담을 주고받다가도 갑자기 입가에서 웃음기가 싹 가셨다더군. 머피 소령이 표현하기를, 마치 보이지 않는 손이 미소를 걷어가 버린 것 같았대. 며칠이나 계속해서 헤어 나오지 못하면 심각한 우울증 상태가 되는 거지. 이런 모습과 미신을 믿는 듯했다는 점이 동료 장교들이 목격한 바클레이 대령의 별난 성격이었어. 미신과 관련한 별난 습관은 혼자 있는 걸 싫어하는 거였어. 해가 지고 나면 더 그랬다는군. 두드러지게 남자다운 성격에 철없어 보이는 면이 있으니 이러쿵저러쿵 말도 많았고, 멋대로 지어낸 소문도 많았다더군.

예전에 117대대였던 로열 맬로 연대의 제1대대는 몇 년째 올더숏에 주둔하고 있어. 기혼 장교들은 영외에서 거주하지만, 대령은 북쪽 주둔지에서 800미터가량 떨어진 '라신'이라는 저택에 줄곧 살았지. 저택 서쪽은 큰길에서 30미터밖에 떨어져 있지 않았어. 고용인은 마부 한 명과 하녀 두 명이 전부였지. 이들과 주인 부부만이 라신에 살았어. 바클레이 부부에게는 자녀도 없고, 묵고 가는 손님도 없었지.

이제 지난 월요일 저녁 9시에서 10시 사이에 라신에서 일어난 일들로 넘어갈게.

바클레이 부인은 가톨릭 신자였던 걸로 보이네. 세인트 조지 조합을 설립하는 데 역할이 컸어. 가난한 사람들에게 헌 옷을 나눠 주기 위해서 와트 스트리트 교회가 관여해 결성한 단체야. 바클레이 부인은 그날 저녁 8시에 있는 조합 모임에 참석하기 위해 저녁 식사를 서둘러 마쳤어. 마부가 들으니, 바클레이 부인은 집을 나서면서 대령에게 평소와 다름없이 말하고 그리 오래 걸리지 않을 거라고 안심시켰대. 그러고는 옆 저택에 사는 젊은 아가씨 모리슨 양을 데리러 가서 함께 모임 장소로 떠났어. 모임은 40분 동안 열렸고, 바클레이 부인은 9시 15분에 집으로 돌아왔어. 모리슨 양과 같이 오는 도중에 그 아가씨 집을 먼저 지나니까 그 앞에서 헤어졌지.

라신에는 낮에 가족이 거실로 쓰는 공간이 있어. 그 방은 도로를 향하고 있고, 커다란 접이식 유리창이 있어서 그걸 열면 잔디밭으로 통하지. 잔디밭 폭은 30미터 정도고, 낮은 담에 철제 울타리를 세워 큰길과 구분되어 있지. 바클레이 부인은 집에 돌아와서 이 방으로 들어갔어. 밤에는 좀처럼 사용하지 않는 방이라 블라인드는 내리지 않은 상태였어. 바클레이 부인은 직접 램프를 켜더니 종을 울려서 하녀인 제인 스튜어트에게 차를 한잔 가져다 달라고 했어. 평소에 하지 않는 행동이었다더군. 바클레이 대령은 식당에 앉아 있다가 아내가 돌아오는 소리를 듣고 아내가 있는 방으로 갔지. 마부가 바클레이 대령이 현관 복도를 지나 그 방에 들어가는 모습을 봤지. 그러고서 다시는 살아 있는 대령의 모습을 볼 수 없었어.

10분 뒤 하녀가 차를 가지고 갔다가 화들짝 놀랐지. 문 앞에서 바클레이 부부가 화를 내면서 말다툼하는 목소리가 들렸거든. 하녀가 문을 두드렸지만 안에서는 대답이 없었지. 손잡이를 돌려봤지만 문은 안쪽에서 잠겨 있었어. 당연히 하녀는 달려가 요리사를 불렀고, 이 두 여자가 마부와 함께 현관 복도로 올라와 여전히 한창 중인 말다툼 소리를 들었어. 하인들 모두가 바클레이 부부의 목소리만 들렸다고 입을 모았어. 바클레이 대령은 낮은 목소리로 퉁명스럽게 말해서 알아들을 수가 없었다더군. 반면에 바클레이 부인은 아주 신랄하게 말하고 있었던 데다 목소리를 높이기까지 해서 또렷하게 들을 수 있었지.

SP.

'이 겁쟁이!' 바클레이 부인이 여러 번 되풀이했어. '이제 어떻게 할 거예요? 어쩔 거냔 말예요! 내 인생 돌려놔. 당신 같은 사람과는 같은 공간에서 숨도 쉬지 않을 거야! 이 겁쟁이! 비겁한 사람!' 바클레이 부인이 이런 식으로 말을 하고 있다가 별안간 바클레이 대령이 무시무시한 비명을 질렀고, 쿵 하는 요란한 소리가 나면서 바클레이 부인이 절규하기 시작했어. 참사가 일어났다고 확신한 마부는 문으로 달려들어 부수고 들어가려고 애썼지. 그러는 동안에도 비명 소리는 방 안에서 계속 새어 나왔어. 하지만 문을 열기에는 역부족이었어. 하녀들은 겁에 질려 당황한 상태라 마부를 도울 수 없었지. 그런데 불현듯 스치는 생각이 있어서 마부는 현관문으로 달려 나가 잔디밭 쪽으로 돌아갔어. 거기로 가면 방으로 통하는 기다란 프랑스식 창문이 있지. 창문 한쪽이 열려 있었어. 여름철에는 보통 열어둔다더군. 그래서 별 어려움 없이 방 안으로 들어갔어. 여주인은 비명을 그친 상태였지만 의식을 잃고 소파에 쓰러져 있었지. 불운한 군인은 숨이 끊어진 채 바닥에 흘린 핏자국 위에 누워 있었어. 다리는 안락의자 옆면에 비스듬히 걸쳤고, 머리는 벽난로 격자망 모서리 근처 바닥에 대고 있었어.

마부는 주인을 위해 할 수 있는 일이 아무것도 없다는 사실을 알고 나서 당연히 방문을 열려고 했지. 하지만 예상 밖에 기이한 방해 요소가 등장했어. 문 안쪽에 열쇠가 없었던 거야. 또 방 안 어디에서도 찾을 수 없었지. 그래서 마부는 다시 창문을 통해 나가서 경찰과 의사에게 도움을 청하고 돌아왔어.

가장 유력한 용의자인 바클레이 부인을 방으로 옮겼지만 여전히 의식 불명 상태였지. 그다음 대령의 시신은 소파로 옮기고 비극이 일어난 현장을 주의 깊게 조사했어.

불운한 참전 용사는 후두부에 부상을 입었어. 5센티미터 길이의 들쭉날쭉한 상처로 밝혀졌지. 둔기로 심하게 맞아서 생긴 게 분명했어. 범행 도구도 어렵지 않게 알아냈어. 단단한 나무를 깎아 뼈로 만든 손잡이를 댄 특이한 나무 방망이가 시신 가까이에 놓여 있었거든. 바클레이 대령은 참전했던 여러 나라에서 다양한 무기를 수집했어. 경찰은 이 나무 방망이도 대령의 전승 기념품이라고 짐작했지. 하인들은 경찰의 말을 부인하며 처음 보는 물건이라고 했어. 하지만 저택에 진귀한 물건이 많으니까 나무 방망이쯤은 못 보고 지나쳤을 가능성도 있지. 그 외에 경찰이 방 안에서 발견한 중요한 사항은 없어. 불가사의한 사실은 바클레이 부인의 몸이나 피살자의 몸, 방 어디에서도 열쇠가 발견되지 않았다는 점이야. 결국 방문은 올더숏에서 자물쇠 수리공이 오고 나서야 열 수 있었어.

여기까지가 화요일 아침 상황이네. 내가 머피 소령의 요청으로 경찰 수사를 지원하러 갔을 때지. 자네도 벌써 이 사건이 흥미롭다는 걸 인정하는 것 같군. 하지만 직접 가서 보니 처음 생각한 것보다 훨씬 더 기이한 사건이라는 사실을 깨달았어.

사건 현장인 방을 조사하기 전 하인들에게 자세히 물어봤지만, 지금까지 자네에게 이야기한 사실들만 들을 수 있을 뿐이었지. 다만 제인 스튜어트라는 하녀가 한 가지 흥미로운 사실을 기억해냈어. 자네도 기억할 거야. 다투는 소리가 들렸을 때 스튜어트는 내려갔다가 다른 하인들을 데리고 방 앞으로 돌아왔어. 그전에, 그러니까 스튜어트가 혼자 있을 때는 주인 부부의 목소리가 아주 낮게 가라앉아서 거의 아무것도 들을 수 없었고, 내뱉은 말이 아니라 어조를 듣고 주인 부부의 심기를 파악했다고 하더군. 그런데 내가 다그쳐 물으니 바클레이 부인이 '데이비드'라는 단어를 두 번 말하는 걸 들었다고 기억해냈지. 이건 갑자기 언쟁이 일어난 이유를 알려줄 대단히 중요한 요소야. 바클레이 대령의 이름이 제임스인 거 잊지 않았지?

하인들과 경찰 모두에게 잊을 수 없는 인상을 심어준 게 한 가지 있어. 바클레이 대령의 일그러진 얼굴이지. 시신을 본 사람들이 설명하기를 인간의 얼굴에 나타날 수 있는 가장 끔찍한 표정이었고, 불안과 공포로 가득했다고 하더군. 대령의 얼굴을 보기만 하고 기절한 사람도 있었을 만큼 소름 끼쳤대. 바클레이 대령이 자신의 최후를 내다보고 엄청나게 두려웠던 게 틀림없어. 물론 경찰의 가설과도 그런대로 잘 맞아떨어지지. 바클레이 대령은 아내가 자신을 죽일 듯이 공격하는 걸 봤을 수도 있다는 가설 말이야. 상처가 후두부에 있다는 사실도 경찰의 가설에 치명적인 결점이 아니야. 대령이 공격을 피하려고 돌아섰을 수도 있을 테니까 말이야. 바클레이 부인은 급성 뇌막염이 심해서 일시적으로 제정신이 아니었거든.

기억하겠지만, 그날 밤 바클레이 부인과 함께 외출했던 모리슨 양 말이야. 경찰에게 들으니, 모리슨 양은 바클레이 부인이 집으로 돌아올 때 왜 기분이 언짢아졌는지는 모르겠다고 말했다더군.

이런 사실들을 모아놓고 하나하나 곱씹으며 담배를 여러 대 피웠지. 그러면서 부차 정보에 불과한 요소들과 결정적인 정보를 구별하려고 애썼어. 의심할 여지 없이 이 사건에서 가장 특이하고 의미심장한 요소는 희한하게도 방문 열쇠가 사라졌다는 사실이야. 아무리 꼼꼼히 살펴봤지만 열쇠는 방 안에 없었어. 그러니까 방에서 누가 가지고 간 게 틀림없어. 하지만 바클레이 대령도, 대령의 아내도 가져갈 수 없었어. 이건 더할 나위 없이 분명한 사실이지. 그러니까 제3의 인물이 방에 들어왔던 게 틀림없어. 그리고 그 사람은 창문을 통해 들어올 수밖에 없었지. 방과 잔디밭을 철저하게 조사하면 이 수수께끼 같은 인물의 흔적을 발견할 수도 있을 것 같았어. 왓슨, 내 방식을 알잖나. 쓸 수 있는 방법은 총동원했어. 마침내 흔적을 발견하긴 했지만, 내가 예상했던 것과 많이 달랐지. 방 안에는 남자가 있었다네. 남자는 큰길에서 잔디밭을 가로질러 들어왔어. 아주 뚜렷한 발자국 다섯 개를 발견할 수 있었어. 낮은 담을 탄 위치에서 큰길에 하나가 있고, 잔디밭에 두 개가 찍혔고, 방으로 들어간 긴 창문 근처 더러운 널빤지에 두 개가 희미하게 남아 있더군. 아무래도 잔디밭을 가로질러 뛰어간 것 같았어. 신발 앞코가 발뒤축보다 더 깊이 찍혀 있었거든. 하지만 나를 놀라게 한 건 그 사람이 아니라 동행이었어."

"동행이라니!"

홈즈가 얇고 비치는 커다란 종이 한 장을 주머니에서 꺼내 무릎 위에 조심스럽게 펼쳐놓았다.

"이게 뭐라고 생각하나?" 홈즈가 물었다.

종이는 온통 작은 동물이 남긴 발자국이 가득했다. 발자국 흔적을 본뜬 것이었다. 다섯 개 발가락이 선명하게 남았고 발톱이 긴 것 같았다. 발자국 하나의 크기는 디저트 스푼에 가까울 것 같았다.

"개 발자국이야." 내가 말했다.

"개가 커튼을 타고 올라간다는 소리를 들어본 적 있나? 이 동물은 커튼을 타고 올라간 흔적이 뚜렷해."

"그럼 원숭이겠지?"

"원숭이 발자국이 아니야."

"그럼 뭐지?"

"개도 고양이도 원숭이도 아니야. 우리가 잘 아는 동물이 아닌 거지. 수치로 추측해봤어. 여기 네 개 발자국은 움직이지 않고 가만히 서 있을 때 남은 거야. 자네도 보다시피 앞발부터 뒷발까지가 기껏해야 40센티미터야. 여기다 목과 머리 길이를 더하면 60센티미터쯤일 테지. 아마 꼬리가 있다면 더 길겠지. 이제 다른 수치를 살펴볼까? 이 동물은 움직이고 있었어. 그래서 보폭을 알 수 있는 거야. 걸을 때마다 8센티미터밖에 안 되더군. 그러니까 긴 몸통에 다리는 짧다는 걸 알 수 있지. 털을 남겨놓을 정도로 사려 깊은 녀석은 아니었어. 하지만 대강의 생김새는 내가 말한 대로일 테고, 커튼을 기어오를 수 있는 육식 동물이야."

"어떻게 추리해낸 건가?"

"커튼을 타고 올라갔기 때문이야. 카나리아 새장이 창문에 걸려 있었거든. 새를 잡는 게 목표였을 거야."

"그럼 대체 무슨 동물이지?"

"아, 그것만 알면 이번 사건을 해결하는 데 큰 도움이 될 텐데 말이야. 전반적으로 봐서 족제비나 담비류 동물일 거야. 그렇다고 해도 내가 여태까지 본 것들보다 덩치가 커."

"그런데 이번 사건과 관계있는 게 틀림없을까?"

"그 점도 아직 분명치 않아. 하지만 알아낸 사실이 많잖아. 남자가 큰길에 서서 바클레이 부부가 말다툼하는 모습을 지켜봤어. 블라인드가 올라가 있었고 실내에는 불이 켜져 있었거든. 남자는 잔디밭을 가로질러 뛰어가 방으로 들어갔어. 생소한 동물을 데리고서 말이지. 그리고 그 동물이 대령을 덮쳤을 수도 있어. 아니면 대령이 남자를 보고 소스라치게 놀라 쓰러지면서 벽난로 격자망 모서리에 머리를 찧었을 수도 있지. 마지막으로, 불청객이 떠나면서 방 열쇠를 가지고 갔다는 특이한 사실도 알고 있어."

"자네가 그런 사실을 알아내서 사건이 전보다 모호해진 것 같군."

"정말 그래. 분명히 처음에 짐작했던 것보다 훨씬 난해하다는 걸 알았어. 이 사건을 골똘히 생각해보고 다른 관점에서 접근해야 한다는 결론을 내렸어. 그런데 왓슨, 자네를 늦게까지 붙잡고 있었군. 내일 올더숏에 가면서 나머지 이야기를 하는 게 좋겠어."

"괜찮아. 이왕 여기까지 한 거 멈출 수야 없지 않겠어?"

"바클레이 부인이 7시 30분에 집에서 나설 때만 해도 남편과 사이가 좋았다는 건 확실해. 자네에게 말한 것 같군. 바클레이 부인은 드러내면서 애정을 과시하는 사람이 결코 아니야. 하지만 마부가 들으니, 바클레이 부인이 대령과 다정하게 이야기를 나눴대. 한편 집에 돌아와서는 바로 그 방으로 간 게 확실해. 남편과 마주치지 않을 만한 장소였지. 그리고 불안해하는 여성이 그렇듯이 급히 차를 한잔 찾았어. 결국 남편이 들어오자 맹비난을 퍼붓기 시작했지. 따라서 7시 30분에서 9시 사이에 무슨 일이 일어나 남편에 대한 태도가 싹 바뀐 거야. 모리슨 양은 한 시간 반 내내 바클레이 부인과 함께 있었어. 그러니까 모리슨 양이 부인하기는 했지만 틀림없이 뭔가를 알고 있을 거야.

처음에 추측할 때는 젊은 모리슨 양과 노병 사이에 은밀한 관계가 있었을 거라고 생각했어. 바로 그날 모리슨 양이 노병의 아내에게 털어놓은 거지. 그렇다면 바클레이 부인이 화가 나서 집에 돌아온 일도, 모리슨 양이 아무 일도 없었다고 부인한 일도 다 설명할 수 있거든. 하인들이 들은 말 대부분도 어느 정도 들어맞지. 하지만 이런 추측에는 불리한 근거가 있었어. 대화 중 언급된 데이비드라는 이름과 대령의 소문난 아내 사랑이지. 그리고 참사가 벌어졌을 때 한 남자가 침입한 일도 설명할 수 없지. 물론 전에 일어난 일과 전혀 상관없는 일일 수도 있어. 사람 속을 다 알긴 어렵지만, 전반적으로 봐서 바클레이 대령과 모리슨 양이 그렇고 그런 사이라는 생각은 떨쳐버리기로 했어. 하지만 바클레이 부인이 남편에게 반감을 갖게 된 이유에 대해 모리슨 양이 단서를 쥐고 있을 거라고 점점 더 확신하게 되었지. 그래서 빤한 순서를 밟았어. 모리슨 양을 방문해서 사실을 숨기고 있다는 걸 알고 있다고 설명하고, 이 문제가 해결되지 않으면 바클레이 부인이 피고석에 앉을 수도 있다고 납득시켰어.

모리슨 양은 겁 많은 눈에 약간 여리고 가냘프게 생긴 금발머리 아가씨였어. 하지만 결코 상황 판단이 느리거나 상식이 부족한 사람은 아니었어. 내가 말을 마치자 모리슨 양은 앉아서 잠깐 생각하더군. 그러더니 결단을 내린 듯 기운찬 태도로 나를 돌아보더니 놀랄 만한 이야기를 시작했어. 자네를 위해 간략하게 말해주겠네.

'누구에게도 말하지 않겠다고 바클레이 부인과 약속했어요. 약속은 약속이니까요.' 모리슨 양이 말했어. '하지만 부인이 무서운 혐의를 받고 있는 데다 가엾게도 병환으로 입을 뗄 수 없는 이때, 바클레이 부인을 정말 도울 수만 있다면 약속을 저버려야 할 것 같군요. 월요일 저녁 무슨 일이 있었는지 빠짐없이 말씀드릴게요.

바클레이 부인과 저는 9시 15분 전쯤 와트 스트리트 교구에서 집으로 돌아오고 있었어요. 오는 길에는 허드슨 스트리트를 지나야 하는데, 아주 한적한 거리죠. 가로등도 왼편에 하나밖에 없고요. 우리가 가로등에 가까이 가자, 어깨에 상자 같은 걸 짊어진 남자가 우리를 향해 걸어오고 있는 모습이 보였어요. 등이 심하게 굽었고, 머리를 수그린 채 무릎을 휘청휘청 구부리면서 걷는 걸 보니 불구자 같았어요. 그 사람의 옆을 지날 때 가로등이 드리운 동그란 불빛 속에서 그 남자가 얼굴을 들더니 우리를 쳐다봤어요. 그러다 멈춰 서서 무서운 목소리로 소리쳤어요. '세상에! 낸시잖아!' 바클레이 부인은 시체처럼 창백해졌어요. 그 끔찍하게 생긴 사람이 붙잡아주지 않았다면 쓰러졌을 거예요. 저는 경찰을 부르려고 했어요. 그런데 놀랍게도 바클레이 부인이 그 남자에게 더없이 정중하게 말을 걸

었어요.

'헨리, 30년 동안 당신이 죽은 줄 알았어요.' 바클레이 부인이 떨리는 목소리로 말했죠.

'그랬지.' 남자가 말했어요. 소름 끼치는 어조였어요. 무섭게 생긴 얼굴은 굉장히 가무잡잡하고 눈빛은 번득거렸는데, 꿈에서 볼까 두려울 정도였죠. 머리카락과 수염은 희끗희끗하고, 얼굴은 말라비틀어진 사과처럼 온통 쭈글쭈글했어요.

'모리슨, 먼저 가고 있어.' 바클레이 부인이 말했어요. '이 사람과 이야기 좀 하고 싶어서 그래. 걱정할 거 없어.' 바클레이 부인은 당당하게 말하려고 했지만, 여전히 얼굴은 창백했고 입술은 떨려 제대로 말을 하지도 못했어요.

저는 부인 말씀대로 앞서 걸었죠. 두 사람은 몇 분 동안 이야기를 주고받더라고요. 그러다가 부인이 걸어왔는데 눈이 이글거리고 있었죠. 등이 굽은 그 불구자는 가로등 기둥 옆에 서서 미친 듯이 화가 난 것처럼 부르쥔 주먹을 부들부들 떨고 있더군요. 바클레이 부인은 한마디도 하지 않으시다가, 우리 집 현관에 도착하자 제 손을 잡고 이번 일은 아무에게도 말하지 말아달라고 부탁하셨어요.

'예전부터 알던 사람이야. 만신창이가 됐네.' 바클레이 부인이 말했어요. 아무 말도 하지 않겠다고 약속드리자 입맞춤으로 인사하셨죠. 그러고는 부인을 뵙지 못했어요. 있는 그대로 전부 말씀드린 거예요. 경찰에게 알리지 않긴 했지만 바클레이 부인이 그런 곤경에 빠져 있는지 몰랐기 때문이에요. 제 이

야기가 바클레이 부인에게 도움이 된다는 걸 알았으니 모든 걸 밝혀야겠죠.'

이게 모리슨 양이 한 이야기라네, 왓슨. 어두컴컴한 어둠 속에서 발견한 한 줄기 빛과 같았어. 자네도 이해하겠지? 전에 뒤죽박죽이었던 모든 사실이 한번에 제자리를 찾아가기 시작했어. 그리고 사건의 전체 순서가 어렴풋이 드러나는 느낌이었어. 다음 단계는 바클레이 부인을 놀라게 만든 그 남자를 찾는 일이었지. 그 남자가 아직 올더숏에 있다면 어렵지만도 않을 거야. 민간인이 그리 많지 않은 지역이고, 불구자는 이목을 끌었을 테니까. 그 남자를 수소문하는 데 하루를 보냈어. 그러다 저녁쯤, 그러니까 바로 오늘 저녁이었네, 왓슨. 그 남자를 찾아냈어. 이름은 헨리 우드이고, 바클레이 부인과 모리슨 양이 마주쳤던 거리에 숙소가 있었어. 그곳에 머문 지 닷새밖에 되지 않았다고 하더군. 거주자 등록 업무를 하는 공무원으로 가장하고 여주인과 아주 흥미로운 대화를 나누었지.

헨리 우드의 직업은 마술사이자 곡예사라고 하더군. 해가 지고 나면 군부대 술집을 돌아다니며 공연을 해서 흥을 돋우는 일을 하지. 동물을 상자에 넣어서 데리고 다닌대. 여주인은 그 동물을 상당히 무서워는 것처럼 보였어. 생전 듣도 보도 못한 동물이라더군. 여주인이 말하기로는 마술 묘기를 선보일 때 동물을 사용한대. 여주인은 많은 이야기를 들려주었지. 몸이 그렇게 구부러졌는데도 살아가는 게 불가사의라고도 하고, 외국어로 말할 때도 가끔 있다더군. 그리고 지난 이틀 동안 밤

마다 침실에서 신음하면서 우는 소리가 새어 나왔대. 돈에 대해서는 속 썩이는 일 없었지만, 보증금으로 가짜 플로린 은화처럼 생긴 동전을 주었다는 거야. 여주인이 그걸 보여줬는데, 왓슨, 그건 인도 화폐인 루피였어.

자, 이제 현재 상황을 다 들었으니 자네가 필요한 이유도 알았을 거야. 헨리 우드는 바클레이 부인과 모리슨 양 두 사람과 헤어진 뒤에도 멀리서 뒤따라갔어. 그리고 바클레이 부부가 언쟁하는 모습을 창문을 통해 보다가 안으로 뛰어들어 갔고, 상자에 넣어 데리고 다니는 동물은 그 틈에 달아났어. 이 모든 일에 의심할 여지가 없어. 하지만 그 방 안에서 어떤 일이 있었는지 정확하게 말해줄 수 있는 사람은 헨리 우드뿐이야."

"그럼 그 사람에게 물어볼 생각인가?"

"그렇고말고. 하지만 증인이 있는 자리에서 물어볼 거야."

"내가 그 증인인 거야?"

"자네만 괜찮다면. 헨리 우드를 만나서 이 사건을 해결할 수 있다면 좋을 텐데. 그자가 거부한다면 별수 없이 영장을 신청해야겠지."

"하지만 그자가 미리 떠나버리지 않는다고 어떻게 장담할 수 있어?"

"예방 조치를 취해두었으니 믿어도 좋아. 베이커 스트리트 아이들 중 한 명을 보내서 지켜보고 있으라고 해놓았어. 헨리 우드가 어딜 가든 거머리처럼 착 붙어서 떨어지지 않을 걸세. 내일 허드슨 스트리트로 그자를 만나러 가는 거야, 왓슨. 자네를 더 오래 붙잡고 있다가는 내가 범죄자가 되고 말겠어."

이튿날 정오에 우리는 참극이 일어난 현장에 도착했다. 내 친구의 안내로 바로 허드슨 스트리트로 갔다. 홈즈는 감정을 숨기는 데 능한 편인데도 나는 내 동료가 흥분을 애써 억누르고 있다는 사실을 쉽게 알아볼 수 있었다. 나도 홈즈의 사건 수사에 참여할 때마다 예외 없이 경험하는 쾌감에 가슴이 설레었다. 모험심을 자극하고 지적 욕구도 샘솟는 즐거움이었다.

"여기가 허드슨 스트리트야." 홈즈가 말하자, 소박한 2층짜리 벽돌집들이 늘어선 짧은 도로가 나왔다. "저기 심슨이 상황을 알리러 오고 있군."

"별 이상 없습니다, 홈즈 씨." 부랑 소년이 우리에게 달려오면서 외쳤다.

"잘했다, 심슨!" 홈즈가 심슨의 머리를 쓰다듬으며 말했다. "왓슨, 가세. 이 집이야." 홈즈는 중요한 용건이 있다는 전갈과 함께 명함을 들여보냈다. 잠시 후 우리는 만나고 싶었던 남자와 얼굴을 마주했다. 따뜻한 날씨였는데도 남자는 쪼그리고 앉아 불을 쬐고 있었고, 좁은 방 안은 찜통 같았다. 온몸이 구부러져서 둥글게 웅크린 채로 의자 위에 앉아 있었고, 그 모습은 말로 다할 수 없을 정도로 끔찍했다. 하지만 우리 쪽으로 돌린 얼굴을 보니 지금은 수척하고 거무스름하지만, 한때는 준수하게 생겨 이목을 끌었을 게 틀림없었다. 이제 남자는 수상쩍다는 듯이 우리를 쳐다보았다. 바라보는 눈빛에 의심이 많고 까다로운 성미가 느껴졌다. 그러다 입을 열지도, 일어서지도 않고는 손짓으로 의자를 가리켰다.

"헨리 우드 씨, 최근까지 인도에 계셨던 걸로 압니다." 홈즈가 싹싹하게 말했다. "바클레이 대령의 사망 사건 때문에 왔습니다."

"내가 뭘 알겠소?"

"제가 확인하고 싶은 점이 그겁니다. 알고 계실 거라고 생각합니다만, 이 일이 해결되지 않으면 당신의 옛 친구인 바클레이 부인이 아마도 살인 혐의로 재판을 받게 될 겁니다."

남자는 움찔 놀랐다.

"도대체 누구시오?" 남자가 소리쳤다. "게다가 나는 당신이 그 일을 어떻게 알고 있는지도 모르오. 당신이 하는 말이 전부 사실이라고 맹세할 수 있소?"

"경찰은 바클레이 부인이 의식만 차리면 바로 체포하려고 기다리고 있습니다."

"이럴 수가! 당신 경찰이오?"

"아닙니다."

"그럼 이 일에 당신이 무슨 용무가 있소?"

"정의 실현은 모든 사람의 용무니까요."

"내 말을 믿으시오. 낸시는 아무 잘못 없어요."

"그럼 당신이 저지른 일이군요."

"아니, 나도 아니오."

"그럼 누가 제임스 바클레이 대령을 죽였습니까?"

“신의 섭리로 죽은 거요. 잘 들어두시오. 내가 바클레이의 머리를 내리쳤다면, 마음속으로야 그러고 싶긴 했지만, 그건 바클레이가 당연히 내게 치러야 하는 대가에 지나지 않았을 거란 말이오. 바클레이가 그렇게 죄책감에 죽지 않았다면 나는 내 영혼을 걸고 꼭 그자의 피를 봤을 거요. 당신들은 지금 그 사연을 듣고 싶겠지. 뭐, 꺼릴 것도 없어. 내가 부끄러울 이유는 없으니까.

사연은 이렇소. 보다시피 지금은 내가 낙타처럼 등이 굽고 갈비뼈는 비뚤어져 있지만, 117 보병 대대에서 이 헨리 우드가 상병이던 시절에는 가장 멋있는 남자였지. 우리는 그때 영국군 주둔지 중에서도 인도에 있었소. 나중에 우리가 버티라고 부른 곳에 말이오. 며칠 전 죽은 바클레이는 나와 같은 부대에 근무하던 병장이었지. 그리고 우리 연대에서 최고의 미인, 아아, 입술 사이로 생기 넘치는 숨결이 산들거리는 제일 아름다운 최고의 아가씨 낸시 드보이가 있었다오. 군기 호위 상사의 딸이었지. 두 남자가 낸시를 사랑했지만, 그중 낸시가 사랑한 한 남자가 있었소. 난로 앞에 웅크리고 앉은 이 불쌍한 인간이 당시에는 잘생긴 외모로 낸시의 사랑을 받았다는 말을 들으면 당신들은 비웃을 거야.

아무튼 낸시의 마음은 날 향하고 있었지만, 낸시의 부친은 딸을 바클레이와 결혼시키려고 했지. 나는 데면데면하고 신중하지 못한 녀석이었지만, 바클레이는 교육도 받고 앞길이 창창했소. 하지만 낸시는 나를 진심으로 사랑했기 때문에 나는 낸시가 내 사람이 될 거라고 생각했지. 그때 인도 폭동이 일어나 순식간에 인도 전역에 대혼란이 일어났소.

우리는 버티에서 오도 가도 못하고 있었지. 우리 연대와 포병대 전력 절반, 시크교도 한 개 중대, 수많은 민간인들과 여자들이 갇혀 있었던 거요. 폭도들 1만 명은 우리를 포위했는데, 그들은 우리에 갇힌 쥐에 몰려든 테리어 사냥개 무리처럼 사나웠소. 2주가 지났을 무렵 우리가 가지고 있던 물이 바닥났지. 이때 진군해 올라오고 있는 닐 장군의 부대에 연락을 할 수 있느냐가 관건이었소. 그것만이 유일한 희망이었지. 여자와 아이들을 동반한 상태에서 싸움을 하면서 길을 터기란 불가능했으니까 말이오. 그래서 나는 포위망을 뚫고 나가서 우리의 위험을 닐 장군에게 알리겠다고 자원했소. 상부 승인을 받고 나는 이 작전을 바클레이 병장과 의논했지. 바클레이 병장이 다른 누구보다 그 일대를 잘 안다고 여겼으니까 말이오. 바클레이 병장은 폭도들의 전선을 뚫고 나갈 수 있는 경로를 표시해주었지. 그날 밤 10시 정각, 나는 혼자 길을 나섰소. 구해야 할 사람이 1000여 명이었지만, 그날 밤 담을 넘으면서 내가 떠올린 사람은 단 한 명이었소.

우리 계획은 바싹 마른 수로를 따라가는 거였지. 보초병에게 들키지 않게 몸을 숨길 수 있을 거라고 생각했으니까 말이오. 하지만 수로 모퉁이를 돌자마자 곧바로 적군 여섯 명과 맞닥뜨렸소. 그들은 나를 기다리며 어둠 속에서 매복하고 있었지. 즉시 머리를 얻어맞고 기절하자 손과 발을 묶더군. 하지만 진짜 충격은 머리가 아니라 마음으로 느끼고 있었소. 적군의 대화를 이해할 수 있을 정도까지 의식을 되찾고 이야기를 들어보니, 내 동료가, 내가 가야 할 길을 계획해 준 바로 그 사람이 적군

수하에 있던 현지인 하인을 이용해서 나를 배신했던 거요.

이거 참, 이 대목을 되짚을 필요는 없겠지. 당신들도 이제 알 거요. 제임스 바클레이가 어떤 짓까지 서슴지 않았는지 말이오. 이튿날 버티는 닐 장군이 도착해 구했지만, 나는 퇴각하는 폭도들에게 끌려갔소. 그리고 오랜 세월이 흐른 뒤에야 백인을 다시 만날 수 있었지. 나는 고문당했고, 탈출을 시도하다가 붙잡혀서 또 고문당했소. 그래서 당신들 눈으로 보고 있는 이 꼴이 돼버린 거요. 일부 폭도들이 네팔로 도망가면서 나를 데려갔고, 나중에는 다르질링까지 끌려가게 되었지. 그런데 그 고원에 사는 부족이 나를 데리고 있던 폭도들을 죽이자, 나는 잠시 동안 그들의 노예가 되었다가 탈출했소. 하지만 남쪽으로 가지 않고 북쪽으로 갈 수밖에 없어서 아프가니스탄에 이르게 되었지. 거기서 여러 해 떠돌아다니다가 결국 펀자브

로 돌아가 현지인들 사이에서 지내면서 전에 배웠던 마술 묘기로 먹고살았소.

비참한 폐인이 되었으니 잉글랜드로 돌아가거나 옛 동료들을 앞에 선들 무슨 소용이겠소? 복수하고 싶은 마음도 형편없는 모양새를 이겨내지는 못하더군. 낸시와 옛 친구에게 헨리 우드가 살아서 침팬지처럼 지팡이를 짚고 구부정하게 걷는 모습을 보일 바에야, 꼿꼿한 등을 가진 예전 모습으로 죽었다고 생각하도록 놔두는 편이 나았지. 그들은 내가 죽었다는 사실을 절대 의심하지 않았고, 나도 그렇게 믿어주었으면 했다오. 바클레이가 낸시와 결혼했다는 소식도 듣고, 연대에서도 빠르게 진급하고 있다는 소식도 들었지만 굳이 밝히고 싶은 생각은 들지 않았소.

그런데 사람이 나이를 먹으면 고향이 그리워지는 법이오. 나는 오랫동안 잉글랜드의 눈부신 푸른 들판과 생울타리를 수년 동안 꿈에서만 봐왔고, 죽기 전에 봐야겠다고 결심했지. 잉글랜드로 넘어올 만큼 여비를 마련한 다음 군부대가 있는 이곳으로 왔지. 나는 군인들의 취향을 알고, 그들을 즐겁게 해줄 줄도 아니까 여기서라면 충분히 먹고살 수 있거든."

"굉장히 흥미로운 이야기입니다." 셜록 홈즈가 말했다. "바클레이 부인과 만났다는 이야기는 이미 들었습니다. 두 사람이 서로를 알아봤다고 하더군요. 그러다가 바클레이 부인을 따라가 부부 사이에 말다툼이 벌어진 모습을 창문을 통해 보셨죠. 틀림없이 부인은 남편이 당신에게 한 짓을 두고 비난을 퍼부었을 겁니다. 격한 감정에 사로잡혀 잔디밭을 가로질러 달려갔고, 무단으로 침입했습니다."

"그랬소. 바클레이는 나를 보고 인간의 얼굴에서 생전 처음 보는 표정을 짓더니 뒤로 넘어져 벽난로 격자망에 머리를 부딪힌 거요. 하지만 쓰러지기 전에 이미 죽은 상태였소. 불을 비추고 글을 읽을 때처럼 바클레이의 얼굴을 보고 죽음을 읽어냈지. 내가 눈앞에 서 있으니 양심이라는 심장을 꿰뚫는 총알 같았을 거요."

"그러고 나서요?"

"그러다가 낸시가 실신했소. 나는 낸시의 손에서 방문 열쇠를 빼냈소. 문을 열고 도움을 청할 생각으로 말이오. 하지만 그렇게 하려다가 그대로 두고 떠나는 게 나을 것 같았소. 왜냐하면 상황이 내게 불리하게 보일 수도 있었지. 게다가 내가 잡히면 비밀도 드러날 테니까 말이오. 서두른 나머지 열쇠를 주머니에 넣고 나서 커튼에 기어 올라가 있던 테디를 쫓다가 내 지팡이를 떨어뜨렸지. 녀석을 상자에 도로 넣고 가능한 한 빨리 떠났소."

"테디가 누구입니까?" 홈즈가 물었다.

우드는 몸을 수그리더니 구석에 손을 뻗어 짐승 우리같이 생긴 상자의 앞부분을 잡아 올렸다. 그러자 아름다운 적갈색 동물이 슬그머니 빠져나왔다. 홀쭉하고 유연한 몸통에 네 다리는 담비 같았고, 가늘고 긴 코와 멋있는 빨간 눈을 가진 동물이었다. 여태껏 본 동물의 눈 중에 가장 아름다웠다.

"몽구스군요!" 내가 큰 소리로 말했다.

"뭐, 그렇게 부르는 사람도 있고, 이집트 몽구스라고 부르는 사람도 있습니다." 우드가 말했다. "나는 땅꾼이라고 부릅니다. 테디는 코브라를 잡을 때 놀랄 만큼 재빠른 놈이오. 여기 독니 없는 코브라가 한 마리 있소. 테디가 매일 밤 그놈을 잡아 주점 사람들을 즐겁게 해준다오. 그런데 더 할 말이 남았소?"

"바클레이 부인이 곤란한 상황에 빠지게 되면 다시 부탁드려야 할 수도 있습니다."

"그렇게 되면 당연히 내가 나설 겁니다."

"하지만 그게 아니라면, 고인이 악랄한 짓을 저지르긴 했지만 불명예스러운 일을 들먹거릴 필요는 없습니다. 바클레이 대령은 자신이 저지른 부도덕한 행위 때문에 적어도 30년 동안 죄책감에 시달렸다는 걸 아셨으니 그걸로 위안을 삼으시기 바랍니다. 아, 저기 머피 소령이 길 반대편에서 걸어가는군. 안녕히 계십시오, 우드 씨. 어제 이후 어떤 일이 있었는지 알아보고 싶어서요."

우리는 머피 소령이 모퉁이까지 가기 전에 늦지 않게 소령

을 따라잡았다.

"아, 홈즈 씨." 머피 소령이 말했다. "공연한 일에 호들갑 떨었던 거라는 소식 들으셨죠?"

"무슨 말씀이죠?"

"조사가 방금 끝났습니다. 의학적 증거로 보아 바클레이 대령은 뇌졸중으로 사망했습니다. 보시다시피 매우 간단한 사건이었습니다."

"아, 정말 별것도 아닌 사건이었군요." 홈즈가 미소 지으며 말했다. "왓슨, 가세. 올더숏에 더 이상 있을 필요가 없겠네."

"한 가지가 남았어." 길을 따라 기차역으로 내려가며 내가 말했다. "남편의 이름은 제임스고, 다른 사람은 헨리잖아. 그럼 데이비드 이야기는 뭐지?"

"이보게, 왓슨. 자네가 묘사하기 좋아하는 이상적인 추리가가 만약 나라면 그 한 단어를 듣고 모든 사연을 간파했을 거야. 그건 분명히 남편을 비난하는 말이야."

"비난이라고?"

"그래. 알다시피 데이비드, 그러니까 성경에 나오는 다윗은 가끔 죄를 저지르잖아. 언젠가의 제임스 바클레이 상사처럼 말이야. 우리아와 밧세바의 일은 기억하지? 내 성경 지식이 예전 같지는 않지만《사무엘상》이나《사무엘하》를 보면 나올 거야(다윗은 자신의 충신 우리아의 아내 밧세바를 차지하기 위해 일부러 우리아를 위험한 전장에 보내 죽게 했다 - 옮긴이)."

9
입주 환자

나는 다소 매끄럽지 못한 회고담을 여러 편 써서 내 친구 셜록 홈즈의 남다른 정신 능력 몇 가지를 설명하려고 했다. 그 글들을 쭉 훑어보면서 모든 면에서 내 의도에 맞는 사례를 고르는 일이 어렵다고 느껴졌다. 홈즈가 분석적인 추리 능력을 절묘하게 발휘해서 특유의 수사 방식이 매우 값지다는 것을 증명한 사건들 중에서도, 사건의 진상 자체가 대수롭지 않거나 흔해서 대중 앞에 내놓을 만한 것이 못 된다고 생각했던 경우가 많았다. 반면에 사건은 매우 보기 드물고 인상적이지만, 전기 작가인 내가 바라는 만큼 홈즈가 사건의 원인을 밝히는 과정에 공헌한 바가 눈에 띄지 않은 일도 잦았다. 내가 '주홍색 연구'라는 제목으로 기록한 작은 사건과 글로리아 스콧호 실종과 관련된 사건은 홈즈의 사건을 기록하는 작가를 끊임없이 위협하는 스킬라와 카리브디스(고대 그리스 신화에서 메시나 해협을 양쪽으로 지키는 바다 괴물들로, 진퇴양난에 빠진 상태를 말한다—옮긴이)를 보여주는 사례다. 이제 이야기를 시작할 사건에서는 내 친구가 맡은 역할이 두드러지지는 않을 것이다. 그렇더라도 사건의 전후 사정이 모두 놀라워서 회고록에서 아예 빼버릴 수는 없었다.

이 사건 기록 중 일부를 찾지 못해서 정확한 날짜는 확신할 수 없다. 하지만 홈즈와 내가 베이커 스트리트에서 같이 산 지 1년 될 즈음이었던 건 확실하다. 바람이 사납게 휘몰아치는 10월의 어느 날, 우리 둘은 하루 종일 집 안에만 있었다. 나는 건강이 좋지 않아 살을 에는 듯한 가을바람을 맞는 일이 망설여졌고, 홈즈는 손에 잡기만 하면 완전히 몰두해버리는 화학 연구에 깊이 빠져 있었다. 그런데 저녁 무렵 시험관 하나가 부서지자 예상했던 것보다 일찌감치 홈즈는 연구를 끝내버렸고, 못 견디겠다는 듯 소리를 지르며 침울한 표정으로 의자에서 벌떡 일어났다.

"하루 종일 한 일이 엉망이 됐어, 왓슨." 홈즈는 이렇게 말하더니 창가로 성큼 걸어갔다. "어! 별이 보이고 바람은 잠잠해졌군. 런던 거리를 좀 걷지 않겠나?"

나도 좁은 거실에만 있는 게 지루해서 순순히 찬성하고 매서운 밤공기에 대비해 목도리를 둘러 코 높이까지 감쌌다. 우리는 세 시간 동안 한가로이 거닐며 플리트 스트리트와 스트랜드 스트리트에 밀려들었다 사라지는 변화무쌍한 삶의 광경을 지켜보았다. 잠깐 침울했던 홈즈는 언짢은 기분을 떨쳐버리더니, 사소한 일을 빈틈없이 관찰하고 예리하게 추리해낸 특유의 이야깃거리로 나를 즐겁게 해주었다. 우리는 10시가

지나서야 베이커 스트리트로 다시 돌아왔다.

"흠! 의사 선생 마차로군. 일반 진료의가 맞을 거야." 홈즈가 말했다. "진료소를 시작한 지 오래되지 않았어. 그런데도 일은 많군. 우리한테 상담하러 온 모양이야. 때맞춰 돌아왔으니 운이 좋군!"

나는 홈즈의 방식을 잘 알고 있어서 이번 추리를 이해할 수 있었다. 브루엄 마차 안에 있는 램프 불빛으로 보니 버들가지 바구니가 매달려 있었다. 홈즈는 거기 담긴 여러 가지 의료 도구들의 종류와 상태로 정보를 얻어 즉석에서 추리를 한 것이었다. 올려다보니 창으로 불빛이 보여 실제로 손님이 밤늦게 찾아왔다는 사실을 알 수 있었다. 이런 시간에 동료 의사가 우리를 찾아온 이유를 궁금해하면서 나는 홈즈를 따라 우리 집으로 들어갔다.

우리가 들어가자, 한 남자가 난롯가 의자에 앉아 있다가 일어났다. 뾰족한 턱에 엷은 갈색 구레나룻을 기른 얼굴이 창백했다. 나이는 서른서너 살을 넘지 않은 것 같았지만, 병약해 보이는 수척한 안색을 보니 삶이 고단해 활력이 사라지고 젊음을 잃었다는 느낌이 들었다. 불안해하면서 조심성 많은 태도를 보니 예민한 신사인 것 같았다. 의자에서 일어나면서 벽난로 선반을 손으로 짚는 모습을 보다가, 문득 가늘고 하얀 손이 외과의라기보다는 화가의 손 같다는 생각이 들었다. 검정 프록코트와 어두운색 바지를 입고 넥타이에만 약간 색상이 들어간 옷차림은 수수하고 점잖았다.

"안녕하십니까, 의사 선생." 홈즈가 유쾌하게 말했다. "오래 기다리시지 않아 다행입니다."

"제 마부에게 들으셨습니까?"

"아닙니다. 보조 탁자 위에 있는 촛불이 알려주더군요. 자리에 앉으세요. 어떻게 도와드려야 할지 말씀해보세요."

"저는 퍼시 트리빌리언입니다. 직업은 의사고요." 방문객이 말했다. "그리고 브룩 스트리트 403번지에 살고 있습니다."

"원인 불명의 신경 장애에 대한 논문을 쓰지 않았나요?" 내가 물었다.

자신의 논문을 알고 있다는 말을 듣자 기분이 좋은지 손님은 창백한 두 볼이 상기되었다.

"그 논문 이야기를 들을 일이 거의 없어서 인기가 없다고 생각했어요. 출판사는 판매 실적이 신통치 않다고 하더군요. 선생도 의사시군요?"

"퇴역한 군의관이죠."

"저는 그전부터 신경 질환 분야에 소질이 있었어요. 전문 분야로 그쪽만 다루고 싶었습니다만, 물론 가능한 것부터 해야겠죠. 하지만 찾아온 용건과 관계없는 이야기입니다. 셜록 홈즈 씨, 귀중한 시간 내주셨으니 본론부터 말씀드리죠. 사실은 브룩 스트리트에 있는 우리 집에서 최근 아주 이상한 일들이 연달아 일어났어요. 그리고 오늘 밤 사태가 심각해져서 도움을 청하고 조언도 들어야겠다 싶어서 급히 찾아왔습니다."

셜록 홈즈는 자리에 앉아 파이프 담배에 불을 붙였다. "잘 오셨어요." 홈즈가 말했다. "어떤 일로 불안하신지 자세히 이야기해주세요."

"한두 가지는 매우 사소한 일입니다." 트리빌리언 선생이 말했다. "정말 거론하기도 부끄러울 정도죠. 하지만 그 일이 아주 불가사의한 데다 최근에 상황이 굉장히 복잡해져서 홈즈 씨께 전부 말씀드리려고 합니다. 그러니 어떤 일이 중요한지 판단하셨으면 합니다.

우선 부득이하게 제 대학 생활부터 이야기하겠습니다. 저는 런던 대학 출신입니다. 교수님들은 저를 전도유망한 제자로 생각하셨죠. 저기, 지나치게 자화자찬한다고 생각하지 않으셨으면 합니다. 졸업한 후 킹스칼리지 병원에서 말단직을 맡아 연구에 전념했습니다. 그리고 강직증이라는 병리 현상을 연구해 운 좋게 상당한 관심을 받았으며, 마침내 신경 장애에 관한 논문으로 브루스 핑커턴 상과 메달을 받았죠. 홈즈 씨 친구분이 좀 전에 말씀하셨던 연구 말입니다. 그 당시 누가 봐도 제

앞날은 창창했다고 말씀드려도 과언이 아닐 겁니다.

하지만 자본이 부족하다는 게 제게는 큰 걸림돌이었죠. 아시다시피, 높은 목표가 있는 전문의는 캐번디시 광장 거주지에 있는 10여 개 스트리트 가운데 한 곳에서 시작해야 합니다. 엄청난 임대료와 시설비가 필요한 곳이죠. 초기 자본 외에도 몇 년 동안은 의원을 끌어갈 자금이 필요하고, 웬만한 마차와 말도 마련해야 합니다. 그런데 그건 제 능력 밖의 일이라 할 수 없었고, 아껴서 돈을 모으면 10년 후에는 개업할 수 있으리라고 바랄 뿐이었죠. 그런데 예기치 않은 일이 갑자기 일어나 새로운 가능성이 생겼습니다.

블레싱턴이라는 신사가 저를 찾아온 겁니다. 전혀 안면이 없는 사람이었죠. 어느 날 아침 제 방에 찾아와 느닷없이 용건부터 말하기 시작했습니다.

'자네가 우수한 연구 성과를 올리고, 최근에 큰 상을 받은 퍼시 트리빌리언인가?' 블레싱턴 씨가 말했죠. 저는 머리를 숙여 인사했습니다.

'솔직히 대답하게.' 블레싱턴 씨가 말을 이었죠. '그러는 게 득이 된다는 걸 알

게 될 걸세. 자네는 성공할 수 있는 재능을 모두 갖췄지. 그런데 요령도 좀 있나?'

질문이 뜬금없어서 웃음이 나왔습니다.

'웬만큼은 있다고 생각합니다.' 제가 대답했죠.

'나쁜 습관은 없나? 술에 빠져 있는 건 아니고?'

'말도 안 됩니다!' 제가 외쳤죠.

'더할 나위 없군. 하지만 꼭 물어봐야 할 게 있네. 자네는 왜 진료소를 차리지 않는 거지? 부족한 자질도 없는데 말이야.'

저는 어깨를 으쓱해 보였죠.

'이런, 그렇군!' 블레싱턴 씨가 부산스럽게 말했죠. '흔한 일이지. 머리는 꽉 찼는데 주머니가 비었다, 그거 아닌가? 내가 브룩 스트리트에서 시작할 수 있도록 도와준다면 어떻게 하겠나?'

저는 놀라서 블레싱턴 씨를 빤히 쳐다보았습니다.

'아, 자네가 아니라 나 자신을 위해서야.' 블레싱턴 씨가 외쳤어요. '툭 터놓고 이야기하겠네. 자네가 좋다면 내게도 더없이 좋은 거야. 몇천 파운드쯤 투자할 수 있어. 그러니까 그걸 자네에게 투자할 생각이야.'

'왜 제게….' 저는 숨이 막힐 정도로 놀랐죠.

'글쎄, 투자하는 데 다른 이유가 있을까? 더욱이 안전한 투자 종목이지.'

'그럼 제가 할 일은 뭔가요?'

'말해주지. 내가 집과 집기를 마련하고, 고용인들 임금도 주고, 관리 업무를 도맡아 하겠네. 자네는 진료실만 지키면 되는 거야. 자네에게 개인 생활비와 필요한 건 뭐든지 주지. 그러고 나서 진료소 수입의 4분의 3은 내게 주고, 4분의 1은 자네 몫인 거야.'

홈즈 씨, 블레싱턴이라는 사람이 제게 접근해서 이런 이상한 제안을 한 겁니다. 지루하실 테니 어떻게 협상하고 계약을 했는지 구구절절 이야기하지는 않겠습니다. 결국 계약을 마무리 짓고, 저는 그다음 성모영보대축일(3월 25일로, 천사 가브리엘이 성모 마리아에게 그리스도의 수태를 알린 것을 기념하는 날—옮긴이)에 이사를 하고, 블레싱턴 씨가 제안한 조건 그대로 진료를 시작했습니다. 블레싱턴 씨는 입주 환자라는 신분으로 저와 함께 살게 되었습니다. 블레싱턴 씨의 심장은 약해 보였고, 의사가 지속적으로 지켜볼 필요가 있었죠. 블레싱턴 씨는 2층에서 제일 좋은 방 두 개를 자신을 위한 응접실과 침실로 만들었습니다. 이상한 습관이 있는 사람이었어요. 사람들과 함께 있기를 꺼렸고, 바깥에 나가는 일도 아주 드물었습니다. 생활은 불규칙했지만 한 가지 면에서는 대단히 규칙적이었죠. 매일 밤 같은 시간에 진료실에 들어와 회계 장부를 살펴본 다음, 내가 번 수입 1기니당 5실링 3펜스를 남겨두고 나머지는 자기 방에 있는 금고에 넣어두었죠.

저는 블레싱턴 씨가 제게 투자한 것을 전혀 후회하지 않았을 거라고 자신 있게 말할 수 있어요. 킹스칼리지 병원에서 좋은 평판을 얻은 데다 예후가 좋은 환자들도 있어서 빠르게 이름이 알려졌고, 지난 몇 년 동안 블레싱턴 씨에게 큰돈을 벌어다 주었습니다.

홈즈 씨, 제 지난 이야기와 블레싱턴 씨와의 관계는 이쯤 하기로 하고, 오늘 밤 무슨 일이 있어 여기 오게 되었는지 말씀드리는 것만 남았군요.

몇 주 전에 블레싱턴 씨가 제게 내려왔는데, 어쩐지 무척 불안해하고 있는 것 같았습니다. 웨스트엔드에서 일어난 주거침입 사건에 대해 이야기하더군요. 기억하기로는 그 사건에 쓸데없이 흥분한 듯 보였습니다. 그날 당장 우리도 창과 문에 더 튼튼한 빗장을 달아야 한다고 강조하기까지 했으니까요. 일주일 동안 블레싱턴 씨는 이상하게 안절부절못하면서 끊임없이 창밖을 유심히 바라보더군요. 평소 저녁 식사 전에 항상 짧은 산책을 다녀왔는데 그마저도 그만두었죠. 블레싱턴 씨의 행동을 보니 무엇인가, 혹은 누군가를 대단히 두려워한다는 생각이 들었습니다. 하지만 제가 물어보니 굉장히 불쾌해하셔서 입을 다물 수밖에 없었어요. 시간이 지나면서 불안해하던 블레싱턴 씨도 점차 진정이 되는 것처럼 보였습니다. 그리고 다시 예전 습관대로 생활하기 시작했죠. 그때 새로운 일이 터져 지금은 가엾게도 쇠약해져 버렸어요.

그러니까 이런 일이 일어났습니다. 이틀 전 저는 편지 한 통을 받았어요. 편지에는 주소도 날짜도 없었습니다. 지금부터 읽어드릴게요.

현재 잉글랜드에 거주하고 있는 러시아 귀족께서 퍼시 트리빌리언 선생의 진료를 받고자 하십니다. 이분은 수년 동안 강직증 발작으로 고생하고 계십니다. 이 질환에는 트리빌리언 선생이 권위자라고 알려져 있더군요. 내일 저녁 6시 15분쯤 방문할까 하오니, 그때 트리빌리언 선생이 댁에 계셨으면 합니다.

편지는 대단히 흥미로웠습니다. 강직증을 연구할 때 주된 고충이 환자가 드물다는 점입니다. 그다음 제가 어떻게 했는지 아시겠죠? 저는 진료실에서 기다리고 있었고, 약속 시간에 사환이 환자를 안으로 안내했습니다.

환자는 마른 체구에 점잔 빼는 평범한 노인이었습니다. 러시아 귀족 하면 떠오르는 모습은 아니었죠. 도리어 함께 들어온 키가 큰 젊은이의 생김새에 많이 놀랐습니다. 가무잡잡하고 날카로운 얼굴에, 팔다리와 가슴을 보면 헤라클레스가 떠오르는 대단한 미남이었죠. 젊은이가 노인의 팔을 잡고 부축해서 들어오더군요. 그리고 외모만 보면 떠올릴 수 없는 다정다감한 모습으로 노인이 의자에 앉도록 도왔습니다.

'제가 따라 들어온 걸 양해해주세요, 선생님.' 젊은이가 외국인 억양으로 말하더군요. '이분은 제 아버지세요. 제게는 무엇보다 아버지 건강이 중요합니다.'

아버지를 걱정하는 아들의 모습에 감동했죠. '진료하는 동안 함께 있었으면 하시겠군요.' 제가 말했죠.

'전혀 아닙니다.' 젊은이가 겁에 질린 몸짓으로 소리쳤어요. '그건 저에게 말로 다 할 수 없이 가슴 아픈 일입니다. 아버지가 그렇게 무서운 발작을 일으키는 모습을 본다면 저는 결코 견디지 못할 겁니다. 제 신경도 대단히 예민한 편이거든요. 괜찮으시면 아버지를 살펴보시는 동안 저는 대기실에 있겠습니다.' 당연히 그렇게 하라고 했고, 젊은이는 방에서 나갔죠. 그러고 나서 환자와 저는 증상에 대해 이야기하기 시작했고, 저는 그 내용을 빠짐없이 기록했습니다. 환자는 이해력이 뛰어난 편이 아니었고 잘 알아들을 수 없게 대답하는 경우도 많았어요. 환자가 우리말을 잘 모르는 탓일 거라고 생각했죠. 제가 앉아서 기록하고 있는 중에 갑자기 환자가 대답을 하지 않았습니다. 고개를 돌렸을 때 경악했어요. 환자가 의자에 꼿꼿이 앉아서 경직돼 멍해진 얼굴로 나를 빤히 쳐다보고 있었거든요. 불가사의한 강직증 발작이 다시 일어난 것이었습니다.

방금 말씀드린 것처럼, 처음에는 가여운 생각도 들고 섬뜩하기도 했습니다. 그러다가 의사로서 보람 같은 느낌이 약간 들더군요. 저는 환자의 맥박과 체온을 기록하고, 근육 강직도를 확인하고 반사 신경을 검사했죠. 그중 뚜렷하게 비정상적인 항목은 없었습니다. 예전에 치료했던 환자들과 똑같았죠. 그런 환자들에게 아질산아밀을 흡입시켜서 좋은 결과를 얻은 적이 있었어요. 이번에도 아질산아밀의 효능을 시험할 좋은 기회가 생긴 것 같았죠. 약병은 아래층 실험실에 있었습니다. 그래서 환자를 의자에 앉혀두고 약병을 가지러 뛰어 내려갔어요. 약병을 찾는 데 시간이 걸렸죠. 한 5분 정도였을 겁니다. 그러고는 진료실로 돌아왔어요. 그런데 방이 텅 비어 있고 환자가 없어진 겁니다! 제가 얼마나 놀랐을지 생각해보세요.

당연히 맨 처음 대기실로 뛰어가 봤습니다. 환자의 아들도 사라지고 없었어요. 현관문은 닫혀 있었지만 잠겨 있지는 않았죠. 환자를 안내하는 사환은 새로 들어온 아이인 데다 빠릿빠릿한 편이 아닙니다. 그 아이는 아래층에서 대기하고 있다가 제가 진료실에서 종을 울리면 올라와서 환자를 배웅합니다. 그런데 아무 소리도 들리지 않았다고 하더군요. 그래서 이 일은 완전한 수수께끼로 남았죠. 산책 나갔던 블레싱턴 씨가 잠시 후 돌아왔지만 이 일에 대해서는 아무 말도 하지 않았어요. 사실대로 말씀드리면, 최근에 블레싱턴 씨와 대화하는 일을 되도록 피하고 있었거든요.

그건 그렇고, 저는 그 러시아인 부자를 다시 보리라고는 생각지도 못했어요. 그러니 제가 얼마나 놀랐겠습니까. 오늘 저녁, 어제와 똑같은 시간에 두 사람이 어제와 마찬가지로 당당하게 진료실로 걸어 들어왔어요.

'선생, 갑작스럽게 떠났으니 용서를 구해야 한다고 생각했소.' 환자가 말하더군요.

'솔직히 사라지셨을 때 굉장히 놀랐습니다.' 내가 말했죠.

'저, 사실은.' 환자가 말했어요. '발작이 일어났다가 깨어나면 머리가 항상 혼란스러워진다오. 깨어보니 낯선 방처럼 보였지. 그래서 정신이 멍해져서 거리로 나간 거요. 그게 선생이 자리를 비운 틈이었소.'

'그리고 저는.' 아들이 말하더군요. '아버지가 대기실 문 앞을 지나가시니 당연히 진료가 끝났다고 생각했습니다. 집에 도착하고 나서야 사정을 알았고요.'

'이런.' 제가 웃으면서 말했죠. '괜찮습니다. 저를 무척 당황시키셨다는 것만 빼면요. 그럼 아드님은 대기실에 가 계세요. 저는 갑작스럽게 끝나버린 치료를 마저 하겠습니다.'

30분가량 노신사와 증상에 대해 이야기하고 처방전을 써주었습니다. 그리고 아들의 부축을 받으며 나가는 것을 봤죠.

말씀드렸듯이, 블레싱턴 씨는 대개 그 시간에 운동을 합니다. 얼마 안 있어 블레싱턴 씨가 운동을 마치고 돌아와 2층으로 올라가더군요. 잠시 후 블레싱턴 씨가 뛰어 내려오는 소리가 들리더니 갑자기 진료실로 들어왔습니다. 겁에 질려 제정신이 아닌 사람 같았죠.

'누가 내 방에 들어간 건가?' 블레싱턴 씨가 소리쳤어요.

'아무도 들어가지 않았습니다.' 제가 말했죠.

'거짓말!' 블레싱턴 씨가 고함을 지르듯 말했어요. '올라가서 좀 봐.'

저는 블레싱턴 씨의 무례한 말을 못 들은 척했습니다. 무서워 떨면서 반쯤 정신이 나간 듯 보였거든요. 함께 2층으로 올라갔더니 블레싱턴 씨가 밝은색 양탄자 위에 남은 발자국 몇 개를 가리키더군요.

'이게 내 발자국이라는 건가?' 블레싱턴 씨가 소리쳤죠.

분명히 블레싱턴 씨의 발자국과는 비교도 안 되게 컸고, 찍힌 지 얼마 안 된 것 같았어요. 오늘 오후에는 비가 많이 내렸잖습니까. 그리고 방문한 환자는 러시아인 부자밖에 없었죠. 그렇다면 제가 환자를 살피느라 여념이 없을 때 대기실에 있던 사람이 무슨 영문인지는 모르겠지만 제 입주 환자의 방에 올라간 게 틀림없었습니다. 손대거나 가져간 물건은 없었지만 발자국으로 봐서 무단 침입했다는 사실은 의심할 여지가 없었죠.

블레싱턴 씨는 그 문제에 지나치게 흥분한 것 같았습니다. 제가 참을 수 있는 수준보다 더했어요. 물론 누구라도 마음이 불안해질 일이기는 했지만요. 실제로 블레싱턴 씨는 안락의자에 앉아 흐느껴 울 정도였어요. 제가 아무리 달래도 횡설수설할 뿐이었죠. 그러다가 블레싱턴 씨의 제안으로 홈즈 씨를 찾아온 겁니다. 물론 저도 곧바로 그렇게 하는 게 좋겠다고 생각했습니다. 블레싱턴 씨가 이 사건의 의미를 지나치게 과장하는 것처럼 보이기는 하지만, 아주 희한한 일인 게 분명하니까요. 제 브루엄 마차를 타고 같이 가주시면, 적어도 블레싱턴 씨를 진정시킬 수는 있을 겁니다. 홈즈 씨께서 이런 이상한 사건을 확실히 밝혀줄 거라고 기대하는 건 무리겠지만요."

셜록 홈즈가 긴 이야기에 열심히 귀 기울이는 모습을 보니 흥미가 생긴 게 분명했다. 변함없이 침착한 얼굴이었지만, 의사 선생의 이야기에서 별난 대목이 나올 때마다 눈꺼풀이 무겁게 내려오고 담배 파이프에서 연기가 자욱하게 피어올랐다. 방문객이 이야기를 마치자, 홈즈는 한마디 말도 없이 탁자 위에 있던 모자를 내게 건네주고 자신의 모자도 집어 들었다. 그러더니 트리빌리언 선생을 따라 문으로 걸어나갔다. 15분도 지나지 않아 우리는 브룩 스트리트에 있는 트리빌리언 선생의 집 현관 앞에 내렸다. 웨스트엔드 지역 진료소 하면 누구나 연상하는 수수하고 벽면이 단조로운 건물이었다. 어린 사환이 문을 열어주자, 우리는 곧장 멋진 양탄자가 깔린 넓은 계단을 올라갔다.

그러나 유별나게 저지당해 더 이상 올라갈 수 없었다. 위층에서 별안간 불빛이 싹 사라지더니 어둠 속에서 날카롭고 떨리는 목소리가 들려왔다.

"내게는 권총이 있다." 누군가 외쳤다. "맹세컨대 더 가까이 오면 쏘겠다."

"도가 지나치군요, 블레싱턴 씨." 트리빌리언 선생이 외쳤다.

"아, 선생이었나?" 안심이라는 듯 깊이 한숨을 내쉰 목소리가 대답했다. "그런데 다른 분들은 그 사람들이 맞나?"

어둠 속에서 우리를 한참 동안 유심히 바라보는 시선이 느껴졌다.

"그래, 맞아. 틀림없어." 마침내 위층에서 목소리가 들려왔다. "올라오시오. 조심한다고 한 게 선생들을 난처하게 해드렸다면 미안합니다."

블레싱턴은 이렇게 말하면서 계단 가스등을 다시 켰다. 그러자 우리 앞에 선 기이하게 생긴 남자를 볼 수 있었다. 목소리뿐만 아니라 생김새도 얼마나 신경이 곤두서 있는지 알려주었다. 지금도 살이 많이 쪘지만 아무래도 한때는 이보다 훨씬 뚱뚱했을 것 같았다. 그래서 얼굴 피부는 블러드하운드 볼처럼 덜렁덜렁 축 처져 있고, 얼굴에는 병색이 완연했다. 숱이 적은 엷은 갈색 머리는 격한 감정으로 곤두선 것 같았다. 손에 권총을 들고 있었지만 우리가 다가가자 호주머니에 찔러 넣었다.

"안녕하십니까, 홈즈 씨." 블레싱턴이 말했다. "와주셔서 대단히 고맙습니다. 나만큼 당신의 도움이 필요한 사람도 없었을 겁니다. 누군가가 불법으로 내 방에 침입한 일을 트리빌리

언 선생에게서 들었을 걸로 압니다."

"네." 홈즈가 말했다. "블레싱턴 씨, 그 두 사람은 누구입니까? 그리고 당신을 괴롭히려는 이유는 뭔가요?"

"뭐, 글쎄요." 입주 환자가 안절부절못하며 말했다. "그러니까 그건 내가 말하기가 어렵소. 홈즈 씨, 내가 그걸 답해주길 기대하진 마시오."

"모르신다는 말인가요?"

"들어오십시오. 부탁이니 여기로 들어오세요."

블레싱턴은 앞장서서 자신의 침실로 우리를 안내했다. 안락하게 꾸며진 넓은 방이었다.

"보셨죠?" 블레싱턴이 침대 발치에 놓인 검은색 상자를 가리키며 말했다. "나는 넉넉하게 살아본 적이 없습니다, 홈즈 씨. 트리빌리언 선생이 말했겠지만, 평생에 투자라고는 이번 말고 해본 적도 없어요. 은행가들도 믿지 못합니다. 절대로 은행가들을 믿지 않을 겁니다, 홈즈 씨. 우리끼리 하는 이야기지만 얼마 되지도 않는 돈이 다 저기 들어 있어요. 그러니까 잘 모르는 사람들이 내 공간에 침입했을 때 그게 내게 어떤 의미였을지 알 겁니다."

홈즈는 미심쩍은 듯이 블레싱턴을 쳐다보다가 고개를 가로저었다.

"거짓말을 하신다면 도저히 도와드릴 수 없습니다." 홈즈가 말했다.

"하지만 난 다 털어놨어요."

홈즈가 질색이라는 듯한 몸짓을 보이더니 휙 돌아섰다. "편히 쉬세요, 트리빌리언 선생." 홈즈가 말했다.

"내게 해줄 조언은 없는 겁니까?" 블레싱턴이 갈라진 목소리로 소리쳤다.

"내가 해드릴 조언은요, 사실대로 말하라는 겁니다." 잠시 뒤 우리는 거리로 나와 집을 향해 걸어가고 있었다. 옥스퍼드 스트리트를 가로질러 할리 스트리트 중간쯤 다다르자 내 친구가 말문을 열었다.

"왓슨, 괜히 끌고 나와 헛걸음시켜 미안하네." 홈즈가 말했다. "자세히 보면 재미있는 사건이기는 해."

"전혀 이해할 수가 없었어." 나는 바른대로 실토했다.

"자, 어떤 이유에선지 블레싱턴이라는 사람을 노리는 사람이 두 명 있는 게 분명해. 어쩌면 더 많을 수도 있지만 최소한 두 명이지. 처음 방문했을 때는 두 사람이, 두 번째는 그중 젊은 남자가 블레싱턴의 방에 침입했어. 그러는 동안 공범이 기발한 계획으로 의사 선생의 주의를 끌어 자신들을 방해하지 못하도록 했지."

"강직증이로군!"

"왓슨, 속이려고 흉내 낸 거야. 전문의 양반한테는 알려줄 엄두도 못 냈지만. 아주 쉽게 흉내 낼 수 있는 병이지. 나도 해본 적 있거든."

"그러고 나서는?"

"정말로 우연히 그때마다 블레싱턴은 나가고 없었어. 대기실에 환자가 없어야 하기 때문에 진료가 드문 시간에 찾아온 게 확실해. 하지만 그 시간이 블레싱턴의 산책 시간과 겹친 건 우연이었어. 이걸 보면 그들은 블레싱턴의 일과를 잘 모르는 것 같아. 단지 물건을 훔치려고 한 거라면 당연히 찾으려는 시도라도 했을 거야. 게다가 사람이 목숨을 위협받고 있다면 눈에서 그게 읽히지. 그렇게 복수심에 불타는 적이 두 명이나 있는데 정작 본인은 그걸 모른다는 건 생각할 수도 없는 일이야. 따라서 블레싱턴이 침입자들을 알고 있으나 개인적인 이유로 숨기고 있다고 확신했지. 내일은 털어놓고 싶어질 수도 있어."

"다른 가설은 없나?" 내가 넌지시 말했다. "아마 있음직하지도 않게 터무니없는 가설일 테지만, 상상해볼 수는 있지 않을까? 트리빌리언 선생이 강직증을 앓는 러시아 귀족과 아들 이야기를 꾸며내지 않았을까? 그러고는 본인이 개인적인 목적으로 블레싱턴의 방에 들어갔던 거지."

가스등 불빛에 홈즈의 웃는 얼굴이 비쳤다. 내 추리가 멋지게 출발하자 재미있어 하는 것 같았다.

"이보게, 친구." 홈즈가 말했다. "그것도 처음에 떠오른 가설이었지. 하지만 얼마 지나지 않아 의사 선생의 이야기를 증명할 수 있었어. 그 젊은이는 계단 양탄자에 발자국을 남겨놓았지. 그래서 방에 남긴 발자국들은 확인해볼 필요도 없었지. 블레싱턴의 신발처럼 끝이 뾰족한 게 아니라 신발 앞코가 네모졌더군. 그리고 의사 선생의 발보다 3센티미터쯤 더 컸으니 트리빌리언 선생의 인격을 의심할 수는 없지. 이제 하룻밤 자고 나서 생각해보세. 내일 아침에 브룩 스트리트에서 무슨 소식이 들려올 게 분명하거든."

셜록 홈즈의 예언은 일찌감치 맞아떨어졌다. 거기다 극적인 방식으로 이루어졌다. 이튿날 아침 7시 반, 새벽녘의 어슴푸레한 빛에 홈즈가 실내복 차림으로 내 침대 머리맡에 서 있는 모습이 보였다.

"왓슨, 브루엄 마차가 기다리고 있어." 홈즈가 말했다.

"무슨 일인가?"

"브룩 스트리트 건이야."

"새로운 소식이라도 있는 거야?"

"비극적이지만 확실치는 않아." 홈즈가 블라인드를 걷으며 말했다. "이걸 좀 봐. 공책에서 찢은 종이에 연필로 이렇게 휘갈겨 썼어. '부디 곧장 와주세요. P. T.' 의사 선생이 이걸 쓸 때 많이 힘들었나 봐. 서두르게, 친구. 다급하게 불렀으니 말이야."

15분쯤 후 우리는 의사의 집에 도착했다. 트리빌리언 선생이 겁에 질린 얼굴로 달려 나왔다.

"끔찍한 일이에요!" 트리빌리언이 두 손으로 머리를 감싸며 소리쳤다.

"무슨 일입니까?"

"블레싱턴이 자살했어요!"

홈즈의 입에서 신음 소리가 새어 나왔다.

"그렇습니다. 밤사이에 목을 맸어요."

집 안으로 들어서자 의사 선생은 앞장서서 대기실로 보이는 방으로 들어갔다.

"저는 정말 어떻게 할지 모르겠어요." 트리빌리언이 소리쳤다. "경찰은 이미 2층에 와 있어요. 저는 엄청나게 혼란스럽습니다."

"언제 발견했습니까?"

"블레싱턴 씨는 매일 아침 일찍 자기 방에서 차를 마십니다. 하녀가 7시쯤 들어가 보니 그 불행한 양반이 방 한가운데 매달려 있었다고 하더군요. 무거운 램프가 매달려 있던 고리에 줄을 묶어놓고, 어제 우리에게 보여준 그 상자 위에서 뛰어내렸답니다.”

홈즈는 잠깐 동안 깊은 생각에 잠긴 채 서 있었다.

“괜찮으시다면 2층에 올라가서 현장을 조사해보고 싶군요.” 마침내 홈즈가 말을 꺼냈다. 우리는 2층으로 올라갔고, 의사 선생도 뒤따라 올라왔다.

침실 문으로 들어가자마자 눈앞에 끔찍한 광경이 펼쳐졌다. 앞서 블레싱턴이라는 사람이 축 늘어져 있다는 말을 한 적 있지만, 시신이 고리에 매달려 있어서 그런 인상이 지나치게 강조되고 과장되어서 겉보기로는 거의 사람 같지 않았다. 목은 털을 뽑아놓은 닭 모가지처럼 쭉 늘어져 있어서 대조적으로 나머지 신체 부분이 훨씬 비대하고 괴이하게 보였다. 블레싱턴은 긴 잠옷만 입고 있었으며, 부어오른 발목과 보기 흉한 발이 잠옷 밑으로 완전히 드러나 있었다. 그 옆에는 말쑥하게 생긴 경위가 서서 수첩에 뭔가 기록하고 있었다.

“아, 홈즈 씨.” 내 친구가 들어가자 경위가 정중하게 말했다. “만나뵈니 기쁘군요.”

“안녕하세요, 래너.” 홈즈가 대답했다. “나를 불청객으로 보지는 않을 거라고 믿습니다. 전에 일어난 사건 이야기는 들었습니까?”

“네, 그 사람들 이야기는 들었습니다.”

“가설을 세웠나요?”

“제가 보기에 이 사람은 너무 놀라서 제정신이 아니었어요. 보다시피 침대에서 잘 자고 있었습니다. 침대에 누워 있던 자국이 깊게 남았죠. 아시겠지만 자살이 가장 많이 일어나는 시간은 새벽 5시죠. 이 사람이 목을 맨 시간도 그쯤이었을 겁니다. 신중하게 계획한 일로 보입니다."

"사후 강직을 따져보면 아마 3시쯤 사망했을 겁니다." 내가 말했다.

"방에서 이상한 점은 발견하지 못했나요?" 홈즈가 물었다.

"세면대에서 드라이버 하나와 나사 몇 개를 발견했습니다. 게다가 밤새 담배를 많이 피운 것 같아요. 여기 제가 벽난로에서 시가 꽁초 네 개를 꺼냈습니다."

"흠!" 홈즈가 말했다. "시가용 파이프를 찾았나요?"

"아니요, 없었습니다."

"그럼 시가 케이스는요?"

"그건 찾았습니다. 피살자의 코트 주머니에 있었습니다."

홈즈가 시가 케이스를 열어보더니 하나 남아 있던 시가를 들어 냄새를 맡았다.

"아, 이건 하바나 시가군요. 여기 꽁초는 네덜란드가 동인도 식민지에서 들여온 독특한 종류의 시가예요. 보통

짚으로 포장되어 있습니다. 그리고 다른 제품들보다 가늘어요." 홈즈는 꽁초 네 개를 들어서 휴대용 확대경으로 살펴보았다.

"두 개는 시가용 파이프로 피웠고, 나머지 두 개는 파이프 없이 피웠군요." 홈즈가 말했다. "두 개는 날카롭지 않은 칼로 잘랐고, 나머지 두 개는 건강한 이로 물어뜯었어. 래너 씨, 이 사건은 자살이 아닙니다. 피도 눈물도 없이 주도면밀하게 계획된 살인입니다."

"말도 안 됩니다!" 래너 경위가 외쳤다.

"어째서요?"

"왜 번거롭게 사람을 매달아서 죽여야 했을까요?"

"그건 우리가 알아내야 할 문제죠."

"범인들은 어떻게 들어왔을까요?"

"문으로 들어왔을 겁니다."

"아침에는 빗장이 걸려 있었어요."

"그럼 범인들이 떠난 뒤에 문단속을 한 거죠."

"어떻게 알 수 있죠?"

"그들이 남긴 흔적을 봤습니다. 잠깐 실례하겠소. 그 문제에 대해 정보를 더 줄 수 있을 겁니다."

홈즈는 방문으로 다가가 자물쇠를 돌리며 찬찬히 살펴보았다. 그러다가 안쪽에 꽂혀 있던 열쇠도 빼서 세심하게 조사했다. 침대, 양탄자, 의자, 벽난로, 시신, 밧줄을 차례대로 살펴보았다. 홈즈가 마침내 다 됐다고 말하자, 나와 래너 경위가 홈즈를 도와 줄을 자르고 가엾은 피살자를 내렸다. 그러고는 시신에 엄숙하게 천을 덮었다.

"이 밧줄은 어디서 난 걸까요?" 홈즈가 물었다.

"여기서 잘라낸 거예요." 트리빌리언 선생이 이렇게 말하면서 침대 아래에서 둘둘 말린 밧줄을 꺼냈다.

"블레싱턴 씨는 과민하다고 할 정도로 화재를 무서워해서 이 밧줄을 항상 곁에 두었죠. 계단이 불타고 있으면 창문으로 탈출하려고요."

"이게 범인들의 수고를 덜어준 게 분명합니다." 홈즈가 생각에 잠긴 채 말했다. "그렇군요. 사건의 진상은 아주 간단합니다. 오후쯤이면 이 사건의 내막을 다 설명해드릴 수 있을 겁니다. 벽난로 선반에 있는 블레싱턴의 사진을 가져가겠습니다. 조사할 때 도움이 될 겁니다."

"하지만 아직 아무것도 알려주지 않으셨잖아요." 의사 선생이 큰 소리로 말했다.

"아, 사건 순서는 명확합니다." 홈즈가 말했다. "이 일에는 젊은이, 노인, 제3의 인물 이렇게 세 사람이 가담했습니다. 한 사람의 정체는 전혀 알 수가 없습니다. 젊은이와 노인은 두말할 필요 없이 러시아 백작과 그 아들이라고 속인 사람들이죠. 그래서 그들의 인상착의는 이미 잘 알고 있는 셈이죠. 그들은 집 안에 있는 공모자의 도움으로 들어왔습니다. 래너 경위, 조언을 해드리자면 말입니다, 사환을 체포하십시오. 최근에 채용했다고 하셨죠, 선생님?"

SP

"그 아이를 찾을 수가 없습니다." 트리빌리언 선생이 말했다. "하녀와 요리사가 조금 전까지만 해도 찾고 있었죠."

홈즈가 어깨를 으쓱거렸다.

"사환 아이는 이 연극에서 하찮은 역할이 아니었어요." 홈즈가 말했다. "세 사람은 발꿈치를 들고 계단으로 올라왔어요. 노인이 앞장섰고, 그 뒤를 따라 젊은이가 가고, 맨 뒤에 신원 미상의 인물이…."

"이보게, 홈즈! 정말인가?" 나도 모르게 이렇게 외쳤다.

"아, 발자국이 겹쳐져 있으니 틀림없어. 어제저녁에 발자국 주인을 알아둬서 유리했지. 그리고 세 사람은 블레싱턴 씨의 방으로 올라왔지만 문이 잠겨 있었죠. 하지만 철사를 구멍에 꽂아 억지로 열었습니다. 철사를 밀어 넣어서 자물쇠 안쪽에 긁힌 자국이 남은 게 확대경 없이도 보일 겁니다.

방에 들어가자마자 그들은 블레싱턴의 입을 틀어막았습니다. 블레싱턴은 잠들어 있었거나, 겁에 질려 온몸이 얼어붙어서 비명을 지를 수도 없었겠죠. 한마디 내지를 겨를이 있었다고 해도 벽이 두꺼워 아무도 듣지 못했을 겁니다.

블레싱턴을 묶어두고 어떤 종류의 회의가 열렸을 겁니다. 아마 재판 절차 같은 성격이었을 겁니다. 그때 방에서 발견된 시가를 피운 것이니 한참 동안 계속한 게 틀림없습니다. 노인은 버들가지 의자에 앉았고, 시가 파이프를 사용한 게 바로 노인이죠. 젊은이는 저쪽에 앉았고, 서랍장에 담뱃재를 털어냈어요. 세 번째 인물은 방 안을 서성거렸습니다. 제 생각에 블레싱턴은 침대에 똑바로 앉아 있었던 것 같지만 그 점은 확실하지 않아요.

아무튼 결국 블레싱턴을 끌어다 목매달았죠. 미리 계획된 범행이라 교수대로 쓸 수 있는 고패나 도르래를 가지고 왔을 겁니다. 그걸 고정하기 위해 드라이버와 나사도 있었고요. 하지만 천장에 있는 고리를 보고 힘들일 필요가 없었겠죠. 그들은 일을 끝낸 다음 급히 달아났고, 공범이 빗장을 채운 겁니다."

우리 모두는 지난밤에 일어난 사건의 개요를 아주 흥미롭게 들었다. 홈즈는 그 내용을 사소하고 포착하기 어려운 흔적에서 추리해냈다. 홈즈가 흔적들을 알려줬을 때도 우리는 그 추리 과정을 거의 이해할 수 없었다. 래너 경위는 곧바로 사환 아이에 대해 조사하려고 자리를 떠났다. 홈즈와 나는 아침 식사를 하러 베이커 스트리트로 돌아왔다.

"3시까지는 돌아오겠네." 식사를 마치고 홈즈가 말했다. "래너 경위와 의사 선생 둘 다 여기서 그 시각에 만나기로 했어. 그 시간까지 사소한 의문점도 다 풀렸으면 좋겠군."

손님들은 약속 시간에 맞춰 도착했지만 내 친구는 4시 15분 전이 되어서야 나타났다. 하지만 들어올 때 표정으로 보아 모든 일이 잘 풀렸음을 알 수 있었다.

"새로운 소식이라도 있나요, 래너 경위?"

"사환 아이를 찾았습니다, 홈즈 씨."

"훌륭하군요. 나도 그들을 찾았습니다."

"찾았다니!" 우리 세 사람이 소리쳤다.

"어찌 되었든 적어도 신원은 파악했습니다. 내 예상대로 블레싱턴이라는 사람은 경찰국에서 유명하더군요. 가해자들도 마찬가지고요. 그들의 이름은 비들, 헤이워드, 모팻입니다."

"워싱던 은행 강도단." 래너 경위가 소리쳤다.

"바로 그들입니다." 홈즈가 말했다.

"그럼 블레싱턴이 서튼이겠군요?"

"맞아요." 홈즈가 말했다.

"이런, 그 말을 들으니 어찌 된 일인지 알겠군요." 경위가 말했다.

그러나 트리빌리언과 나는 어리둥절해서 서로를 쳐다보기만 했다.

"워싱던 은행 사건을 기억할 겁니다." 홈즈가 말했다. "다섯 명이 가담했죠. 앞서 말했던 네 사람과 카트라이트라는 사람입니다. 토빈이라는 경비원이 살해당했고, 강도들은 7000파운드를 들고 달아났어요. 1875년에 일어난 사건입니다. 다섯 명 모두 체포됐지만 혐의를 입증할 만한 증거가 확실하지 않았어요. 블레싱턴, 아니 서튼은 패거리 중에서 가장 질이 나쁜 놈이었고 밀고자가 되었죠. 서튼의 증언으로 카트라이트는 교수형을 당하고, 나머지 세 사람은 각자 15년형을 선고받았습니다. 세 사람은 만기 출소를 몇 년 남겨두고 최근에 석방되었어요. 배신자를 추적해 동료의 원한을 갚으려고 한 겁니다. 서튼을 잡으려고 두 번 시도했지만 실패했고, 세 번째에 뜻을 이룬 거죠. 내가 설명할 게 더 있나요, 트리빌리언 선생님?"

"모든 일을 명확하게 설명하셨습니다." 트리빌리언 선생이 말했다. "블레싱턴 씨가 매우 불안해했던 날, 틀림없이 신문에서 옛 친구들의 석방 기사를 읽었을 겁니다."

"그럴 겁니다. 주거 침입 이야기는 그저 핑계에 불과했죠."

"하지만 왜 홈즈 씨에게 이 일을 털어놓지 못한 걸까요?"

"글쎄요, 옛 동료들이 얼마나 이를 갈고 있을지 알고 있었으니, 자신의 정체를 되도록 숨기려고 한 겁니다. 부끄러운 비밀이라 밝힐 수도 없었죠. 하지만 비열한 인간이기는 해도 영국법의 보호막 아래 살고 있었습니다. 경위, 당신이라면 잘 알 겁니다. 영국 법은 그자를 지키지 못했지만 정의의 칼은 언젠가 앙갚음을 할 거라는 거죠."

이것이 브룩 스트리트의 입주 환자와 의사가 관련된 기이한 사건의 진상이다. 그날 밤 이후 경찰은 살인자들의 종적을 전혀 찾을 수 없었다. 런던 경찰국은 그들이 몇 년 전 노라 크레이나 호에 여행객으로 승선했다고 추정했다. 당시 이 불운한 증기선은 포르투갈의 오포르투 북쪽 수십 킬로미터 떨어진 지점에서 승무원 전원과 함께 실종되었다. 사환은 증거 불충분으로 풀려났다. 브룩 스트리트 수수께끼라고 불리는 이 사건은 지금까지 어느 출판물에서도 상세하게 다룬 적이 없다.

10
그리스인 통역사

셜록 홈즈와 오랫동안 친밀하게 지냈지만, 홈즈는 일가친척을 언급했던 적도 전혀 없었고 어린 시절 이야기를 하는 것도 거의 들어보지 못했다. 자신에 대해 과묵한 탓에 다소 인간미 없는 사람으로 비쳤던 인상은 더욱 짙어져 나도 모르게 홈즈를 속세와 동떨어진 비범한 인물로 생각할 때도 있었고, 사고력이 뛰어난 만큼 인정이 모자라 심장 없이 두뇌만 있는 사람으로 느껴질 때도 있었다. 여성을 꺼리고 새 친구를 사귀는 일을 내켜 하지 않는 두 가지 면이 홈즈의 냉정한 성격을 대변한다. 그러나 혈육에 대해 일절 언급하지 않고 감추는 것보다는 덜했다. 이 때문에 나는 홈즈가 일가친척 하나 없는 고아라고 생각하게 되었다. 하지만 어느 날 정말 놀랍게도 홈즈가 자신의 형 이야기를 꺼냈다.

어느 여름날 밤, 차를 마시고 난 뒤 대화가 이어졌다. 골프채 이야기부터 태양이 지나는 황도의 경사도가 변하는 원인까지 종잡을 수 없는 주제로 산만하게 흘러갔다. 그러다 결국 격세 유전과 유전성 재능이라는 문제에 이르렀다. 개인의 뛰어난 재능에 가계 혈통이 얼마만큼 기여하고, 어릴 적 교육은 어느 정도까지 영향을 미치는지가 토론의 핵심이었다.

"자네가 했던 이야기로 미루어보면 말이야." 내가 말했다. "자네의 관찰 능력과 남다른 추리 솜씨는 분명히 체계적으로 훈련한 덕분이야."

"얼마쯤은 그럴 거야." 홈즈가 생각에 잠긴 채 대답했다. "우리 조상은 시골 지주였어. 자기 계급에 어울리는 삶에서 크게 벗어나지 않으며 살았던 것 같아. 그렇다 하더라도 내 재능은 타고난 거지. 프랑스 화가 베르네의 누이였던 우리 할머니가 물려준 걸 거야. 예술가의 기질은 예상치 못한 모습으로 나타나기 쉽거든."

"하지만 유전이라는 건 어떻게 아는 거야?"

"나보다는 우리 형 마이크로프트가 물려받은 재능이 더 대단하거든."

내게는 대단히 흥미로운 정보였다. 잉글랜드에 그렇게 능력이 뛰어난 사람이 또 있다면 어째서 경찰이나 일반 사람들은 모르는 걸까? 내 친구가 겸손해서 형이 자신보다 우월하다고 인정한 게 아닐까 하는 기색을 보이며 질문을 던져보았다. 홈즈는 내 의견을 재미있어 했다.

"이보게, 왓슨." 홈즈가 말했다. "나는 겸손을 미덕으로 치는 사람들에게 찬성할 수 없네. 논리에 능한 사람은 모든 사물을 있는 그대로 정확히 봐야지. 자신에 대한 과소평가는 자기 능력을 과장하는 것만큼이나 진실을 왜곡하는 일이야. 그러니까 마이크로프트 형이 나보다 관찰력이 뛰어나다고 말하면, 내가 진실을 정확히 있는 그대로 말하고 있다고 보면 되는 거야."

"몇 살 차이야?"

"일곱 살 위야."

"어째서 사람들이 잘 모르는 거야?"

"아, 형이 속한 사회에서는 아주 유명해."

"거기가 어딘데?"

"음, 이를테면 디오게네스 클럽."

그런 단체는 들어본 적이 없었다. 셜록 홈즈가 회중시계를 꺼낸 걸 보면 이런 의문이 내 표정에 드러난 게 분명했다.

"런던에서 디오게네스 클럽만큼 별난 곳도 많이 없을 거야. 마이크로프트 형도 별난 걸로 치면 뒤지지 않는 사람이지. 형은 오후 5시 15분 전부터 8시 20분 전까지는 언제나 거기에 있어. 지금 6시로군. 자네가 이렇게 아름다운 밤에 한가로이 걷는 게 좋다면 희귀한 클럽과 희귀한 사람을 기꺼이 소개해 줄게."

5분 후 우리는 거리로 나와 리전트 서커스를 향해 걸어가고 있었다.

"왜 마이크로프트 형이 자신의 능력을 탐정 일에 쓰지 않는지 궁금할 테지?" 내 친구가 말했다. "형한테는 그럴 능력이 없어."

"하지만 자네가 말하기로는…."

"내 말은 형이 관찰력과 추리력에서 한 수 위라는 거였지. 탐정이 하는 일이 안락의자에서 추리를 시작해 그 자리에서 끝이 난다면 우리 형은 역사상 가장 위대한 범죄 수사관이 됐겠지. 하지만 형에게는 야망도 끈기도 없어. 굳이 자신의 가설을 확인하려고 하지도 않을 걸세. 자기가 옳다고 수고스럽게 증명하기보다 차라리 틀렸다고 인정하는 편이 낫다고 할 거야. 몇 번이나 의문점을 들고 형을 찾아가서 의견을 들었고, 나중에 틀림없는 사실로 밝혀졌지. 그렇다 해도 현장에서 실제적인 요소를 알아내는 능력은 전혀 없어. 판사나 배심원단에게 사건을 설명하기 전에 조사해야 하는 요소들인데도 말이야."

"그럼 형님의 직업은 탐정이 아니로군?"

"절대 아니지. 내게는 생계 수단이지만 형에게는 그저 심심풀이 취미 생활에 불과해. 형은 계산 능력이 보통이 아니라서 정부 부처에서 회계 감사 업무를 맡고 있어. 마이크로프트 형은 펠멜에 살고 있어. 매일 아침 걸어서 모퉁이를 돌아 화이트홀에 있는 사무실로 출근했다가 그 길로 다시 퇴근하는 거야. 1년 내내 운동도 따로 하지 않고 달리 가는 데도 없어. 단지 집 바로 맞은편에 있는 디오게네스 클럽만 오갈 뿐이야."

"들어본 적 없는 클럽이야."

"그럴 테지. 알잖나, 런던에는 남들과 함께 있는 걸 싫어하는 사람들이 많아. 숫기 없어서 그런 사람도 있고, 어울리기 싫어서 그런 사람도 있지. 그래도 편안한 의자와 정기간행물 신간까지 마다하지는 않아. 이런 사람들의 편의를 위해 디오게네스 클럽이 시작된 거지. 지금은 런던에서 사교성과 붙임성 없기로 둘째가라면 서러워할 사람들이 소속되어 있어. 서로를 아는 체하는 일조차 허락되지 않았고, 방문객용 응접실에서가 아니면 어떤 경우에도 대화는 금지야. 세 번 위반해서 위원회에 알려지면 제명 처분을 받게 돼. 우리 형이 창립에 참여했어. 나도 거기 가면 절로 마음이 편안해지더군."

이런 이야기를 나누며 우리는 세인트 제임스 스트리트의 끝에서 방향을 꺾어 펠멜 거리로 접어들었다. 셜록 홈즈는 칼턴 클럽에서 조금 떨어진 어느 건물 현관문에 멈춰 섰다. 그리고 내게 말하지 말라는 주의를 주고 앞장서서 현관으로 들어갔다. 실내로 들어서서 유리 벽 너머를 언뜻 쳐다보니 널찍하고 호화로운 방이 보였다. 방 안에는 상당히 많은 사람들이 여기저기 자신만의 아늑한 피난처에 앉아 신문을 읽고 있었다. 홈즈는 나를 펠멜이 내다보이는 작은 방으로 안내했다. 그리고 잠시 나를 혼자 두었다가 동행을 이끌고 돌아왔다. 동행이라면 홈즈의 형일 수밖에 없었다.

마이크로프트 홈즈는 셜록보다 체격이 훨씬 크고 뚱뚱했다. 살이 많이 찌고 얼굴은 큼직했지만, 동생에게서 눈에 띄는 날카로운 표정이 마이크로프트에게서도 엿보였다. 유별나게 밝고 엷은 회색 눈동자에서 항상 다른 생각에 빠져 있는 내성적인 사람이라는 눈빛이 느껴졌다. 셜록이 있는 힘을 다해 몰두하고 있을 때 비치는 눈빛이었다.

"만나서 반가워요, 왓슨 선생." 마이크로프트가 바다표범의 발처럼 크고 두툼한 손을 내밀며 말했다. "선생이 사건 기록을 맡은 후 어딜 가나 셜록 이야기를 듣습니다. 셜록, 그나저나 매너 하우스 사건을 상의하러 지난주쯤 네가 올 거라고 생각했어. 네가 한계에 부딪히지 않았을까 생각했거든."

"아니야, 해결했어." 내 친구가 생긋 웃으며 말했다.

"물론 범인은 애덤스였겠지."

"그래, 애덤스였어."

"처음부터 그자라고 생각했어." 두 사람은 클럽 안에 있는 내닫이창 쪽에 앉았다. "누구라도 인간을 연구하고 싶다면 이 자리가 딱이지." 마이크로프트가 말했다. "저 훌륭한 연구거리들을 보라고! 예를 들어 우리 쪽으로 오고 있는 두 사람을 봐."

"당구 점수 계산원과 그 옆에 있는 사람?"

"맞아. 옆에 있는 사람은 어떤 것 같아?"

창문 너머에서 두 사람이 멈춰 섰다. 한 사람의 조끼 주머니 위쪽에 초크 자국이 보였고, 그 자국이 당구와 관련해 내가 발견한 유일한 흔적이었다. 다른 사람은 아주 작고 피부가 가무잡잡했으며, 모자를 뒤로 넘겨 쓴 채 겨드랑이에 꾸러미 몇 개를 끼고 있었다.

"나이 든 군인이야." 셜록이 말했다.

"아주 최근에 퇴역했지." 마이크로프트가 말했다.

"인도에서 복무한 것 같아."

"그리고 하사관이었어."

"포병이었지." 셜록이 말했다.

"홀아비야."

"그런데 애가 하나 있어."

"동생아, 아이들이야, 아이들."

"진정들 하세요." 내가 웃으며 말했다. "너무하잖습니까."

"그렇군." 홈즈가 대답했다. "태도와 권위적인 표정에다 피부가 햇볕에 그을린 걸 보면 군인이라는 걸 어렵지 않게 알 수 있지. 게다가 사병보다는 높은 계급이었고, 인도에서 돌아온 지 오래되지 않았어."

"퇴역한 지 얼마 되지 않았다는 사실은 군에서 지급한 군화를 아직도 신고 있으니 알 수 있어."

"걸음걸이를 보니 기병은 아닌데 모자를 한쪽으로 기울여 썼어. 한쪽 이마가 반대쪽보다 더 하얀 걸로 알 수 있지. 체중을 보면 공병대는 아니었으니 포병대에 있었다는 얘기가 돼."

"그리고 상복을 제대로 갖춰 입은 걸 보니 아주 소중한 사람을 잃었어. 직접 장을 보고 있으니 아내를 잃은 걸로 보여. 아이들 물건을 사고 있는 거 봤지? 딸랑이도 산 걸 보면 아기가 있는 걸 알 수 있어. 아마도 아내는 아이를 낳자마자 죽었을 거야. 옆에 그림책을 끼고 있는 점으로 미루어 돌봐야 할 아이가 또 있는 거지."

내 친구가 자기보다 형의 능력이 더 뛰어나다고 한 말을 이제야 이해할 수 있었다. 홈즈는 나를 흘낏 쳐다보고 씩 웃었다. 마이크로프트는 거북이 등으로 만든 상자에 든 코담배를 들이마시고, 넓은 빨간색 실크 손수건으로 외투 앞자락에 떨어진 담뱃가루를 털어냈다.

"그나저나 셜록." 마이크로프트가 말했다. "네 마음에 들 만한 일이 있어. 아주 희한한 사건이야. 내 의견을 물어보더군. 대충 해도 된다면 몰라도 나는 끝까지 알아낼 기운이 없어. 그런데 흥미로운 추리를 할 수는 있었지. 네가 그 사건 이야기를 듣고 싶다면…."

"형, 나야 좋지."

마이크로프트는 수첩 한 장에 몇 자 갈겨쓰더니, 종을 울려 종업원에게 건네주었다.

"멜라스 씨에게 좀 와달라고 부탁했어." 마이크로프트가 말했다. "멜라스 씨는 우리 집 위층에 살고 있어서 약간 안면이 있는 사이야. 그래서 어려운 일을 겪고 나를 찾아왔어. 멜라스 씨는 그리스 태생이라고 들었어. 외국어에 아주 능통해서 법정에서 통역을 하거나, 노섬벌랜드 애비뉴에 있는 여러 호텔에 머무는 동양인 부호들을 안내해 생계를 꾸려가고 있어. 멜라스 씨가 겪은 놀라운 일을 직접 이야기해달라고 할 거야."

잠시 후 땅딸막한 남자가 우리가 앉은 자리로 왔다. 황갈색 얼굴과 새카만 머리카락을 보니 분명히 남유럽 출신이었다. 하지만 말투는 교양 있는 잉글랜드 사람 같았다. 멜라스는 셜록 홈즈와 힘차게 손을 흔들어 악수했다. 그러고는 전문가가 자신의 이야기를 듣고 싶어 한다는 사실을 알고 기뻐하며 검은 두 눈을 반짝였다.

"경찰은 저를 믿는 것 같지 않아요. 확실히 믿지 않죠." 멜라스가 한탄하는 목소리로 말했다. "경찰은 이런 이야기를 들어본 적이 없었으니까 있을 수 없는 일이라고 생각하는 거죠. 하지만 얼굴에 반창고를 붙인 가엾은 남자가 어떻게 되었는지 알 때까지 저는 절대 마음을 놓을 수 없을 겁니다."

"경청하고 있으니 말씀해보십시오." 셜록 홈즈가 말했다.

"지금은 수요일 밤이죠." 멜라스 씨가 말했다. "음, 그럼 월요일 저녁이었겠군요. 아시겠습니까? 그 모든 일이 일어난 게 이틀 전입니다. 저기 계신 이웃분이 아마도 말씀하셨겠지만, 저는 통역사입니다. 모든 언어, 아니, 거의 모든 언어를 통역합니다. 태생이 그리스인이고 그리스식 이름을 가지고 있으니, 주로 맡게 되는 건 그리스어 통역이죠. 수년 동안 런던에서 으뜸가는 그리스어 통역사였고, 호텔 쪽에는 이름도 꽤 알려져 있습니다.

곤경에 빠진 외국인이나 늦게 도착해서 도움이 필요한 여행자들이 생각지도 못한 시간에 저를 부르는 일이 드물지 않답니다. 그래서 세련되게 차려입은 래티머 씨가 월요일 밤에 내 방에 올라와서, 집 앞에 대기하고 있는 마차로 같이 가달라고 부탁했을 때도 그리 놀라지 않았습니다. 그리스인 친구가 볼 일이 있어 자신을 만나러 왔다고 하더군요. 친구는 자기 나라 말밖에 할 수 없어서 통역사의 도움이 꼭 필요하다고 했어요. 자신의 집은 켄징턴이라 약간 멀다고 설명했고, 많이 서두르는 것 같았습니다. 집에서 내려와 거리로 나오자마자 나를 재촉해 순식간에 마차에 태웠거든요.

제가 마차라고 말하기는 했지만, 올라타자마자 자가용 사륜마차가 아닐까 하는 생각이 들었습니다. 런던의 꼴불견인 보통의 사륜마차보다 확실히 더 널찍했고, 내부가 좀 낡기는 했지만 고급이었거든요. 래티머 씨가 맞은편에 앉았고, 마차는 채링 크로스 광장을 지나 섀프츠베리 애비뉴를 달렸습니다. 옥스퍼드 스트리트가 나오자, 나는 켄징턴으로 가는 빠른 길을 놔두고 빙 돌아가고 있다고 조심스럽게 말했죠. 그때 동행하던 남자가 예사롭지 않게 행동해 말문이 막혔습니다.

래티머 씨는 납을 박은 아주 무시무시하게 생긴 곤봉을 주머니에서 꺼내더니, 무게와 강도를 확인하려는 듯 앞뒤로 몇 차례 휘둘렀습니다. 그러고는 말없이 자기 옆자리에 놓았죠. 그런 다음 양쪽 창문을 올려 닫았어요. 놀랍게도 창문에는 종이가 덮여 있어서 창밖을 내다볼 수 없었습니다.

'멜라스 씨, 시야를 차단해 미안합니다.' 래티머 씨가 말했어요. '사실은 우리가 가는 장소가 어디인지 알려드릴 생각이 없습니다. 다시 찾아오실 수 있다면 제가 곤란해질 수도 있으니

까요.'

상상하실 수 있을 겁니다. 저는 그 말에 소스라치게 놀랐습니다. 동행한 남자는 어깨가 떡 벌어진 건장한 젊은 친구였습니다. 옆에 놔둔 무기가 아니더라도 몸싸움을 해서 이길 승산은 조금도 없었죠.

'래티머 씨, 이건 터무니없는 짓이오.' 내가 더듬으면서 말했어요. '지금 불법행위를 하고 있다는 걸 아셔야 합니다.'

'약간 제멋대로인 건 맞습니다.' 래티머 씨가 말했어요. '그렇지만 충분히 보상해드릴 겁니다. 하지만 경고하겠습니다, 멜라스 씨. 오늘 밤 언제라도 비명을 지르거나 내 일에 해가 되는 행동을 한다면 끔찍한 결과를 불러오게 될 겁니다. 아무도 당신이 있는 곳을 모른다는 점을 잊지 마시길 바랍니다. 이 마차 안이건 내 집이건 당신은 내 손바닥 안에 있다는 걸 명심하란 말입니다.'

공손하게 말했지만 귀에 거슬리는 말투는 굉장히 위협적이었죠. 저는 조용히 앉아서 도대체 이렇게 기이한 방법으로 나를 납치하는 이유가 무엇일까 생각했습니다. 무슨 이유든 간에 저항해도 소용이 없을 테니, 무슨 일이 일어날지 기다려보는 수밖에 없다는 사실은 분명했죠.

어디로 가고 있는지 조금의 실마리도 얻지 못한 채 거의 두 시간을 달렸습니다. 돌멩이들에 부딪혀 덜컹거리는 소리가 들릴 때는 돌이 깔린 큰길을 달리는 것 같았고, 어떤 때는 조용히 순조롭게 달려 아스팔트 길을 달리는 것 같기도 했어요. 하지만 소리가 변하는 것 말고는 우리가 어디 있는지 짐작해볼 수 있는 방법이 전혀 없었어요. 창문마다 종이가 붙어 있어 빛이 들어오지 않았고, 앞쪽 유리창에는 푸른색 커튼이 쳐져 있었거든요. 그러다 마침내 마차가 멈췄습니다. 펠멜 거리를 떠날 때가 7시 15분이었고, 마차가 멈춘 후 시계를 보니 9시 10분 전이었죠. 동행한 남자가 창문을 내리자 낮은 아치형 출입구가 언뜻 보였어요. 출입구 위에 램프가 켜져 있더군요. 등을 떠밀려 허둥지둥 마차에서 내렸더니 문이 활짝 열렸고, 저는 어느새 저택 안으로 들어가고 있었죠. 집 안에 들어서자 양쪽으로 잔디밭과 나무들이 어렴풋하게 보이는 것 같았어요. 하지만 저택에 딸린 사유지였는지 아니면 진짜 시골 풍경이었는지는 확실히 말할 수 없군요.

실내에는 색상이 들어간 가스등이 있기는 했지만, 너무 어둡게 켜놓아서 현관 크기와 그림이 걸려 있다는 것 말고는 보이는 게 거의 없었습니다. 흐릿한 불빛으로 현관문을 열어준 사람은, 체구가 작고 어깨가 둥근 데다 심술궂게 생긴 중년 남자라는 것을 알아볼 수 있었죠. 또 중년 남자가 우리를 돌아볼 때 빛이 반짝거려서 안경을 끼고 있다는 것을 알아챘습니다.

'해럴드, 이분이 멜라스 씨인가?' 중년 남자가 말했어요.

'네.'

'수고했네, 잘했어! 해칠 생각은 없습니다, 멜라스 씨. 폐를 끼치고 싶지 않았지만, 당신 없이는 일을 진행할 수가 없었어요. 우리 일을 잘만 처리해주면 손해 볼 일은 없습니다. 그러나

꼼수를 부리면 험한 꼴을 보게 될 거요!' 중년 남자는 실룩실룩 부자연스럽게 움직였고, 신경질적인 투로 말하면서 틈틈이 낄낄거리며 웃었죠. 웬일인지 래티머라는 젊은 남자보다 더 무서웠어요.

'날 데려온 이유가 뭡니까?' 내가 물었어요.

'우리를 찾아온 그리스 신사한테 몇 가지 물어보고 대답을 전해주기만 하면 됩니다. 하지만 우리가 하라는 말만 하시오. 그렇지 않을 시에는….' 중년 남자는 다시 신경질적으로 낄낄거리더니 말했죠. '태어난 것을 후회하게 될 겁니다.'

중년 남자는 이렇게 말하면서 문을 열어 길을 안내하더군요. 들어간 방은 호화롭게 꾸며진 것 같았지만, 불빛이라고는 역시 반쯤 낮춘 램프 하나뿐이었죠. 꽤 큰 방이었어요. 걸어가면서 발이 양탄자에 푹신하게 빠지는 느낌이 들어 호화롭다는 걸 알 수 있었죠. 얼핏 벨벳 의자 몇 개와 벽난로의 하얗고 높은 대리석 장식이 보였고, 한쪽에 일본 갑옷으로 보이는 물건도 있었죠. 램프 아래 의자가 하나 있었는데 중년 남자가 내게 거기 앉으라는 손짓을 했습니다. 젊은 남자가 자리를 비웠다가 돌연 다른 쪽 문으로 들어왔어요. 그런데 실내복으로 보이는 헐렁한 옷을 입은 신사를 끌고 오는 겁니다. 신사는 우리 쪽으로 느릿느릿 걸어왔는데, 흐릿한 램프 불빛 안으로 들어오자 또렷하게 보였죠. 그때 저는 무서워서 몸서리를 쳤습니다. 신사는 죽은 사람처럼 창백하고 몹시 수척했거든요. 하지만 체력보다 정신력이 강하다는 듯 튀어나온 두 눈이 반짝거렸죠. 그런데 쇠약한 상태를 알려주는 여러 흔적보다 더 충격적이었던 건 괴이하게도 얼굴에 반창고를 십자 모양으로 붙이고 있다는 점이었어요. 게다가 입 위에는 큰 반창고 한 장을 붙이고 있었죠.

'해럴드, 석판을 가지고 왔나?' 중년 남자가 소리쳤죠. 얼굴에 반창고를 붙인 기이한 사람은 거의 쓰러지듯 의자에 털썩 앉았어요. '손은 풀어줬겠지? 자, 그럼, 녀석에게 연필을 주게. 멜라스 씨, 이제 질문을 하세요. 이 사람은 대답을 글로 적을 겁니다. 우선 서류에 서명할 각오가 됐는지 물어보세요.'

남자의 눈에 불꽃이 일더군요.

'절대 안 돼!' 끌려온 남자가 석판에 그리스어로 적었습니다.

'조건이 뭔가?' 나는 폭군의 명령대로 물었죠.

'내가 아는 그리스인 사제의 주례로 그녀가 내 앞에서 결혼해야만 해.'

중년 남자는 악의를 품은 듯 웃으며 키득거렸어요.

'그럼 당신에게 어떤 일이 생길지 알지?'

'나는 어떻게 되든 상관없다.'

이것이 실제로 주고받은 질문과 대답입니다. 말과 글이 반반 섞인 이상한 대화였죠. 포기하고 서류에 서명할 것인지 남자에게 몇 번이고 물어봐야 했어요. 그리고 분노에 찬 똑같은 대답을 몇 번이고 들어야 했죠. 그러다 잠시 후 좋은 생각이 떠올랐어요. 질문마다 짧은 문장을 덧붙이기 시작했죠. 처음

SP

에는 어느 한쪽이라도 알아차리는지 시험할 생각으로 단순한 문장을 질문하다가, 나는 아무도 눈치채지 못한다는 것을 알고 더 대담한 놀이를 시작했습니다. 우리의 대화는 이렇게 계속됐죠.

'고집부려봤자 소용없어. 당신은 누구입니까?'

'상관없어. 런던엔 처음입니다.'

'네 목숨은 너 하기에 달렸어. 온 지 얼마나 됐죠?'

'어디 마음대로 해봐. 3주요.'

'재산은 결코 네 몫이 될 수 없어. 어디 아픈가요?'

'악당들의 몫도 아닐 거야. 날 굶기고 있어요.'

'서명하기만 하면 풀어주지. 이 집은 어떤 곳이죠?'

'절대로 서명하지 않을 거야. 나도 몰라요.'

'이건 그녀를 위하는 일이 아니야. 당신 이름은?

'그녀에게 직접 듣게 해주시오. 크라티데스.'

'서명하면 그녀를 만날 수 있어. 어디서 왔죠?'

'그럼 만나지 않겠어. 아테네.'

홈즈 씨, 5분만 더 있었어도 그들의 눈앞에서 자초지종을 들을 수 있었을 겁니다. 바로 다음 질문으로 다 밝힐 수 있었죠. 그런데 그 순간 문이 열리고 한 여인이 방으로 들어왔어요. 머리카락은 검고 헐렁한 흰색 겉옷을 입은 여성이었죠. 거기다 키가 크고 기품 있는 모습이었다는 것 말고는 또렷하게 보이지 않았어요.

'해럴드.' 그녀가 유창하지 못한 영어로 말했어요. '더 이상

떨어져 있지 않을 거예요. 저기는 너무 쓸쓸하단 말이에요. 거기는…. 어머, 세상에, 폴이잖아!'

마지막 말은 그리스어였습니다. 그와 동시에 남자는 죽을힘을 다해 입에서 반창고를 떼어냈죠. 그리고 '소피! 소피!'라고 외치며 달려가 여인을 끌어안았죠. 그러나 그들의 재회는 일순간이었을 뿐이에요. 젊은 남자가 여자를 와락 붙들어 방 밖으로 밀어냈거든요. 그러는 사이 중년 남자는 수척한 피해자를 수월하게 제압해 다른 문으로 끌어냈죠. 나는 잠깐 동안 방에 혼자 남겨졌어요. 어떻게 해서든 이 집이 어떤 곳인지 단서를 얻어야겠다는 생각이 들어 자리에서 벌떡 일어났죠. 하지만 걸음을 옮기지 않아 다행이었죠. 눈을 들어보니 중년 남자가 나를 지켜보며 출입구에 서 있었거든요.

'이제 됐습니다, 멜라스 씨.' 중년 남자가 말했죠. '아주 사적인 일을 당신에게 털어놓았다는 걸 눈치챘을 겁니다. 그리스어를 할 수 있어 이번 협상을 시작했던 친구가 동부로 돌아갈 수밖에 없는 사정이 생겼죠. 그렇지 않았다면 당신을 귀찮게 하지 않았을 겁니다. 그 역할을 할 사람을 찾는 게 급선무였거

든요. 그러다 당신 능력이 대단하다는 소문을 들었으니 운이 좋았던 거죠.'

나는 머리를 숙여 인사했어요.

'여기 5소버린이 있습니다.' 중년 남자가 내게 다가오면서 말하더군요. '사례금으로 충분했으면 좋겠네요. 하지만 잊지 마시오.' 중년 남자가 내 가슴을 툭툭 치면서 덧붙여 말했어요. '단 한 사람일지라도 다른 누구에게 이 일을 발설한다면, 신께 당신의 목숨을 구걸하게 될 거요!'

그 볼품없이 생긴 남자에게 느낀 혐오감과 공포를 말로 다 표현할 수가 없습니다. 램프 불빛이 그 남자를 비추고 있어서 그제야 제대로 볼 수 있었죠. 병들어 야윈 얼굴에 혈색도 좋지 않았고, 약간 뾰족한 턱수염은 가느다랗고 윤기가 없어 푸석했어요. 말하면서 얼굴을 앞으로 내밀어서 살펴보니, 입술과 눈꺼풀은 무도병을 앓는 사람처럼 쉴 새 없이 씰룩거리고 있었죠. 발작하는 듯 이상하게 웃는 것도 신경 질환의 증상인 것 같더군요. 하지만 무서운 건 푸른빛을 띤 회색 두 눈이었습니다. 적의가 가득한 가차 없는 잔인함이 눈동자 깊은 곳에서 차갑게 번득이고 있었거든요.

'당신이 입을 열면 우리가 모를 리 없어요.' 중년 남자가 말했죠. '우리한테는 소식통이 있답니다. 자, 나가면 마차가 대기하고 있을 거예요. 내 친구가 모셔다드릴 겁니다.'

나는 서둘러 현관을 지나 마차에 올라탔습니다. 다시 나무와 정원이 잠깐 어렴풋이 보이더군요. 래티머 씨는 내 뒤에 착

달라붙으면서 따라오더니 잠자코 맞은편에 앉았습니다. 창문을 닫은 채 아무 말 없이 지루하게 긴 거리를 다시 달렸어요. 결국 자정이 막 지난 시간에 마차가 멈춰 섰습니다.

'여기서 내리세요, 멜라스 씨.' 동행이 말했죠. '댁에서 먼 곳에 놔두고 가 미안합니다만, 어쩔 도리가 없습니다. 마차를 따라오려고 했다가는 무사하지 못할 겁니다.'

래티머 씨는 이렇게 말하며 마차 문을 열었어요. 내가 뛰어내리자마자 마부가 채찍질을 했고, 마차는 덜컹이며 달려갔습니다. 나는 섬뜩한 느낌에 주변을 돌아봤어요. 히스가 무성한 황량한 황무지 같은 곳에 서 있더군요. 시커먼 가시금작나무 덤불숲 때문에 마치 황무지에 검은 얼룩이 생긴 것처럼 보였어요. 저 멀리에 집들이 쭉 늘어서 있었고, 군데군데 위층 창문에서 불빛들이 보였죠. 반대편을 보니 붉은 철도 신호등이 보였습니다.

나를 태우고 왔던 마차는 벌써 시야에서 사라지고 없었어요. 도대체 여기가 어디일까 궁금해하면서 주변을 살피며 서 있었죠. 그때 어둠 속에서 누군가 나를 향해 다가오는 게 보였습니다. 그리고 그 사람이 가까이 다가왔을 때 철도 짐꾼이라는 걸 알았어요.

'여기가 어딘지 알려주시겠어요?' 내가 물었습니다.

'완즈워스 공유지입니다.' 짐꾼이 말했어요.

'런던까지 가는 기차를 탈 수 있나요?'

'한 1.5킬로미터쯤 걸어가면 클래펌 환승역이 나옵니다. 지

금 가면 빅토리아행 마지막 기차 시간에 딱 맞을 거예요.'

이것으로 제 모험은 끝났습니다. 홈즈 씨, 제가 갔던 곳이 어디인지, 이야기를 나눈 사람들이 누구인지 나는 아무것도 모릅니다. 아는 건 홈즈 씨에게 모두 말했어요. 하지만 범죄가 일어나고 있다는 건 알고 있죠. 할 수만 있다면 그 불쌍한 남자를 구해내고 싶어요. 이튿날 마이크로프트 홈즈 씨에게 자초지종을 이야기했고, 경찰에도 알렸죠."

이 기이한 이야기를 들은 뒤 우리 모두는 잠시 아무 말 없이 앉아 있었다. 그러다가 셜록이 형을 바라보았다.

"어떤 조치를 취했어?" 홈즈가 물었다.

마이크로프트가 보조 탁자 위에 있던 〈데일리 뉴스〉를 집어 들었다.

> 폴 크라티데스라는 그리스인의 행방을 알려주시는 분께 사례하겠음. 아테네에서 온 신사로 영어를 할 줄 모름. 소피라는 그리스 여성에 대해서도 알려주시면 마찬가지로 사례하겠음. X 2473

"모든 일간지에 실었는데 소식이 없어."

"그리스 대사관은 어때?"

"문의해봤지. 아는 바가 없다더군."

"그럼 아테네 경찰 책임자에게 전보는 보내봤어?"

"우리 집안에서 셜록이 제일 활력이 넘쳐요." 마이크로프트가 나를 돌아보며 말했다. "셜록, 부디 네가 이 사건을 맡아서 잘 해결하면 나한테도 좀 알려줘."

"물론이지." 내 친구가 의자에서 일어서면서 대답했다. "형에게 꼭 알려줄게. 그리고 멜라스 씨께도요. 그런데 멜라스 씨, 내가 당신이라면 몸조심을 하겠어요. 놈들은 이 광고를 보고 멜라스 씨가 배신했다는 걸 알았을 테니까요."

집으로 걸어가는 길에 홈즈는 전신국에 들러 전보를 몇 통 쳤다.

"있잖아, 왓슨." 홈즈가 말했다. "오늘 저녁은 결코 헛걸음이 아니었어. 내가 맡았던 재미있는 사건들 중에는 이런 식으로 마이크로프트 형을 통해 의뢰받은 사건들도 있었거든. 조금 전 들은 사건도 특색이 있어. 가설은 하나밖에 세우지 못하겠지만 말이야."

"해결할 수 있겠어?"

"음, 벌써 이만큼 알고 있는데, 나머지를 알아낼 수 없다면 그게 더 이상한 거지. 자네도 이번 사건을 설명할 가설을 나름대로 세워봤을 테지?"

"막연하게나마 세워봤지."

"어떻게 생각하고 있어?"

"그리스 아가씨가 해럴드 래티머라는 잉글랜드 청년에게 납치된 게 분명한 것 같아."

"어디서 납치했을까?"

"아마도 아테네겠지."

셜록 홈즈가 고개를 내저었다. "그 젊은이는 그리스어를 한 마디도 할 줄 몰라. 그런데 아가씨는 영어를 웬만큼 할 수 있어. 추론하기로는, 아가씨는 잉글랜드에 온 지 어느 정도 되었지만 그 남자는 그리스에 가본 적이 없어."

"음, 그렇다면 아가씨가 잉글랜드에 들렀고, 그 해럴드라는 청년이 같이 도망가자고 꼬드긴 거라고 볼 수도 있지."

"그럴 가능성이 더 높지."

"그럼 아가씨의 오빠, 그러니까 내 생각에는 남매 관계가 틀림없으니까 말이야. 오빠는 그리스에서 여동생을 말리려고 런던에 왔어. 그런데 젊은 남자와 공범인 중년 남자에게 경솔하게 제 발로 찾아간 거야. 두 사람은 그리스 신사를 붙잡아놓고 그리스 신사가 관리하고 있을 여동생의 재산을 자기들에게 넘긴다는 서류에 서명하라고 폭력을 쓰고 있는 거지. 그런데 그리스 신사가 그걸 거부하고 있어서 협상하기 위해서는 통역사를 구해야 했어. 그래서 멜라스 씨로 정한 거야. 그전에는 다른 사람이 통역을 했을 테지. 여동생은 오빠가 왔다는 소식을 듣지 못했다가 아주 우연한 계기로 알게 된 거야."

"대단하네, 왓슨!" 홈즈가 큰 소리로 말했다. "자네의 가설이 거의 사실일 거라고 봐. 자네도 알다시피 우리는 모든 패를 쥐고 있으니, 그들이 갑자기 폭력을 행사하지 않을까 걱정하는 일만 남았어. 그들이 우리에게 시간만 좀 준다면 틀림없이 잡을 수 있어."

"하지만 그 집이 어딘지 어떻게 알아내지?"

"음, 우리가 올바르게 추리했고 그리스 아가씨의 이름이 소피 크라티데스가 맞는다면, 그 아가씨를 추적하는 건 어렵지 않을 거야. 그게 우리의 가장 큰 희망이지. 그 아가씨의 오빠는 런던에 온 게 처음이라 아는 사람이 없을 테니까. 해럴드라는 작자가 이 아가씨와 알게 된 지는 좀 된 게 분명해. 적어도 몇 주 정도는 됐을 거야. 그런 소식을 듣고 그리스에 있는 오빠가 런던에 온 기간을 보면 그렇지. 그 기간 동안 그들이 같은 곳에서 지냈다면 마이크로프트 형의 광고에 회신했을 가능성이 있어."

이런 대화를 나누다 보니 어느새 베이커 스트리트에 도착했다. 계단을 먼저 올라가 방문을 연 홈즈가 소스라치게 놀랐다. 홈즈의 어깨 너머로 방 안을 들여다본 나도 마찬가지로 놀라고 말았다. 홈즈의 형 마이크로프트가 안락의자에 앉아 담배를 피우고 있었다.

"들어와, 셜록! 들어오세요, 왓슨 선생." 마이크로프트가 우리의 놀란 얼굴을 보고 웃으며 상냥하게 말했다. "셜록, 내게 끈기가 있을 거라고는 생각도 못 해봤지, 그렇지? 그런데 어쩐지 이번 사건에는 마음이 끌리는 거야."

"여기 어떻게 온 거야?"

"핸섬 마차를 타고 두 사람을 앞질렀지."
"새로운 사실이라도 있어?"
"신문 광고에 답이 왔어."
"아!"
"맞아, 네가 떠나고 얼마 지나지 않아 도착했어."
"어떤 내용이야?"
마이크로프트 홈즈가 종이 한 장을 꺼내놓았다.
"여기 있어." 마이크로프트가 말했다. "병약한 중년 남자가 담황색 고급 용지에 J펜으로 썼어.

> 오늘 자 광고를 보고 찾고 있는 젊은 숙녀를 잘 알고 있다는 사실을 알려드립니다. 저를 찾아오신다면 그 숙녀의 가슴 아픈 사연을 자세히 알려드릴 수 있습니다. 그 숙녀는 현재 베케넘의 머틀스 저택에서 지내고 있습니다. 그럼 안녕히 계십시오.
>
> — J. 대번포트 드림

로어브릭스턴에서 보낸 편지야."
마이크로프트 홈즈가 말했다. "셜록, 지금 이자에게 가서 자세한 내용을 들어볼까?"
"형, 오빠의 목숨이 여동생의 사연보다 더 중요해. 런던 경찰국에 들러서 그레그슨 경위를 데리고 베케넘으로 곧장 가봐야 할 것 같아. 한 남자의 목숨이 위태로운 상황이라 일분일초가 아까워."

"가는 길에 멜라스 씨를 태워가는 게 좋겠어." 내가 넌지시 말했다. "통역사가 필요할 수도 있어."

"아주 좋아." 셜록 홈즈가 말했다. "사환을 보내서 사륜마차를 불러. 바로 출발하자고." 이렇게 말하면서 홈즈는 탁자 서랍을 열었다. 홈즈가 권총을 주머니에 슬며시 넣는 모습이 보였다. "맞아." 홈즈가 내 시선에 답하듯 말했다. "지금까지 들은 사건 내용으로 미루어보면 우리는 아주 위험한 범죄 조직을 상대하고 있어."

날이 어두워진 무렵에야 펠멜에 있는 멜라스 씨의 방에 도착했다. 그런데 한 신사가 찾아와서 따라 나갔다고 했다.

"어디로 갔는지 아십니까?" 마이크로프트 홈즈가 물었다.

"아니요." 문을 열어준 여인이 대답했다. "멜라스 씨가 그 신사분과 마차를 타고 떠났다는 것밖에 몰라요."

"신사분이 이름을 말하던가요?"

"아니요."

"키가 크고, 잘생기고, 가무잡잡한 남자 아니었나요?"

"아, 아니에요. 키가 작은 신사분이었어요. 얼굴은 수척하고 안경을 썼어요. 그런데 기분이 좋아 보였어요. 말하는 내내 웃고 있었거든요."

"서둘러!" 셜록 홈즈가 갑자기 소리쳤다. "상황이 심각해졌어." 런던 경찰국으로 가는 길에 홈즈가 말했다. "그자들이 멜라스 씨를 다시 잡아갔어. 멜라스 씨는 배짱 두둑한 사람이 아니야. 일전에 겪었으니 놈들도 잘 알겠지. 범인은 대면하자마자 멜라스 씨를 겁먹게 만들 수 있었어. 그자들에게는 통역이 필요한 건 분명하지만, 멜라스 씨가 배신했다고 생각할 테니까 이용하고 나면 보복하려고 할 거야."

우리는 기차를 타서 멜라스 씨가 탄 마차와 비슷한 시간에, 혹은 그보다 더 빨리 도착할 수 있기를 바랐다. 그러나 런던 경찰국에 도착해서 그레그슨 경위를 만나 그 집에 들어갈 수 있는 법률상의 절차를 밟는 데 한 시간이 넘게 걸렸다. 10시 15분 전 런던교를 건넜고, 10시 30분이 지나서야 우리 일행 네 사람은 베케넘 기차역 승강장에 내렸다. 거기서 마차를 타고 800미터를 달려 머틀스 저택에 도착했다. 어둠에 잠긴 커다란 건물이 저택 부지에 난 도로에서 멀리 떨어진 곳에 위치해 있었다. 우리는 마차를 보내고 진입로를 따라 걸어 올라갔다.

"창문에 불이 다 꺼졌군요." 그레그슨 경위가 말했다. "아무도 없는 것 같습니다."

"새들은 날아가 버리고, 둥지는 텅 비었네요." 홈즈가 말했다.

"그걸 어떻게 아시죠?"

"무거운 짐을 실은 마차가 조금 전에 여기를 지나쳐 떠났어요."

그레그슨 경위가 소리 내어 웃었다. "정문에 있는 램프 불빛으로 바퀴자국을 봤어요. 하지만 짐 이야기는 뭐로 알 수 있는 겁니까?"

"경위는 같은 바큇자국이 다른 방향으로 나 있는 걸 봤을 겁니다. 밖으로 나가는 바큇자국이 훨씬 깊었죠. 많이 깊은 걸 보니 의심할 여지 없이 마차에 아주 무거운 짐을 실었다고 할 수 있죠."

"그 점은 홈즈 씨가 저보다 좀 낫군요." 그레그슨 경위가 어깨를 으쓱거리며 말했다. "밀고 들어가기 쉬운 문이 아닙니다. 그렇다고 열어줄 사람도 없으니 시도라도 해봐야겠죠." 그레그슨 경위는 현관문 고리쇠를 잡고 시끄럽게 쾅쾅 두드리고 초인종을 잡아당겨 울렸다. 하지만 아무런 응답이 없었다. 홈즈가 슬그머니 사라졌다가 이내 돌아왔다.

"창문을 열었어요." 홈즈가 말했다.

"홈즈 씨, 당신이 경찰 편이라는 게 천만다행입니다." 내 친구가 솜씨 좋게 자물쇠를 뒤쪽으로 비튼 걸 보고 경위가 말했다. "음, 사정이 사정이라 초대장 없이 들어갈 수도 있다고 생각합니다."

우리는 차례로 널찍한 저택 안으로 들어갔다. 멜라스 씨가 왔던 곳이 분명했다. 그레그슨 경위가 자신의 랜턴을 밝혔다. 그 불빛에 멜라스 씨가 설명한 대로 문 두 개, 커튼, 램프, 일본 갑옷 한 벌이 보였다. 탁자 위에는 유리잔 두 개와 빈 브랜디 병이 놓여 있었고, 음식도 남겨져 있었다.

"이 소리는 뭐죠?" 홈즈가 느닷없이 물었다.

우리 모두는 그대로 서서 귀를 기울였다. 나지막한 신음 소리가 머리 위 어딘가에서 들려오고 있었다. 홈즈는 방문으로 달려 나가 현관으로 갔다. 그 음산한 소리는 위층에서 들렸다. 홈즈가 2층으로 뛰어갔고, 그레그슨 경위와 나도 홈즈의 뒤를 따라갔다. 마이크로프트도 자신의 거구가 따라주는 한 서둘러 뒤를 따랐다.

2층에 올라가자 세 개의 방문이 있었다. 그중 가운데 문에서 불길한 소리가 새어 나오고 있었다. 분명치 않은 웅얼거리는 소리로 가라앉았다가 날카롭게 낑낑거리는 소리로 높아지기도 했다. 방문은 잠겨 있었지만, 열쇠가 바깥쪽에 그대로 꽂혀 있었다. 홈즈가 문을 거칠게 열고 안으로 뛰어들어 갔다가 곧장 목을 움켜쥐고 다시 나오고 말았다.

"숯이에요." 홈즈가 큰 소리로 말했다. "잠깐 기다리세요. 맑아질 겁니다."

자세히 들여다보니 방 안에 있는 유일한 빛은 방 한가운데에 놓인 작은 황동 삼각대에서 흐릿하게 깜빡거리는 파란 불꽃뿐이었다. 그게 바닥에 부자연스러운 잿빛 원을 드리우고 있었다. 그 너머 어둠 속에서 벽에 기대어 쭈그리고 앉은 두 사람의 형체가 어렴풋하게 보였다. 열린 문으로 끔찍한 유독 연기가 흘러나와 숨이 턱 막히고 기침이 연거푸 나왔다. 홈즈는 계단 꼭대기까지 올라가 깨끗한 공기를 마신 다음, 다시 방으로 들어가 창문을 서둘러 열고는 황동 삼각대를 정원으로 내던졌다.

"잠시 기다리면 들어갈 수 있어요." 홈즈가 다시 뛰쳐나와 숨을 헐떡거리며 말했다. "양초는 어디 있죠? 저런 공기 속에

서 성냥을 켤 수 있을지도 의문이군. 문 앞에서 불을 들고 있어줘. 우리가 그들을 꺼내올게. 형, 지금이야!"

우리는 안으로 돌진해서 연기에 중독된 두 남자에게 다가갔고, 밝게 불이 켜진 현관으로 그들을 끌어냈다. 두 사람 모두 입술이 새파랗고 의식이 없었다. 피가 몰린 얼굴은 부어올랐고, 두 눈은 튀어나와 있었다. 정말 이목구비가 심하게 일그러져서 검은 턱수염과 땅딸막한 몸집이 아니었다면, 그중 한 사람이 겨우 몇 시간 전에 디오게네스 클럽에서 우리와 헤어진 그리스인 통역사라는 걸 알아보지 못했을 것이다. 통역사의 손과 발은 끈으로 단단히 묶여 있었고, 한쪽 눈 위에는 얻어맞은 흔적이 있었다. 같은 방식으로 묶여 있는 다른 한 남자는 키가 크고 뼈에 가죽만 남은 듯 앙상했다. 또 얼굴에 반창고 몇 개가 괴이한 모양으로 붙어 있었다. 바닥에 눕히자, 남자는 신음 소리를 그쳤다. 한눈에 봐도 남자에게는 우리의 도움이 너무 늦었다는 것을 알 수 있었다. 하지만 멜라스 씨는 아직 살아 있었다. 멜라스 씨가 암모니아와 브랜디의 도움으로 한 시간도 채 안 되어 눈을 뜨자, 모든 인생의 마지막 행로인 죽음의 골짜기에서 내 손이 멜라스 씨를 끌어낸 것이라는 생각이 들어 보람을 느꼈다.

통역사가 들려준 이야기는 간단해서 우리의 추리를 확인해주는 내용뿐이었다. 통역사를 찾아온 사람은 들어오자마자 소매에서 지팡이를 꺼냈다. 바로 그 자리에서 죽음을 피할 수 없을 것처럼 위협해서 다시 멜라스 씨를 납치한 것이었다. 실제로 킬킬거리는 악당이 위협을 가해 통역사는 완전히 넋이 빠진 지경이어서 악당 이야기만 나오면 창백한 얼굴로 손을 벌벌 떨었다. 통역사는 그 즉시 베케넘으로 끌려갔고, 통역사로서 두 번째 면담을 했다. 처음보다 훨씬 극적인 면담이었다. 두 잉글랜드인은 그리스인 포로에게 자신들의 요구에 따르지 않으면 당장 죽이겠다고 위협했다. 결국 온갖 위협에도 그리스인이 굴하지 않는다는 것을 깨닫고 그리스인을 다시 감금했다. 그리고 신문 광고를 통해 드러난 통역사 멜라스의 배신을 비난하더니, 지팡이로 세게 내리쳐 통역사를 기절시켰다. 그 이후부터 자신을 내려다보고 있는 우리를 발견할 때까지 아무것도 기억나는 게 없다고 했다.

이것이 그리스인 통역사가 겪은 기이한 사건이다. 이 사건의 진상은 지금도 수수께끼로 남아 있다. 신문 광고에 회신해 준 신사를 통해 불운한 아가씨가 그리스의 부유한 집안 출신이라는 사실을 알았다. 그 아가씨는 잉글랜드에 있는 친구를 만나러 왔다가 해럴드 래티머라는 젊은 남자를 만났다. 해럴드 래티머는 그리스 아가씨의 마음을 사로잡아 함께 도망가자고 꼬드겼다. 이 일에 깜짝 놀란 친구들은 아테네에 있는 아가씨의 오빠에게 알리는 것으로 안심하고 이 일에서 손을 뗐다. 아가씨의 오빠는 잉글랜드에 도착하자마자 경솔하게 이 일에 뛰어들어, 오히려 래티머와 그의 공범에게 잡히고 말았다. 공범의 이름은 윌슨 켐프였고, 악랄한 전과가 있는 남자였다. 이 그리스인이 영어를 할 줄 몰라 자신들의 손아귀에서 옴짝달싹

할 수 없다는 사실을 알고 오빠를 감금했고, 학대하고 굶겨서 남매의 재산을 양도하는 서류에 서명하게 만들려고 했다. 그들은 여동생 몰래 오빠를 감금했다. 여동생이 얼핏 보게 되는 경우에 대비해 누군지 알아보기 어렵도록 오빠의 얼굴에 반창고를 붙여놓은 것이었다. 그러나 통역사가 왔을 때, 여자는 직감으로 즉각 변장 도구를 꿰뚫고 자신의 오빠를 알아보았다. 하지만 가엾은 그리스 아가씨도 포로였다. 저택에는 마부 노릇을 하는 남자와 그자의 아내밖에 없었고, 그 둘도 범인들의 수족일 뿐이었다. 범인들은 자신들의 은밀한 계획이 들통 났고, 포로의 마음을 돌릴 수 없다는 사실을 알게 되자, 몇 시간 만에 가구가 비치된 셋집에서 그리스 아가씨를 데리고 달아났다. 그들은 떠나기 전에 자신들을 거역하고 배신한 남자들에게 분풀이를 했다.

몇 달 뒤 부다페스트에서 기이한 신문 기사가 우리에게 도착했다. 잉글랜드인 두 명이 한 여성과 함께 여행을 하다가 처참한 최후를 맞은 경위에 관한 기사였다. 두 남자는 칼에 찔려 죽은 듯했다. 헝가리 경찰은 남자들이 언쟁을 벌이다가 서로에게 치명상을 입힌 걸로 보고 있었다. 하지만 홈즈는 생각이 다른 것 같았다. 지금까지도 홈즈는 그리스 아가씨를 찾으면 그 아가씨가 자신과 오빠의 원수들에게 어떻게 앙갚음했는지를 알 수 있을 거라고 생각한다.

11
해군 조약문

내가 결혼한 직후인 그해 7월에는 내 친구 셜록 홈즈의 방법론을 연구할 특권을 누리게 해준 흥미로운 사건이 세 건 있었던 것으로 기억에 남는다. 나는 각각을 '제2의 얼룩', '해군 조약문', '지친 선장'이라는 제목으로 기록해두었다. 그러나 첫 번째 사건은 중요한 이해관계가 얽혀 있고, 영국 왕실 최고 가문들이 깊이 연루되어 있어 앞으로 오랫동안 공개하기 어려울 것 같다. 그러나 홈즈가 맡았던 사건 중에 내 친구가 사용하는 분석적 방법의 가치를 이렇게 명백하게 보여주거나, 관련자들에게 이 정도로 깊은 인상을 남긴 사건은 없었다. 지엽적인 문제에 매달려 시간을 낭비한 파리 경찰국의 무슈 뒤비크와 독일 단치히의 유명한 전문가 프리츠 폰 발트바움 앞에서 홈즈가 사건의 진상을 낱낱이 설명한 내용을 거의 한마디도 빠짐없이 받아 적은 기록을 나는 아직도 잘 간직하고 있다. 하지만 이 이야기를 마음 놓고 풀어놓기 위해서는 다음 세기나 되어야 할 것이다. 그러니 두 번째 사건으로 넘어가서, 역시 한때는 국가적으로 중대한 일이었으며 몇 가지 이유로 꽤나 독특한 특성을 가진 '해군 조약문' 사건에 대해 이야기하려고 한다.

학창 시절 나와 친하게 지내던 퍼시 펠프스라는 친구가 있었는데, 동갑이지만 두 학년이나 위였다. 펠프스는 머리가 매우 좋았고, 학교에서 주는 상은 모두 휩쓸었으며, 마침내 장학금을 받고 케임브리지 대학에 진학해서도 계속 두각을 나타냈다. 내가 기억하기로 펠프스는 상류층에 상당한 연줄이 닿아 있었고, 우리는 어린 나이에도 펠프스의 외삼촌이 보수파 거물 정치가인 홀드허스트 경이라는 것을 다들 알고 있었다. 학창 시절에는 이런 화려한 배경이 펠프스에게 그다지 좋을 것이 없었다. 놀이터에서 펠프스를 둘러싸고 괴롭히거나, 크리켓을 할 때 펠프스의 정강이를 때려주는 것은 친구들 사이에서 짜릿한 일로 통했다. 하지만 사회에 나오자 상황이 달라졌다. 나는 능력과 영향력을 겸비한 펠프스가 외무부에서 좋은 자리를 얻었다는 소식을 어렴풋이 들었다. 그 후에는 그 친구를 완전히 잊고 있었는데, 다음 편지가 펠프스에 대한 옛 기억을 상기시켜 주었다.

워킹의 브라이어브레이 저택에서

친애하는 왓슨

네가 3학년 때 5학년이었던 '올챙이' 펠프스 기억해? 내가 외삼촌 덕분에 외무부에서 좋은 자리를 얻었다는 것도 들었을지 모르겠구나. 끔찍한 불운이 모든 일을 갑자기 망쳐놓기 전까지 나는 신뢰를 얻으며 영예로운 자리에 있었어.

편지로 그 참담한 사건을 자세히 써봐야 소용없을 거야. 네가 내 부탁을 들어주면 그때 이야기해줄게. 나는 지난 9주간 뇌열병을 앓다가 회복되었는데, 아직도 몸이 많이 쇠약한 상태야. 네 친구 홈즈 씨와 함께 이리로 와줄 수 있을까? 경찰 당국에서는 더 이상 방법이 없다고 했지만, 사건에 대한 홈즈 씨의 의견을 듣고 싶어. 부디 최대한 빨리 그분을 모시고 와줘. 이렇게 무시무시한 긴장감 속에서 살아가자니 1분이 정말 한 시간 같아. 셜록 홈즈 씨에게 좀 더 빨리 자문을 구하지 않은 것은 그분의 능력을 인정하지 않아서가 아니라 그 사건이 일어난 이후로 정신이 없어서 그런 거라고 꼭 말해줘. 지금은 회복했지만 병이 도로 악화될까 봐 그 일은 생각조차 못하겠어. 나는 아직도 너무나 쇠약해서 이 편지도 구술로 써야 했어. 부디 그분을 모셔와 줘.

— 옛 학교 친구, 퍼시 펠프스

이 편지는 무언가 내 마음을 움직이는 구석이 있었다. 홈즈를 데려와 달라는 반복되는 간청이 어쩐지 가련하게 느껴졌다. 사실 편지를 읽은 나는 감정적이 되어 펠프스가 더 어려운 일을 청했더라도 기꺼이 들어주었을 것 같았다. 그런 데다 홈즈는 자신의 기예를 사랑해서, 의뢰인이 도움을 받고자 하는 것만큼이나 도움을 줄 준비가 되어 있는 사람이니 어려울 게 없었다. 아내도 지체 없이 홈즈에게 이 사건을 알려야 한다는 의견이었고, 나는 아침 식사 후 한 시간도 되지 않아 베이커 스트리트의 옛 하숙집에 돌아와 있었다.

홈즈는 실내 가운을 입고 보조 탁자 앞에 앉아 화학 실험을 하는 중이었다. 큼직한 증류기가 분젠 버너의 푸르스름한 불꽃 위에서 격렬히 끓고 있었고, 증류된 액체는 2리터들이 계량 용기 안으로 방울방울 떨어졌다. 내가 들어섰는데도 내 친구는 고개도 들지 않았다. 나는 그 실험이 중요한 것이라 생각하고 안락의자에 앉아 기다렸다. 홈즈는 이 병 저 병에 유리 피펫을 담가 각각에서 몇 방울을 빨아들이더니 마침내 용액이 들어 있는 시험관을 보조 탁자로 가져왔다. 내 친구는 오른손에 리트머스 시험지를 들고 있었다.

"왓슨, 결정적인 순간에 왔군." 홈즈가 말했다. "이 푸른색 시험지의 색이 변하지 않으면 아무 일도 없는 거야. 하지만 붉은빛으로 변하면 목숨이 달린 문제라는 뜻이지." 시험지를 시험관에 담그자, 용지는 단번에 탁한 진홍색으로 변했다. "흠, 예상대로야!" 홈즈가 외쳤다. "왓슨, 금방 돌아오겠네. 페르시아 슬리퍼 안에 담배가 있을 거야." 홈즈는 책상에 앉아 전보 몇 장을 휘갈겨 쓰더니 사환에게 건네주었다. 그러고는

반대편 의자에 몸을 파묻고 무릎을 세우고 앉아, 길고 야윈 정강이를 양손으로 감쌌다.

"아주 진부한 살인 사건이야." 홈즈가 말했다. "하지만 자네는 뭔가 더 나은 일을 가져온 거지? 자네는 제비처럼 사건을 물어 나르니까. 그래, 이번에는 뭐야?"

나는 홈즈에게 편지를 건네주었고, 내 친구는 굉장히 집중해서 읽었다.

"별 내용은 없군. 그렇지?" 홈즈가 편지를 다시 돌려주며 말했다.

"거의 없다고 봐야지."

"하지만 필체가 흥미로운걸."

"직접 쓴 것도 아닌데 뭐."

"맞아. 여자가 쓴 거지."

"분명 남자일 거야." 내가 외쳤다.

"아니야, 여자, 그것도 독특한 성격의 여자지. 자네도 알겠지만, 사건 조사를 시작할 때는 의뢰인이 좋은 쪽으로든 나쁜 쪽으로든 별난 천성을 가진 사람과 가깝게 지내지는 않는지 알아둘 필요가 있어. 벌써 이 사건에 구미가 당기는군. 자네만 준비됐다면 당장 워킹으로 가서 이런 딱한 사정에 있는 외교관과 편지를 받아쓴 숙녀분을 만나보자고."

우리는 워털루 역에서 운 좋게 아침 기차를 잡아 탈 수 있었고, 한 시간이 채 되지 않아 전나무 숲에 야생화가 가득 핀 워킹에 도착했다. 브라이어브레이 저택은 역에서 몇 분 떨어진 넓은 부지에 외따로 자리 잡은 대저택이었다. 명함을 안으로 전하자 우리는 바로 우아하게 장식된 응접실로 안내되었고, 몇 분 후에 땅딸막한 남자가 나타나 우리를 반겼다. 서른보다는 마흔 쪽에 가까운 나이인 것 같았지만, 두 뺨은 발갛고 눈빛이 발랄해서 아직도 통통하고 장난기 많은 소년의 느낌을 주었다.

"와주셔서 너무나 기쁩니다." 남자는 열정적으로 우리의 손을 잡고 흔들었다. "퍼시가 아침 내내 당신들을 애타게 기다렸어요. 아, 가엾게도 지푸라기라도 잡고 싶은 거죠! 녀석의 부모님이 저더러 대신 당신들을 만나보라고 했습니다. 그분들은 사건을 입에 올리는 것만으로도 고통스러워하시니까요."

"아직 우리는 무슨 사건인지 자세히 듣지 못했습니다." 홈즈가 말했다. "당신은 이 가족 구성원은 아닌 모양이군요."

남자는 잠시 놀란 것 같았지만, 아래를 내려다보더니 웃음을 터뜨렸다.

"아, 제 펜던트에서 JH라는 이니셜을 보셨군요." 남자가 말했다. "잠깐이지만 굉장한 추리라도 하신 줄 알았습니다. 제 이름은 조지프 해리슨입니다. 퍼시가 제 여동생 애니와 결혼할 예정이니 저와 인척 관계인 셈이죠. 제 여동생은 두 달 전부터 수족처럼 퍼시를 간호하고 있는데 방에 가면 만나실 수 있을 겁니다. 퍼시가 굉장히 조바심을 내고 있으니 지금 당장 들어가 봅시다."

우리는 응접실과 같은 층에 있는 방으로 안내되었다. 구석

구석 섬세하게 꽃이 장식되어 있었고, 반은 거실, 반은 침실처럼 가구가 배치되어 있었다. 매우 창백하고 수척한 젊은 청년이 정원의 진한 꽃향기와 훈훈한 여름 공기가 밀려드는 열린 창문 가까이 있는 소파에 누워 있었다. 우리가 들어서자, 옆에 앉아 있던 여자가 자리에서 일어섰다.

"퍼시, 전 나가 있을까요?" 여자가 물었다.

남자는 여자의 손을 붙들었다. "왓슨, 잘 지냈어?" 남자가 다정하게 말했다. "그렇게 콧수염을 기르니 못 알아보겠군. 자네도 나를 한눈에 알아보진 못했겠지? 그리고 이쪽이 그 유명한 자네의 친구 셜록 홈즈 씨인 모양이군."

나는 펠프스에게 홈즈를 간단히 소개했고, 홈즈와 나는 자리에 앉았다. 땅딸막한 남자는 방을 나갔지만, 그자의 여동생은 그대로 환자의 손을 잡은 채였다. 여자는 눈에 띄는 용모를 하고 있었다. 균형 잡힌 몸이라기에는 키가 작고 통통했지만, 아름다운 황갈색 피부에 이탈리아인처럼 크고 어두운 눈을 하고, 새까만 머리채가 풍성했다. 여자의 피부색과 대비되어 환자의 흰 얼굴은 더더욱 초췌해 보였다.

"홈즈 씨의 시간을 낭비하지는 않겠습니다." 펠프스가 소파에서 일

어나 앉으며 말했다. "사설은 그만두고 바로 본론으로 들어가죠. 홈즈 씨, 저는 성공 가도를 달리던 행복한 남자였는데, 결혼 전날 밤 갑작스럽게 끔찍한 불운이 저의 미래를 모두 파괴해버렸습니다.

왓슨에게 들었는지 모르지만, 저는 외무부에서 일했고 삼촌인 홀드허스트 경의 입김 덕분에 상당한 위치까지 고속 승진했지요. 이번 정권에서 삼촌은 외무부 장관이 되어 몇 차례 저를 믿고 중책을 맡겼고, 저는 항상 성공적으로 일을 해냈습니다. 마침내 삼촌은 저의 능력과 감각을 완전히 신뢰하게 되었죠.

한 10주 전, 정확히 말하면 5월 23일에 삼촌은 개인 사무실로 저를 불러서 그제까지의 공적을 칭찬한 다음 새로운 업무를 맡겨야겠다고 했습니다.

삼촌은 책상 서랍에서 회색 종이 두루마리를 꺼내며 말했습니다. '이건 영국과 이탈리아의 비밀 조약문 원본인데, 유감스럽게도 이미 언론 기관에 소문이 좀 퍼졌어. 더 이상 정보가 유출되어서는 안 돼. 이 문서의 내용을 알 수만 있다면 프랑스나 러시아 대사관에서 기꺼이 엄청난 돈을 내려고 할 거야. 사본을 만드는 일이 꼭 필요하지 않았다면 계속 내 책상 서랍에 고이 간직했을 거야. 사무실에 개인 책상 있지?'

'예, 장관님.'

'그럼 이 조약문을 가져가서 서랍에 넣고 잠가두도록 해. 다들 퇴근한 뒤까지 남아 있으라고 지시할 테니, 누가 엿볼 걱정 없이 천천히 사본을 만들도록 해. 일이 끝나면 원본과 사본 모

두 책상 서랍에 넣고 잠가두었다가 내일 아침에 직접 가져오도록 하고.'

저는 문서를 가져가서…."

"아, 잠깐만요." 홈즈가 말했다. "이 대화를 나눌 때는 둘뿐이었나요?"

"그럼요."

"큰 방에서?"

"가로세로 10미터는 될 겁니다."

"방 한가운데 있었습니까?"

"대충 그렇죠."

"목소리는 작았나요?"

"삼촌은 항상 굉장히 낮은 목소리로 말합니다. 저는 거의 말이 없었고요."

"감사합니다." 홈즈가 눈을 지그시 감으며 말했다. "그럼 계속하세요."

"저는 삼촌이 말한 대로 다른 직원들이 모두 퇴근할 때까지 기다렸습니다. 같은 사무실의 찰스 고로가 밀린 일처리를 해야 한다기에 그자만 남겨두고 저녁을 먹고 왔습니다. 돌아오니 이미 퇴근했더군요. 빨리 일을 끝내야 한다는 생각뿐이었죠. 여러분이 아까 보신 해리슨 씨가 런던에 와 있다가 11시 기차로 워킹으로 돌아간다기에 저도 함께 가려고 했거든요.

조약문을 훑어보니 삼촌의 말이 과장이 아니더군요. 굉장히 중요한 문서라는 걸 단번에 알 수 있었습니다. 자세한 내용은 말씀드릴 수 없지만, 삼국 동맹에 대한 영국의 입장과 지중해에서 프랑스 함대가 이탈리아를 완전히 압도할 경우 영국이 어떻게 할지를 미리 밝힌 문서라는 것만은 말씀드릴 수 있습니다. 해군과 관련된 내용만을 다룬 문서였죠. 문서 마지막에는 3국 고위 인사들이 서명을 했어요. 처음부터 끝까지 한차례 훑어본 뒤 사본 작성에 착수했습니다.

조약문은 프랑스어로 쓰여진 긴 문서로, 모두 26개 조항으로 되어 있었습니다. 최대한 빨리 베껴 썼는데도 9시까지 겨우 제9조까지밖에 끝내지 못했고, 11시 열차를 탈 가망은 전혀 없었습니다. 그때쯤에는 저녁 식사 후의 식곤증이 몰려오는 건지, 하루 종일 일한 피로 때문인지 나른하고 머리가 둔했습니다. 커피 한잔이면 머리가 맑아질 것 같았죠. 계단 옆 작은 수위실에서 야간 당직을 서는 수위는 야근하는 직원들을 위해 늘 알코올램프로 커피를 만들어주곤 했습니다. 수위를 부르려고 벨을 울렸습니다.

그런데 수위 대신에 덩치가 크고 거친 얼굴에 앞치마를 두른 나이 많은 여자가 나타나서 깜짝 놀랐습니다. 잡일을 하는 수위의 부인이라고 하더군요. 저는 부인에게 커피를 부탁했습니다.

두 개 조항을 더 베껴 쓰고 나니 더욱 졸음이 쏟아지더군요. 저는 자리에서 일어나 이리저리 걸으며 다리 근육을 풀었습니다. 커피가 아직 오지 않아서 왜 이렇게 오래 걸리나 싶었죠. 그래서 문을 열고 복도로 나가 보았습니다. 제 사무실에는 출구가 하나뿐이고, 조명이 흐릿하게 켜진 직선 복도로 이어져 있습니다. 그 복도의 끝에는 휘어진 계단이 있고, 계단을 다 내려가면 수위실이 있습니다. 그 계단을 반쯤 내려간 위치에 작은 층계참이 있는데, 거기서 다른 복도가 직각으로 이어져 있습니다. 두 번째 복도에도 작은 계단이 있고, 하인들이 드나드는 옆문으로 이어져 있습니다. 찰스 스트리트에서 출근하는 직원들이 지름길로 이 문을 사용하기도 하죠. 여기 건물의 간단한 그림이 있습니다."

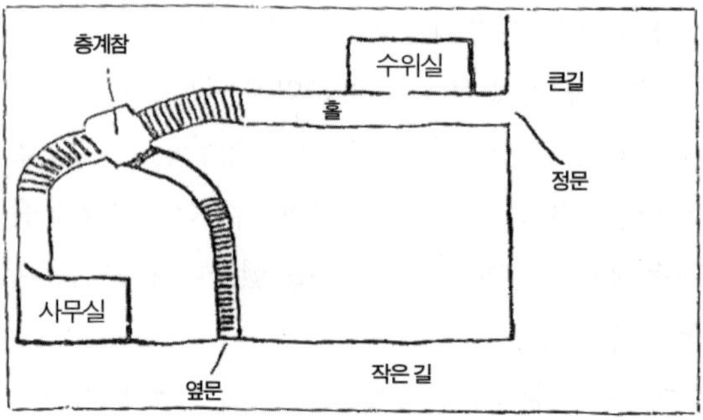

"감사합니다. 이해되는군요." 홈즈가 말했다.

"이 대목이 아주 중요합니다. 계단을 내려가서 로비로 들어섰는데, 수위는 수위실에서 깊이 잠들어 있고 알코올램프에 올려놓은 주전자가 부글부글 끓고 있었습니다. 물이 바닥에 끓어 넘치고 있어서 주전자를 내려놓고 램프를 껐습니다. 그리고 깊이 잠들어 있는 수위를 흔들어 깨우려고 손을 내밀었는데, 마침 수위의 머리 위에 있는 벨이 시끄럽게 울리는 바람에 화들짝 놀라서 깨더군요.

'아니, 펠프스 씨!' 수위가 어리둥절한 채 저를 바라보며 말했습니다.

'커피가 다 됐는지 보려고 왔어요.'

'아, 물을 끓이다가 그만 깜박 졸았습니다.'

수위는 아직도 울리고 있는 벨과 제 얼굴을 번갈아 바라보며 점점 더 알 수 없다는 표정을 지었습니다.

'아니, 펠프스 씨는 여기 계신데 벨은 누가 울리는 거죠?' 수위가 물었습니다.

'벨이라니!' 제가 소리쳤습니다. '무슨 벨이요?'

'펠프스 씨가 일하시는 사무실 벨인데요.'

순간 차가운 손이 내 심장을 움켜잡기라도 한 것처럼 가슴이 서늘해졌습니다. 그렇다면 그 소중한 조약문을 책상에 펼쳐놓은 사무실에 누군가 있다는 소리였습니다. 저는 미친 듯이 계단을 뛰어올라가서 복도를 달렸습니다. 홈즈 씨, 복도에는 아무도 없었습니다. 사무실에도 아무도 없었어요. 모든 것이 제가 떠났을 때 그대로였지만, 책상 위에 놓여 있던 문서만 온데간데없었어요. 사본만 남아 있고 원본은 사라졌습니다."

홈즈는 자리에서 일어나서 양손을 비볐다. 나는 홈즈가 이 사건에 완전히 심취했다는 것을 알 수 있었다. "그다음에는 어떻게 했습니까?" 홈즈가 나직하게 물었다.

"그 도둑이 옆문을 통해 계단을 올라온 게 분명하다고 생각했습니다. 다른 쪽으로 왔다면 저와 마주쳤을 테니까요."

"당신이 일하는 사무실이나 방금 말한 어둠침침한 복도에 하루 종일 몸을 숨기고 있었을 가능성은 전혀 없을까요?"

"전혀 불가능한 일입니다. 생쥐라고 해도 복도나 사무실에 숨어 있지는 못할 겁니다. 몸을 숨길 만한 곳이 없거든요."

"감사합니다. 계속하세요."

"수위는 내 얼굴이 창백하게 질린 걸 보고 큰일이 일어났다는 걸 알았는지 위층으로 따라 올라왔어요. 이제 우리는 함께 복도를 달려서 가파른 계단을 내려가 찰스 스트리트로 나갔습니다. 아래층의 문은 닫혀 있었지만 잠겨 있지는 않았습니다. 우리는 그 문을 열고 뛰쳐나갔죠. 그 순간에 근처 교회에서 종소리가 세 번 울렸던 것이 확실히 기억납니다. 9시 45분을 알리는 소리였어요."

"아주 중요한 사실이군요." 홈즈가 셔츠 소매에 메모를 하며 말했다.

"매우 어두운 밤이었고, 미지근한 비가 가늘게 내리고 있었습니다. 찰스 스트리트를 지나는 사람은 없었지만, 늘 그렇듯이 화이트홀 부근에서는 평소처럼 마차가 아주 많이 다녔습니다. 우리는 모자도 쓰지 않은 채 비를 맞으며 보도를 따라 달렸고, 길모퉁이에 서 있던 경찰을 발견했습니다.

'도둑이 들었습니다.' 제가 헐떡이며 말했습니다. '외무부에서 굉장히 중요한 문서를 도난당했습니다. 이 길로 지나간 사람은 없나요?'

'여기 15분째 서 있는데, 그동안 한 명밖에 지나가지 않았습니다. 키가 크고 페이즐리 숄을 걸친 나이 든 여성이었어요.' 경찰이 말했습니다.

'아, 그건 제 아내예요. 다른 사람은 지나가지 않았나요?' 수위가 외쳤습니다.

'네.'

'그럼 도둑은 반대편 길로 간 거로군요.' 수위가 제 소매를 잡아끌며 말했습니다.

하지만 저는 미심쩍은 구석이 있다고 생각했는데, 수위가 저를 다른 쪽으로 끌어당기자 더더욱 의심스러웠습니다.

'그 여자는 어느 길로 갔습니까?' 내가 소리쳐 물었죠.

'모르겠습니다. 지나가는 건 봤지만 딱히 눈여겨봐야 할 이유가 없었거든요. 서두르는 것 같았습니다.'

'지나간 지는 얼마나 됐죠?'

'글쎄요, 몇 분 안 됐는데요.'

'5분이 넘었나요?'

'5분 이상은 아닐 겁니다.'

'펠프스 씨, 이건 시간 낭비입니다. 지금은 1분이 아까운 때라고요!' 수위가 소리쳤습니다. '제 말을 믿으세요. 아내는 아무 상관없습니다. 다른 쪽 길로 가봅시다. 가시지 않겠다면 저라도 가겠습니다.'

수위는 그 말을 남기고 다른 방향으로 뛰었습니다. 하지만 나는 금방 수위를 뒤쫓아서 소매를 붙잡았죠.

'집이 어디입니까?' 내가 물었습니다.

'브릭스턴의 아이비 레인 16번지입니다.' 수위가 대답했어요. '하지만 펠프스 씨, 지금 완전히 헛짚고 계시는 겁니다. 저쪽 길로 가서 무슨 실마리가 있는지 알아보자니까요.'

수위의 말대로 한다고 손해 볼 건 없었죠. 우리는 경찰과 함께 급히 반대쪽으로 가보았지만, 길에는 마차가 붐볐고, 지나가는 행인들은 비 오는 밤에 어서 집에 가고 싶어서 서두를 뿐이었습니다. 누가 지나갔는지 하릴없이 보고 있었던 사람은 없었어요.

그 후 우리는 사무실로 돌아와서 계단과 복도를 수색해보았지만 아무 성과도 없었습니다. 사무실로 이어진 복도는 크림색 리놀륨이 깔려 있어서 흔적이 잘 남습니다. 그래서 매우 주의 깊게 바닥을 관찰했지만 발자국이라곤 찾을 수 없었죠."

"저녁 내내 비가 내렸습니까?"

"7시쯤부터 계속 내렸죠."

"그렇다면 9시에 복도를 지나간 여자는 어째서 진흙 묻은 신발 자국을 남기지 않았을까요?"

"잘 지적해주셨습니다. 저도 그때 같은 생각을 했습니다. 청소부들은 수위실에 들어가기 전에 신고 온 신을 벗고 슬리퍼로 갈아 신도록 되어 있다더군요."

"그렇다면 설명이 되네요. 그럼 비 오는 밤이었는데도 발자국이 없었다는 거죠? 확실히 흥미로운 사건이군요. 그다음에는 어떻게 하셨습니까?"

"사무실도 점검했습니다. 비밀 문 같은 게 있을 리는 없고, 창문은 지면에서 10미터는 떨어져 있는 데다가 전부 안쪽에서 잠겨 있었습니다. 카펫이 깔려 있으니 바닥에서 들어오는 문은 없을 거고, 천장은 회반죽이 칠해진 보통 천장입니다. 제가 장담하는데, 문서를 훔쳐간 도둑은 문으로 들어온 겁니다."

"벽난로는 어떻습니까?"

"사무실에는 벽난로가 없습니다. 가스난로를 사용하죠. 벨을 울리는 줄은 책상 바로 위에 매달려 있습니다. 벨을 울리려면 책상으로 바싹 다가와야 합니다. 하지만 범인은 어째서 벨을 울렸을까요? 그 부분이 가장 풀리지 않는 수수께끼입니다."

"확실히 평범한 사건은 아니군요. 그다음에는 어떻게 했습니까? 침입자가 흔적이라도 남기지 않았는지 사무실을 살펴보았겠죠? 담배꽁초라든지 떨어뜨린 장갑이나 머리핀 같은 사소한 물건 말입니다."

"그런 건 없었습니다."

"냄새도요?"

"글쎄요, 그 생각은 못 했네요."

"아, 조사하면서 담배 냄새라도 맡았다면 굉장한 도움이 됐을 텐데."

"저는 담배를 피우지 않기 때문에 담배 냄새가 났다면 알았을 겁니다. 단서가 될 만한 건 아무것도 없었습니다. 분명한 건 수위의 아내, 그러니까 탠지 부인이 급하게 그 장소를 떠났다는 것뿐이었습니다. 수위도 아내가 왜 서둘렀는지는 설명하지 못했고, 다만 이미 집에 갈 시간이 지났었다고 하더군요. 경찰관도 저도 그 여자가 문서를 가져갔다고 여겼고, 문서를 없애기 전에 사로잡는 것이 최선이라고 생각했습니다.

런던 경찰국에 신고를 접수하자, 굉장한 열의를 보이던 포브스라는 수사관이 당장 파견되었습니다. 우리는 마차를 잡아타고 30분 안에 수위가 말해준 주소로 출동했습니다. 젊은 여자가 문을 열었는데, 탠지 부인의 큰딸이라고 하더군요. 딸은 어머니가 아직 집에 오지 않았다며 우리를 거실로 안내했습니다.

10분쯤 후에 누군가 노크하는 소리가 들렸습니다. 이때 우리는 심각한 실수를 했는데, 아직까지도 제 자신이 원망스러울 지경입니다. 우리가 문을 여는 대신 딸이 문을 열게 했던 겁니다. 딸은 '엄마, 두 남자가 와서 기다리고 있어요'라고 말했고, 그 순간에 나는 후다닥 달려가는 발소리를 들었습니다. 포브스 형사가 문을 세차게 열었고, 우리는 함께 뒤쪽 부엌으로 달려갔습니다. 거기 있던 탠지 부인은 우리를 매섭게 노려보다가 갑자기 저를 알아보고는 굉장히 놀랐다는 표정을 하더

군요.

'아니, 펠프스 씨 아니세요! 그 사무실의!' 탠지 부인이 말했습니다.

'이봐요, 그럼 우리가 누구인 줄 알고 달아났단 말입니까?' 포브스 형사가 물었습니다.

'브로커인 줄 알았어요. 대출 문제가 좀 있어서요.'

'그건 별로 변명이 안 되는군.' 포브스가 말했습니다. '당신이 외무부에서 주요 문서를 훔쳤다는 정황 증거가 있고, 그 문서를 처리하려고 도망간 것 아니오. 런던 경찰국으로 같이 가줘야겠소.'

탠지 부인은 저항했지만 헛수고였습니다. 마차를 불러서 셋이 함께 경찰국으로 이동했습니다. 그전에 부엌, 특히 아궁이를 꼼꼼히 조사했죠. 탠지 부인이 혼자 있는 동안 서류를 태워버렸을 수도 있으니까요. 하지만 재나 종잇조각의 흔적은 없었습니다. 런던 경찰국에 도착해서 부인은 여성 조사관의 손에 넘겨졌죠. 저는 고통과 긴장 속에서 조사 결과를 기다렸습니다. 하지만 탠지 부인은 서류를 갖고 있지 않았습니다.

그러자 처음으로 이 상황에 대한 공포가 한꺼번에 밀려왔습니다. 그때까지는 줄곧 쉴 새 없이 움직이고 있었고, 그 움직임이 사고를 마비시켰던 겁니다. 저는 그 조약문을 되찾을 수 있다고 확신한 나머지, 못 찾을 경우 결과가 어떨지 생각조차 해보지 않았습니다. 하지만 이제 더는 할 수 있는 일이 없어지자 서서히 상황을 파악하게 되었습니다. 소름이 끼칠 지경이었죠. 저기 있는 왓슨은 제가 학창 시절 쉽게 긴장하는 예민한 학생이었다는 걸 알고 있을 겁니다. 원래 천성이 그렇죠. 저는 삼촌과 내각에 있는 삼촌의 동료들을 생각했습니다. 제가 삼촌에게도, 저 스스로에게도, 또 저와 관련된 모든 사람에게도 수치를 안겨주었다는 생각이 들더군요. 내가 불행한 사고의 희생양이라고 한들 무엇이 달라질까요? 외교적 이해관계가 위태로운 상황에서 정상 참작이란 있을 수 없었습니다. 저는 치욕스럽게도, 가망 없이 몰락해버린 겁니다. 그다음에는 무슨 일이 있었는지 모르겠습니다. 아마 한바탕 난동을 부린 모양입니다. 경찰 여럿이 저를 둘러싸고 진정시키려고 했던 것이 어렴풋이 기억납니다. 그중 한 명이 저를 워털루 역으로 데려가서 워킹행 열차에 태웠습니다. 이웃에 사는 의사 페리어 선생이 그 열차에 타지 않았다면 아마 그 경찰관이 열차를 타고 집까지 바래다주었을 겁니다. 의사 선생님은 친절하게도 집에 도착할 때까지 저를 돌봐 주었는데, 그건 참 다행스러운 일이었습니다. 제가 이미 발작을 일으킨 데다, 집에 도착하기 전에 사실상 미쳐 날뛰고 있었거든요.

의사가 초인종을 울리자, 자다 일어난 사람들이 제 상태를 보고 무슨 소동을 벌였을지 짐작이 갈 겁니다. 여기 가엾은 애니와 어머니는 굉장히 상심했죠. 페리어 선생은 어떤 일이 일어났는지 역에서 형사에게 충분히 들은 터라 상황을 설명해줄 수는 있었지만, 다시 얘기해본들 무슨 소용이겠습니까. 제가 오래도록 앓을 것처럼 보였던지라, 조지프가 여기 이 안락한 침실에서 갑자기 쫓겨나고 이 방은 저를 위한 병실이 된 겁니다. 홈즈 씨, 저는 여기서 의식이 없는 채로 뇌열병에 시달리며 9주 넘게 누워 있었습니다. 여기 있는 애니와 의사 선생의 보살핌이 아니었다면 지금 당신에게 말을 할 수도 없었을 겁니다. 낮에는 애니가 보살펴주고, 밤에는 간병인을 고용했습니다. 발작이 일어나면 무슨 짓을 할지 모르기 때문이죠.

서서히 제정신이 돌아왔지만, 기억이 돌아온 것은 겨우 3일 전입니다. 가끔은 차라리 아무것도 기억나지 않았으면 좋겠어요. 제가 처음으로 한 일은 사건 담당인 포브스 씨에게 전보를 치는 것이었습니다. 포브스 씨는 이곳까지 찾아왔고, 할 수 있는 일은 전부 했지만 전혀 실마리가 보이지 않는다고 했습니다. 모든 수를 써서 수위와 그 아내를 조사해봤지만 문제 해결에 도움이 될 만한 점은 전혀 없었다고 하더군요. 그다음 경찰이 의심한 것은, 기억하실지 모르지만 그날 밤 늦게까지 사무실에 남아 있었던 직원 고로입니다. 근거는 사무실에 오래 남아 있었다는 것과 프랑스식 이름을 갖고 있다는 것 두 가지뿐이었죠. 하지만 실은 고로가 퇴근하기 전까지 저는 일을 시작도 하지 않았고, 고로는 위그노 교도 혈통이긴 하지만 홈즈 씨나 저와 마찬가지로 영국인의 전통과 공감대를 가졌습니다. 고로의 혐의가 전혀 증명되지 않자 거기서 수사는 막혔습니다. 홈즈 씨, 당신은 절대적으로 제 마지막 희망입니다. 당신도 실패한다면 제 명예도 지위도 영영 박탈당할 겁니다."

환자는 기나긴 설명에 지쳤는지 다시 쿠션에 몸을 파묻었고, 간병인은 기운을 되찾아줄 약물 한잔을 따라주었다. 홈즈는 머리를 뒤로 젖히고 눈을 감은 채 조용히 앉아 있었다. 모르는 사람이 보면 무기력해 보이겠지만, 나는 홈즈가 골똘히 몰두하고 있다는 증거라는 걸 알고 있었다.

"진술이 아주 명쾌했습니다." 홈즈가 마침내 입을 열었다. "더 질문할 게 없을 정도군요. 하지만 이 질문은 아주 중요한 겁니다. 특별한 임무를 수행해야 한다는 사실을 누군가에게 말했습니까?"

"아무한테도 말하지 않았습니다."

"예를 들면 여기 계신 해리슨 양에게도 말입니까?"

"그렇습니다. 업무 지시를 받고 수행하는 사이에 워킹으로 돌아오지도 않았으니까요."

"그사이 가족들 중에 당신을 만나러 온 사람은 없나요?"

"없습니다."

"가족들 중에 사무실에 와본 사람이 있나요?"

"그럼요, 다들 구경한 적이 있습니다."

"하지만 조약문에 대해서 아무에게도 말하지 않았다면 이 질문 자체가 의미 없는 것이겠군요."

"아무 말도 하지 않았습니다."

"수위에 대해서 아는 것은 없습니까?"

"퇴역 군인이라는 것밖에 모릅니다."

"어느 연대였지요?"

"아, 그건 들었는데… 콜드스트림 근위대였습니다."

"감사합니다. 포브스가 조사 내용을 더 말해줄 것 같군요. 정부 기관은 단서를 수집하는 데는 최고니까요. 제대로 활용을 못 해 탈이지만 말입니다. 장미가 정말 아름답군요!"

홈즈는 소파를 지나 열려 있는 창문으로 걸어가서 늘어진 장미꽃 줄기를 붙들고 진홍색과 녹색의 우아한 조화를 바라보았다. 홈즈의 그런 모습은 나에게도 새로웠는데, 내 친구가 자연에 그렇게 열정적인 관심을 보이는 것은 처음이었다.

"종교처럼 추리가 필요한 분야도 없습니다." 창문틀에 기대며 홈즈가 말했다. "논리를 아는 사람에게 종교는 정밀한 과학입니다. 내가 보기에 신이 선하다는 가장 큰 증거는 꽃입니다. 다른 모든 것, 우리의 힘과 욕망과 음식은 원래 우리의 존재를 위해 필요한 겁니다. 하지만 이 장미는 덤이지요. 장미의 향기와 빛깔은 삶의 필수 조건이 아니라 인생을 아름답게 꾸며주는 것입니다. 신이 선하지 않다면 덤을 주지 않았을 겁니다. 그러니 다시 한 번 말하지만, 우리는 꽃으로부터 희망을 볼 수 있습니다."

퍼시 펠프스와 간병인은 홈즈가 말하는 동안 놀람과 제법 큰 실망이 뒤섞인 얼굴로 바라보았다. 홈즈는 손가락 사이에 장미를 들고 몽상에 빠져 있었다. 홈즈가 몇 분간 생각에 취해 있는데, 해리슨 양이 끼어들었다.

"홈즈 씨, 이 사건의 수수께끼를 풀 수 있다고 생각하세요?" 해리슨 양은 다소 냉랭함이 감도는 목소리로 물었다.

"아, 사건이요!" 홈즈가 현실로 돌아오며 대답했다. "글쎄요, 사건이 매우 난해하고 복잡하다는 건 부정할 수 없겠습니다만, 깊이 생각해보고 새로운 점이 발견되면 알려드리기로 약속하죠."

"뭐 단서가 보이나요?"

"당신은 내게 일곱 가지 단서를 제공했습니다. 물론 가치가 있는지는 확인해봐야겠죠."

"의심 가는 사람은 있나요?"

"나 자신이 의심됩니다."

"뭐라고요?"

"너무 성급하게 결론을 내리지 않았나 해서요."

"그럼 어서 런던으로 가셔서 그 결론을 확인해보시죠."

"훌륭한 조언입니다, 해리슨 양." 홈즈는 자리에서 일어나며 말했다. "왓슨, 그러는 게 좋겠어. 하지만 너무 크게 기대하진 마십시오, 펠프스 씨. 사건이 매우 복잡하니까요."

"다시 뵙기만을 기다리고 있겠습니다." 외교관이 소리쳤다.

"아, 내일 같은 열차 편으로 다시 들르겠습니다. 별로 좋은 소식을 전해드릴 수 있을 것 같지는 않지만요."

"와주신다니 신의 축복이 있을 겁니다. 뭔가 수사가 이뤄지고 있다는 사실만으로도 새 삶을 얻은 기분입니다. 그건 그렇고, 홀드허스트 경에게 편지를 받았습니다."

"그렇군요! 뭐라고 하시던가요?"

"냉정했지만 가혹하지는 않았습니다. 아마 제가 심하게 아프다는 말을 들으셨겠죠. 이 사건이 엄청나게 중요하다고 반복해서 말했고, 제가 건강을 회복해서 실수를 만회할 기회가 있기 전까지는 제 앞날에 대한 조처가 취해지지 않을 거라고 했습니다. 물론 해임을 이야기하는 거죠."

"음, 그 정도면 합리적이고 사려 깊은 분이시군요." 홈즈가 말했다. "왓슨, 가세. 하루 종일 할 일이 많겠어."

조지프 해리슨이 우리를 역까지 바래다주었고, 우리는 곧 포츠머스행 열차를 탔다. 홈즈는 깊은 생각에 잠겨 있었고, 클

래펌 환승역에 도착해서야 입을 열었다.

"이렇게 선로가 높은 열차를 타고 런던에 가니 좋군. 저런 집들을 내려다볼 수 있으니 말이야."

경치가 보잘것없었기 때문에 나는 홈즈가 농담을 하는 줄 알았다. 하지만 홈즈가 곧 설명했다.

"저기 슬레이트 지붕 사이에 외따로 떨어진 큰 건물 무리를 봐. 납빛 바다에서 솟아오른 벽돌 섬 같잖아."

"공립 초등학교로군."

"친구, 저건 등대야! 미래를 비추는 빛이지! 각각 수백 개의 반짝이는 작은 씨앗을 품고 있어. 저기서 더 현명한, 더 나은 미래의 영국이 싹틀 거야. 펠프스 말인데, 술은 안 마시겠지?"

"아마 그럴 거야."

"내 생각도 그랬지만, 모든 가능성을 염두에 둬야 하지. 그 가엾은 친구가 늪에 빠진 건 확실한데, 우리가 건져낼 수 있을지 의문이야. 해리슨 양에 대해서는 어떻게 생각해?"

"한 성격 하는 아가씨더군."

"그래, 하지만 착한 사람이야. 내가 잘못 본 게 아니라면 말이야. 해리슨 양과 그 오빠는 노섬벌랜드 어디쯤에 있는 철기 제조업자의 단둘뿐인 자식이지. 펠프스는 지난겨울 여행 중에 해리슨 양과 약혼했고, 이번에 펠프스의 가족들에게 인사하러 왔겠지. 오빠를 대동하고 말이야. 그리고 사건이 터졌고, 해리슨 양은 애인을 간호하려고 남았고, 오빠 조지프도 거기서 지내는 게 꽤나 아늑해서 눌러앉게 된 거야. 혼자 나름대로 조사를 좀 했지. 하지만 오늘은 본격적인 조사의 날이 될 거야."

"내 일은…." 내가 입을 열었다.

"아, 내 사건보다 자네 일이 더 흥미롭다고 하면…." 홈즈가 약간 퉁명스럽게 말했다.

"내 일은 하루 이틀 쉬어도 괜찮다고 말하려던 거였어. 가장 일이 없는 시기거든."

"좋아." 홈즈가 다시 쾌활한 태도로 돌아와서 말했다.

"그럼 이 사건을 함께 조사하면 되겠어. 내 생각에는 일단 포브스를 만나봐야 할 것 같아. 포브스에게서 사건의 세부 사항을 듣고 나면, 어떤 방향에서 이 사건에 접근해야 할지 알 수 있을 거야."

"단서가 있다면서?"

"그래, 몇 가지가 있지만 좀 더 조사를 해봐야 단서로서 가치가 있는지 알 수 있을 거야. 가장 추적하기 힘든 범죄는 동기가 없는 범죄지. 하지만 이 사건은 동기가 없을 수 없어. 이 사건으로 이득을 보는 건 누굴까? 프랑스 대사관, 러시아 대사관, 그 어느 쪽이든 문서를 팔아먹으려는 사람, 또 홀드허스트 경일 수도 있어."

"홀드허스트 경이라니!"

"뭐, 정치인들은 간혹 사고를 가장해서 그런 문서를 없애고 싶은 상황에 처할 때가 있으니까 말이야."

"하지만 홀드허스트 경처럼 존경할 만한 이력을 가진 정치인도 그럴까?"

"가능성이 있다면 그냥 외면할 수야 없지. 우리는 오늘 경을 만나서 뭔가 해줄 말이 있는지 들어볼 거야. 참, 나는 이미 다른 노선으로 조사에 착수했네."

"벌써?"

"응, 워킹 역에서 런던의 모든 석간지에 전보를 보냈어. 모든 신문에 이런 광고가 나갈 거야."

홈즈가 수첩을 찢어낸 종이 한 장을 내게 건넸다. 거기 연필로 다음과 같이 쓰여 있었다.

> 현상금 10파운드. 5월 23일 9시 45분, 외무부 건물 앞 또는 근처에서 승객을 내려준 마차 번호. 베이커 스트리트 221B로 연락 바람.

"도둑이 마차를 타고 왔다고 생각하는 거야?"

"아니라도 밑질 건 없잖아? 하지만 펠프스 씨가 사무실에도 복도에도 숨을 곳이 없다고 한 말이 맞는다면 범인은 밖에서 들어온 거겠지. 비 오는 밤에 밖에서 들어왔는데, 몇 분 후에 바닥을 살펴봤는데도 리놀륨에 얼룩을 남기지 않았다면 마차를 타고 왔을 게 거의 확실해. 그래, 마차를 타고 왔다고 추리해도 틀림없을 거야."

"음, 듣고 보니 그럴듯하군."

"그게 내가 말한 몇 가지 단서 중 하나야. 거기서부터 뭔가 알아낼 수 있을지도 몰라. 그리고 물론 벨이 울렸다는 점이 있지. 이 사건의 가장 특이한 점이기도 하고 말이야. 왜 벨이 울려야만 했을까? 도둑이 허세를 부렸던 걸까? 아니면 누군가 도둑과 같이 있었고, 범죄를 막으려고 한 일일까? 그것도 아니면 단순한 사고였을까? 아니면…."

홈즈는 다시금 내게 말을 걸기 전처럼 진지하고 고요하게 생각에 잠겨들었다. 하지만 나는 홈즈의 기분 변화에 익숙하다 보니, 홈즈에게 별안간 새로운 가능성이 떠올랐다는 것을 알 수 있었다.

우리가 목적지에 도착한 시각은 3시 20분이었고, 서둘러 점심 식사를 한 뒤 즉시 런던 경찰국으로 향했다. 홈즈는 미리 포브스에게 전보를 쳐두었고, 몸집이 작고 여우처럼 날카로운 인상에다 절대 친절한 구석은 없어 보이는 포브스 형사가 우리를 맞아주었다. 포브스는 처음부터 우리를 냉대하기로 굳게 마음먹은 것처럼 행동했는데, 우리의 방문 목적을 듣고 나서는 더더욱 차가운 태도였다.

"홈즈 씨, 지금까지 당신의 방법론은 익히 들은 바 있습니다." 포브스가 신랄

하게 말했다. "그럼 경찰이 당신의 처분만 바라며 친절하게 정보를 모두 넘겨주면, 그걸로 사건을 해결하고 모두 당신의 공으로 돌리려고 마음먹으셨나 보군요."

"그 반대요." 홈즈가 말했다. "지난 53건의 사건 중 내 이름이 전면에 드러난 것은 겨우 4건에 불과했고, 나머지 49건은 경찰이 해결한 것으로 마무리되었습니다. 이런 사실을 몰랐다고 비난할 생각은 없어요. 당신은 젊고 경험이 없는 것 같으니까. 하지만 이 사건에서 성공하고 싶으면 내게 맞서기보다는 나와 함께 일하는 편이 좋을 겁니다."

"도움을 주신다면 정말 기쁘겠습니다." 형사가 바로 태도를 바꾸며 말했다. "사실 아직까지 전혀 감을 잡지 못하고 있어서 말입니다."

"지금까지는 수사를 어떻게 진행했지요?"

"수위인 탠지에게 미행을 붙여두었습니다. 탠지는 명예롭게 군에서 퇴직했고, 현재까지 혐의를 둘 만한 근거는 없었습니다. 하지만 아내는 사람이 영 엉망이던데요. 내 생각에 그 여자는 사건에 대해서 뭔가 알고 있는 것 같습니다."

"탠지 부인에게도 미행이 붙었습니까?"

"여경관 하나를 붙여두었습니다. 탠지 부인은 주정뱅이라서, 부인이 거나하게 취했을 때 경관이 두 차례 접근했지만 아무것도 알아내지 못했습니다."

"탠지 부부는 브로커를 집에 들인 적이 있다면서요?"

"네, 하지만 지금은 다 갚았답니다."

"그 돈은 어디서 났답니까?"

"아, 그 부분은 깨끗합니다. 탠지 씨의 연금이 만기가 되었거든요. 그 자금을 다른 곳에 쓴 흔적은 없었습니다."

"펠프스 씨가 커피를 달라고 벨을 울렸을 때 대신 대답한 것은 왜 그랬다던가요?"

"남편이 피곤해해서 좀 쉬게 해주고 싶었답니다."

"그렇군. 잠시 후에 의자에서 푹 잠든 걸 보면 틀린 말은 아니겠지. 그 여자의 성격 말고는 의심할 만한 구석은 없군요. 왜 서둘러서 집으로 갔는지는 물어보셨습니까? 순경의 주의를 끌 만큼이나 서둘렀다고 하니까요."

"평소보다 집에 가는 시간이 늦어서 빨리 들어가고 싶었다고 하더군요."

"최소한 20분은 늦게 출발한 당신과 펠프스 씨가 수위의 집에 먼저 도착했다는 점은 지적했습니까?"

"탠지 부인의 말로는 승합 마차와 핸섬 마차의 차이라고 하더군요."

"집에 도착해서 뒤쪽 부엌으로 달려간 이유는 분명히 설명하던가요?"

"브로커에게 줄 돈이 거기 있었기 때문이랍니다."

"최소한 모든 질문에 대답을 하긴 했군요. 외무부 건물을 나가 찰스 스트리트를 걸어가면서 누구를 만나거나 본 적이 없느냐고 물어봤나요?"

"순경 말고는 아무도 못 봤다고 했습니다."

"음, 꽤 상세히 심문을 하신 것으로 보입니다. 그 밖에는 수사가 어떻게 진행되었습니까?"

"외무부 직원 고로도 9주 내내 미행하고 있습니다만, 성과가 없습니다. 미심쩍은 구석은 전혀 없었습니다."

"다른 건요?"

"글쎄요, 이 정도면 모두 얘기한 것 같군요. 다른 증거는 없었으니까요."

"벨이 울린 것에 대해서는 가설을 세웠습니까?"

"솔직히 말하자면 매우 혼란스럽습니다. 누가 벨을 울렸든 간에 대담한 짓이었죠."

"그렇습니다, 매우 이상한 일이죠. 지금까지 말씀해주신 것 모두 감사합니다. 범인을 잡아서 넘겨드릴 수 있게 되면 연락을 드리죠. 왓슨, 이만 가세."

"이제 우리는 어디로 가지?" 경찰서를 떠나며 내가 물었다.

"지금부터 외무 장관이자 미래의 영국 수상 홀드허스트 경에게 질문을 좀 해야겠어."

다행히 홀드허스트 경은 다우닝 스트리트에 있는 집무실에 있었고, 우리는 명함을 전한 즉시 안으로 안내되었다. 존경받는 정치인인 홀드허스트 경은 전통적인 예법으로 능숙하게 우리를 맞았고, 벽난로 양쪽의 호화로운 긴 소파에 우리를 앉혔다. 큰 키에 여윈 몸, 특유의 날카로움, 생각에 잠긴 표정, 흰머리가 듬성듬성한 곱슬머리를 하고, 우리 사이의 깔개 위에 서 있는 경의 모습은 평범한 사람과는 다른 진정 귀족다운 귀족

SP

의 풍모를 보여주는 듯했다.

"홈즈 씨의 명성은 익히 들어 알고 있어요." 정치가가 미소를 지으며 말했다. "그리고 물론 당신이 방문한 목적을 모른 척하지도 못하겠군요. 당신의 주의를 끌 만한 사건은 외무부에 하나밖에 없었으니까. 누구의 의뢰를 받았는지 물어도 되겠습니까?"

"퍼시 펠프스 씨입니다." 홈즈가 대답했다.

"아, 내 가엾은 조카 말이군요! 우리가 친척이기 때문에 더더욱 내가 방패막이 되어줄 수 없다는 건 이해하시겠죠. 그 사건은 조카의 앞날에 분명 해를 끼칠 테니 걱정입니다."

"문서를 찾아낸다면 어떨까요?"

"아, 그럼 물론 이야기가 달라지겠죠."

"홀드허스트 경께 한두 가지 질문이 있습니다."

"내가 대답할 수 있는 거라면 얼마든지요."

"사본을 만들라는 지시를 내린 건 이 방에서였습니까?"

"그렇습니다."

"그럼 누군가 엿들었을 리는 없겠군요?"

"절대 있을 수 없는 일입니다."

"조약문의 사본을 만들 계획이라고 누군가에게 언급한 적이 있나요?"

"전혀요."

"확실합니까?"

"확실합니다."

"음, 그럼 장관님도 펠프스 씨도 조약문의 사본을 만드는 일에 대해서 발설한 적이 없고, 다른 사람 누구도 이 일을 몰랐다면, 그 방에 도둑이 든 것은 순전히 우연이었다는 거군요. 그리고 도둑은 운 좋게 조약문을 훔치게 된 거고요."

장관이 미소를 지었다. "거기까지는 제가 알 도리가 없군요."

홈즈는 잠시 생각에 잠겼다. "홀드허스트 경께 확인해보고 싶었던 매우 중요한 사실이 하나 더 있습니다." 홈즈가 말했다. "제가 알기로는 이 조약문의 세부 내용이 공개되면 심각한 결과가 초래될 거라고 염려하셨다죠."

정치인의 얼굴에 그림자가 스쳐 지나갔다. "말씀하신 대로 매우 심각한 결과가 있을 겁니다."

"생각하신 결과가 일어났나요?"

"아직은 아닙니다."

"만약 조약문이, 예를 들어 프랑스나 러시아 대사관에 들어갔다고 하면 장관님께서는 그 사실을 알 수 있었겠지요?"

"그렇습니다." 홀드허스트 경이 씁쓸한 표정으로 말했다.

"그렇다면 거의 10주가 지났고 아무 소식도 없었으니, 어떤 이유로든 아직 조약문이 그들의 손에 들어가지 않았다고 봐도 되겠죠?"

홀드허스트 경이 어깨를 으쓱했다.

"하지만 홈즈 씨, 도둑이 그 조약문을 가져다 액자에 넣어서 벽에 걸어두려 했다고는 할 수 없지 않겠소."

"값을 더 받으려고 기다리고 있을지도 모르죠."

"조금만 더 기다렸다가는 그 조약문은 종이 쪼가리가 될 거요. 몇 달 후면 더 이상 기밀문서가 아니니까요."

"그건 굉장히 중요한 점이군요." 홈즈가 말했다. "물론 도둑이 갑자기 병이 들었다고 볼 수도 있겠습니다."

"예를 들면 급성 뇌열병 말인가요?" 정치인이 순간적으로 홈즈를 노려보며 물었다.

"그런 말은 하지 않았는데요." 홈즈가 태연하게 말했다. "홀드허스트 경, 이미 장관님의 귀중한 시간을 너무 많이 빼앗은 것 같으니 물러가겠습니다. 좋은 하루 되십시오."

"범인이 누가 됐든 수사가 성공적으로 끝나길 바랍니다." 홀드허스트 경이 우리를 문밖까지 배웅하며 말했다.

"괜찮은 사람이군." 화이트홀 쪽으로 걸어 나오며 홈즈가 말했다. "하지만 품위를 유지하는 데 어려움이 있는 것 같네. 부자라고는 하기 힘든데 돈 나갈 곳은 많지. 구두창을 수선한 걸 알아봤겠지? 그럼 왓슨, 더 이상은 본업으로 돌아갈 수 없게 잡아두지 않겠네. 마차 광고에 답이 오지 않으면 오늘은 더 할 일이 없어. 하지만 내일은 어제와 같은 기차로 워킹에 함께 가주면 정말 고맙겠네."

나는 다음 날 아침 홈즈가 말한 시간에 만나 함께 워킹으로 향했다. 광고에 답한 사람은 없었고, 새로운 증거라고 할 만한 사실도 나타나지 않았다. 홈즈는 마음만 먹으면 얼굴에 아무것도 드러내지 않는 포커페이스를 유지하기 때문에, 겉으로 봐서는 수사 진행 상황에 만족하고 있는지를 판단할 수 없었다. 홈즈와의 대화 주제는 베르티용 식 인체 식별법(지문 감식법을 쓰기 전에 신체 특징으로 범인을 분류하던 감식법. 알퐁소 베르티용이 창시했다—옮긴이)이었던 것으로 기억하는데, 홈즈는 이 프랑스의 대학자에 대해 열정적인 존경을 표했다.

우리의 의뢰인은 여전히 약혼녀의 간호를 받고 있었으나 처음 보았을 때보다는 한결 나아 보였다. 우리가 방에 들어서자, 펠프스는 거뜬히 소파에서 일어나 우리를 맞았다.

"새로운 소식은 없습니까?" 펠프스가 간절히 물었다.

"어제 예상했던 대로 그다지 긍정적인 소식은 없군요." 홈즈가 말했다. "포브스 형사와 당신 삼촌을 만났고, 좋은 결과가 있을 만한 한두 가지 노선으로 수사를 진행 중입니다."

"그렇다면 이 사건을 포기한 건 아니겠지요?"

"물론 아닙니다."

"그렇게 말씀해주시니 신의 축복이 있을 거예요!" 해리슨 양이 소리쳤다. "용기와 인내심을 잃지 않는다면 진실은 반드시 밝혀질 거예요."

"그럼 이제 저희가 드릴 말씀이 있습니다." 펠프스가 소파에 자세를 고쳐 앉으며 말했다.

"뭔가 있을 줄 알았습니다."

"그래요, 우리는 지난밤 매우 위험한 상황을 겪었는데, 더 심각한 사태로 번질 수도 있었어요." 말을 꺼내며 펠프스의 표정은 매우 어두워졌고, 눈에는 공포 비슷한 것이 떠올랐다.

"나도 모르게 뭔가 엄청난 음모의 중심에 서게 되었고, 내 명예뿐만 아니라 목숨까지도 위험에 처했다는 생각이 든다면 믿으시겠어요?"

"아!" 홈즈가 외쳤다.

"적어도 제가 아는 바로는 적을 만든 적이 없기 때문에 제가 생각해도 얼토당토않은 소리 같습니다만, 지난밤의 일이 있고 나서는 달리 생각할 수 없게 되었습니다."

"네, 말씀해보세요."

"어젯밤엔 처음으로 간병인 없이 혼자 잠들었습니다. 상태가 호전되어서 야간 간병인을 쓰지 않아도 좋겠다고 생각했거든요. 하지만 야간등을 켜놓았습니다. 그러니까 새벽 2시쯤 설핏 잠이 들었다가 작은 소음에 갑자기 잠에서 깼습니다. 쥐가 널빤지를 갉는 듯한 소리였고, 그러려니 하며 자리에 누워 있었습니다. 그런데 그 소리가 점점 커지더니, 별안간 창문에서 찰칵하고 날카로운 금속성의 소리가 났습니다. 저는 놀라서 자리에서 일어나 앉았습니다. 이제는 그 소리를 달리 해석할 여지가 없었습니다. 처음에 나던 소리는 누군가 창틀 사이의 틈으로 도구를 밀어 넣는 소리였고, 그다음은 도구로 문고리를 따는 소리였던 겁니다.

그 후 10분 정도 정적이 흘렀습니다. 제가 소음에 잠이 깬 건 아닌지 침입자가 기다리는 것 같았죠. 그리고 창문이 매우 천천히 열리며 낮게 삐걱대는 소리가 들렸습니다. 다시 신경쇠약 증세가 나타나는 것 같아서 저는 더 이상 견딜 수 없었습니다. 침대에서 뛰쳐나가 창문을 열어젖혔죠. 한 남자가 창문 앞에 웅크리고 있었습니다. 번개처럼 사라졌기 때문에 제대로 보지는 못했습니다. 얼굴 아래쪽 반을 가리는 망토 같은 걸 두르고 있었거든요. 하나 확실한 것은 침입자가 손에 무기를 들고 있었다는 겁니다. 긴 칼 같았습니다. 그자가 뒤로 돌아서 뛰어갈 때 그 칼이 빛나는 것을 분명히 보았습니다."

"굉장히 흥미롭군요." 홈즈가 말했다. "그다음엔 어떻게 했는지 말씀해주세요."

"좀 더 기운이 있었더라면 열린 창문으로 나가서 그놈을 뒤쫓았을 겁니다. 하지만 벨을 울려서 집안사람들을 깨울 수밖에 없었죠. 벨은 부엌에서 울리고 하인들은 전부 위층에서 자기 때문에 시간이 좀 걸렸습니다. 하지만 제가 소리 지르는 것을 듣고 조지프가 아래로 내려왔고, 다른 식구들을 깨웠습니다. 조지프와 마부가 창밖 화단에서 발자국을 찾아냈지만, 최근 날씨가 워낙 건조해서 풀숲을 따라 발자국을 추적할 수는 없었습니다. 하지만 도로와 경계를 이루는 나무 울타리에는 흔적이 남아 있었는데, 누군가 넘어가다가 맨 위 난간을 부러뜨린 겁니다. 홈즈 씨의 의견을 먼저 듣는 게 좋을 것 같아서 아직 지역 경찰에는 신고하지 않았습니다."

의뢰인의 이번 이야기는 셜록 홈즈에게 엄청난 영향을 끼친 것 같았다. 홈즈는 의자에서 일어나서 주체할 수 없는 흥분 상태로 방 안을 이리저리 서성였다.

"불행은 홀로 오지 않는다더니." 지난밤 겪은 일로 동요한 것이 분명한데도 펠프스는 미소를 지으며 말했다.

"정말 고생이 많으셨습니다." 홈즈가 말했다. "집 주변을 좀 안내해줄 수 있을까요?"

"아, 그럼요. 햇볕을 좀 쬐는 게 좋을 것 같기도 하군요. 조지프도 함께 갈 겁니다."

"저도 가겠어요." 해리슨 양이 말했다.

"죄송하지만 해리슨 양은 이곳에 그대로 계시는 게 좋겠습니다." 홈즈가 고개를 저으며 말했다.

젊은 숙녀는 다시 자리에 앉았지만 불만의 표정이 보였다. 하지만 해리슨 양의 오빠는 우리와 동행했고, 넷이 함께 길을 나섰다. 우리는 젊은 외교관의 창밖 잔디밭을 지나 걸었다. 거기에는 펠프스가 말한 것처럼 화단에 발자국이 있었지만, 워낙 흐릿해서 뭔가 알아낼 가망은 없어 보였다. 홈즈는 발자국 앞에 잠시 멈췄다가 어깨를 으쓱하며 도로 일어섰다.

"이건 누가 봐도 증거가 되지 않겠는걸." 홈즈가 말했다. "집을 한 바퀴 돌면서 강도가 왜 하필 이 방을 택했는지 알아봅시다. 강도라면 창문이 더 큰 거실이나 식당 쪽을 택할 법한데 말이죠."

"그쪽은 큰길에서 눈에 잘 띄기 때문에 그런 거 아닐까요?" 조지프 해리슨이 제안했다.

"아, 물론 그렇군요. 여기도 강도가 좋아할 만한 문이 있네요. 이건 뭐죠?"

"장사꾼들이 드나드는 옆문입니다. 밤에는 잠겨 있어요."

"전에도 이런 일이 있었습니까?"

"전혀요." 의뢰인이 말했다.

"은식기라든지, 강도가 노릴 만한 물건이 집에 있습니까?"

"그다지 고가품은 없습니다."

홈즈는 주머니에 손을 넣은 채 그답지 않은 부주의한 태도로 집을 한 바퀴 둘러보았다.

"그건 그렇고." 홈즈가 조지프 해리슨에게 말했다. "내가 듣기로는 당신이 그 도둑이 울타리를 망가뜨린 걸 발견했다면서요. 그쪽으로 가봅시다!"

땅딸막한 젊은 남자는 나무 울타리의 난간 꼭대기가 부러진 곳으로 우리를 안내했다. 작은 나무 조각이 대롱대롱 매달려 있었다. 홈즈는 그것을 떼어내서 자세히 살펴보았다.

"이게 간밤에 떨어져 나왔다고 생각하십니까? 오래된 것 같은데, 그렇지 않나요?"

"글쎄요, 그럴지도요."

"반대쪽에 누군가 뛰어내린 흔적은 없습니다. 여기서는 더 단서를 얻을 수 없겠군요. 이제 침실로 돌아가서 문제를 다시 살펴봅시다."

퍼시 펠프스는 미래의 처남에게 기대어 매우 천천히 걷고 있었다. 홈즈가 민첩하게 잔디밭을 가로질러 걸어갔고, 우리는 펠프스와 조지프가 따라잡기 전에 침실 밖의 열린 창문 앞에 도착했다.

"해리슨 양." 홈즈가 최대한 진지한 태도로 말했다. "지금 계신 그 방에서 절대 떠나지 마세요. 무슨 일이 있더라도 이 자리를 떠나서는 안 됩니다. 이건 너무나도 중요한 일이에요."

"홈즈 씨, 그렇게 말씀하신다면 물론 따르겠어요." 해리슨 양이 놀란 얼굴로 말했다.

"잠자리에 들 때는 이 방의 문을 바깥에서 잠그고 열쇠를 가지고 계십시오. 제 말대로 하겠다고 약속해주세요."

"하지만 퍼시는요?"

"우리와 함께 런던으로 갈 겁니다."

"그리고 저는 여기 남아 있어야 하나요?"

"그 사람을 위해서입니다. 당신이 하는 일이 엄청난 도움이 될 겁니다. 어서요! 약속해주세요!"

해리슨 양은 두 사람이 도착하기 직전에 동의의 표시로 재빠르게 고개를 끄덕였다.

"그렇게 찌푸린 얼굴로 여기 앉아서 뭘 하는 거야, 애니?" 해리슨 양의 오빠가 말했다. "나와서 볕이라도 좀 쬐지그래?"

"고맙지만 됐어요, 오빠. 두통이 약간 있는데, 이 방이 딱 시원하고 편안해서 좋아요."

"홈즈 씨, 이제 어떻게 하실 예정입니까?" 의뢰인이 물었다.

"음, 간밤의 사소한 사건을 조사하더라도 우리의 주된 조사 노선을 벗어나면 안 되겠죠. 당신이 우리와 런던으로 함께 가 주면 대단한 도움이 되겠습니다."

"지금 당장요?"

"뭐, 준비가 되시는 대로요. 한 시간이면 될까요?"

"제가 도움이 될 수 있다니 병이 싹 낫는 것 같습니다."

"정말 큰 도움이 될 겁니다."

"그럼 오늘 밤은 런던에서 묵는 게 좋을까요?"

"방금 그 말씀을 드리려고 했습니다."

"그럼 그 밤손님이 나를 다시 찾아온다면 허탕을 치겠군요. 홈즈 씨, 우리는 전부 당신이 하라는 대로 할 테니 원하는 것은 무엇이든 말씀만 하시면 됩니다. 조지프가 우리와 함께 가서 저를 돌봐 주는 게 좋을까요?"

"아, 아닙니다. 아시겠지만 내 친구 왓슨이 의사니까 잘 돌봐 줄 겁니다. 괜찮으시다면 여기서 점심을 먹고 셋이 함께 런던으로 출발하도록 하죠."

모든 것은 홈즈가 말한 대로 되었고, 해리슨 양은 홈즈의 말대로 점심시간에도 핑계를 대고 침실을 떠나지 않았다. 내 친구가 세운 작전의 목적이 무엇인지 나는 짐작도 할 수 없었다. 건강이 회복되고 있고 뭔가 행동한다는 생각에 기뻐하며 우리와 식당에서 점심을 먹고 있는 펠프스로부터 그 숙녀를 떼어놓으려는 게 아닐까 하는 생각이 들 뿐이었다. 그러나 홈즈는 뒤이어 우리를 더 놀라게 했는데, 역까지 우리와 함께 가서는 객차까지 배웅하더니 워킹을 떠나지 않겠다고 태연히 알려온 것이다.

"떠나기 전에 정리하고 싶은 게 한두 가지 더 있어서요." 홈즈가 말했다. "펠프스 씨, 당신의 부재는 분명 저에게 도움이 될 겁니다. 왓슨, 런던에 도착하면 즉시 펠프스 씨를 모시고 베이커 스트리트로 가서 내가 갈 때까지 함께 있어주게. 두 분이 동창이라서 나눌 이야기가 많을 테니 다행입니다. 펠프스 씨는 오늘 밤 손님용 침실을 쓰시면 됩니다. 저는 내일 아침 시간에 맞춰서 가겠습니다. 8시에 워털루 역에 도착하는 기차 편으로요."

"하지만 런던에서 해야 한다던 조사는요?" 펠프스가 실망한 기색으로 말했다.

"내일 하면 됩니다. 지금은 제가 여기 있는 게 더 좋을 것 같아요."

"제가 내일 밤에는 돌아갈 거라고 브라이어브레이 식구들에게 전해주세요." 열차가 승강장에서 움직이기 시작하자 펠프스가 소리쳤다.

"브라이어브레이에는 돌아가지 않을 겁니다." 홈즈는 이렇게 대답하며, 우리가 탄 기차가 역을 벗어날 때까지 유쾌하게 마구 손을 흔들었다.

펠프스와 나는 런던까지 오는 기차 안에서 의견을 나누었으나, 우리 둘 다 이 뜻밖의 전개에 대한 만족스런 설명을 찾지 못했다.

"지난밤 침입한 도둑에 대한 단서를 찾고 싶어 하는 것 같아. 그게 도둑이 맞는다면 말이지만. 내 생각에는 그저 평범한 도둑은 아니었어."

"그럼 뭐였다고 생각해?"

"자네는 내가 신경 쇠약이라 그렇다고 생각할지 모르지만, 나를 둘러싼 정치적인 음모가 진행되고 있는 것 같다고 내 이름을 걸고 말할 수 있어. 그리고 내가 이해할 수 없는 어떤 이유로, 그 음모를 꾸민 자가 내 목숨을 노리고 있는 것 같아. 말도 안 되는 소리로 들리는 거 알아. 하지만 현실을 보라고! 도둑이 왜 침실 창문으로 침입하려고 하겠어. 훔칠 것도 없는데 말이야. 그리고 손에는 왜 긴 칼을 들고 있겠어?"

"도둑들이 침입할 때 쓰는 쇠지레대 같은 거 아니었을까?"

"아냐, 분명 칼이었어. 칼날이 빛나는 걸 내가 정확히 봤단 말이야."

"하지만 대체 왜 자네한테 그런 원한을 갖고 있겠어?"

"아, 그건 잘 모르겠어."

"음, 홈즈가 같은 생각을 했다면 홈즈의 행동이 이해되는군.

그렇지 않아? 자네 생각이 맞는다고 치고, 지난밤 자네를 위협했던 사내를 잡을 수 있다면 해군 조약문도 곧 찾을 수 있을 거야. 자네의 적이 조약문을 훔쳐간 사람과 생명을 노리는 사람, 이렇게 두 명이라는 건 말이 안 되니까."

"하지만 홈즈 씨는 브라이어브레이로 돌아가지 않는다고 했잖아."

"나는 홈즈를 꽤 오래 지켜봤어." 내가 말했다. "하지만 아직까지 이유 없이 행동하는 걸 본 일이 없어." 그리고 우리의 대화는 다른 주제로 흘러갔다.

나에게는 피곤한 하루였다. 펠프스는 기나긴 병치레로 아직 몸이 약한 데다 불행한 일을 겪은 터라 불평이 많고 신경질적이었다. 펠프스를 강박증에서 벗어나게 하려고 아프가니스탄, 인도, 사회적인 문제, 그 밖에 무슨 이야기든 해서 흥미를 끌어보려 했지만 헛수고였다. 정치가인 내 친구는 계속 잃어버린 조약문 이야기로 돌아가 홈즈는 무엇을 하고 있는지, 홀드허스트 경은 어떤 조처를 취할 것인지, 아침에 어떤 소식을 듣게 될 것인지 궁금해하며 추측하고 이런저런 가설을 세웠다. 저녁때쯤 되자, 흥분한 친구의 말에 맞장구를 쳐주는 것이 고통스러울 정도가 되었다.

"자네는 홈즈 씨를 절대적으로 신뢰하는 거지?" 펠프스가 물었다.

"나는 홈즈가 놀라운 일을 해내는 걸 많이 봐왔어."

"하지만 이렇게까지 어려운 사건을 해결한 적은 없겠지?"

"천만에! 이번 사건보다 단서가 적을 때도 충분히 문제를 풀어냈는걸."

"하지만 이렇게 크나큰 이해관계가 얽힌 사건은 아니겠지?"

"잘은 몰라. 하지만 유럽 세 왕국의 의뢰로 정말 중대한 문제를 해결한 적이 있는 건 확실해."

"하지만 왓슨, 자네는 홈즈 씨를 잘 알잖아. 홈즈 씨는 수수께끼 같은 사람이라 나는 어떻게 판단해야 할지 잘 모르겠어. 자네가 보기에는 희망이 있다고 생각하는 것 같아? 사건 해결에 성공할 거라고 생각하는 것 같아?"

"나한테도 아무 말을 해주지 않았어."

"그럼 나쁜 징후잖아."

"그 반대야. 사건의 실마리가 풀리지 않으면 홈즈는 보통 그렇게 말해. 뭔가 냄새를 맡았지만 완전히 확신하지 않을 때가 가장 입이 무거울 때지. 이봐 친구, 조바심 낸다고 문제가 해결되지는 않아. 그러니까 제발 그만 눈 좀 붙이고, 내일 무슨 일이 일어나든 맞이할 준비를 하자고."

펠프스는 워낙 흥분한 상태여서 어차피 잠을 이룰 수는 없었겠지만, 마침내 잠자리에 들도록 설득하는 데 성공했다. 하지만 내 친구의 기분에는 전염성이 있어서 나도 밤새 뒤척이며 이 기묘한 사건에 대해 100가지 정도의 가설을 세웠지만, 생각할수록 더 황당한 가설만 떠올랐다. 홈즈는 왜 워킹에 남았을까? 왜 해리슨 양에게 하루 종일 병실을 지키라고 했을까? 왜 브라이어브레이의 사람들이 홈즈가 워킹에 남아 있을 거라는 사실을 알지 못하게 하려고 그토록 조심했을까? 나는 이 모든 사실을 설명하는 이론을 찾으려고 끙끙거리다가 잠이 들었다.

내가 일어난 것은 7시였다. 바로 펠프스의 방에 가보니 역시 불면의 밤을 보내고 지쳐 있는 것 같았다. 펠프스는 나를 보자마자 홈즈가 도착했냐고 물었다.

"홈즈는 약속한 시간이 되면 올 거야." 내가 말했다. "조금도 더 늦지도 빠르지도 않게 말이야."

내 말은 틀리지 않았다. 8시가 조금 지나 문 앞에 마차가 전속력으로 달려와 섰고, 홈즈가 내렸다. 우리는 창문으로 홈즈의 왼손이 붕대로 친친 감겨 있는 것을 보았다. 얼굴은 창백하게 굳어 있었다. 홈즈가 문에 들어선 후 계단을 올라오기까지는 꽤 시간이 걸렸다.

"패배자의 모습 같잖아." 펠프스가 소리쳤다.

나는 펠프스가 옳다는 것을 시인할 수밖에 없었다. "어쨌든 런던에는 사건의 단서가 있을 거야."

펠프스가 신음 소리를 냈다.

"나는 뭐가 뭔지 모르겠어." 펠프스가 말했다. "하지만 나는 홈즈 씨가 돌아오기만을 목 빠지게 기다렸다고. 어제는 손이 저 모양이 아니었는데 말이야. 무슨 일일까?"

"홈즈, 다친 건 아니지?" 내 친구가 방에 들어서자마자 내가 물었다.

"쯧, 그냥 실수로 좀 긁혔을 뿐이야." 홈즈는 이렇게 말하며 고개를 끄덕이며 아침 인사를 했다. "펠프스 씨, 당신 사건은 내가 조사한 사건들 중에 가장 어려운 편에 속하는 게 확실해요."

"역시 당신이 해결하기에도 벅찬 일인 걸까요?"

"정말 대단한 경험이었어요."

"손에 감은 붕대를 보니 그런 것 같네." 내가 말했다. "무슨 일이 있었는지 말해주지 않을 텐가?"

"아침 식사부터 하자고, 친구. 오늘 아침에 서리 주에서부터 50킬로미터나 달려왔다고. 마차 광고에는 대답이 없었겠지? 그럼, 항상 행운이 있는 건 아니니까."

테이블이 준비되었고 막 벨을 울리려고 하는데, 허드슨 부인이 차와 커피를 들고 들어왔다. 몇 분 후 허드슨 부인은 덮개를 씌운 접시 세 개를 날라왔고, 우리 셋 모두 식탁에 둘러앉았다. 홈즈는 배가 고파 죽을 지경이라고 했고, 나는 어리둥절할 뿐이었으며, 펠프스의 표정은 그보다 더 우울할 수가 없었다.

"허드슨 부인이 손님을 위해 준비한 거야." 홈즈가 닭고기 카레 접시의 덮개를 열며 말했다. "할 줄 아는 요리는 많지 않지만, 스코틀랜드 여성답게 훌륭한 아침 식사를 만들거든. 왓슨, 자네 요리는 뭔가?"

"햄과 달걀 요리야." 내가 대답했다.

"좋아! 펠프스 씨는 뭘 드시겠어요? 닭고기 카레, 달걀, 아니면 앞에 놓인 요리?"

"감사합니다. 하지만 아무것도 먹지 못하겠어요." 펠프스가 말했다.

"그러지 마시고! 앞에 놓인 요리는 어떻습니까?"

"감사하지만 사양하겠습니다."

"뭐, 그렇다면." 홈즈가 장난스럽게 눈을 찡긋했다. "제가 먹을 테니 덮개를 열어주시겠어요?"

펠프스는 덮개를 들어 올림과 동시에 외마디 비명을 내질렀는데, 내려다보고 있는 접시만큼이나 새하얘진 얼굴로 접시를 응시하며 앉아 있었다. 접시 중간에는 청회색의 작은 두루마리가 놓여 있었다. 펠프스는 두루마리를 들어 올려 집어삼킬 듯 바라보다가 미친 듯이 방을 돌아다니며 춤을 추는가 하면, 두루마리를 가슴에 꼭 품고는 기쁨의 비명을 질러댔다. 그러고는 감정이 너무 격해진 나머지 안락의자에 지쳐 주저앉았다. 우리는 펠프스가 기절하지 않도록 브랜디를 입안에 흘려 넣어주어야 했다.

"저런! 저런!" 홈즈가 펠프스를 달래듯 어깨를 토닥이며 말했다. "이런 식으로 놀라게 해서 미안합니다. 여기 있는 왓슨은 알겠지만, 나는 극적인 전개가 떠오르면 참지를 못하거든요."

펠프스는 홈즈의 손을 잡더니 입을 맞추었다. "신의 축복이 함께하길!" 펠프스가 외쳤다. "당신이 제 명예를 지켜주었습니다."

"글쎄요, 내 명예도 위험에 처해 있었는걸요, 뭐." 홈즈가 말했다. "당신이 업무 수행에서 실수하길 싫어하는 것만큼이나 나도 사건에서 실패하는 걸 싫어한답니다."

펠프스는 그 소중한 문서를 코트의 가장 안주머니에 찔러 넣었다.

"홈즈 씨의 아침 식사를 더 이상 방해할 염치는 없지만, 이걸 어디서 어떻게 찾았는지 궁금해 죽을 지경입니다."

셜록 홈즈는 커피 한잔을 서둘러 넘기더니 햄과 계란을 해치웠다. 그리고 일어서서 파이프에 불을 붙이고 의자에 편히 앉았다.

"먼저 내가 한 일을 말하고, 왜 그랬는지 나중에 설명해드리겠습니다." 홈즈가 말했다. "당신들과 역에서 작별한 후에 나는 서리 주의 경치를 즐기며 리플리라는 작은 마을까지 걸었습니다. 거기 카페에서 차를 한잔 마시고, 물통을 채우고, 샌드위치를 주머니에 넣었죠. 그곳에서 저녁까지 있다가 다시 워킹으로 출발해서, 해가 막 떨어질 때쯤 브라이어브레이 저택 밖의 도로에 도착했습니다.

나는 도로에 사람이 아무도 없을 때까지 기다렸어요. 언제나 사람이 많은 곳은 아니지만 말입니다. 그리고 울타리를 기어올라 정원으로 들어갔습니다."

"대문이 열려 있었을 텐데요!" 펠프스가 소리쳤다.

"그렇죠. 하지만 이런 문제에서라면 나는 취향이 독특해서 말입니다. 집 안에 있는 사람들이 나를 절대 볼 수 없도록 전나무 세 그루가 서 있는 장소를 택해서 그 뒤에 숨었죠. 웅크리고 앉아서 덤불 사이사이로 당신 침실 창문 맞은편의 진달래 덤불에 도착할 때까지 이동했습니다. 그 바람에 바지 무릎이 이렇게 더러워졌지 뭡니까. 거기서 쪼그리고 앉아 사건이 진행되기를 기다렸습니다.

당신 방의 블라인드는 아직 내려져 있지 않았고, 나는 해리슨 양이 탁자 옆에 앉아서 책을 읽는 모습을 볼 수 있었습니다. 해리슨 양이 책을 덮고 창문을 내린 다음 시야에서 사라진 것은 10시 15분이었습니다.

나는 해리슨 양이 문을 닫고 열쇠를 돌려 방문을 잠그는 소리를 확실히 들었습니다."

"자물쇠를 잠갔다고요!" 펠프스가 소리쳤다.

"그래요, 해리슨 양에게 잠자리에 들 때는 밖에서 당신 방문을 잠그고 열쇠를 가지고 있으라고 지시해두었습니다. 해리슨 양은 내가 말한 모든 것을 그대로 지켰고, 당신 약혼녀의 협조가 아니었다면 당신이 코트 속에 고이 챙긴 그 문서는 되찾을 수 없었을 겁니다. 그렇게 해리슨 양이 떠나고, 나는 여전히 진달래 덤불에 웅크린 채였지요.

날씨가 좋은 밤이었지만, 역시 철야 매복은 고단한 일이었습니다. 물론 운동선수가 자기 레인 앞에 섰을 때나 큰 경기를 앞두고 느끼는 종류의 흥분감이 있었습니다. 하지만 매우 긴 시간이었어요. 왓슨, 우리가 얼룩 띠 사건을 해결할 때 그 죽음의 방에서 기다리던 때만큼이나 시간이 안 가지 뭔가. 워킹에서 15분마다 교회 종소리가 들려왔는데, 나는 몇 번이나 교회

시계가 멈춘 줄 알았습니다. 하지만 마침내 새벽 2시, 열쇠가 딸깍거리며 자물쇠를 여는 소리가 들렸습니다. 잠시 후 하인들이 드나드는 문이 열렸고, 조지프 해리슨 씨가 달빛 아래 모습을 드러냈습니다."

"조지프가!" 펠프스가 놀란 소리를 토해냈다.

"머리에는 아무것도 쓰지 않았지만, 무슨 낌새라도 있으면 얼굴을 가릴 수 있도록 검은 코트를 어깨에 걸치고 있었습니다. 조지프는 벽 그늘에 붙어 까치발로 걸었고, 창문까지 와서는 긴 칼날을 창틀에 밀어 넣고 창문 고리를 벗겼습니다. 그리고 창문을 열어젖히더니, 덧문 틈으로 다시 칼을 찔러 넣어 덧문을 열었습니다.

내가 있던 곳에서 방 안의 풍경과 해리슨의 움직임을 모두 볼 수 있었습니다. 해리슨은 벽난로 위 선반에 양초 두 개를 켰고, 문 옆 카펫의 한 모서리를 들어 올렸습니다. 조지프는 거기 멈춰 서서 바닥에서 네모난 조각을 들어 올렸는데, 배관공들이 가스관의 접합부를 손볼 수 있도록 남겨놓는 바닥 널빤지였습니다. 부엌 파이프의 T자형 접합부를 덮고 있던 부분이었죠. 이 은폐 장소에서 조지프는 종이 두루마리를 꺼내고, 바닥을 원상 복구하고, 카펫을 다시 정리하고, 초를 불어 끄고, 창문 밖에서 기다리고 있던 내 품으로 뛰어내렸습니다.

해리슨은 내가 생각한 것보다 좀 더 사악하더군요. 칼을 들고 나한테 덤벼들어서 두 번이나 때려눕혀야 했고, 제압하다가 손가락을 좀 다쳤습니다. 우리가 몸싸움을 끝낸 후에는 남은 한쪽 눈으로 나를 죽일 듯이 노려보았지만, 곧 이성을 찾고 문서를 포기했습니다. 나는 문서를 받고 그자를 풀어주었지만, 오늘 아침 포브스에게 모든 사실을 알리는 전보를 보냈습니다. 포브스가 재빠르게 움직여서 범인을 잡는다면 좋겠지요. 하지만 내가 걱정하는 대로 범인을 놓친다면 그건 그것대로 정부에 좋을 겁니다. 홀드허스트 경이나 퍼시 펠프스 씨 당신도 이 사건이 경찰의 손에 들어가는 것보다 조용히 마무리되는 편을 선호할 거라 생각합니다."

"세상에!" 의뢰인은 놀라움에 입을 다물지 못했다. "그럼 저는 10주 동안이나 고통 속에서 앓았는데, 그동안 그 도둑맞은 문서는 늘 내 방에 있었다는 거잖아요?"

"그렇습니다."

"그리고 조지프! 조지프가 악당에다 도둑이었다니!"

"흠! 유감이지만 해리슨은 보기보다 훨씬 음험하고 위험한 성격입니다. 오늘 새벽에 들은 이야기로는 주식으로 큰돈을 날려서 재산을 회복하기 위해 무슨 짓이든 하고 있다더군요.

절대적으로 이기적인 사람이다 보니, 그런 기회가 왔을 때 여동생의 행복이나 당신의 명예 따위는 그자를 가로막을 수 없었던 겁니다."

퍼시 펠프스는 다시 의자에 주저앉았다. "머리가 핑핑 도는군요." 펠프스가 말했다. "당신 말을 듣다 보니 정신이 하나도 없어요."

"이번 사건의 어려운 점은 이런 거였어요." 홈즈가 가르치는 듯한 태도로 말했다. "요컨대 증거가 너무 많다는 거였죠. 진짜 중요한 것이 관련 없는 사실에 가려지고 숨겨져 있었어요. 우리 앞에 펼쳐진 모든 사실 중에 필수적인 요소를 뽑아내야 하고, 순서대로 그 조각을 맞춰서 이 사건의 구조를 재구성해야 했던 거죠. 나는 사실 그날 밤 당신이 해리슨과 함께 집으로 가려고 했다는 사실을 듣고 이미 그자를 의심하기 시작했습니다. 외무부 건물을 잘 아는 그자가 그날 밤 워킹으로 가는 길에 당신을 데리러 왔을 가능성이 충분히 있었습니다. 또 누군가가 당신 침실에 침입하려 시도했다고 했는데, 조지프 말고는 그 방에 뭘 숨길 사람이 아무도 없었죠. 처음 사건 이야기를 할 때, 당신이 의사와 함께 도착하면서 그 방에 있던 조지프가 쫓겨났다고 말했죠. 그래서 내 의심은 확신으로 바뀌었습니다. 특히 침입 시도는 간병인이 없는 밤에 이루어졌는데, 범인이 집안일을 훤히 알고 있다는 것을 보여주죠."

"제가 눈이 멀었네요!"

"내가 알아낸 바에 따르면 이 사건의 진실은 이렇습니다. 조지프 해리슨이란 자는 찰스 스트리트 방향의 문으로 사무실에 들어왔습니다. 건물 구조를 잘 아는 그자는 바로 당신 사무실로 갔는데, 마침 당신이 떠난 직후였던 거죠. 아무도 없는 걸 보고 바로 벨을 울렸지만, 그 순간에 탁자 위의 문서를 보게 된 겁니다. 한눈에도 엄청난 가치가 있는 국가 기밀문서를 우연히 발견했다는 걸 알았고, 그 순간 문서를 주머니에 찔러 넣고 사라진 겁니다. 당신 기억대로라면 졸고 있던 수위가 벨에 대해서 말해줄 때까지는 몇 분이 흘렀고, 빠져나가기에는 충분한 시간이었죠.

해리슨은 바로 열차를 타고 워킹으로 향했고, 전리품을 검토한 끝에 예상대로 엄청난 가치가 있다는 걸 알고 가장 안전하다고 생각했던 자신의 방에 숨겼던 겁니다. 하루 이틀 후에 꺼내서 프랑스 대사관이라든지, 어디든 값을 잘 쳐줄 만한 곳에 팔 생각이었겠죠. 그때 당신이 갑자기 돌아왔습니다. 해리슨은 미리 준비할 시간도 없이 방에서 쫓겨났고, 그때부터 늘 방에 두 명 이상이 있어서 보물을 다시 꺼낼 수 없었던 겁니다. 아마 그자에게도 이 상황은 미칠 지경이었을 겁니다. 하지만 마침내 기회가 왔다고 생각했습니다. 해리슨은 몰래 숨어들려고 했지만, 당신이 잠에서 깨는 바람에 완전히 당황했지요. 그날 늘 마시던 물약을 먹지 않았었죠?"

"아, 그랬던 것 같습니다."

"아마도 그자는 약에 손을 써서 당신이 의식이 없을 거라고 굳게 믿고 일을 벌였을 겁니다. 물론 나는 그자가 들킬 염려가 없을 때 다시 같은 시도를 할 거라고 생각했습니다. 그래서 당신이 방을 떠나도록 했어요. 원하던 기회를 준 겁니다. 해리슨 양에게 하루 종일 그 방에 있어달라고 한 것은 우리가 없을 때 일을 해치울까 걱정되었기 때문이었어요. 그렇게 들킬 위험이 없다는 인상을 주고, 나는 앞서 말한 것처럼 보초를 섰습니다. 나는 이미 문서가 방 안에 있을 거라고 생각했지만, 그걸 찾겠다고 바닥을 다 뜯어내고 싶은 생각은 없었죠. 그래서 수고를 덜려고 조지프 해리슨이 문서를 숨긴 장소에서 꺼내도록 두었습니다. 또 궁금한 점이 있나요?"

"처음에 문으로 들어올 수도 있었을 텐데 왜 창문으로 침입했을까?" 내가 물었다.

"문으로 들어오려면 침실 일곱 개를 지나야 해. 반면에 잔디밭을 지나는 건 아주 간단하지. 다른 건?"

"설마 조지프가 나를 죽이려고 했던 건 아니겠죠? 칼은 그저 침입 도구일 뿐이었을 겁니다." 펠프스가 물었다.

"그럴 수도 있겠죠." 홈즈는 어깨를 으쓱하며 대답했다. "내가 분명히 말할 수 있는 건 조지프 해리슨에게서 자비를 기대하기는 어렵다는 사실뿐입니다."

12
마지막 문제

무거운 마음으로 내 친구 셜록 홈즈에게 유명세를 안겨준 홈즈의 비범한 재능에 대한 마지막 기록을 하기 위해 이렇게 펜을 든다. 우리를 우연히 엮어준 '주홍색 연구'의 시기부터 홈즈의 개입으로 심각한 국제 분쟁을 막을 수 있었다 해도 과언이 아닌 '해군 조약문'의 시기까지, 나는 홈즈의 곁에서 겪은 기묘한 경험을 글로 남기려고 애써왔다. 그러나 이제 와서 뼈저리게 느끼듯 그 노력은 두서가 없고 부족하기 짝이 없었다. 나는 원래 그쯤에서 기록을 멈추려 했다. 그 후로 2년이 지나도 채워지지 않는 커다란 공허함을 안겨준 그 사건에 대해서는 입을 열지 않으려 했던 것이다. 그러나 최근 제임스 모리아티 대령이 죽은 형을 옹호하는 서한을 발표한 것을 보고 나는 펜을 들지 않을 수 없었다. 이렇게 된 이상 일어난 사실을 있는 그대로 대중에게 알릴 수밖에 없다. 이 사건의 전모를 알고 있는 것은 오직 나 하나뿐인데, 입을 다물고 있는 게 더는 도움이 되지 않는 시점이 온 것이다. 내가 알기로 이 사건에 대한 신문 보도는 세 차례 있었다. 1891년 5월 6일자 〈주르날 드 주네브〉의 기사, 5월 7일 로이터 통신을 출처로 영국 각 신문에 실린 기사, 그리고 내가 방금 언급한 최근의 서한이 그것이다. 첫 번째와 두 번째는 몹시 간결한 기사였으나, 대령의 서한은 내가 이제 입증해 보이겠지만 극도로 사실을 왜곡한 것이다. 모리아티 교수와 셜록 홈즈 사이에 실제로 어떤 일이 일어났는지 최초로 밝히는 것은 이제 내 의무가 되었다.

내가 결혼을 하고 연이어 개업을 하면서 아주 가까웠던 홈즈와 나의 관계에도 작은 변화가 찾아왔다. 홈즈는 여전히 조사에 동반자가 필요할 때면 때때로 나를 찾아왔지만 점점 발길이 뜸해지더니, 마침내 1890년에는 내가 기록한 사건이 겨우 세 건에 지나지 않았다. 그해 겨울과 이듬해 봄에 나는 프랑스 정부에서 매우 중요한 임무를 위해 홈즈를 고용했다는 신문 기사를 읽었다. 홈즈가 두 도시인 나르본과 님에서 두 통의 편지를 보낸 걸로 보아, 나는 내 친구가 프랑스에 오래 머무르리라고 추측하고 있었다. 그래서 4월 24일 저녁, 나는 진료실로 들어오는 홈즈를 보고 깜짝 놀랐다. 얼굴은 평소보다도 더 파리하고 여윈 것 같았다.

"그래, 그동안 몸을 조금 과하게 굴린 감이 있지." 홈즈는 내 말이 아니라 표정을 읽고 대답했다. "최근 좀 바빴어. 덧문을 닫아도 괜찮겠지?"

방 안의 불빛이라고는 내가 책을 읽느라 켜둔 탁자 위의 램프뿐이었다. 홈즈는 벽에 바싹 붙어 슬그머니 창가로 다가가

더니 덧문을 단번에 내려버리고는 빗장까지 단단히 질렀다.

"걱정되는 거라도 있어?" 내가 물었다.

"응."

"뭔데?"

"공기총."

"세상에, 그게 무슨 말이야?"

"왓슨, 자네는 나를 속속들이 알고 있잖나. 어딜 봐도 내가 겁쟁이는 아니라는 걸 알고 있겠지. 위험이 코앞으로 다가왔을 때 그것을 인정하려 들지 않는 건 용감한 게 아니라 어리석은 거야. 성냥불 좀 줄 수 있어?" 홈즈는 담배의 진정 효과에 감사하기라도 하듯이 연기를 빨아들였다.

"이렇게 늦은 시각에 찾아와서 미안해." 홈즈가 말했다. "그리고 터무니없는 소리지만, 좀 이따가 뒤뜰을 넘어서 집을 나가는 것도 양해해주게나."

"그게 무슨 말이야?" 내가 물었다.

홈즈는 한쪽 손을 내밀었다. 램프 불빛 아래로 손가락 두 마디가 뜯겨서 피가 나는 게 보였다.

"보다시피 웃어넘길 만한 일은 아니야." 홈즈가 웃으며 말했다. "반대로 사나이가 손을 다쳤을 때는 그만한 이유가 있는 거지. 부인은 집에 계신가?"

"집사람은 어디 좀 갔어."

"그렇군! 그럼 혼자라는 말이지?"

"그래."

"얘기가 쉬워지는군. 나랑 일주일 동안 대륙에 좀 다녀오면 좋겠어."

"어디로 가는데?"

"어디라도 괜찮아. 나는 어디든 상관없으니까."

이 모든 상황이 몹시 기이했다. 홈즈는 뚜렷한 목적 없이 휴가를 떠나는 사람이 아니었고, 파리하게 마른 얼굴을 보니 긴장이 최고조에 달했다는 것을 알 수 있었다. 홈즈는 내 눈에 떠오른 의문을 읽고는, 양손 손가락 끝을 마주 모으고 팔꿈치를 무릎에 얹은 채 상황을 설명하기 시작했다.

"모리아티 교수라고 혹시 들어본 적 있어?"

"전혀."

"아, 그게 바로 그 작자가 천재이자 수수께끼의 인물인 이유야!" 홈즈가 외쳤다. "모리아티는 런던을 주름잡고 있는데도 아무도 그 이름을 들어본 적이 없으니 말이야. 그자가 범죄의 역사에서 최고로 손꼽히는 이유지. 왓슨, 진지하게 얘기하는데 그 작자를 쓰러뜨리고 우리 사회를 그자의 마수에서 해방시킬 수만 있다면, 그때 비로소 내 경력도 정점에 올랐다고 할 수 있을 거야. 그다음부터는 나도 인생의 평화로운 시간을 즐길 수 있을 테고. 우리끼리 얘기지만, 최근에 스칸디나비아 왕실과 프랑스 공화국을 도와 사건 몇 개를 해결한 덕분에 나는 조용히 지내면서 화학 연구에 몰두할 수 있을 정도가 되었네. 하지만 왓슨, 나는 차마 쉴 수가 없어. 모리아티 교수 같은 작자가 런던 거리를 활개 치고 다니는데 내가 잠자코 앉아만 있을 수는 없다고."

"대체 그자가 무슨 짓을 했는데 그래?"

"비범한 경력을 자랑하는 자야. 좋은 가문에서 태어나 훌륭한 교육을 받은 데다 천재적인 수학적 재능을 타고났지. 스물한 살에 이항 정리에 대한 논문을 발표했는데, 유럽 대륙에서 호평을 받았지. 덕분에 영국의 작은 대학에서 수학 교수 자리를 얻었고, 장래가 촉망받는 상황이었지. 그런데 모리아티는 아주 악마적이라고밖에 할 수 없는 유전 성향을 타고났어. 그자의 혈관에 흐르는 범죄자의 피는 시간이 흐르면서 약해지기는커녕, 탁월한 정신적 능력 때문에 오히려 더 드세지고 이루 말할 수 없이 위험해졌어. 대학가에서 모리아티 교수를 둘러싸고 나쁜 소문들이 퍼져 나간 탓에 결국 교수직을 그만둬야 하는 상황에 이르렀지. 이후 그자는 런던으로 와서 육군 교관 자리를 얻었네. 모리아티에 대해 세상에 알려진 건 이 정도가 전부야. 하지만 이제부터 내가 직접 조사해서 밝혀낸 걸 얘기해주겠네.

왓슨, 자네도 알다시피 런던의 고급 범죄계에 대해 나처럼 훤히 꿰고 있는 사람은 어디에도 없어. 지난 몇 해 동안 나는 범죄자들의 배후에 모종의 세력이 도사리고 있다는 걸 계속해서 의식하고 있었네. 뿌리 깊게 조직을 이룬 이 세력은 끊임없이 법의 걸림돌이 되는 동시에 범죄자의 방패 노릇을 하고 있었어. 사기, 절도, 살인 등 종류를 막론한 온갖 범죄에서 나는 이 세력의 존재를 거듭 느꼈다네. 내가 개인적으로 자문을 요청받지 않은, 세상에 드러나지 않은 범죄들에서도 이 세력의 힘이 뻗어 있다는 사실을 추리해낼 수 있었지. 몇 해 동안이나 나는 문제의 세력을 은폐하고 있는 장막을 뚫어보려고 애썼어. 그리고 마침내 실마리를 잡아 추적을 시작했지. 셀 수 없이 많은 교활한 속임수들을 물리치며 근원으로 더듬어가 보니, 바로 수학계의 명사인 모리아티 전 교수가 떡하니 버티고 있었던 거야.

왓슨, 그자는 범죄계의 나폴레옹이야. 이 대도시에서 벌어지는 악행은 절반이 그자가 꾸민 것이고, 드러나지 않은 악행은 거의 전부 그자의 작품이라고 할 수 있어. 천재이자 사색가이고, 추상적 사고가 가능한 사람이지. 그자의 두뇌는 일류야. 모리아티 교수는 손가락 하나 깜짝하지 않고 가만히 자기 자리를 지키고 있을 뿐이야. 거미줄 한가운데 자리 잡은 거미처럼 말이야. 하지만 그 거미줄이라는 건 천 갈래로 뻗어나가 있고, 교수는 그 하나하나의 떨림을 죄다 꿰고 있지. 모리아티가 몸소 범죄에 나서는 일은 거의 없어. 그자의 역할은 범죄를 계획하는 것이거든. 하지만 훌륭하게 조직된 수많은 하수인들이 그 밑에서 일하고 있지. 어떤 범죄가 일어나야 할 때, 가령 어떤 문서를 빼내야 하거나 집을 털어야 하거나 어떤 인물을 제거해야 하면, 그 내용이 교수에게 전달되고 그로부터 범죄가 계획되어 실행에 옮겨진다네. 하수인이 붙잡힐 수도 있지. 그런 경우에는 조직이 돈을 써서 보석을 받게 해주거나 변호인을 고용해줘. 하지만 하수인을 조종하는 핵심 세력은 결코 붙잡히지 않는다네. 애초에 용의 선상에 오르지도 않지. 왓슨, 이게 바로 내가 추적해온 조직, 내가 온 힘을 쏟아 실체를 드러내고 깨부수려 했던 조직일세.

하지만 교수는 아주 교활하게도 곳곳에 안전장치를 심어놓았기 때문에 법정에서 그자에게 유죄를 선고할 만한 증거를 확보한다는 건 아무리 기를 써도 불가능해 보였어. 왓슨, 자네는 내 능력을 잘 알고 있지. 하지만 석 달을 그렇게 보내고 나니 결국 나와 지적으로 동등한 호적수를 만났다는 것을 인정할 수밖에 없었어. 그자의 능력에 감탄하느라 그만 끔찍한 범죄를 저지른 사람이라는 사실을 잊을 뻔할 정도였다니까. 하지만 결국은 그자가 실수를 하더군. 사소하기 짝이 없는 실수였지만, 내가 뒤를 바짝 쫓고 있었으니 모리아티로서는 큰 대가를 치러야 하는 실수였지. 나는 드디어 기회를 잡고 그 지점에서부터 모리아티를 둘러싼 그물을 쳐나갔다네. 이제 그 그물을 바짝 옭아매기만 하면 되는 상황이야. 사흘 후, 그러니까 돌아오는 월요일이면 때가 무르익어서 교수와 조직의 주요 인물들은 모두 경찰의 손아귀에 들어가게 될 걸세. 바야흐로 금세기 최고의 범죄 재판이 열리고, 40개가 넘는 미제 사건들이 해결되고, 조직원들은 모두 목을 매달게 되겠지. 하지만 자네도 알다시피 너무 성급하게 움직이면, 마지막 순간에라도 우리의 손아귀를 빠져나갈 가능성이 있으니 조심해야 한단 말이야.

이 모든 작업을 모리아티 교수가 모르게 할 수 있었다면 전부 순조롭게 진행됐을 거야. 하지만 그 작자도 책략이라면 한가닥 한단 말일세. 내가 그자를 잡으려고 한 행동 하나하나를 지켜보고 있었지 뭔가. 모리아티는 계속 달아날 기회를 엿보고 있었지만 내가 번번이 저지했어. 왓슨, 말해두겠는데 우리의 말 없는 대결을 누군가 상세히 기록했더라면, 그 싸움은 탐정의 역사에서 가장 치열한 공방전으로 남았을 걸세. 나는 그자와의 싸움에서 인생 최고의 능력을 발휘했지만, 그자 또한 내가 일찍이 겪어보지 못한 심한 압박을 가해왔어. 놈이 깊게 허를 찔러오면 나는 그 공격을 단칼에 쳐내는 형국이었네. 나는 오늘 아침에 마지막 조치를 취했고, 이제 단 사흘만 기다리면 일이 완전히 마무리될 거야. 그런데 내 방에 앉아서 이번 일을 다시금 곱씹고 있는 도중에 문이 덜컥 열리더니 모리아티 교수가 내 앞에 모습을 드러내는 게 아닌가.

왓슨, 나도 강단 있기로는 둘째가라면 서러운 사람인데, 자나 깨나 내 머릿속을 맴돌던 바로 그 남자가 내 문지방을 밟고 서 있는 것을 보자 심장이 내려앉았다네. 그자의 모습은 낯이 익었어. 아주 큰 키에 몸집은 여위었고, 허옇게 센 머리는 이마 쪽이 둥글게 벗겨져 있었으며, 두 눈은 퀭하니 꺼져 있었지. 면도를 깔끔하게 했고, 얼굴은 파리했는데, 금욕적인 인상이었다네. 아직도 교수다운 분위기가 남아 있더군. 공부를 너무 많이 한 사람 특유의 구부정한 어깨에, 목을 쭉 빼고 앞으로 내민 머리를 천천히 좌우로 내두르고 있는 게 희한하게도 파충류 같아 보였어. 모리아티는 눈살을 찌푸리고 호기심을 잔뜩 담은 눈빛으로 나를 물끄러미 쳐다보더군.

'자네는 생각보다 전두골이 크게 발달하지 않았군.' 마침내 그자가 말문을 열었어. '실내복 주머니에 장전한 화기를 넣고 만지작거리는 건 위험한 버릇이네만.'

실은 모리아티가 방에 들어선 순간 나는 즉시 엄청난 위험에 빠졌다는 걸 깨달았네. 그자가 살아남을 수 있는 방법은 내 입을 영영 다물게 하는 것 외에는 없었으니까. 나는 눈 깜짝할 사이에 서랍에서 권총을 집어 주머니에 넣고, 옷 안쪽으로 그자를 겨누고 있었어. 하지만 모리아티의 말에 나는 권총을 꺼내 공이치기를 당겨둔 채로 탁자 위에 올려놓았어. 모리아티는 여전히 미소를 머금고 눈을 끔벅이고 있었지만, 그 작자의 눈빛을 보고 나는 권총이 내 손에 있는 게 얼마나 다행이라고 생각했는지 몰라.

'자네는 나를 모르나 보군.' 모리아티가 말했어.

'천만에.' 내가 대답했어. '당신이 누구인지는 확실히 알고 있습니다. 우선 앉으시죠. 할 말이 있으면 5분 정도는 내드릴 수 있습니다.'

'내가 하고 싶은 말이 뭔지는 이미 자네 머릿속에 떠오르지 않았나.' 모리아티가 말하더군.

'그렇다면 내 대답도 당신 머릿속에 떠올랐겠군요.' 내가 응수했지.

'자네의 결심은 확고한가?'

'물론이죠.'

모리아티가 느닷없이 손을 주머니에 집어넣는 걸 보고 나는 재빨리 탁자 위의 권총을 집어 들었네. 하지만 그자가 꺼낸 건 몇 가지 날짜를 휘갈겨 쓴 수첩이었어.

'1월 4일에 자네는 내 계획에 훼방을 놓았어.' 그자가 말했어. '23일에는 내게 민폐를 끼쳤고. 2월 중순에는 자네 때문에 불편한 게 한두 가지가 아니었어. 3월 말에는 내 계획을 아주 박살 내놓았더군. 4월이 끝나가는 지금, 자네가 지치지도 않고 귀찮게 구는 탓에 나는 자유를 잃을 위험에 처해 있어. 말하자면 상황이 말도 안 되게 흘러가고 있다는 걸세.'

'뭐 제안하실 거라도 있습니까?' 내가 물었어.

'홈즈 씨, 그런 짓은 이제 그만두게.' 모리아티가 고개를 절레절레 흔들며 말했어. '이제 그만둘 때도 되지 않았나.'

'월요일 이후에 손을 떼죠.' 내가 말했어.

'쯧쯧! 자네처럼 똑똑한 사람이라면 이 상황에서 도출될 수 있는 결말은 단 하나뿐이라는 걸 이미 알고 있을 거라고 생각하네만. 자네는 지금 당장 손을 떼야 해. 자네가 일을 이런 식으로 한 까닭에 우리에게는 오직 한 가지 방법밖에 남지 않았어. 사실 자네가 이번 일을 어떻게 처리하는지 지켜보는 게 나에게는 상당한 지적 즐거움을 안겨주었지. 진심으로 말하는데, 극단적인 조치를 취할 수밖에 없는 상황이 오면 나는 꽤나 섭섭할 거야. 홈즈 씨, 내 말이 우스운가 보군. 하지만 장담하건대 정말 섭섭할 걸세.'

'위험은 내 직업의 일부입니다.' 내가 말했어.

'이건 위험이 아닐세.' 그 작자가 대답했어. '불가피한 파괴라면 모를까. 자네는 단순히 한 개인을 방해하고 있는 게 아니라, 영민한 자네조차 전부 파악하지 못할 정도로 광범위하고 강력한 조직과 맞서고 있어. 홈즈 씨, 자네는 이쯤에서 길을 비켜줘야 해. 그렇지 않으면 우리 조직의 발밑에 무참히 짓밟혀

버릴 거야.'

'이 흥미로운 대화에 심취한 나머지, 다른 곳에서 중요한 볼 일이 있다는 걸 잊고 있었군요.' 내가 자리에서 일어서며 말했어.

모리아티 교수도 일어나더니 슬픈 듯이 고개를 저으며 나를 말없이 응시하더군.

'그래, 그렇군.' 마침내 그자가 다시 입을 열었어. '참으로 안타까운 일이네만 나는 할 만큼 했어. 자네의 수는 내겐 손바닥 보듯 훤해. 월요일까지는 아무것도 못할 거야. 홈즈 씨, 지금까지는 우리 두 사람 사이의 결투였지. 자네는 나를 피고석에 세우고 싶을 거야. 하지만 결단코 그러지 못할 걸세. 자네는 나를 쓰러뜨리고 싶겠지. 장담컨대 자네는 그럴 수 없을 걸세. 자네가 머리를 써서 나를 파멸시킨다면, 나 또한 똑같이 자네를 파멸시킬 거라는 걸 잊지 말게.'

'모리아티 씨, 저에게 여러 가지 덕담을 해주시는군요.' 내가 말했어. '저도 답례로 덕담 한마디 해드리겠습니다. 제가 당신을 확실히 파멸시킬 수만 있다면, 공익을 위해 기꺼이 저 스스로의 파멸을 받아들일 겁니다.'

'자네의 파멸을 약속하겠네. 하지만 내가 파멸할 일은 절대 없을 걸세.' 모리아티는 으르렁대듯 마지막 말을 던지고는 구부정한 등을 보이며 돌아서더니, 밖을 흘끔거리고 눈을 깜빡이며 방을 떠났어.

이게 바로 모리아티 교수와 나 사이의 유일한 대화였네. 솔직히 말하자면, 그 만남은 내게 영 불쾌한 느낌이었어. 부드러우면서도 명료한 그자의 화법에는 여느 불량배와는 달리 진정성이 있었거든. 물론 자네는 이렇게 말하겠지. '경찰에게 말해서 그자를 감시하도록 하면 되지 않나?' 하지만 나는 그자가 직접 움직이지 않고 하수인을 써서 공격해올 거라고 확신해. 그럴 거라는 확실한 증거도 있다네."

"아니, 벌써 공격을 당했단 말이야?"

"친애하는 왓슨, 모리아티 교수는 꾸물대다가 기회를 놓칠 위인이 아닐세. 오늘 정오 즈음 나는 옥스퍼드 스트리트에 볼일이 있어서 외출을 했지. 벤팅크 스트리트에서 웰벡 스트리트로 이어지는 사거리를 지나가고 있는데, 말 두 필이 끄는 마차 하나가 맹렬하게 튀어나와 내게로 돌진하더군. 재빨리 보도로 뛰어오른 덕분에 찰나의 차이로 목숨을 구했지. 마차는 메릴본 레인으로 꺾어 들어가 사납게 내달리더니 곧 자취를 감췄어. 왓슨, 그 후로 나는 신경 써서 보도로만 걸어 다녔다네. 하지만 비어 스트리트를 걸어 내려오고 있는데, 어느 집 지붕에서 벽돌 하나가 떨어지더니 내 발치에서 산산조각이 나는 게 아닌가. 나는 경찰을 불러 그곳을 조사하게 했어. 지붕에는 보수 공사를 위해 쌓아둔 슬레이트와 벽돌이 있었는데, 경찰은 그 가운데 하나가 바람에 날려 떨어진 것뿐이라고 나를 안심시키더군. 물론 나는 그 말을 믿을 만큼 멍청하진 않았지만, 그걸 증명할 만한 물증이 없었지. 나는 그 즉시 마차를 타고 펠멜에 있는 형의 집으로 가서 남은 오후를 보냈어. 그다음으로 자네에게 온 건데, 여기 오는 길에 또다시 곤봉을 든 괴한에게 습격당했다네. 나는 놈을 쓰러뜨리고 경찰을 불러 감방에 넣었어. 하지만 단언컨대 앞니로 내 손가락 마디를 물어뜯어 놓은 신사와, 거의 20킬로미터 밖에서 칠판에 수학 문제를 풀고 있는 은퇴한 수학 교수 사이에 모종의 관계가 있다는 건 절대 드러나지 않을 걸세. 왓슨, 얘기를 들어보니 어떤가. 자네 집에 들어오자마자 덧문을 내리게 하고, 앞문이 아니라 좀 더 비밀스러운 방법으로 집을 떠나도 될지 물어본 것도 이제 이상하지 않겠지."

일련의 사건들로 무서운 하루를 보냈을 게 분명한데도 조용히 앉아서 사건들을 차근차근 되짚고 있는 내 친구를 보며, 나는 그 어느 때보다도 내 친구의 용기에 감탄하지 않을 수 없었다.

"여기서 밤을 보낼 건가?" 내가 물었다.

"아니. 그랬다가는 자네까지 위험해질 수 있어. 내 나름대로 계획이 있으니 다 잘될 걸세. 일이 많이 진행되었으니까 그 작자를 체포하는 데는 내 도움이 필요하지 않을 거야. 물론 유죄 판결을 얻으려면 내가 꼭 법정에 출두해야겠지만. 경찰이 자유롭게 움직일 수 있을 때까지 남은 며칠 동안 잠시 런던을 떠나 있는 게 나로서는 최선이야. 그래서 말인데 자네가 유럽 대륙으로 동행해준다면 몹시 기쁠 거야."

"요새는 일도 한가하고 여차하면 부탁을 들어줄 이웃도 있으니, 나도 같이 가면 좋겠어."

"내일 아침 출발하면 어때?"

"필요하다면야."

"아, 꼭 그래야만 하네. 그리고 자네가 몇 가지 꼭 따라줘야 할 게 있어. 친애하는 왓슨, 부탁인데 내 부탁을 문자 그대로 따라주게나. 지금부터 자네는 내 편에 서서 유럽에서 가장 영악한 악당과 가장 강력한 범죄 집단을 상대로 복식 게임을 벌이게 되었으니 말이야. 이제 잘 듣게! 자네의 여행 짐은 이름도 주소도 쓰지 말고 가장 믿음직한 심부름꾼에게 맡겨서 빅토리아 역에 갖다 놓으라고 하게. 아침에는 하인을 시켜 이륜마차를 잡되, 첫 번째나 두 번째로 오는 마차는 잡지 말고 그냥 보내라고 해. 이륜마차에 탄 다음에는 로더 아케이드를 따라 스트랜드 스트리트가 나올 때까지 가게. 목적지를 종이쪽지에 써서 마부에게 건네주고 절대 버리지 말라고 일러둬. 요금을 미리 준비해두었다가 마차가 목적지에 도착하자마자 내려서 아케이드를 가로질러 전속력으로 달려가게. 아케이드 반대편에 9시 15분에 딱 맞춰 도착하도록 해. 그러면 길가에 작은 사륜마차 하나가 대기하고 있을 걸세. 마부는 목깃 끝을 빨간색으로 장식한 묵직한 검은색 망토를 두르고 있을 거야. 이 마차를 타고 대륙행 특급 열차 시간에 맞춰 빅토리아 역으로 가면 돼."

"자네와는 어디서 만나면 되나?"

"역에서. 일등칸 앞에서 두 번째 좌석을 예약해뒀어."

"그럼 일등칸에서 만나는 거로군?"

"그래."

홈즈에게 자고 가라고 했지만 소용없었다. 홈즈는 자기가 머물면 골치 아픈 일이 생길 거라고 생각하는 게 분명했고, 그래서 쫓기듯이 떠나려 한 것이었다. 홈즈는 다음 날 계획에 대해 서둘러 이야기한 후 일어나서 나와 함께 정원으로 갔다. 내 친구는 모티머 스트리트로 이어진 담을 훌쩍 넘더니 곧장 휘파람을 불어 이륜마차를 부르는 듯했다. 잠시 후 마차가 떠나는 소리가 들렸다.

이튿날 아침 나는 홈즈의 지시대로 따랐다. 우리를 노리고 파둔 함정을 경계하며 조심스럽게 이륜마차를 불렀고, 아침 식사를 마치자마자 로우더 아케이드로 향했다. 그리고 아케이드를 가로질러 전속력으로 뛰었다. 과연 홈즈가 말한 지점에 검은색 망토를 두른 거구의 마부가 사륜마차를 끌고 기다리고 있었다. 마부는 내가 마차에 오르자마자 채찍을 휘두르며 빅토리아 역을 향해 마차를 달렸다. 내가 역에 도착해서 내리자, 마부는 곧장 마차를 돌리더니 뒤도 돌아보지 않고 다시 빠르게 사라졌다.

여기까지는 감탄스러울 정도로 일이 잘 풀렸다. 내 짐은 이미 역에 도착해 주인을 기다리고 있었고, 홈즈가 말한 좌석을 찾는 데도 어려움이 없었다. '예약'이라고 표시된 좌석이 하나밖에 없었기 때문이었다. 이제 내 걱정거리는 홈즈가 보이지 않는다는 것뿐이었다. 기차역의 시계는 출발 시간 7분 전을 가리키고 있었다. 나는 수많은 탑승객들과 배웅하는 사람들

무리 속에서 내 친구의 늘씬한 형체를 찾으려 했지만 허사였다. 홈즈는 나타날 기미가 없었다. 그사이 나는 몇 분 동안이나 나이 많은 이탈리아인 성직자에게 붙들려, 그자가 짧은 영어로 더듬거리며 짐을 파리까지 부쳐야 한다고 짐꾼에게 설명하는 것을 돕고 있었다. 홈즈를 한 번 더 찾아보고 내 자리로 오니 아까의 이탈리아인 성직자가 앉아 있었다. 짐꾼이 기차표는 무시하고, 성직자를 내 일행으로 여겨 같은 자리로 안내해둔 것이었다. 거기 있으면 무단 침입이라는 것을 설명하려 했지만, 내 이탈리아어 실력이 그 성직자의 영어 실력보다도 떨어졌기 때문에 소용이 없었다. 나는 체념의 의미로 어깨를 한번 으쓱하고는 계속해서 내 친구를 찾아 밖을 두리번거렸다. 홈즈가 나타나지 않는 것이 간밤에 이미 일이 터졌기 때문일 수도 있다고 생각하자 등골이 서늘해졌다. 기차는 이미 문을 전부 닫고 기적을 울리고 있었다. 그때였다.

"이봐, 왓슨." 누군가의 말소리가 들렸다. "아침 인사도 해주지 않을 텐가?"

나는 놀란 마음을 채 억누

르지 못하고 뒤를 돌아보았다. 나이 지긋한 성직자가 내 쪽을 바라보고 있었다. 그때 순식간에 그자의 얼굴에서 자글자글한 주름살이 펴지고, 코와 턱 사이가 멀어지고, 튀어나왔던 아랫입술은 들어갔다. 동시에 웅얼대던 입은 가만히 멈추고, 흐리멍덩하던 눈빛은 강렬해지고, 구부정하던 몸이 쭉 펴졌다. 다음 순간 다시 체구가 쪼그라들더니 홈즈의 모습이 방금 나타났던 것만큼이나 빠른 속도로 사라졌다.

"세상에, 이럴 수가!" 내가 외쳤다. "이렇게나 놀라게 할 건가!"

"가능한 조심할 필요가 있으니까." 홈즈가 속삭였다. "놈들이 우리를 뒤쫓는 데 혈안이 되어 있다는 증거가 있어. 아, 저기 모리아티가 몸소 행차하셨군."

홈즈가 말하는 동안 기차는 이미 움직이기 시작했다. 뒤돌아보자 창문 너머로 사람들 사이를 격렬하게 밀치고 들어오며 마치 기차를 멈추게 하려는 듯 손을 휘젓고 있는 키 큰 남자 하나가 보였다. 하지만 때는 늦었다. 기차는 점점 속도를 내더니 곧 역을 완전히 벗어났다.

"그토록 조심을 거듭한 덕분에 잘 빠져나온 것 같군." 홈즈가 미소 지으며 말했다. 홈즈는 자리에서 일어나 변장용으로 입고 있던 검은 사제복과 모자를 벗어 손가방에 개켜 넣었다.

"왓슨, 혹시 조간신문 읽었나?"

"아니."

"그럼 베이커 스트리트 소식을 모르겠군?"

"베이커 스트리트라니?"

"어젯밤에 누군가 우리 하숙집에 불을 질렀어. 큰 피해는 없었지만."

"맙소사, 홈즈! 도무지 참을 수가 없군그래."

"놈들은 몽둥이를 쓰는 괴한이 체포된 후로 내 자취를 완전히 놓친 게 분명해. 그렇지 않으면 내가 하숙집으로 돌아갔을 거라고 생각했을 리 없지. 하지만 보아하니 만일을 대비해 자네를 감시하고 있었던 모양이야. 그래서 모리아티가 빅토리아 역으로 온 거지. 오다가 실수한 건 없지?"

"자네가 시킨 그대로 했어."

"사륜마차를 타고 왔나?"

"응, 길가에서 대기하고 있더군."

"마부가 누군지 혹시 알아봤나?"

"아니."

"마이크로프트 형이었어. 이런 상황에서는 비밀을 아는 사람이 적을수록 좋으니까. 하지만 우선 모리아티를 따돌릴 계획부터 세워보자고."

"우리가 타고 있는 기차는 급행열차고 역에서 곧바로 배편으로 연결되니까, 이미 그 작자를 깨끗이 떼어낸 거나 마찬가지 아닌가?"

"친애하는 왓슨, 그자의 지적 수준이 나와 동등하다는 말뜻을 제대로 이해하지 못했군. 내가 누군가를 뒤쫓는다면 그렇게 하찮은 장애물 때문에 포기할 거라고 생각하나? 그게 아니라면 모리아티를 지금처럼 얕잡아 봐서는 안 되네."

"그자는 어떻게 할까?"

"나처럼 하겠지."

"자네라면 어떻게 할 건데?"

"특별 열차를 편성해서 그걸 탈 거야."

"하지만 어차피 늦었잖아."

"말도 안 되는 소리. 이 열차는 캔터베리 역에서 멈추지. 기차에서 내려 배에 오르기까지 적어도 15분은 지체될 테고. 놈은 거기서 우리를 따라잡을 거야."

"누가 보면 우리가 범죄자인 줄 알겠어. 놈이 오자마자 체포해버리는 게 어때?"

"그러면 지난 세 달간의 노력이 물거품이 돼. 대어는 잡을 수 있겠지만 피라미들은 그물 이쪽저쪽으로 빠져나갈 거란 말이야. 월요일까지만 기다리면 죄다 잡아넣을 수 있어. 지금 체포한다는 건 말도 안 되네."

"그럼 어쩌지?"

"캔터베리 역에서 내리자."

"그다음엔?"

"그다음에는 기차로 뉴헤이번까지 가서, 바다를 건너 프랑스의 디에프 항으로 가세. 모리아티는 계속 내 여정을 따라 움직일 거야. 파리까지 가서 우리가 그리로 부친 짐을 확인하고 이틀 동안 역에서 우리를 기다리겠지. 그동안 우리는 여행 가방을 몇 개 사서 우리가 여행하는 지역 경제에 보탬을 조금 주고, 룩셈부르크와 바젤을 경유해서 느긋하게 스위스로 들어가면 돼."

그래서 우리는 캔터베리 역에서 내렸지만 뉴헤이번으로 가는 기차를 타려면 한 시간이나 기다려야 했다.

열차가 우리 옷이 담긴 짐 가방을 싣고 빠르게 멀어져가는 것을 애처롭게 바라보고 있는데, 홈즈가 내 소매를 잡아당기더니 철로를 가리켰다.

"저것 좀 봐. 벌써 따라왔어." 홈즈가 말했다.

저 멀리 켄트 주에 속한 숲 사이로 엷은 연기가 한 줄 솟아오르고 있었다. 1분 후 기관차에 객차를 딱 하나 연결한 열차

가 캔터베리 역으로 이어지는 곡선 철로를 따라 돌진해오는 게 보였다. 우리가 짐 가방 뒤로 숨자마자 기차가 기적 소리를 울리고 몸체를 덜컹거리며 지나갔다. 뜨거운 공기가 우리 얼굴로 훅 끼쳐왔다.

"모리아티가 탄 열차야." 전철기 위를 지나칠 때마다 사정없이 흔들리는 객차를 보며 홈즈가 말했다. "보다시피 우리 친구의 머리에는 한계가 있는 모양이야. 하긴, 내가 추리한 걸 그대로 추리해서 행동한다면 그건 가히 신기라 할 수 있을 거야."

"저자는 우리를 따라잡아서 뭘 할 셈인가?"

"뻔하지 않나. 나를 죽이려 하겠지. 하지만 이 판에서는 그자뿐 아니라 나도 수를 쓰고 있지 않은가. 이제 문제는 여기서 이른 점심을 먹을 것인가, 아니면 뉴헤이번의 간이식당에 다다를 때까지 쫄쫄 굶을 가능성을 감수하고 당장 떠날 것인가 하는 거야."

우리는 그날 밤 브뤼셀에 도착해서 이틀을 보내고 셋째 날에는 프랑스 동부의 스트라스부르로 갔다. 월요일 아침에 홈즈는 런던 경찰국에 전보를 쳤다. 저녁에 호텔로 돌아오니 답신이 와 있었다. 홈즈는 봉투를 열어보더니 욕설을 퍼부으며 벽난로 안으로 던져 넣었다.

"눈치챘어야 하는데!" 홈즈가 신음했다. "그자가 빠져나갔어!"

"모리아티 말이야?"

"그 작자만 빼고는 조직 전체를 검거했다는군. 하지만 모리아티는 달아나 버렸어. 물론 내가 영국을 떠났으니 그자를 상대할 사람이 없었겠지. 그래도 다 잡은 사냥감을 떠안겨 준 거나 마찬가지였는데 말이야. 왓슨, 자네는 영국으로 돌아가는 게 좋겠네."

"왜?"

"이제 나와 함께 여행하는 게 위험해졌으니까. 모리아티는 달리 할 일도 없어졌고, 패배만이 기다리고 있는 런던으로 돌아가지도 않겠지. 그자의 성격이 내가 파악한 대로라면 아마 전력을 다해 나한테 복수하려 들 거야. 잠깐 대화를 나눴을 때 실제로 그렇게 말하기도 했고. 그건 진담 같았어. 그러니 자네는 런던으로 돌아가서 다시 생업에 몰두하는 게 좋겠어."

나는 홈즈의 오래된 친구이기도 했으나 그전에 오래된 참전 용사이기도 했다. 내가 그런 말에 넘어갈 리가 있겠는가? 우리는 스트라스부르의 식당에 앉아서 30분 동안 그 문제로 옥신각신했지만, 결국에는 그날 밤 다시 함께 길을 떠나 제네바로 향했다.

우리는 론 강 골짜기를 여행하며 근사한 한 주를 보냈고, 그러고 나서는 로이크로 빠져서 아직도 눈에 파묻힌 겜미 파스를 넘은 다음 인터라켄을 경유해 마이링겐으로 갔다. 멋진 여행이었다. 산 아래로는 앙증맞은 신록의 봄이, 산 위로는 순결한 백색의 겨울이 펼쳐져 있었다. 하지만 홈즈가 단 한 순간도 그 앞에 펼쳐진 어둠을 잊지 않고 있다는 게 내 눈에는 또렷이 보였다. 알프스의 아늑한 마을에서나 외딴 산길에서나 한결같이 주변을 빠른 눈으로 훑어보며 스쳐 지나가는 모든 사람들을 예리하게 주시하는 것을 보니, 홈즈는 우리가 어디를 가든 뒤를 바짝 쫓는 위험에서 벗어날 수 없다는 걸 확신하는 듯했다.

한번은 이런 일이 있었다. 겜미 파스를 넘는 길에 애수에 젖은 다우벤 호숫가를 걷고 있을 때였다. 오른편 산등성이에서 떨어져 나온 커다란 바위 하나가 요란하게 굴러떨어져 우리 바로 뒤의 호수 속으로 빠졌다. 홈즈는 즉시 산등성이 위로 재빨리 달려 올라가더니 우뚝 솟은 산꼭대기에 서서 목을 길게 빼고 사방을 두리번거렸다. 봄철이면 그 지점에서 바위가 종종 굴러떨어진다고 가이드가 아무리 안심시켜도 소용이 없었다. 홈즈는 아무 말도 하지 않고, 예상대로라는 듯이 나를 보며 미소 지을 뿐이었다.

하지만 홈즈는 그렇게 경계를 늦추지 않으면서도 결코 우울해하는 법이 없었다. 오히려 나는 홈즈가 그때처럼 원기 넘치는 모습을 일찍이 본 적이 없었다. 홈즈는 우리 사회를 모리아티 교수로부터 확실히 해방시킬 수만 있다면 탐정 일은 기꺼이 그만두겠다고 거듭 강조했다.

"그렇게 된다면 왓슨, 내 삶이 헛된 것만은 아니었다고 말할 수 있을 거야." 홈즈가 말했다. "설령 내 탐정 경력이 오늘 밤에 끝장난다 해도 침착한 마음으로 지난날을 되돌아볼 수 있을 걸세. 런던의 공기는 내 덕분에 더욱 달콤해졌어. 지금껏 1000건이 넘는 사건을 해결하면서 내 능력을 잘못된 편에 쓴 적이 단 한 번도 없었으니까. 최근에 나는 우리 사회의 인위성에서 비롯된 피상적인 문제들보다는 대자연이 마련해준 문제들을 연구하고 싶다는 쪽으로 마음이 기울었네. 왓슨, 내가 유럽에서 가장 위험하고 능력 있는 범죄자를 체포하거나 제거해 내 경력에 정점을 찍는 날, 자네의 회고록도 마침내 끝이 날 걸세."

이제 거의 막바지에 다다른 이야기를 나는 간단하면서도 정확하게 기록하려 한다. 가급적이면 장황하게 늘어놓고 싶지 않은 이야기지만 내게는 사소한 것 하나라도 빠뜨리지 않고 진술할 의무가 있다.

우리가 마이링겐이라는 작은 마을에 도착한 것은 5월 3일이었다. 우리는 당시 페터 슈타일러 씨가 운영하고 있던 엥글리셔 호프 호텔에 묵었다. 호텔 주인은 공부깨나 한 사람이었고, 런던의 그로브너 호텔에서 3년 동안 웨이터로 일한 덕에 영어가 유창했다. 다음 날 오후, 우리는 슈타일러 씨의 조언대로 언덕을 넘어 로젠라우이라는 작은 마을에서 묵을 생각으로 길을 떠났다. 호텔 주인은 무슨 일이 있어도 산 중턱에 있는 라이헨바흐 폭포는 지나가지 말라고 당부했다. 정 폭포를 구경하고 싶다면 길을 조금 돌아가라는 것이었다.

라이헨바흐 폭포는 과연 무시무시한 곳이다. 녹아내린 눈으로 불어난 급류가 거대한 심연으로 내리꽂히며 불길에 휩싸인 집에서 솟아오르는 연기와 같은 물보라를 일으킨다. 물줄기는 까마득한 협곡 속으로 스스로를 내다 꽂는다. 번들거리는 검은 바위에 둘러싸인 협곡은 헤아릴 수도 없이 깊은 용소龍沼로 좁혀져 들어간다. 그곳에서 부글부글 끓어오른 물은 들쑥날쑥한 가장자리로 흘러넘쳐 또다시 새로운 물줄기를 이루고 있다. 기다란 초록빛 물줄기는 노성을 지르며 영원토록 아래로 쏟아져 내리고, 물보라는 끊임없이 쉿 소리를 내며 뿜어 올라와 두껍게 펄럭이는 물의 장막을 친다. 그 소용돌이와 굉음에 사람들은 그만 현기증을 느끼고 마는 것이다. 우리는 벼랑 끝에 서서 아득한 아래쪽에서 물줄기가 검은 바위에 부딪혀 내는 희미한 빛을 바라보며, 그 심연 바깥으로 물보라와 함께 우렁차게 들려오는 반쯤은 사람의 비명과도 같은 소리에 귀를 기울였다.

폭포를 에워싸고 폭포 전경을 볼 수 있는 길이 중간까지 나 있었지만, 느닷없는 곳에서 끊겨 있어서 거기까지 온 사람들은 왔던 길로 돌아가야 한다. 우리도 돌아가려고 몸을 돌렸는데, 그때 한 스위스 소년이 편지를 들고 길을 달려왔다. 우리가 방금 떠난 호텔의 마크가 찍혀 있는 그 편지는 호텔 주인이 내게 보낸 것이었다. 우리가 출발하고 몇 분 되지 않아 폐결핵 말기인 영국 숙녀 하나가 도착한 모양이었다. 다보스 플라츠에서 겨울을 나고 루체른에 있는 친구들을 만나러 여행하는 길에 갑자기 각혈을 했다는 것이었다. 앞으로 채 몇 시간도 버티지 못하겠지만 영국인 의사가 진찰해주면 큰 위안이 될 것이므로 돌아와 주었으면 좋겠다는 내용이었다. 마음씨 좋은 슈타일러 씨는 추신으로 내가 부탁을 들어주면 큰 은혜로 알겠다고 덧붙였다. 그 숙녀는 스위스 의사의 진료를 받는 것은 절대 거부하고 있기 때문에 자기가 큰 책임감을 느끼고 있다는 것이었다.

무시할 수 없는 부탁이었다. 이국의 땅에서 죽어가고 있는 영국 여성의 요청을 거절한다는 건 상상도 할 수 없는 일이었다. 홈즈를 두고 간다는 생각에 나는 잠시 주저했다. 그러나 결국 홈즈는 소식을 가져온 스위스 소년을 가이드 겸 동반자로 삼아 여행하고, 나는 마이링겐에 다녀오는 것으로 결론이 났다. 내 친구 홈즈는 폭포에서 시간을 얼마간 보낸 후에 천천히 산을 넘어 로젠라우이로 갈 테니 나도 저녁까지 그리로 오라고 했다. 떠나려는 참에 홈즈를 돌아보니 바위에 기대서서 팔짱을 끼고 거센 물줄기를 굽어보고 있었다. 그것이 내가 이 세상에서 마지막으로 본 홈즈의 모습이었다.

산을 거의 다 내려와서 나는 뒤를 돌아보았다. 그 위치에서는 폭포가 보이지 않았지만 산등성이 너머로 폭포까지 가는 구불구불한 길은 볼 수 있었다. 그 길을 따라 한 남자가 몹시 잰걸음으로 걷고 있는 것을 본 기억이 난다.

남자의 검은 실루엣이 초록빛 산을 배경으로 또렷이 드러나 있었다. 나는 그자를 보았고, 걸음걸이에 힘이 넘친다는 것도 알아챘다. 그러나 나는 일을 보러 가는 길이었기 때문에 다시 발걸음을 급히 하면서 그 남자에 대해서는 까맣게 잊어버렸다.

마이링겐에 도착하기까지 한 시간이 조금 넘게 걸렸다. 슈타일러 씨는 호텔 현관 앞에 나와 있었다.

"어디, 그 여자분의 상태가 악화된 건 아니겠죠?" 내가 서둘러 다가가며 말했다.

슈타일러 씨의 얼굴에 당황한 표정이 떠올랐다. 눈썹이 가볍게 떨리는 것을 본 순간 나는 심장이 덜컥했다.

"슈타일러 씨가 이 편지를 쓴 게 아닙니까?" 주머니에서 편지를 꺼내며 내가 물었다. "이 호텔에 아픈 영국 여인이 머물고 있지 않다는 말인가요?"

"그런 일 없었습니다!" 슈타일러 씨가 외쳤다. "하지만 우리 호텔의 마크가 찍혀 있군요! 아, 당신들이 떠난 후에 들어온 키 큰 영국인이 쓴 게 분명합니다. 그 사람이 말하길…."

하지만 호텔 주인의 설명을 기다릴 새가 없었다. 나는 공포로 울렁거리는 심장을 부여잡고 마을 길을 내달렸다. 방금 내려온 길을 다시 뛰어 올라갔다. 내려오는 데는 한 시간이 걸렸지만, 있는 힘껏 달렸는데도 다시 라이헨바흐 폭포에 도착한 것은 두 시간이 더 지난 후였다. 홈즈의 등산용 지팡이는 내가 떠날 때 봤던 그대로 바위에 기대어 있었다. 그러나 홈즈는 어디에도 없었다. 고래고래 소리를 질러보았지만 헛수고였다. 들려오는 대답은 나를 둘러싼 절벽에 부딪혀 들려오는 메아리뿐이었다.

등산용 지팡이를 보자마자 나는 구역질이 나고 몸이 차갑게 굳었다. 홈즈는 로젠라우이로 가지 않았다. 한쪽은 바위벽으로 막혀 있고 반대쪽은 까마득한 낭떠러지인, 폭이 1미터밖에 되지 않는 그 길에 적이 다가올 때까지 남아 있었던 것이다. 스위스 소년도 사라지고 없었다. 아마도 모리아티의 사주를 받아 행동한 다음 두 사람을 떠난 것 같았다. 그렇다면 여기서 대체 무슨 일이 벌어졌을까? 여기서 무슨 일이 일어났는지 누가 말해줄 수 있을까?

두려움에 넋이 나가 있던 나는 잠시 그 자리에 서서 마음을 가다듬었다. 그러다 나는 홈즈가 고안해낸 추리 방법을 떠올렸고, 이 비극을 해석하는 데 그 방법을 적용해보기로 했다. 맙소사, 그건 너무나 간단했다. 우리는 대화를 나누느라 길 끝까지 가지 않았고, 홈즈의 지팡이는 얼마 전까지 우리 두 사람이 서 있던 바로 그 자리에 놓여 있었다. 거무스레한 흙은 끊임없이 적셔오는 물보라 때문에 새가 밟고 지나가도 자취가 남을 정도로 부드러웠다. 막다른 길 쪽으로 두 줄의 발자국이 선명하게 찍혀 있었다. 둘 다 내게서 멀어져가는 방향으로, 돌아온 흔적은 없었다. 길이 끝나는 지점에서 몇 미터 떨어진 곳은 땅이 온통 파헤쳐져 진흙탕이 되어 있었고, 절벽 가장자리의 나뭇가지와 고사리 또한 죄다 쥐어뜯기고 흙투성이가 되어 있었다. 나는 바닥에 엎드려서 사방에서 튀어 오르는 물보라를 맞으며 아래를 굽어보았다. 내가 아까 폭포를 떠난 뒤로 날이 어두워진 탓에, 눈에 보이는 거라곤 습기로 여기저기 번들거리는 검은 바위와 까마득한 아래쪽에서 물줄기가 부서지며 내는 희미한 빛뿐이었다. 나는 고함을 질러보았다. 그러나 돌아오는 것은 아까와 마찬가지로 사람의 비명을 닮은 폭포 소리뿐이었다.

그러나 결국은 내 친구이자 동료인 홈즈가 남긴 마지막 인사를 받을 수 있었다. 아까 말했듯 홈즈의 등산용 지팡이는 길가로 튀어나온 바위에 기대 세워져 있었다. 이 바위 위쪽에서 무언가 밝게 빛나는 것이 눈에 띄었다. 손으로 만져보니 홈즈가 몸에 지니고 다니던 은제 담배 케이스였다. 케이스를 집어 들자, 케이스로 눌러두었던 자그마한 종이쪽지 하나가 땅으로 나풀나풀 떨어졌다. 접혀 있던 쪽지는 홈즈의 수첩에서 뜯어낸 종이 세 장이었는데, 수신인은 나로 되어 있었다. 홈즈답게 수신인 이름은 정확히 명시되어 있었고, 글자도 서재에서 쓴 것처럼 단정하고 또렷했다.

친애하는 왓슨

모리아티의 배려로 몇 줄 적고 있네. 모리아티는 우리 사이의 몇 가지 문제를 최종 결판 짓기 위해 내가 편한 시간이 되기를 기다려주고 있어. 모리아티가 영국 경찰을 따돌리고 우리의 움직임을 파악한 방법을 간략히 설명해주었는데, 듣고 보니 과연 그자의 능력은 아주 높이 평가할 만하더군. 드디어 그자의 존재가 우리 사회에 더는 영향을 미치지 못하게 된다고 생각하니 몹시 흐뭇해. 내 친구들, 특히 친애하는 왓슨 자네를 마음 아프게 하는 대가를 치러야 하겠지만 말이야. 그러나 자네에게 말했듯이 어차피 내 경력은 이미 중대한 갈림길에 놓였고, 지금과 같은 결말이야말로 내가 원하지 않던 거야. 정말 툭 터놓고 말하자면 마이링겐에서 온 편지가 속임수라는 걸 나는 확신하고 있었어. 일이 이런 식으로 전개될 걸 확신했기 때문에 자네를 돌아가게 한 거야. 모리아티 일당에게 유죄를 선고하는 데 필요한 서류들은 M 칸막이의 '모리아티'라고 쓰인 파란 봉투 속에 들어 있다고 패터슨 경위에게 전해주게. 나는 영국을 떠나기 전에 재산을 전부 처분해서 마이크로프트 형에게 넘겼어. 왓슨 부인에게 안부 전해주게. 그리고 친애하는 왓슨, 내가 자네의 진실한 벗임을 잊지 말아줘.

— 셜록 홈즈

남은 이야기는 얼마 되지 않으므로 몇 자만 더 적으면 될 것이다. 전문가들이 조사해본 결과 두 남자는 격투를 벌인 끝에 서로를 붙잡은 채 비틀대다 떨어진 게 분명했다. 이런 상황에서 맞을 수밖에 없는 당연한 결말이었다. 시신을 수습하려는 시도는 전혀 가망이 없었다. 따라서 무시무시한 용소 안, 물줄기가 소용돌이치고 물보라가 끓어오르는 그곳에 가장 위험한 범죄자와 이 시대 최고의 법의 수호자 두 사람이 영원히 누워

있게 된 것이다. 스위스 소년은 다시 찾을 수 없었다. 모리아티가 고용한 수많은 하수인 가운데 하나임에 분명했다. 모리아티 일당으로 말할 것 같으면, 홈즈가 차곡차곡 쌓아온 증거들이 그들의 조직을 만천하에 드러냈고, 이미 죽은 자의 손이 그들을 천근만근의 무게로 짓눌렀다는 것이 대중들의 기억 속에 생생할 것이다. 재판이 진행되면서 그들의 지독한 우두머리에 대한 정보는 거의 나오지 않았다. 내가 지금 모리아티의 정체를 뚜렷하게 밝힐 수밖에 없는 것은 분별없이 홈즈를 공격함으로써 그자의 명성을 드높이려는 사람들이 있기 때문이다. 홈즈는 언제까지나 내 마음속에 가장 선하고 가장 현명한 사람으로 남아 있을 것이다.